箫陌
/著

何其有幸
遇见你

远方出版社

图书在版编目（CIP）数据

何其有幸遇见你 / 萧陌著 . — 呼和浩特 : 远方出版社 , 2018.12
（紫水晶情感小说系列）
ISBN 978-7-5555-1184-7

Ⅰ . ①何… Ⅱ . ①萧… Ⅲ . ①长篇小说—中国—当代 Ⅳ . ① I247.5

中国版本图书馆 CIP 数据核字（2018）第 238351 号

何其有幸遇见你
HEQI YOUXING YUJIAN NI

作　　者	萧　陌
责任编辑	刘洪洋
责任校对	刘洪洋
出版发行	远方出版社
社　　址	呼和浩特市乌兰察布东路 666 号　邮编 010010
电　　话	（0471）2236473 总编室　2236460 发行部
经　　销	新华书店
印　　刷	三河市华东印刷有限公司
开　　本	155mm×225mm　1/16
字　　数	300 千
印　　张	25.5
版　　次	2018 年 12 月第 1 版
印　　次	2019 年 4 月第 1 次印刷
标准书号	ISBN 978-7-5555-1184-7
定　　价	58.00 元

如发现印装质量问题，请与出版社联系调换

目录

第一章 因为爱情，走向婚姻

1. 兮未的电话 / 002
2. 房小牧的恋爱史 / 011
3. 如果爱，就别放手 / 029
4. 我就是要嫁给他 / 044

第二章 围城里，我们弄丢了爱情

1. 该来的挡不住 / 058
2. 一辈子无处安放的时光 / 074
3. 过，日子 / 101
4. 谁动了我的婚戒 / 112
5. 杜凯失业了 / 128

6.怀孕是阴谋 / 143

第三章　百无一用是爱情

1.手术台上的逃兵 / 154

2.我的孩子叫杜悦 / 175

3.幸福是什么 / 192

4.回家过年 / 215

第四章　日子，在琐碎中成长

1.房小牧，你别走 / 232

2.离婚了，庆祝一下 / 241

3.我不想死，只是不小心 / 252

4.宋佳凝说，他回来了 / 264

5.男人的爱靠不住 / 271

第五章　爱情可以做筹码，婚姻也可以交换

1.我们都有抑郁症 / 282

2.醉翁之意不在酒 / 295

3.我们回不去了 / 305

4.其实，婚姻就是一场交易 / 313

5.被绑架的爱情 / 324

第六章　我们还可以相爱吗？

1.努力相爱吧 / 334

2.我们永远在一起 / 343

3.嗨，我爱上你了 / 351

4.爸，你走吧 / 360

第七章　尘埃落定的围城里，我们好好爱

1.我们离婚吧 / 370

2.你的以后，我的未来 / 378

3.我们都要好好的 / 385

4.我走了，你保重 / 393

第一章 因为爱情,走向婚姻

1. 兮未的电话

"小牧,电话,兮未的,接不接?"杜凯拿着手机进来,问正在烧排骨的房小牧。

"接!"房小牧把手机夹在肩膀和耳朵之间,手中的铲子有条不紊地翻动着刚淋上番茄酱的排骨,在保险公司那一年别的没练出来,接电话倒成了绝活。

"房小牧,一刻钟之后出来,我在红房子等你!"电话里传来兮未霸道却带着一丝妩媚的声音。

"喂喂,我还没做完饭呢,我家俩男人等着……"兮未的电话向来如此迅速,不容房小牧反应过来就利索地挂断了,电话里只剩下嘟嘟的忙音。

房小牧叹口气,看了一眼门外瞪着眼睛瞅着锅里红烧排骨的大小两个男人。

"杜凯,大火收汁,十分钟后起锅。杜悦,洗手吃饭。不用等我!"房小牧解下围裙顺手给杜凯系上,然后走出厨房。

杜凯看着房小牧背着小挎包,穿上高跟鞋,咯噔咯噔地下楼去了,未出口的话生生咽了下去。

"喊,有意思吗,兮未阿姨比你重要。"杜悦倚着门翘着一只脚,有些不屑地说。

"没意思。你也不是第一位的。去，洗手，摆餐具。"杜凯朝着眼前这个还不到六岁却心智早熟的小男人大声吼道。

是，兮末永远是第一位，比他杜凯甚至杜悦都重要。杜凯绝对相信，如果某一天兮末说："房小牧你跟杜凯别过了。"房小牧能立马收拾个小包袱跟杜凯去民政局。

红房子和这个城市一样老，起码在房小牧的眼里是。毕业时是这样，恋爱时是这样，结婚时是这样，现在依然是这样。一成不变的苍绿色门，暗红色的窗子，暗红色的栏杆，甚至门口挂的八角灯都没有任何的改变，红房子在用属于他自己的方式留住了经年的光阴。只是七年之后，当年的女孩早已被尘世烟火熏染得失去了年轻时的明媚优雅，比如房小牧推开门时踢踏的脚步声。

幽暗的光影里，兮末如一朵绚烂的罂粟，妖媚，掺杂着些许的不真实，但依然美得令人震撼。酒红色的长发垂至腰间，超大的墨镜，衬得白皙的脸庞愈发如玉般洁净。虽是初冬，却仍是一袭裸露着修长玉臂的低领无袖连衣裙，身旁的卡座上随意搭着一件葡萄灰羊绒大衣。这个女子，阅人无数，六年的修炼早已成精，油盐不进，不食人间烟火。

"房小牧，你真让我失望，说好的隆重的欢迎仪式呢？"美艳的兮末，翘着兰花指把墨镜推到发顶，哀怨地似笑非笑地觑着房小牧。

"大晚上戴墨镜，你不怕摔了呀？我不能和你比，我是徐娘半老，你还花开正艳呢。小妹，卡布奇诺外加提拉米苏。"房小牧被兮末的拥抱勒得差点儿喘不过气来，笑着打趣。她为自己点了一杯卡布奇诺外加一块提拉米苏栗子糕，结了婚的女人，对吃要放纵得多。

提拉米苏栗子糕是红房子的经典，多年来未曾改变的味道，温暖着那些怀着淡淡忧伤的心，只是年轻时候的房小牧是绝对不允许自己多吃这种甜腻蛋糕的。宋佳凝和兮耒来了必点的，房小牧只拿着银勺子挖下小小的一角，仔仔细细地含在嘴里，任那点儿香甜在口中融化。当年，宋佳凝曾用勺子点着房小牧的鼻子说："房小牧，你对自己真苛刻，所以你活得真没意思。"

多年后的房小牧脱离了那份青涩，纤细柳条般的女孩儿早已成了一枚成熟的梨子，心态也包括体态，都在往梨形发展。所以，放纵吧，哪怕只是用暂时的放纵来祭奠逝去的青春呢。

"我郑重地警告你，你必须做保养了。"兮耒盯着房小牧的脸研究了半晌，从身后的包里掏出一套兰蔻甩了过来，"去参展，顺便给你带回来的。不贵，贵的我送不起。"

兮耒面前一杯黑咖啡，不加糖，也不加奶，就是黑色的苦咖啡。

"别说我了。你怎么那么快就回来，怎么舍得离开你的艺术之都？"房小牧心中一种莫名的抽搐，不着痕迹地转移了话题。

"舍不得你啊！画展刚结束，我就回来了，想看看你这贤妻良母的典范最近研究出什么新鲜菜式了。"兮耒笑嘻嘻地用勺子搅动着杯子里的咖啡。

"应该没让你失望。你闻闻，我的头发上还带着红烧排骨的香味呢！"

"当年A大的才女能洗手做羹汤，杜凯他们家几辈子修来的福气。唉，当年你可是十指纤纤不沾阳春水的哦。"兮耒从来不掩饰对杜凯的轻视，七年前是，七年后还是。

兮耒玩味的口吻让房小牧的心里一阵抽搐，端起杯子猛灌了一口咖啡，卡布奇诺的味道很浓厚，从来没有发现泡沫牛奶的味道竟然会浓郁到让人的嗓子眼发痒，禁不住轻轻咳嗽了几声。其实结婚之后房小牧来红房子的次数屈指可数，因为杜凯说，一杯咖啡好几十块钱，还不如买上二斤排骨切上点儿土豆炖炖呢，热腾腾的肉咬在嘴里、吃到肚里才是实实在在的生活。

"唉，咖啡不是这样喝的好不好？你呀，戳到你的痛处啦？"兮耒看着微微蹙起眉尖轻咳的房小牧。

"呵呵，早就烈火金刚、铜头铁臂、百毒不侵了，你拿刀子戳都不带破点皮儿的。"房小牧笑着说，"最近回来准备折腾点儿什么，是常住还是小聚？"

兮耒低头搅动着杯子里的咖啡，杯子里旋转小小的旋涡。

"这几年飘在国外，其实我很想你，想宋佳凝，想红房子，想咱们一起凑钱去红叶谷的日子。"好半天兮耒才幽幽地说。

兮耒突然拉过房小牧的双手，把脸庞埋在她温热的掌心里。

大学的时候，兮耒难过了也会这样，她说房小牧的手很暖，暖得可以让人在里面疗伤。

兮耒瘦弱的肩膀轻轻耸动着，掌心里渐渐有了些许潮湿的凉意，房小牧轻轻地把兮耒揽在怀里。

光阴，就这样横亘在我们面前，我们不能忽视，也不可能忽视，如同眼角细细的鱼尾纹，如同日渐圆润的腰身，幸好，回过头来，还有你在。

揽着兮耒，房小牧把下巴靠在那消瘦的肩膀上，轻轻闭上了眼睛。

如果宋佳凝在，她是不是会提笔在桌边台历的红格子上写下这样一行字呢："2014年的秋天，阳光正好，两个三十岁的老女人，拥抱着缅怀自己的青春。"

房小牧心中一阵莫名的忧伤，那是一种似曾相识的文艺女青年似的忧伤。自从生下杜悦之后，生活中充斥着忙碌、琐碎、淡漠、冷战、狐疑、倦怠，却独独少了这种忧伤。

兮耒的回来，让时光仿佛在一瞬间倒退回数年前，甚至更久远一点儿的那个充满笑声、充满希望、充满憧憬的校园。

那时候，天蓝蓝，阳光很灿烂。

那时候，宋佳凝还未嫁，房小牧还写诗，兮耒还背着画板招摇在A大的校园。

那时候，红房子里，拿铁的味道还留在舌尖不曾消散。

房小牧从没想过自己是三人集团军中第一个结婚的，好像读书的岁月还未完，青春的画卷还未展开，就稀里糊涂地结了婚，成了杜凯的老婆，成了杜凯他妈的儿媳妇，成了那个几百里地外的小城镇的筒子楼里婶子大娘口中的杜凯家的。

宋佳凝说："你就是钻进一个套了，一个杜凯，就让你甩了我们，老老实实地钻进一个小笼子里闷着头过日子了。"

房小牧与宋佳凝是死党，上幼儿园时两个小人儿挤着坐一个板凳，老师分都分不开，如果有一个站着，另一个必定陪着。最后宋佳凝她爸做了一个带靠背的小条凳，俩人整整坐了三年。

一直到两个人都成年了，在幼儿园做饭的王阿姨还经常念叨，五岁的佳凝尿了裤子，不回教室，房小牧陪着一直在厕所蹲到幼儿园放学。老师家长都吓坏了，幼儿园大门关得好好地却少了俩孩子，最后差点儿报警，还是打扫卫生的阿姨从厕所里把她们俩给拖出来了。

小学六年,只要写作文,房小牧必定写《我的好朋友是宋佳凝》。唯一一次房小牧写了《我的同桌》,宋佳凝坐在房小牧的自行车后座上,哭得死去活来。她抱着房小牧的书包一把鼻涕一把泪,扯着嗓子喊了一路:"你为什么不写我,就当我是你同桌还不行吗?"用宋佳凝她妈的话说就是死了老子也哭不到这份上。

初中,宋佳凝跟着当兵的老爸去新疆三年,她俩这三年的信都能摞一人多高,从月经初潮到喜欢的第一个男孩子,宋佳凝都会事无巨细地向房小牧汇报。在她们看来,三年的光阴,上千公里的距离只不过是地图上的一条细细的小红线而已。三年后宋佳凝回来参加高考,还是房小牧帮着领的准考证。

高中,房小牧终于放弃纠结了几年的数理化,学文。宋佳凝义无反顾地跟着她进了文科班。三年里,文科班的数理化第一名一直被宋佳凝霸占着。她说:"房小牧,你走到哪里都得带着我,你结婚我给你当伴娘,你生儿子我给你儿子当干妈,然后我生个闺女咱就订娃娃亲。"

大学,兮末的到来,让三人军团正式成立,大学四年成了结结实实验证三足鼎立最稳定这一理论的实践课程。

上了大学,出落得美丽可人的宋佳凝就成了系花。四年大学生涯,她身边的男孩也走马灯似地换了一个又一个,但每换一个都会带到房小牧和兮末跟前过过目。宋佳凝搂着她俩的胳膊说:"你俩就是我的家长,你们看谁好,我就跟谁走。"结局就是宋佳凝在大学没找到自己那根心仪的草,房小牧倒是认识了学院的大部分男生。

宋佳凝说这个世界上只有一个人了解我,那就是房小牧,如果没有适合我的男生，我就一辈子跟着房小牧。宋佳凝脉脉含情的目光还未对准房小牧的时候就被兮耒一巴掌打翻在床上，说："你同性恋啊你，快把房小牧也整成心理变态了。你不结婚？我和房小牧还等着做干妈呢。"

兮耒是典型的东北女孩，一米七六的"海拔"让她在整个艺术系足以傲视群雄，当然艺术系男生称得上好看的从来就是凤毛麟角。兮耒一头及腰长发，修眉朗目，是那种张扬而凌厉的美。只是没想到在这样妩媚的外表之下却隐藏着一颗粗犷汉子的心，开学第一周她就用一个侧踢把一骄横的富二代成功踢进医务室，跆拳道黑道让体育系的男生们甘拜下风，大学四年，她一直被人称为兮爷。她自己说，我就是宋佳凝的护花使者，兼任房小牧大学的监护人。大学四年兮耒一直是美术系的一个传奇，只要有兮耒参加的画展，一等奖就从来没有被他人领走过。有多少人希望能像领奖品一样把这个传奇的女子牵走啊，但谁都没有料到，大学一毕业，这个传奇就跟着外教一翅膀飞到艺术之都巴黎去了，她开始周游世界，开始筑梦人生，来自世界各地的充满着异国风情的明信片铺满了房小牧的单人床。

房小牧和杜凯结婚的时候，从法国空运来的婚纱，九百朵玫瑰镶嵌的裙摆让房小牧惊艳了这座小城，一张兮耒歪着头看向远方的照片，在背面用浅紫色墨水写着一句话：

时光正好，幸福到老！（哈哈，俗不俗，但是恰好就是我最想说的，我不回去，你不准老！）

杜凯他爸杜天明看着房小牧穿着的婚纱说："这纯粹是烧钱！看做工、看料子都得好几千块钱呢，弄那么一件衣服就穿这一天,还不如给钱合算呢。"说着还用眼角瞟了房小牧一眼,一边微微地摇着头。穿着同款伴娘服的宋佳凝戏谑地说,杜天明要是知道这件婚纱上万,绝对能在婚礼结束后偷偷给卖了。

房小牧的心一阵莫名其妙的疼,她低头看着手里租来的灰扑扑的玫瑰花,假的!杜凯他爸说真的一束要上千块钱呢,再说拿在手里真的假的也看不出来,买真的也就用大半天,这个租一天才一百,合算。

房小牧突然有种恐惧,或许真的,让宋佳凝和兮末说准了,婚姻不仅仅是两个人的事情,还是两个家庭的磨合。

婚礼之后,房小牧紧紧抓着宋佳凝的手说:"宋佳凝,你说我是不是嫁错了?宋佳凝,你说我是不是嫁错了?"

宋佳凝抱着房小牧说:"杜凯是个好人。"然后,再也说不出其他的话来。

杜凯是个好人,从认识他的那一天,房小牧就知道杜凯是个好人,他会给房小牧买一个哈根达斯,看着小牧说男人吃这个没意思。

房小牧爱吃排骨,杜凯买了排骨用高压锅炖得烂烂的,看着房小牧吃,然后把房小牧吃剩下的骨头一块一块地咬碎吃下去,他说这是补钙呢。

房小牧冬天手凉,杜凯会把房小牧凉冰冰的手揣进怀里,把他冰得一激灵,然后他笑着说凉丝丝的很舒服。他说:"小牧,咱俩结婚后,我天天给你炖排骨,天天给你暖手。"

文艺女青年房小牧就这样伸着脖子一点一点地陷进杜凯温柔的陷阱里。

房小牧知道,自己和杜凯的婚姻从一开始就是不被祝福的。

妈说，买猪看圈，还没见到圈呢，养了二十多年的闺女就被猪给拐跑了。

认识他俩的人都说，杜凯是个好人，不吸烟不喝酒，长得也过得去，虽说不上帅哥一枚，但也算是温文尔雅。

但兮耒说，好人不一定就是一个合适的伴侣，就像哪怕是最舒服的运动鞋，也不适合穿着晚礼服走T台，舒服的不一定就是合适的。

兮耒在房小牧正式成为杜凯的女朋友的前一天说："房小牧，如果你和杜凯只是谈恋爱，那就开开心心地谈。如果你要嫁给他，你记住，不是只要这个男人对你好就会幸福。"

在房小牧结婚两年之后，她自己抱着肩膀在大街上溜达到半夜的时候，想起兮耒的话，想做的第一件事就是狠狠抽自己一个耳光。

2. 房小牧的恋爱史

认识杜凯是一个偶然，但是谁也不会想到，这个偶然会成为决定房小牧一辈子的必然。

结婚多年后，房小牧想起那个偶然还是觉得一种莫名其妙的心慌，想起结婚的时候妈妈搂着小牧说的那句话："这就是命。"

大学四年，房小牧没有男朋友。兮耒说："房小牧你松松口，会有一个加强排的男生在咱宿舍门口排队的，你这样无公害的女孩现在最招人稀罕。"

正在下铺躺着看书的房小牧房把书从床上扔下来，一本正经地掰着手指头说："我妈说了，我找男朋友，第一，要根正苗红的共产党员；第二，要学历不能比我低；第三要个头比我高十厘米以上。"

"啊——噗！"坐在上铺的兮耒一口水喷了刚进门的宋佳凝一脸。

"你嫁给我吧，房小牧，不然我怕你会孤老终生！"兮耒怜悯地从上铺探下头来说。

刘琴烟算得上是回城知青，她三十岁才生下房小牧。在一家三流小医院后勤待了一辈子，虽然文化水平勉强算一拿了结业证的高中生，却胜在长了一副柔柔弱弱的知识分子样儿，往那儿一坐，若不说话，绝对能冒充一高知女性，所以她对自己的高中文凭是深恶痛疾，从而对房小牧给予很高的期待，一定要学习好、有文化、有追求。刘琴烟从年轻时就是积极分子，一颗红心永远跟党走，一直到老了退休时都是预备党员，这辈子最恨的就是没把预备俩字去掉。她说这就像是"如夫人"，虽是夫人，但有个"如"字就差了好几个等级。所以在房小牧同学上大学后的每个学期她都会让房小牧写入党申请书，她说这是积极上进的表现。

22岁的房小牧大学毕业，很不幸的是，这个年代不是文学复兴的大好时光，可以看家世，可以看长相，唯独这个文学，不但不是加分的砝码，还是一个坠分的累赘，文学女青年就像是脑子少根弦的代名词，所以房小牧在痛定思痛之后把那一摞一摞的获奖证书和样刊打包送进了废品收购站，拿着换来的三十七块五毛钱和宋佳凝吃了顿红房子的栗子糕，然后毅然决然地进了一家保险公司做前台兼文员。

去应聘的时候，房小牧紧张得递上简历的手都打哆嗦。被问了几个问题之后，她就红着脸出了面试办公室，在电梯口还被挂住了裙角，差点儿走光，跟前的一个男孩子帮忙给解了围。她红着脸道了声谢谢就赶紧跑了。在门口等着她的宋佳凝说："脸红的和做贼似的，就你这样的还做保险？会饿死全家的。"

后来房小牧才知道那个男孩叫杜凯，是同一所写字楼上的电子商贸公司的业务主管，他说，第一眼看到房小牧，感觉这个女孩挺有意思的，现在还有一说话就脸红的女孩子，真的是属于稀罕物种。

房小牧上岗了，踩着十厘米的高跟鞋，深色小套装，衬着一张圆乎乎的清水脸，却也端庄大方。虽然这让房小牧穿惯了旅游鞋的脚丫子受尽了折磨，但这是为了维护公司的形象，所以房小牧同学每天都把自己站成一株亭亭玉立的小白杨。

熟悉了之后，房小牧才听大家说，负责面试的部门经理在招聘结束的时候拿着她的简历说，这个女孩子长了一张可信度很高的脸蛋，不用说话，往前台一站，就让人相信这家保险公司靠谱。

确切地说，杜凯不在房小牧的考虑之列，用宋佳凝的话说，这是个"三无男"，无房无车无相貌，结婚之后你得和他肩并肩奋斗到白发苍苍，还不定能买上一套一百平的小房子。

第一次和同事聚餐回家，正好遇见杜凯吃饭出来，杜凯说顺路，把房小牧给送回家。一个晚安的小短信让房小牧感觉这个男孩挺体贴的。

一来二去，熟悉了；三天两头，朋友了。

杜凯会做饭，偶尔会炖一饭盒排骨拿到公司餐厅请大家吃，这让吃不惯餐厅饭的房小牧吃得眯着眼只说幸福的味道就这样。

说实话，杜凯不是极品帅哥，但是阳光般的笑容很吸引人，对谁都是温文尔雅。房小牧说，杜凯说话的声音很像播音员，柔和，听着特舒服。慢慢地，三五好友的聚餐变成了二人行，最后到杜凯牵着房小牧的手去金得利去吃早餐，中间跨越了六个月零三天的时间。

甚至，房小牧还纳闷，回头一看，为什么身边那些喜欢给人介绍对象的中年妇女们一下子都不见了。宋佳凝说："你跟前有这样一尊门神，谁还来招你啊？"

"兮妹，我谈恋爱了。"扭捏半天的房小牧给地球那边的兮末发了个羞答答的小红脸儿。

"说说看,能入咱小牧法眼的是哪家才子,没学富五车也得才高八斗。"

"其实你知道的啦,就是我给你说过的杜凯。"

"不认识,赶紧报来听听,三围,家底。"

"他们公司和我的公司在同一座楼上,家里就是他一个,别的好像没了,父母做什么的,我没好意思问的,杜凯没说。"

"就这样?你脑袋进水了啊,喝三鹿长大的啊你,没长成大头娃先傻了啊,就这样把自己卖了?"

"兮末,别说得那么难听好不好,什么叫把我卖了呀?"房小牧发了个抓狂的表情。

"房小牧,别以为我不知道,宋佳凝早就说了,这根本就是个'三无男',可绝对不在你妈妈的选婿范围之内。"

"但是他对我好,除了我爸妈之外,从来没有人这样对我无条件的好。"

"什么是无条件,这个'好'字太抽象,给你炖个排骨就是好,带你吃个金得利就是好,给你买根哈根达斯就是好,这个好也太简单了。这些怎么会是无条件的,都是有条件的,你就是那个条件,你脑子进水了你,鉴定完毕!"

"杜凯不是这样的,他从未要求我什么。"

"但是你已经陷进去了,还用要求什么吗?小牧,你想,一个连哈根达斯都舍不得吃的男人,一个喝杯咖啡都心疼得一个星期吃白饭的男人,会有多大出息呢?再说以后我们谁都不知道,生活不是一句对你好,一个拥抱那么简单的。"兮末发来的表情已经有些无奈。

房小牧知道，或许兮末是对的，或许自己也没有错，那到底是什么出错了呢。

当一个女人被爱情冲昏了头的时候，看云彩都是五彩缤纷的，杜凯的温柔让房小牧有些许沉醉，还有几分的困惑。但是困惑当中也有清醒的时候，那就是在刘琴烟一次次为房小牧安排的相亲时。

第一次相亲，高校辅导员，眼镜男，清清秀秀，家世清白，会捏着兰花指端茶倒水。半个小时之后，邻座的宋佳凝偷偷拨打房小牧的电话。

跟眼镜男客气地道别之后，房小牧和宋佳凝一前一后走出了茶楼。

走出十几米，宋佳凝几步上前，伸手揪住房小牧的脖子上的丝巾，咬牙切齿地说："房小牧，如果你有断袖之癖，我不介意你找我，找个伪娘有趣吗？"

第二个相亲对象是省中医院的医生，研究生毕业，学生党员，高高瘦瘦的身材，斯斯文文的相貌，很符合刘琴烟的基本条件，但是一顿饭下来，来来回回跑了七八趟卫生间。饭后刘琴烟果断地对介绍人说，这个人不是有洁癖就是有前列腺炎，我在医院见得多了，要是天天这样在我眼前跑卫生间，估计我不是脑震荡，也得老年痴呆了。

第三个，第四个……几轮相亲下来，杜凯沉不住气了，他说："房小牧，我算看明白了，你妈妈这是全面撒网，重点捕捞，我这个潜伏的正牌男友要是再不出场，估计大鱼一来，我就没出场的机会了。"

杜凯温柔的声音里多了几分威胁的意味，房小牧笑着窝在他的怀里不抬头。

"小牧，要不我给你报个相亲节目，你去试试？"吃晚饭的时候，刘琴烟突然看着房小牧冒出一句话。

"妈，你是不是我亲妈，就么着急我嫁出去啊！"

"张爱玲说了，结婚要趁早，晚了没得挑！"

"什么结婚要趁早啊，这都哪跟哪儿啊，人家张爱玲说出名要趁早好不好。"房小牧一口汤扑哧一声喷了半个桌面，合着在老妈眼里张爱玲也是恨嫁女。

"反正是这个意思，女孩花枝招展的大好时光就那么几年，不能等，一等就老了，就像我，当年错过了多少好时光呢。"带着几分幽怨的眼神如风一般落在对面仔仔细细吃鱼的房峥军身上，后者老神在在稳如泰山，毫无知觉一般专心对付眼前的红烧鳊鱼。

"要不，我去网上看看咱市区几个联谊会的地址，帮你抄一抄？"

"妈。我今年二十三，不是三十二好不好，我还不到恨嫁的时候。我要做明天的活动报表了，别打扰我，OK？"房小牧结束战斗，端起水杯离开餐桌走进卧室。

国庆节前夕是单位最忙的时候，拜访客户，送小礼物，单据结存，前台房小牧也身兼数职，忙得如小陀螺，一鞭子抽下去就转个不停，从早上八点一直到下午三点半了还没时间吃午餐，只能在接电话的间隙往嘴里塞块巧克力。

桌子上手机不合时宜地响了起来。

"小牧，下班早点儿回来，我和你南方阿姨约好了去喝茶，你一起去。"刘琴烟同志的声音，铿锵有力。

"唉，妈，我今晚加班，回去会比较晚，要不……"

"你南方阿姨从澳洲回来，点名要你去，说那么多年没见你，想你了呢。再说斯年也回来了。"房小牧从刘琴烟的声音捕捉到一丝怪异的温柔，打了个哆嗦。

"房小牧，马上把这边的报表打出来，送财务科。"主管一边打印材料，一边对房小牧说。

"哎，好的，主管，马上就好。"房小牧一手捂住话筒，一边回应着主管的安排。

"唉，妈，我这边还没下班呢！好好，我知道了，好了，就这样，我挂了。"

什么南方阿姨聚会，不过又是一次变相的相亲，这次是熟人，应该不会很尴尬吧！那个沐斯年，十多年没见，不知道是不是还跟小时候一样腼腆，女孩儿似的，想想都好笑，一个爱哭的小男孩。

下班之后，杜凯送房小牧回家，照例是到拐弯的路口就停下，再进去就是小区，刘琴烟在楼上会看到呢。

"你妈妈还继续让你去相亲啊，以后不准去了，更不准看上别人。"杜凯揽着房小牧的小蛮腰说。

"哎呀，我知道的啦，这次是一个以前的朋友，都是熟人的啦。"

"就是熟人，才更危险，旧情复燃。"

"去你的，什么旧情，我七八岁的时候他们家就搬走了，都快忘了长什么样子呢，旧什么情嘛！"房小牧吞下最后一口哈根达斯，杜凯掏出纸巾给她擦着嘴角的一点点渣子，忍不住在房小牧的红粉粉的小脸蛋上亲了一下。

"好啦，走啦，拜拜，明天给你汇报详细情况。"房小牧挣脱开杜凯的胳膊，笑着跑远了，粉色的风衣犹如蝴蝶的翅膀，但是脚上的运动鞋又有几分可爱的滑稽，简单可爱的房小牧，让杜凯的心里有着一种浓浓的温暖。

"房小牧，你是我的。"杜凯对着房小牧的背影在心里悄悄地喊了一句。

不可否认，刘琴烟属于中年妇女中的美人，做足了美容的脸跟拉皮差不多，白嫩光滑得不见一丝皱纹，前提是不可大笑。一身银灰套装恰到好处地衬托出还算妖娆的腰身，挺直的脊背让人有种不敢正视的大义凛然，房小牧总觉得妈看谁都是阶级敌人。

房小牧喜欢老爸房峥军，温和了一辈子的老好人，在机关上做了一辈子人事工作。有时候和外人说起老房，刘琴烟总是嘴角翘一翘，摇着头说："和了一辈子稀泥，烂好人一个。"

"妈，我工作还没一年呢，那么忙，你老让我相亲，你就那么怕我嫁不出去啊！"房小牧进门扔下包，也顺便把自己扔进沙发里。

"嫁人要趁早，张爱玲都说了，小姑娘家家好时候就那么几年，等你花枝招展的时候过去了，想找都找不到好的了。"刘琴烟早已打扮停当，还顺手给房小牧把衣服准备好了，一套腰身窄窄荷叶边的连衣裙。

房小牧两根手指挑起那件丝丝滑滑的连衣裙，哟，还是"千百惠"的新款，不过她们私下里都把千百惠称为已婚妇女的便捷衣橱。

"什么啊，说了好几遍了，人家张爱玲什么时候说这话了啊，人家说是出名趁早。妈妈，你可真下血本啊，这衣服我看到都好肉疼哦。"

"差不多，现在这社会出名多难，还是趁早嫁人是正事，男人能等，女孩的好年华就那么几年，呼啦一下子就会老了呢。今天花了妈一个月工资,你换好衣服赶紧下来,我去楼下等你。"刘琴烟挎起那只去年从广州买回的高仿LV,昂首挺胸地下楼去了。

芙蓉街是早年规划的仿古建筑一条街,房小牧小时候常跟着外公来喝茶,其实就是那些菱角糕、桂花藕、莲子糕吸引着房小牧,倒是年龄大了之后,不喜欢这些清甜的小点心了,来的次数也就少得可怜。

走进轩影阁,房小牧咯噔咯噔踩着木质的楼梯走上去,几盏桂花灯下,坐着一位和刘琴烟差不多年龄的中年女人,但是要富态得多,红红白白的圆脸上,和蔼的笑容让人顿生好感。不用说考究的衣着,单单身边那只LV的包包,一看绝对是正品,让刘琴烟女士的高仿品相形见绌。

"南方,回来好几天才想起给我打电话,我可生气呢。"刘琴烟看着南方略显臃肿的腰身,有些夸张地笑着走上前去,顺手把小牧给拉到前面。

"南方阿姨好!"虽然有着千般的不耐、万般的纠结,但是房小牧还是乖巧地叫人。外人跟前不能失了礼节,这要归功于刘琴烟多年的教导有方。

"这是小牧吧,十几年不见,长成大姑娘了,还记得南方阿姨吧?"说着南方回头招呼背着身看墙上的字画的年轻人,"斯年,你念叨的小牧来了,快过来。"

"房小牧,你给我带的莲子糕呢?"俊朗的男人转身笑吟吟地看着眼前的房小牧。

房小牧微微眯着眼看这清俊的男子,好高啊,杜凯一米七六就觉得不矮了,这人比杜凯还得高上半个头,细细打量,小麦色的肌肤,让棱角分明的面庞多了几分年轻人少有的沉稳,浓浓的一字眉下那双明亮的眼睛却满含着笑意。

"沐斯年,你怎么那么高了,我记得你走的时候和我差不多高,不,还没我高呢。""扑哧"一声,房小牧不由得笑出声来,仔细端详,沐斯年的眉梢眼角依稀还有几分儿时的影子。原来在那年沐斯年走之前,房小牧跟着外公来芙蓉街,说回去的时候给沐斯年带莲子糕吃,让他在家等着她回去一起玩。回去之后沐斯年却搬家走了。在很长很长的时间里,那块莲子糕都在冰箱里放着,谁都不准动,一直到莲子糕干了瘪了,生了绿茵茵的霉菌,房小牧才哭着在楼后边的樱桃树下挖了个洞埋起来。

"还想着莲子糕啊,今天我请你吃个够。"熟悉的感觉,让房小牧一下子放松了下来,如小时候一般上前拉了拉了沐斯年的衣袖,"早知道你长那么帅了,我就是拼着不化妆也得戴着眼镜来。"

"没事没事,我不介意你带着放大镜仔仔细细地看。"沐斯年熟稔地把脸伸到房小牧面前,完全没有房小牧印象中医生该有的冷漠与古板。

"鉴定完毕,如假包换。"房小牧笑眯眯地把一块莲子糕端到沐斯年的面前。仿佛中间这十几年的光阴一下子就跨过去了,那些儿时的往事鲜活地跳动在眼前,就像昨儿个沐斯年出门一趟,今天就回来了,回来等着房小牧带来的莲子糕呢。

因为有那些共同的回忆,因为沐斯年是一个健谈而且见多识广的海归,更因为他回来马上就是医院的主治大夫,所以这次不但没有陌生人相见的尴尬,简直可以说是皆大欢喜。最起码刘琴烟是满意的,用她的话说都是自家知根知底的孩子,相貌、家世、工作、人品都是首屈一指的,除了不是共产党员让她有些许的遗憾，但是海归也可以算是一个光灿灿的大招牌。

如果没有杜凯，沐斯年不啻是一个好的相亲对象，但是，杜凯已经先入为主了，虽然他没沐斯年个头高却更阳光，虽然没有沐斯年多金，但是心细如发，事事替她房小牧想得周全。一想到杜凯的名字，房小牧就不由自主地偷偷笑，忍都忍不住。这傻小子，不知道在干吗，是不是在如热锅上的蚂蚁一般，担心得团团转呢。沐斯年只是小时候的一个亲密的小朋友，虽然刘琴烟有着非常强烈的想把小朋友变成女婿的企图。

隔着一张桌子的距离，沐斯年也在打量着房小牧，十年过去了，那个胖乎乎、肉嘟嘟的房小牧竟然出落得如此秀气，白净净、圆鼓鼓的苹果脸，一笑眼睛和小时候一样，弯弯的很喜人，齐肩的碎发打理得整整齐齐，乖乖地坐在刘琴烟的身边。

虽然大学的时候也有女孩子追，但是西化了的香蕉人，也仅仅是生了一副东方女孩的外表而已。有时候翻看着自己童年的照片，就会想起那个攀折篱笆上的牵牛花的房小牧，那个说不会写信但会永远记住好朋友的房小牧，那个踮着脚拍着他的肩膀说："沐斯年，乖乖地等我，我给你买莲子糕"的房小牧。

随着母亲年纪渐增，她越发怀念故乡的街道、故乡的水，思念老朋友。所以，母亲一说想回来，沐斯年就结束了手头的工作，回到了家乡。

回家，是叶落归根，也是寻根溯源，何况还有个青梅竹马的思念。

赴宴回来，那辆黑色SUV再次让刘琴烟坚定了要把沐斯年变成自家人的决心。

必须摊牌，不然杜凯更危险。房小牧决定尽快寻找适合的时机和刘琴烟摊牌。

房小牧从没想过，妈妈见到杜凯的时候会大发雷霆。因为在她的记忆中，刘琴烟是个要面子的人，她说的最多的一句话就是："人要脸树要皮，要是连面子都不要了，还不如一头撞死算了。"

杜凯不知道从哪里打听到，沐斯年不但是海归博士，而且是房小牧家的座上宾，这下他可真沉不住气了。

"房小牧，我们跟你妈摊牌吧，再不摊牌，你妈还不知道咋折腾呢，说不定哪一天就把你弄《非诚勿扰》那儿了！"

"可是，可是……"

"可是我虽然不是党员，但我爸是党员；可是我学历和你一样；可是我身高一米七六，和你正好是情侣身高呢。"杜凯笑着把房小牧的"可是"补充得完完整整。

是呢，把条件一摆，房小牧突然发现杜凯除了不是党员，算不得根正苗红，其他都差不离。

这个周末，房小牧毅然决然地准备携杜凯同学接受刘琴烟同志的政审。

这几天，房小牧有点儿纠结，纠结得心烦。从上次见面后，刘琴烟没事就让沐斯年来家玩，老交情，仿佛这是正常得不能再正常的事情了。但是房小牧脑子不笨，这根本就是醉翁之意不在酒嘛，但凡有眼睛的人都看得出看来。

如果没有杜凯，沐斯年这海归还真是不错，知根知底，家世清白，年少多金，英俊潇洒，怎么看都是一黄金王老五的典范。唉，纠结死了！上午沐斯年来电话说，这个周末两家人一起坐一坐。

但是没有如果，杜凯就那么笑嘻嘻地在房小牧的眼前闪来闪去呢，房小牧的嘴角不由得温柔了起来，悄悄地，翘翘的，眼睛弯成一弯小月牙儿。

"大家""一起",这俩词用得多么举重若轻,多么成功的外交辞令,让你挑不出错。唉,房小牧纠结死了,满脑子糨糊似的,一天下来浑浑噩噩,魂不守舍。她还差点儿得罪了来办保险的客户。

给宋佳凝打电话,她不接,一会儿来一短信说跟着导师在上海参加学术报告会呢。

给兮耒打电话吗?房小牧舍不得,越洋电话可是按分钟收钱的,几句话下来一天的工作白做了。

杜凯吗?还是算了吧,估计还在为第一次的觐见备课呢。第一次见准丈母娘,潜伏的女婿要转正,恐怕比参加面试还要紧张上几分。

晚上坐在电脑前,房小牧每十分钟就给兮耒的QQ抖一抖。

终于,看到兮耒的头像跳动起来了。

"房小牧,有什么要汇报的。"

"杜凯说要见见我的父母?"

"多大点儿事啊,我还以为你怀孕了呢!!!"

"去你的,我不知道该怎么办。我妈那一关,估计难度比较大。"

"见见面嘛,又不是逼婚,怕什么?"

"不是的,我、我是准备要和杜凯结婚的,就像杨绛和钱锺书先生,我们要一辈子在一起的。"

"房小牧,你看书看傻了吧?还杨绛钱锺书,还一辈子,一辈子有多长你知不知道啊?一辈子太长,我们看不到头的,还是说说目前吧,你妈妈的三个条件杜凯能不能达到姑且不说,你知道杜凯家里是做什么的吗?你知道杜凯能不能买得起婚房吗？"沉默片刻，兮未的话，让房小牧的心蓦地一沉。

"兮未，你怎么跟我妈似的，势利眼儿呀！我和杜凯结婚是我们俩人的事情，不管他家是富可敌国还是贫困潦倒，他都是杜凯，这之间应该没有什么关系吧？"

"关系很大，你要和一大群你不认识的人在一起，如果杜凯混好了，七大姑八大姨，八竿子打不着的亲戚会冒出一大群；混不好，你就是让他混不好的最直接的原因，要是有个厉害婆婆，都能休了你。"

"哦，我的天。暂时不想了，这个周末我们要跟我妈摊牌。"

"你们？你跟杜凯？"

"嗯，要不这一轮一轮的相亲，杜凯没疯，我也快疯了。还有沐斯年也回来了。"房小牧发了个抓狂的表情。

"好啊，金牌'海龟'，医学博士，标准的金龟婿啊！"兮未发一个垂涎欲滴的表情过来。

"兮未，你要再这样我就跟你绝交！你知道的，我和杜凯都快一年了。"沉默片刻，房小牧打出一行大一号的字体，"我也爱他。"

"房小牧同学，那我只能在太平洋彼岸祝福你，跟一辈子比起来，风雨中这点儿痛算什么，估计刘琴烟同志受的打击比你们还要大。"

忐忑不安，纠结不已，但时间的脚步依然准确得没有丝毫的误差，周末，如期而至。

这一周，房小牧惶惶然如困在笼子里的小兽，倒是杜凯，坦然得多。但是到了真正站在门前的那一刻，在杜凯的眼睛里，房小牧还是看到一丝"风萧萧兮易水寒"的决绝。

房小牧按门铃。

杜凯深呼吸。

"小牧，怎么才回来。斯年都等你半天了……哎，这位是谁啊，你同事？"开门的刘琴烟的声音里带着一种夸张的轻快，甚至还带着一种平时很少见的明朗。

"妈，这是杜凯。"

"阿姨好！"杜凯提起果篮，顺手拉着房小牧麻利地走进屋子。刘琴烟一愣，眼神如刀一般飘向房小牧。房小牧一哆嗦，赶紧从杜凯手中抽出手，抬头，看到正在客厅端着水杯的沐斯年，一丝玩味的笑意挂在棱角分明的唇边。

"杜凯，这是沐斯年，我小时候的邻居，出国了，刚回来。"房小牧略显尴尬地说。

"你好，沐先生，听小牧提起过你。"杜凯绅士地伸出手。一句小牧，不着痕迹地拉近了和房小牧的距离。

两个男人的手握在一起的档口，厨房里的刘琴烟早已和房小牧短兵相接了，女人之间的战争，一般是直接而迅速的，更何况是一起生活了二十多年知根知底的两个女人。

"这个杜凯，到底是从哪里冒出来的，说说吧。"刘琴烟从水池里捞出一条鲤鱼，啪的一声摔在案板上。

"我，我的朋友。"

"什么朋友，朋友能拉着你的手进来啊！我说你相亲相来相去怎么就是没有合适的呢，原来你背着我早就找了这么一个瘦不拉几的矬子。"

"妈，什么叫这么一个瘦不拉几的矬子？杜凯一米七六，沐斯年一米八多点，差那么几厘米就是矬子啊？我爸还没一米七五呢！"

"他能和斯年比吗?斯年是海归博士,马上就是中医院的专家。他是什么啊?从头到脚冒着寒酸劲儿。"刘琴烟的声音一下子高了不止一个八度,随手把菜刀往脚底下的水盆里一扔,哐啷一声,盆子被打翻在地,混合着鱼鳞鱼鳃的脏水溅了房小牧一脚丫子。

房小牧嘴唇哆嗦着没有说话,眼睛里瞬间汪了一泡泪水。

客厅里的两个男人的谈话暂时告一段落,都挤到这个仅有七八平的小厨房里来。

"小牧,没伤着吧?"杜凯急忙拉过房小牧的胳膊,从头到脚、从上到下、前前后后地检查了一遍,才放心了。

"阿姨,小牧从小就是毛手毛脚的,我来做这个。"沐斯年笑着把刘琴烟推出厨房,顺手把地上收拾了一下。没想到这个男人还有这样一面,刘琴烟是越看越爱,转头看见正在给坐在沙发上的房小牧擦眼泪的杜凯,气就不打一处来,一看这个小家子气的就不是成大事的人。

饭桌上的氛围很奇怪,房小牧左边是杜凯,右边是沐斯年,对面是刘琴烟和房铮军。

落座之后,杜凯知道,审讯估计要开始了。

桌子下面,房小牧的手悄悄地伸过来抓住杜凯的手,小小的手掌心里汗津津的。

"杜先生,今晚不知道你和小牧一起来,所以就是家常菜,别见笑。你和小牧是一个单位的同事吧?"刘琴烟脸上是疏离而优雅的笑容。

"阿姨,你叫我杜凯或者小杜都行。我们俩的公司在同一座楼上。"杜凯端端正正地坐在餐桌前,不像吃饭,倒像是等着训话的学生,就差把两手背在身后了。

"哦，这样啊。那小杜，别客气，吃菜。"刘琴烟随手夹了一筷子菜放到杜凯面前的盘子里，"你们公司是什么公司呢？"

杜凯把刚刚拿起的筷子放下来。

"我们公司是一家很小的商贸公司，老板也是刚创业，目前也就是在起步阶段吧。"

"那小杜，你目前是自己住，还是和父母一起住啊？"

"妈，还让不让人吃饭呢？"房小牧有点儿懊恼地说。

"我现在单位给租的宿舍，我父母在郊区镇子上，我父亲退休了，现在帮我妈卖菜，有自己的房子。"

"哦，卖菜，很好啊。镇子上新鲜蔬菜，新鲜空气，你父母真是会生活的人。哦，来来，吃菜。"

"阿姨，叔叔，我想请你们听我说句话。"杜凯突然站起来鞠了一躬。

"我知道，或许我很多方面达不到您的要求，但是我会对小牧好，我不敢说一辈子怎么样，但是我保证，只要我和小牧在一起，我不会让她受一丝一毫的委屈。虽然目前我的工资不高，没有自己的房子，但是我想我还年轻，我会用自己的努力去带给小牧幸福。"杜凯一口气说完这样长的一段话，仿佛一下子放松了一般，又是一鞠躬，然后坐在房小牧的身边，伸出手去紧紧地攥住房小牧的手，甚至，房小牧都能感受到那一阵阵来自心灵的震颤。

片刻的安静之后，刘琴烟突然"啪"的一声把筷子摔在桌面上，房小牧的心随之一颤。

"杜凯，这算什么呢，这算是给我们下通知吗？对不起，你不适合我们家小牧，以后我不想再见到你。"刘琴烟站起身，走进卧室，"哐当"一声，把卧室的门关得死死的。

不得不说，这顿饭吃得很尴尬。

不得不说，房小牧和杜凯准备了一周的政审工作，被刘琴烟同志毫不留情地一枪毙了。

3. 如果爱,就别放手

接下来的日子里刘琴烟煞费苦心地开始了棒打鸳鸯的计划,房小牧的每一分每一秒都在她的安排当中,下午小牧下班之前给她打电话,超过十分钟如果还未到家,电话会紧跟过来。

杜凯不敢去接房小牧上班,下班也只能送到小区对面的马路边。只有在中午的时候他才能和房小牧一起吃个饭,或者点外卖,或者是在杜凯不忙的时候在宿舍做好红烧小黄鱼带过来,中午短短的一个小时成了两人唯一单独相处的时间。

"乖啊,把这些吃了。"杜凯把鱼骨头一点点地剔除,把鱼肉放到小牧的碗里。

"杜凯,我真的累了,我妈全天的电话问候快把我折腾疯了。"房小牧拿起筷子又放下。

"所以你得使劲吃,吃饱了才能朝着我们胜利的方向前进。"杜凯夹起鱼肉喂进房小牧的嘴里。

"你呀,就知道逗我。唉,我家刘琴烟同志现在斗志昂扬,乐此不疲,今儿早上我都到车站了,回头一看她还在小区门口站着呢,以后你别去车站等我。"

"没事,我知道,我们爱情的小苗只有经受风雨侵袭才能茁壮成长，小牧，我们现在是同一战壕的革命战友。"杜凯把小牧的手握在掌心，放在胸前。

看着杜凯一脸革命战士的样子，房小牧笑了。看到房小牧的笑脸，杜凯的心里也不由得一阵轻松。

"今晚下班我们去看电影吧，你最爱的看的《猩猩帝国》首映。"杜凯掏出两张电影票在小牧眼前晃了晃。

"去你的，你还嫌不够乱啊。我要是在下班规定时间内到不了家，我妈能冲到单位来。"

"宋佳凝昨天不是打电话说回来了吗，就说你们一块聚一聚。"杜凯捏着房小牧的鼻子笑着说。

刚说完，小牧手机响了，她低头一看，是宋佳凝。

真邪乎，说谁谁就到啊。

"房小牧，我需要你的安慰，借个肩膀给我。"宋佳凝的声音里带着一丝凄楚，房小牧的心一哆嗦。

"杜凯，佳凝有事，下了班我得去看看。"房小牧匆匆忙忙吃完碗里的饭，抽出纸巾擦擦手，往办公室跑去。

"下班，我送你。"杜凯一边收拾餐具一边看着手里的电影票，叹了口气。

下班之后，小牧给家里打电话，刘琴烟同志几番审讯，在得到宋佳凝的确认后，她才放心。

杜凯的摩托车还未停稳，房小牧就从车上跳了下来，三步并作两步奔上楼梯，把忙着锁车的杜凯远远地甩在身后。

"宋佳凝，佳凝。"房小牧一边敲门一边扯着嗓子喊。

好半天，门开了，宋佳凝那张娇娇俏俏的嫩脸，笑嘻嘻地看着气喘吁吁的房小牧和杜凯。

"宋佳凝，你，你要吓死我啊！"房小牧咬着牙，恨恨地说，那颗提到嗓子眼的心却终于定定地放到了肚子里。

"房小牧，你是不是得厌食症了，半拉月没见你，就这样了。"宋佳凝抓着房小牧的胳膊，看着一脸憔悴的小丫头。

"去你的，我都烦死了，饭也没的吃，你还吓我。"房小牧把脚上的高跟鞋甩到一边，光着脚走进门，把自己摔进了那张柔和的大床上。

杜凯笑着走进门，看着房间里打开的略显凌乱的行李箱，看来宋佳凝也是刚进门，什么都没来得及收拾。

"半年没见我，你不想我啊！你们这是什么培训啊，还得半年，那么长时间？"

"学校里面都这样，我一回来就想见你，就给你打电话喽。"宋佳凝看了杜凯一眼，轻描淡写地说道，她眼底掠过一丝阴郁，虽然转瞬即逝，但是房小牧却敏感地捕捉到了。

"杜凯，你看佳凝刚回来，我快累死了，麻烦你下去买点外卖，咱们在家吃好不好。"房小牧从床上抬起头来，可怜地看着杜凯。

杜凯笑着拍了拍小牧的头说："来的时候我就看好了，在楼下不远处有一家餐厅，有你爱吃的香菇排骨盖浇饭、罗宋汤，我去去就来。"

杜凯出去了，房小牧一下子从床上坐起来，略显紧张地盯着宋佳凝说，"说吧，出什么事了？"

宋佳凝的笑容倏地一下子消失不见了，沉默片刻，她轻轻地说道："小牧，我怀孕了。"

"什么，你再说一遍？"房小牧一下子就从床上蹦了下来，就像被雷劈了一般，瞬间石化。

"我怀孕了，五周半了，我需要你帮忙。"

"谁,谁的,孩子是谁的?你都没有男朋友,哪来的孩子啊?天,这半年到底发生了什么?不行,你得赶紧结婚,佳凝,你得赶紧结婚。"房小牧语无伦次地说,她光着脚在房间里走来走去。

"不行,小牧,我不能要这个孩子,我找你来就是想让你陪我去医院。"宋佳凝抬起头冷静地看着房小牧。

"啊,那张姨那边怎么办?"

"怎么办?如果他们知道,我后爸那脾气能直接灭了我。再说就我妈那样面子大于天的,要是知道了,还能不能活着走出那军区大院都成问题。"宋佳凝皱着眉头叹了口气。

"那,那男人是谁?"房小牧盯着宋佳凝的脸问。

宋佳凝垂下眼皮,过了片刻,幽幽地说:"小牧,别问了,这个不重要。"

"佳凝,什么叫这个不重要?还是不是个男人,负不负责任?自己的孩子都不知道……"

"房小牧,你不明白的,别说了!"宋佳凝突然一声大喊,伏在沙发上号啕大哭起来。

"好好,佳凝,我不说,我不问,明天我陪你去医院。"房小牧紧紧地抱住浑身颤抖的宋佳凝,不由得也悲从心中来,眼泪滚滚落下。

突然,宋佳凝从房小牧的怀里挣脱出来,抓起旁边的衣服胡乱擦了擦脸说:"杜凯要回来了,洗脸吃饭,上刑场之前还有断头饭呢,何况就是去个医院。"

两个人刚刚洗完脸,杜凯提着外卖回来了。

"小牧,你眼睛怎么红了,是不是哭了。"杜凯拉开既当茶几又是餐桌的电脑桌,把外卖取出来摆上,转头看到房小牧红红的眼睛,赶紧过来紧张地看着房小牧的脸。

"才没呢。洗脸弄进水了,饿死我了,吃饭啦。"房小牧看了一眼宋佳凝,笑着说。

杜凯把鸡腿咖喱饭里的骨头细细地剔除,然后将肉放进小牧的饭盒里,看着小牧吃,小牧每吃一口,他都会不由自主地笑一笑。

宋佳凝看着眼前的两人,不由感到一种莫名的辛酸,他,从来不会这样。他只是淡淡地看着她笑,但是,仅仅如此,便让她沉沦终生。如果他能这样为我的一颦一笑蹙眉颔首,那我也就义无反顾跟他了吧。

"佳凝,你吃。"看着宋佳凝凝视着自己的一举一动,杜凯不由得脸上一热,连忙说道。

"杜凯,如果你能一辈子对小牧这样细心,我和兮末也就放心了。"宋佳凝慢慢地说道,"房小牧是我们三个当中最笨,也是最善良的那个,你对她好,她会加倍对你好,甚至对你周围的一块石头都看的和宝贝一样。"

杜凯一怔,笑着对宋佳凝说:"我明白,谢谢你!"

看着杜凯的摩托车载着房小牧远去的背影,宋佳凝倚在马路边的合欢树上,喃喃地说:"如果爱,就别放手。"她闭上眼睛,任凭泪水一点一点地滑落下来。她把手放在依旧平坦的小腹上,里面有一个生命在悄悄地跳动,但是明天,一切将结束,就像一个梦一样,醒了,就什么都不存在了。那个男人,他却永远不会知道,有一个希望还未长成,就这样破灭了。

"房小牧,你到底是陪我去医院啊,还是做间谍啊?"宋佳凝无奈地看着眼前戴着墨镜缠着围巾穿着风衣的房小牧,幽幽地问。

"我是怕遇见熟人……"房小牧说话的声音比蚊子还小,有气无力。

"不会吧,做手术的是我,又不是你,你怕什么啊!"宋佳凝幽怨地说,并随手把房小牧的大墨镜给摘了下来。

"十二号,到你了。"小护士从手术室出来喊道。

宋佳凝的笑容一下子凝固在脸上,一张脸瞬间变得煞白煞白,她紧紧地攥着房小牧的手。

"孩子挺好的,又是头一胎,姑娘,你最好考虑清楚了再做决定。轻率地做流产,很伤身。"大夫是个五十来岁的老太太,抬起眼睛,看着脸色煞白的宋佳凝,温和的语气让人有种想哭的感觉。

"我们目前两地分居,不适合要孩子。所以,只好这样了。"早就在心里排练了无数遍的理由说出来还是让人感觉有点生硬。

"家属来了吗?这个得家属签字才行。"慈眉善目的女医生看着眼前两个紧张不安的女孩子说。

"我,我来了,我是家属。"房小牧紧张得咽了咽口水说道。

"你不行,得孩子的父亲或手术者的父母签字才行。"

"那,我自己签字,一切后果自负,行不行?"宋佳凝有些焦急地问道。

"不行,还是让你丈夫来吧,不怕一万,就怕万一,万一有点儿什么事,我们好及时与他沟通。"女医生和蔼但却肯定地说。

"啊,这样啊,那,那,我们商量一下。"房小牧拽着宋佳凝的衣袖无奈地走出就诊室。

"佳凝，这个男人是谁，这时候了，还有什么可隐瞒的呢。"

"没有什么男人，就我自己。"宋佳凝抬起头决绝地看着房小牧。房小牧知道宋佳凝不愿提及那人的名字，甚至不愿触及内心深处的那段情感。

"可是，咱们现在总不能从大街上抓一个男的来给你签字吧。"房小牧一边呼啦呼啦地用风衣宽大的下摆扇风，一边不停地走来走去。

"房小牧！"宋佳凝突然转过身来，深深地凝视着房小牧，轻轻地唤了一声她的名字。

"不可以！"房小牧的心突地一跳。

"没办法的，只能这样。"

"可是，杜凯不答应怎么办？"

"怎么办，怎么办，怎么办，怎么办，怎么办，怎么办……"房小牧迟疑地拿出手机，事到如今，只好一试了。

杜凯抱着一箱子图纸从公交车上下来，手机突然响了。

"杜凯，你现在忙不忙？"电话里，房小牧的声音有种飘忽而不真实的感觉，杜凯不由得一阵紧张。

"小牧，你怎么了，我在路上。"

"你来医院一趟好吗，就在博物馆旁边的医院。"

"小牧你在医院，怎么了？"杜凯手中的图纸一下子落在地上。

"你来了就知道了，快点儿，我等你。"房小牧的声音里已经带有哭腔。

杜凯的心不由得紧紧揪在了一起，他飞快地拦了一辆出租车，一路催促着司机师傅快点儿。

远远地就看到一个熟悉的小身影站在医院门口，挥舞着手中的大墨镜。看到房小牧活蹦乱跳地在门口，杜凯一颗悬着的心总算放了下来，只要房小牧人好好的没事，那就一切都不是问题。

"杜凯，你得签个字。"房小牧带着哭腔，一把抓住刚刚下车的杜凯的衣袖。

"小牧，别着急，好好说，签什么字？"

小牧顾不上多说什么，拉着杜凯一溜小跑，来到手术室门前，看到脸色苍白的宋佳凝正安静地坐在走廊的长椅上，握着包的手由于用力，骨节泛出淡淡的青白色。

"佳凝要手术，你签字。"房小牧上气不接下气地说。

"什么手术，佳凝？"杜凯看着慌慌张张的房小牧，就转头问宋佳凝，只见后面'妇产科'三个大字映入眼帘。

"哎呀，你就别问了，让你签你就签吧！"房小牧扯了一下杜凯的衣角，不耐烦地说。

"事到如今，我不想隐瞒你，杜凯。"宋佳凝知道房小牧在袒护自己，但签字是要承担责任的，不能就这样不明不白地让杜凯背黑锅。宋佳凝深吸了一口气，鼓了鼓勇气小声对杜凯说："我怀孕了。"

"孩子的父亲呢？"杜凯显然一惊。

"没有父亲，我只好这样，杜凯，抱歉。"宋佳凝慢慢地说道，垂下的睫毛微微颤动着。

"杜凯，你得签字呀，要不佳凝怎么办？"房小牧终于把气喘匀和了。

杜凯一把把房小牧拽到一边，"小牧，这个字不是可以随便签的，要负责任的，这是一条命，再说到现在为止，孩子的父亲都不知道，我签字合适吗？"

"可是，佳凝没有办法的，杜凯你就当我要做手术吧。"

"房小牧，你是不是有点晕头了，什么叫当你做手术？"杜凯哭笑不得地揽着房小牧的肩膀。

"十二号，今天的手术到底还做不做？不做重新预约时间吧。"就诊室的小护士出来催促。

"做！"宋佳凝猛然站起身，把包和外衣塞到房小牧的怀里。

拿过单子，宋佳凝的手一哆嗦，抬起眼睛注视着杜凯，泪水无声地流了下来。

房小牧突然一把抓过单子，紧紧地抓着杜凯的手，"杜凯，求求你，帮帮佳凝吧。"

看着眼前哭成泪人一样的两个女孩子，杜凯咬咬牙，迟疑地拿起笔，一闭眼，刷刷地签上了自己的名字。

宋佳凝看着器械盘中雪亮的手术刀、止血钳，整个人瘫在了床上，一动不动，手却紧紧地护住小腹，条件反射似的想保护自己的孩子，但这只是瞬间的事，接下来她知道自己该做什么，她闭上眼睛，双手紧紧握住床沿。

"放松，别紧张，一会儿就好，很快的。"做手术的医生仿佛看出了她的紧张，小声说道。

当冰凉的金属接触到她身体的刹那，她全身紧缩，一阵阵痉挛起来，体内仿佛有千万条虫子在横冲直撞，那种钻心的痛，让她恨不能从床上跳下来，而一想到这孩子绝对不能来到人世，她又不得不一忍再忍。

一下！

两下！

三下!

宋佳凝甚至都能感觉到那刮宫钳就要伸到自己的胸口，像是要把她的心抽掉似的。"不行了，不行了，我坚持不住了……"就在她认为自己实在坚持不下去的时候，终于听到医生说："好了。"

宋佳凝忍着疼痛慢慢起身，在她起身的一刹那，她一眼就看见手术台边的垃圾桶中那一团血肉模糊的东西，伤悲突如其来，"那是我的孩子，我的孩子，我的孩子就这样让自己亲手葬送在这里。"

看着脸色煞白的宋佳凝摇摇晃晃地从手术室出来，房小牧赶紧跑过去，紧紧握住她的手，扶她慢慢坐在椅子上。

"小牧，你看，那就是我的孩子。"房小牧顺着宋佳凝的眼光看去，一位护士正手提一袋垃圾急匆匆往门外走去，小牧想说点儿什么，可话到嘴边又咽了下去，此时，就连空气也仿佛凝固了似的，寂静无声。就这样，两人眼睁睁看着一个小生命从自己眼前消失。

宋佳凝眼睛一闭，软软地倒在了房小牧的怀里，泪水顺着眼角流了下来。

二十三岁的房小牧第一次见证死亡，而且是一个尚未成形的孩子的死亡。

房小牧每次闭上眼，都会看见垃圾袋里一团血肉模糊的小生灵在蠕动，她无法原谅自己。

刘琴烟的攻势异常热烈，如火如荼，一周能给沐斯年打好几次电话。

"斯年，我做了你最爱吃的墨鱼仔、油焖芙蓉虾，下班过来吃，顺路吧小牧接回来。"

"斯年,你房伯伯心脏不大好,下班后你过来看看吧!"

"斯年,告诉你妈妈,今晚我做酸菜馅的饺子,这可是我们做知青的时候她最爱吃的呢,一会儿过来。"

"斯年……"

"斯年……"

房小牧不得不打心眼里佩服,外加赞叹,刘琴烟同志每天能找出不同的而且非常正当又不乏亲切的理由来给沐斯年打电话,而且毫不生硬。

坐在沐斯年的车里,房小牧却感觉远远没有抱着杜凯的腰飞驰在马路上快乐,那些风,那些熙熙攘攘的生活仿佛一下子被隔绝了。

"房小牧,是坐我的车紧张,还是看到我的人紧张。"沐斯年看着镜子里房小牧低垂的眼眸不由得笑了。

"斯年,对不起。"房小牧咬着下唇说。

"呵呵,你这丫头,对不起什么?是你对不起坐我的车不说话,还是对不起这些年都不给我写信,都分不出点儿时间来想我呢?"

"什么啊,我有想你啊,但是你也没给我地址,我怎么写信给你。"沐斯年的笑容很温暖,房小牧的心在一点一点地变得柔软起来。

"其实,小牧,我回来就是想看看你,那个喜欢拽着我衣袖的小丫头变成了什么模样。"沐斯年温和地看着房小牧的眼睛,"来,听首老歌吧,我在国外这几年,很喜欢这首歌。"CD里传出一个有些沧桑的声音,一种淡淡的、忧伤的气氛回荡在车里,小牧突然就想起亦舒笔下的美艳如花的句子,

"如果花开了,就欢喜;如果花谢了,就放弃。陪你在路上满

心欢喜,是因为风景,不是因为你。"

　　痴痴地望着海的那边
　　远处的风在呼唤
　　没有了呼吸远离海岸线
　　爱,不能潜入蔚蓝的从前

　　寂寞的人在夜里孤单
　　离开就不要再说喜欢
　　海浪声渐行渐远
　　爱,寻找不到蔚蓝的从前

　　化成了岛的鲸鱼
　　就是就是那么孤单
　　哭泣的声音谁也听不见
　　悲伤沉入海底,封存之后不说再见

　　化成了岛的鲸鱼
　　泪水就是就是那么咸
　　化成岛屿,爱也冬眠
　　闭了眼,沉入海底,再也不离散

"房小牧,放心,我回来可不是逼婚的。我知道你喜欢杜凯,你可以大胆开心地去喜欢杜凯,因为,我看着你喜欢,看着你快乐地去喜欢,看着你长大了,拥有幸福的生活,我就喜欢呢。你知道吧,这么多年,你就像我的亲人,我的妹妹,想着小时候你拽着我的衣袖笑着哭着说着,想着你一点一点长大的样子,我就欢喜,那么多年,你就是在我的记忆里一点一点地长大了,虽然隔着那么长的时间,但我的心却从未离开你多远,看着你能找到喜欢的男孩,我这个做大哥的又怎么能不欢喜?"沐斯年含笑看着房小牧,伸出右手轻轻地把她揽进自己的怀里,抚摸着房小牧柔软的头发。突然就想起多年前那个七八岁的小姑娘,瞪着明亮的大眼睛,拽着合欢树下那个爱哭的男孩子的衣袖说:"你别哭,你爸爸不要你,我把我爸爸分一半给你。"

凡事都说开了,一切都透明了,房小牧的心也突然明朗起来,其实一直担心的是横亘在自己和杜凯之间的沐斯年,呵呵,以前真傻,还真以为她房小牧是人见人爱、花见花开的大美女呀,像沐斯年这样的金牌海归,跟前还缺优秀的女孩吗?医院里的美女护士、美女医生,随手抓一个都比自己要漂亮不知多少倍呢!

想通了的房小牧胃口很好,那么久以来她第一次开心地大口扒饭,而且还破天荒地给沐斯年夹了一大块蜜汁墨鱼仔。沐斯年不由得笑了,这个房小牧,还是和小时候一样,或许,简单才是真正的生活吧,能让房小牧幸福,一切都好。

最高兴的应该是刘琴烟,房小牧一直对沐斯年若即若离,这突如其来的热情,让她以为事态就像她预料的一样,按部就班地向着胜利前进呢。

甚至半夜睡不着了,她也揪着房峥军的耳朵把他叫醒。

"干什么?大半夜的,睡觉吧。"

"你说,以后要是小牧和斯年结婚,咱们是不是也得换个房子,在他们跟前买个房,这样照顾着也方便。"

"八字还没一撇呢,小牧才多大?"

"什么叫八字没一撇,你没看他俩现在多亲热。"

"我看呀,你还是少操点儿心,一切顺其自然吧。"房峥军伸手拿过桌子上的水杯喝完水倒下继续睡觉。

"瞧你,一辈子除了吃就是睡,我可不想让小牧和我一样,一辈子过着紧巴巴的穷日子。"刘琴烟伸手在房峥军的脊梁上拍了一巴掌,不一会儿身边就想起了均匀的鼾声。

刘琴烟认为,只有亲手把这个一根筋的房小牧交给知根知底的沐斯年,才是她这一辈子最完美的事,仿佛只要小牧和沐斯年在一起,那个杜凯就会从哪儿来回哪儿去。

"沐斯年,帮帮忙,给我妈妈打个电话,就说咱俩出去吃饭。"

"沐斯年,掩护一下下啦,我和杜凯去野生动物园玩。"

"沐斯年,我要陪着杜凯去培训。拜托啦!"

房小牧在尽一切努力把沐斯年变成自己和杜凯的最佳掩护堡垒,刘琴烟可以不相信她生了养了二十多年的房小牧,但是绝对是百分百地相信沐斯年。

房小牧,只要你幸福,我就幸福。

房小牧,能看着你幸福,我就幸福。

沐斯年看着房小牧幸福地抱着杜凯的腰坐在那辆半旧的摩托车上远去了,耳边仿佛还残留着房小牧没心没肺的笑声。

伸手打开车里的CD,闭上眼睛,任车里的寂寞如海水一般淹没了自己。

痴痴地望着海的那边

远处的风在呼唤

…………

化成岛屿,爱也冬眠

闭了眼,沉入海底,再也不离散

4. 我就是要嫁给他

"张婶,今天咋那么早收摊子啊,剩下的菜水灵灵的,自家吃多可惜哦!"

"去你的,你这个小油嘴,张婶就只能吃剩下的蔫巴菜,不能吃点儿新鲜的呀?"

"哎,张婶,这筐里怎么还有那么大一条鳊鱼啊?哦,还有排骨,这可不便宜,家里来客人了吧?"

"那是呢,今天我儿子带着媳妇回来,人家可是城里的丫头。"张素华一边和卖水果的糖妞说笑,一边急急忙忙地收摊子,虽然还有几把韭菜、十来斤土豆没卖出去,但是今天不比往常,在城里上班的儿子带着媳妇回来了。

"唉哟,你家杜凯要回来啊,还带着城里的媳妇,这孩子从小看着就出息。"糖妞她妈一边给顾客削菠萝,一边打趣说。

张素华一边笑着一边把店铺的防盗门拉下来,提着买好的菜往家赶。

卖了二十多年的菜,早起晚睡,让这个年仅五十岁的女人的腰身过早地佝偻了,她那花白的头发上还沾着些许菜叶儿的碎末末,一件陈旧的、不知道穿了几年的肥大运动衫套在她瘦小的身体上,有些不合时宜的滑稽,远远地看去,仿佛一只带着大翅膀的瘦弱蚂蚱,正急急忙忙地往那巢穴飞去。

杜凯就是她的希望,杜凯他爸脾气不好,说打就打,说骂就骂,几十年来,夫妻之间的感情早就在拳打脚踢中消失殆尽了。那么多年来就是杜凯安慰着她这颗破碎而无助的心,看着杜凯上大学,看着杜凯在几百里外的城里找到工作,那接下来就是盼着她的杜凯结婚生孩子,她这一辈子也就熬到头了。

房小牧跟着杜凯下车之后,东瞧瞧西看看,这个镇子上除了楼房矮一点儿,马路窄一点儿,人少一点儿之外,和城市没什么区别,而且远处的隐隐青山,让此处与钢筋水泥林立的城市相比,多了几分清新与自然。

"杜凯,今儿下午可一定得回去,我跟沐斯年说咱俩出来一天,让他想办法帮我们挡一挡我妈的狂轰滥炸。杜凯,你说我穿的衣服合不合适?杜凯,你看我这个口红的颜色是不是太显眼了?杜凯……"房小牧拽了拽身上的白色羊绒衫和水蓝色小裙子,不停地说。要说不紧张是假的,虽然房小牧不是丑媳妇,但是第一次见到未来的公婆,胸口还是跟揣着头小鹿似的。

"好了,小牧,我父母都是很朴实的人,你穿什么都好看呢。"杜凯伸手拉住小牧的手往家走去。

"杜凯回来了。哟,这是女朋友吧?"

"哎,唐叔,张哥,这是小牧,我朋友。"

"凯子出息了,这姑娘真俊!"

街上不时有人和杜凯打招呼,房小牧甚至能感觉到杜凯在人们羡慕的目光中一点一点变得高大起来,仿佛一下子从弯腰驼背的龙爪槐变成了挺拔的小白杨。

杜凯家在镇政府家属院里，这个小区估计是镇子上唯一的、也是历史悠久的高档住宅小区吧。虽然灰白色的斑驳的外墙上贴满各种各样的小广告，院子的大铁门也早已斑斑驳驳，但是敦实的灰黑色水泥台阶，粉刷得新崭崭的暗黄色传达室，戴着眼镜、穿着半旧灰蓝色保安服的老大爷，无一不在昭示着小区里居住的人群在这个小镇子上的特殊身份。

未来的公公杜天明是从镇政府退休的，当年他二十来岁进了镇政府做科员，从小杜熬到秃顶的老杜，一直到退休还是科员，做了一辈子小科员，虽然职务没见长，但是几十年来脾气却日益见长。年轻时分了这个七十多平的房子，杜凯在里面出生、成长，一直到杜凯大学毕业离开小镇。

"小牧，进来。"杜凯用钥匙轻轻打开门。

"阿嚏！"一股空气清新剂的味道迎面扑来，房小牧不由得打了个不合时宜的喷嚏。

"妈，我回来了。"杜凯听到厨房里有动静，朝着里面喊了一声。

"来了来了！"身穿一件暗红色毛衣的张素华带着满脸笑容走出来，或许是走得太急了，脚下的塑料凉鞋滑了一下。

"这是小牧吧，快进来，闺女，这几天杜凯常打电话念叨你，说要带你回来看看呢。"张素华拉着小牧的手，"闺女长得真白净，真俊，一看就是城里的闺女啊。"

"阿姨，我小时候也是在农村长大的，我姥姥姥爷都是农村的呢，我会干很多农活呢。"房小牧乖巧地拉着张素华的手。

"小牧，你和杜凯先坐下，饿了吧，一会儿咱就吃饭。"张素华一边把房小牧和杜凯往沙发上让，一边扭头看着厨房里的锅灶。

杜凯把房小牧带进自己的房间,然后去厨房帮忙了。

小牧环顾着这个俭朴得可以算是简陋的家,老式的家具,有些逼仄的空间,但是一切都是那么洁净,连洗手间的毛巾都是崭新的。

伸手从杜凯的书架上抽出一本书,发黄的书页上,还留着一行行略显稚拙的字迹,房小牧心头不由得一热,在这里,有杜凯生活过的痕迹,这些书上沾着杜凯往昔的汗水。洗得有些发白的床单,叠得整整齐齐的被子,一切都在告诉人们,这个家里,有着怎样一个勤俭持家的女主人。

"妈,你干吗喷那么多空气清新剂,小牧有鼻炎,对刺激的味道特敏感,"隐隐约约听到杜凯在厨房和母亲说着什么。

"我怕你爸爸弄得烟味太大,熏着小牧。"

"我爸呢,是不是又出去下棋了,没帮你看店啊?"

"在也是老跟人家买东西的吵吵,还不如不在跟前省心呢。"

"妈,不行就别干了,我有工资,我爸退休金也足够你俩过日子的。"

"凯,以后花钱的时候多了,你们要是结婚也得买房子吧,城里房子那么贵,妈趁着还能动,多赚一点儿是一点儿。"

"小牧,来吃饭,我妈做的都是你爱吃的,我早就打电话下通知了。"杜凯挽着袖子进来,笑着拉起房小牧的手。

红烧鳊鱼,米粉排骨,荷叶蒸肉,素炒毛豆,凉拌西兰花,番茄蛋花汤,看着一桌子的菜,房小牧突然有一种莫名的感动。被一家的陌生人当宝贝一样捧着,只因为你是他们所爱的人的爱人，所以你就是最重要的，因为爱，你对于这个家来说不再是一个陌生人，你就是一个爱的载体，要承载的爱得有多么重啊！房小牧突然有种诚惶诚恐的感觉。

"你们俩先吃，我去叫你爸，一下棋就什么都忘了。"张素华笑着说，一边摘下围裙往外走。

刚要开门，突然，门"砰"的一声被从外面大力地推开了，房小牧习惯性地站了起来。

进来的是个穿着一身灰色中山装的男人，手里提着一个塑料的小马扎，秃顶，眉目之间有几分和杜凯很像，但是阴郁的脸色很容易让人产生一种拒人千里之外的感觉。

"我刚要去叫你，你看凯带着小牧来看咱们了。"张素华一边接过小马扎，一边小心翼翼地笑着说。

"哦，有什么好看的，饿了，都坐下吃饭吧。"中年人抬眼瞟了房小牧一眼，淡淡地说道。

"伯父好！"房小牧看到杜凯他爸落座赶紧乖巧地说。

"嗯，吃饭。"杜天明坐下之后，一伸手，张素华把毛巾递上擦手，然后把饭盛好放在他面前。

随着杜天明的落座，气氛仿佛一下子变得压抑凝重了起来，房小牧有些许的不安。杜凯依然笑着给房小牧挑鱼刺，剥毛豆，然后一点一点把弄好的鱼肉放进房小牧的碗里。

杜天明看着儿子，冷冷地哼了一声。

房小牧的手一哆嗦，说："杜凯，我自己来。"

"你剥不干净，我剥，张嘴，你吃你的就行。"

"阿姨，你也一起吃，别忙了。"看着还在厨房里忙活的张素华，房小牧客气地说。

"你们吃，我一会儿就来。"虽然厨房里已经没有什么需要做的,但是张素华依然在里面踌躇着,犹豫着。

"哦,这个小牧,是吧,你现在做什么工作?"杜天明突然问道。

"伯父,我现在在一家保险公司做前台。"房小牧赶紧放下筷子,恭恭敬敬地说。

"什么是前台,就是跟门口那些迎宾似的?"杜天明一伸手,张素华赶紧递上一杯茶。

"不是,就是做接待,接待客户什么的,还兼职做文员。"

"哦,华而不实,还是得做些专业技术方面的工作才好,年轻人要上进。"杜天明慢悠悠地喝着茶,很享受地抚摸着将军肚。

"嗯,我有的,我每年都写入党申请书的。"房小牧赶紧点头说。

然后再也无话,一顿饭就这样接近尾声,其实房小牧没吃饱,但是也不想再吃。

房小牧在杜凯的房间里,看着杜凯翻出从小到大的照片,偶尔一回头,发现张素华此时才上桌拿碗盛了半碗饭,就着剩下的菜稀里哗啦地吃完了,房小牧觉得胃里一阵翻腾。

"杜凯,为什么你妈不跟我们一起吃饭。"房小牧悄声问。

"哦,一直都是这样,习惯了吧。"杜凯轻描淡写地说。

"为什么有这样的习惯?"房小牧打破砂锅问到底。

"呵呵,你呀,哪来这么多为什么。"杜凯一愣,笑着捏着房小牧的鼻子说。但是房小牧感到不舒服,就像小时候吃鱼被一根细细的鱼刺扎在嗓子眼里,痒痒的,不舒服。

不一会儿，家里开始不时有人来串门，这个婶子，那家大娘，这个表姐，那个堂嫂的，有的是来借个针线，有的来还个盘子，无一例外地都会笑嘻嘻地把房小牧上上下下、前前后后地打量一遍，说几句天气真晴朗，闺女真漂亮之类不咸不淡的话，房小牧感觉自己现在就像一只在动物园里被关在笼子里的猴子，不停地被游客掂量着、挑剔着，心里不由得多了几分不悦。

杜凯看出房小牧的不耐烦，就拉她进了自己的房间。

"杜凯，我们一会儿走吧，都三点了，还得赶车呢。"房小牧靠在杜凯的怀里有几分不耐烦地说。

"等一会儿，我妈说还有事跟你说呢。最后一班车四点半，放心，到城里不会超过你妈规定的时间的。"杜凯笑了笑。

"啊，什么事？不会吃了你家这顿饭，我就得立马跟你结婚吧。"房小牧吓得一下子从杜凯的怀中跳了起来。

"没那么严重，跟我结婚就那么可怕呀。"杜凯笑着捏着房小牧的鼻子说。

一会儿，门悄悄打开了，张素华小心翼翼地笑着走进来，从兜里掏出一小卷钞票来，往房小牧的手里塞："小牧啊，你第一次来，阿姨也没给你买什么东西，这一千块钱就算是阿姨给你的见面礼，回去啊，喜欢什么就买点儿什么。"

"阿姨，我不能要你的钱，杜凯和我都赚钱，应该给您钱才对。"房小牧仿佛被火烧着了一般，一下子把钱推出老远。

"闺女，你是不是嫌少啊？"张素华有点儿着急了，在外面杜天明就给了一千块钱，说咱这个镇上这就是多的了。

"杜凯，你看，你给咱小牧拿着。"看着房小牧说什么也不接这一小卷票子,张素华转身把钱塞给了儿子。

"妈给你,你就拿着,我替你拿着吧,"杜凯嬉皮笑脸地接过来,不顾房小牧的白眼,装进了自己的兜里。

一直到走的时候也没再见到杜天明,杜凯说,又下棋去了,从退休之后这就是他的工作,比上班还准时,不到吃饭的点儿不回家。

房小牧觉得很累,比在公司的大堂站一天还要累,嘴巴笑得都有点儿僵硬了,上车之后,房小牧嘟着嘴安静地坐着,看着窗外。

杜凯知道房小牧不开心,伸手把房小牧的头揽过来靠在自己的肩膀上。

"宝贝,不开心了。"

"给别人看猴子似的看了一下午,你会开心?"

"去,什么看猴子,大家都来看看城里的漂亮妞。你不知道,大家都夸你呢,斯文,漂亮,特懂事,不贪财。"杜凯笑着搂紧了房小牧柔软的身子,轻轻地在她的光洁的额头上亲了一下。

不贪财,不知道为什么,房小牧会想起杜凯装起那一小卷钞票时候的笑脸,几分很特别的感觉在心里打转,有点儿吃撑了之后的稍稍恶心的感觉。

晃晃悠悠的大巴就像一条吃饱了的毛毛虫,缓慢地行进在漫长的柏油路上,眼看太阳就要落山了,还没见到省城的影子。房小牧不由得着急了,如果天黑之前到不了家,还不知道什么情况呢,沐斯年的电话总是无人接听,也不知道这个掩护打得怎么样。

房小牧归心似箭,而城郊大巴却依然慢吞吞地,仿佛随时都会罢工。

旁边的一大嫂嘀咕:"这车不会要坏在半道上吧。"说完开始"呸呸"地吐口水,差点溅到房小牧的裙子上。

大巴在猛然晃悠了几下之后,不动了,车上的人开始咋呼,夹杂着小孩子的哭声。

"抛锚了,请大家先下车,不要着急,司机会尽快修理。"脖子上挂着票夹的售票员赔着笑脸跟下车的乘客一一道歉。

暮色愈来愈深沉,站在深秋的风里,房小牧瑟缩着,杜凯把外套脱下来裹住房小牧,把她搂在怀里。前不着村后不着店的,路边零星的几家小饭店,开始亮起灯来招徕过往的客车货车。

一个多小小时过去了,一切都笼罩在黑暗当中,大家开始怨声载道,车底下的司机也开始不耐烦。售票的姑娘一边着急地安慰着大家,一边给公司打电话。

"大家不要着急,公司说两个小时后就会有车来送大家回城,我们这次的车票钱都退给大家,真的抱歉了。"售票员开始一个个地给大家退票。

"退票就完了,耽误我谈业务呢,误工费怎么算?"

"现在都快八点了,两个小时之后,我们回家都大半夜了。"

"补偿,我们给消协打电话,投诉他们。"人群里不乏好事者。

"杜凯,怎么办,我担心我妈妈那边。"房小牧着急地在转着圈。不停地拨打电话,无数遍之后终于打通了。

"房小牧,你赶紧回来,穿帮了,我现在在你家呢。"沐斯年的声音里带着些许的焦急和不安。"房小牧,我不管你在那里,你就是插上翅膀飞也得给我飞回来。"突然电话里换成了刘琴烟的咆哮。房小牧一激灵,手机差点儿扔出去。

"杜凯,我妈妈知道了,我们得赶紧回去。"房小牧的眼泪开始吧嗒吧嗒地往下掉。

"小牧,别害怕,有我呢。"杜凯一边给房小牧擦眼泪,一边四处张望着,哪怕有辆过路车也好啊。不远处的一家小餐馆门前的小三轮农用车引起了杜凯的注意。

"小牧,你等着,我去去就来。"杜凯拍了拍房小牧的头顶,然后往小餐馆奔去。

就算用脚后跟想,房小牧也没有想到和杜凯的第一次回家是用这种方式结束了。当被农用车颠簸得七荤八素的房小牧被杜凯从车斗里抱下来的时候,她已经吐得鼻涕一把泪一把,头发上衣服上还占了不少细细碎碎的草屑碎末儿。农用三轮车司机进了外环路就把他俩放下了,然后接过杜凯递上的两张百元大钞心满意足地加足了油门"嘣嘣嘣"地远去了。

打车到家的时候已经是9点半了,又累又饿的房小牧带着一身的草屑,狼狈不堪地站在明亮的客厅里,刘琴烟是气不打一处来。

一直安静地坐在沙发上的沐斯年在房小牧进门的时候,悄悄地伸出一个手指,对着房小牧轻轻摇一摇。

房小牧泪眼婆娑地摇摇头,又点点头。

"房叔,刘姨,小牧回来了,我就放心了,我先回去了。"沐斯年笑着跟大家告辞,临出门的时候在杜凯的肩膀上轻轻拍了一下,却没有说话。

"妈,我饿了,我和杜凯到现在还没吃饭呢。"房小牧不敢看刘琴烟的眼睛。

"饿，我看你是吃撑了，都敢偷偷跟人私奔了，还愁没人管饭。"刘琴烟端端正正地坐在正中央，冷冷地说。

"妈，我就是跟杜凯回去看看他爸爸妈妈，什么私奔啊，难听死了，有你这样说自己闺女的吗？"

"呵呵，你还知道你是我闺女，那你把我放在哪里，我的话你什么时候放在心上了，你竟敢让斯年给你背黑锅打掩护，跟这个穷光蛋回家，那你还回来做什么呢？"

"阿姨，您听我说，这一切都是我的主意，是我让小牧陪我回去的。"杜凯听不下去了，腰身一挺就把房小牧拉到身后，"是，我现在没车没房，但不代表我以后会没车没房。确实，我不是富二代，我父母在乡下，但是他们辛辛苦苦养大了我，让我知道该如何去爱一个人，该如何去面对生活中的艰难困苦。我相信，当年您嫁给叔叔的时候他也不是功成名就，为什么就一定认定我不能给小牧幸福？我相信，只要我们努力，我会给小牧她想要的生活，这一辈子我一定会让她幸福。"

"嗨，你还跟我叫板！你凭什么让小牧幸福，就凭你一个月三千块钱的工资吗？就凭你在一个小小的公司里做业务员吗？就凭你没有医保没有养老保险吗？幸福是什么，不是你说出来的，老天爷不会可怜你的坚强，就会凭空给你房子，给你车子，给你运气。以后，以后长着呢，你准备让小牧跟着你为了三斤青菜一斤大米跟小商贩斤斤计较，每月攒点钱就往银行跑去还贷，攒钱供房一直到老？"

杜凯的脸一下子涨得通红，甚至脖子上的血管都清晰可见，拉着房小牧的手在不停地颤抖。

"妈——"房小牧突然凄厉地喊了一声，把大家都吓住了,"妈,是的,杜凯穷,杜凯没有房子,杜凯没有一个正式的铁饭碗,但是他对我好,他把我捧在掌心里当成宝。长那么大,从来没有人问过我需要什么,我喜欢什么,我的一切都是在你的安排下一步步走过来的,我是你女儿,但是你从来没有把我当成一个人来看,我就是你的私有财产。是的,我知道你爱我,怕我吃苦,从小给我的都是最好的,吃得好穿得好。但是,妈,和杜凯在一起我很开心,我也很知足,他爱我,我也爱他,我愿意和我爱的人在一起,吃苦我也愿意。妈妈,今天大家都在,我告诉你,我以后是一定要嫁给他的。"房小牧轻轻走过去拉着刘琴烟的手,哽咽着艰难地说。

"呵呵呵,好,好,那么多年,合着都是我在害你,你给我滚,跟着这个穷光蛋给我滚。"刘琴烟怒极反笑,甩开房小牧的手,一巴掌响亮地扇在了房小牧的脸上,房小牧被打了个趔趄,鲜血顺着嘴角缓缓地流了下来。

瞬间,大家都呆了,房小牧摇摇晃晃地看着眼前面目凄楚甚至有些狰狞的刘琴烟,不由恍惚地问自己,这个就是养了自己二十多年的母亲吗?

"好了,琴烟,这些咱们以后说,孩子到现在还没吃饭,咱们是不是都先冷静一下,以后再说。"房峥军一边过来扶住房小牧,顺手把刘琴烟推到沙发边上。

"杜凯,你先回去吧,咱们大家都静一静,有事咱过几天再说好不好。"房峥军温和地对杜凯说。

杜凯看着眼前泪人一般的房小牧,轻轻点点头,他用力拉了拉房小牧的手,转身往门外走去。

房小牧缩在被窝里默默地流泪,给兮末发短信。

"兮末,我很难过。"

"为谁？杜凯还是沐斯年？"

"我今天跟杜凯回家了，我妈发现了，斯年那边穿帮了，我跟我妈闹翻了，我决定了，要嫁给杜凯！"

"房小牧，一年的时间，你就决定嫁给这个三无男？你想没想过以后，你要买房，你要结婚，你要养孩子，以后的日子会如何，你想过没有？"

"兮末，你不要那么现实好不好？杜凯爱我，我也爱他，我相信，只要我们俩努力，会幸福的，牛奶会有的，面包会有的，票子会有的，房子会有的，一切都会有的。"

"房小牧，不是我现实，而是生活本就如此残酷。如果你执意要嫁给杜凯，那我只能说，你脑残了。如果你不知悔改，那我只能说我祝福你，但愿你会幸福。"

"我一定要幸福，我们一定会幸福。"房小牧仿佛宣誓一般，咬着牙把这几个字发给了兮末。

"祝福你，记住，我们永远是你的港湾，不管你有多疲倦，我们都是你的港湾！"

"祝你幸福！"

房小牧瞪着眼睛，看着黑漆漆的夜，在被窝里攥紧了小拳头：以后，我一定要幸福！！！

第二章 围城里,我们弄丢了爱情

1. 该来的挡不住

其实这层窗户纸捅开了，房小牧倒也踏实了，不用再偷偷摸摸，不用斯年打掩护，当然也就不用再提心吊胆地天天担心电话查岗。

晚上，房小牧大大方方地让杜凯送到家门口，早上光明正大地坐着杜凯的摩托车上班——摩托车的轰鸣声成了刘琴烟的噩梦。她知道，如果继续僵持下去，不但会活生生地把房小牧推到了杜凯的怀里，而且母女之间的亲情都会被淡漠，甚至被伤害。

硬的不行那就用怀柔政策，刘琴烟怎么也不能接受养了二十多年的女儿会为了这个才认识一年多的穷小子跟自己彻底闹掰了。

房小牧早上起来，从房间里出来，瞬间石化了。

大半月没见笑脸的刘琴烟竟然笑着坐在餐桌边，桌上是久违的香喷喷、热乎乎的早餐，吃了那么久面包的味蕾一下子复苏了，房小牧的肚子条件反射般的咕咕叫了几声。

"小牧，来吃饭吧，妈也想通了，不能和身体生气，是不是？你看这段时间不好好吃饭，你都瘦了一圈了。以后的事情，就看你和杜凯怎样的发展了。还是你爸爸说得对，顺其自然吧。"刘琴烟一边盛稀饭一边说。

"哎，这就对了，年轻人的事情，我们还是顺其自然。我看杜凯那孩子也不错，知道上进，对咱小牧也是实心实意的好。"从洗手间出来的房峥军一边拿着毛巾擦脸，一边坐在餐桌旁，顺手把毛巾搭在了椅背上。

"什么叫不错？毛巾，放回去，老乱放，就不知道收拾。"刘琴烟瞪了房峥军一眼，老房同志乖乖地拿起毛巾，叠整齐后放回洗手间的毛巾架上。

一种久违的轻松与温暖弥漫在心头，房小牧那颗始终悬着的心终于落回了肚子里。是的，虽然自己装的不在乎，虽然杜凯的体贴与温柔可以让自己在短时间内忘记这些不快，但是终究这才是自己的家，二十多年的养育之情是什么都不可能代替的，那种血浓于水的情感是什么都不能替代的，甚至爱情，也不能。

"杜凯，杜凯——"远远地，杜凯就看到房小牧跳着脚在门外台阶上喊，还一边挥舞着手中的大围巾，小脸在初冬的风里，像一朵红彤彤的玫瑰花儿。

"小牧，什么事那么高兴？"看着小牧的兴奋劲儿，杜凯不由得笑了。

"我妈妈同意啦！同意啦！咱俩再也不用偷偷摸摸的了。"房小牧一把搂住杜凯的脖子，在他的腮边亲了一下。

"真的啊？！"杜凯一下子从摩托车上跳了下来。

"嗯嗯，真的不能再真了。"房小牧抓着杜凯的手傻呵呵地笑着。

"杜凯，你说下班之后，我们是不是该庆祝一下。"房小牧抱着杜凯的腰身，在摩托车后座说。

"下班，去我宿舍，我给你做好吃的。"

"好，中午我去公司旁边的超市买菜，我要吃红烧排骨。"房小牧像个小媳妇一样掰着手指盘算着中午买什么菜。

"不用，买点饮料就行，排骨我今天去广告部那边送资料的时候可以顺便捎回去，那边有个农贸市场，比超市里的新鲜，还便宜。"

一天的时光就在房小牧傻呵呵的笑容中一闪而过。办公室的王姐说房小牧今天乐得就像捡了一个大元宝似的，嘴巴都快咧到后脑勺了，小心成血盆大口回不来了。

下班的时间一到，打完卡，房小牧用百米赛跑的速度冲到门口的ABC超市买了果汁，还买了一对水晶苹果的小蜡烛，转头看见红酒，顺手又提了一瓶，踩着十厘米的高跟鞋匆匆往杜凯的宿舍跑去。要不是路上有人，房小牧恨不能把鞋子提到手里，撒开脚丫子跑。

门是虚掩着的，还未走近就闻到了浓浓的排骨香味。

房小牧提着菜，转身用屁股把门撞开，倒退着进屋，把脚上高跟鞋踢得远远的，穿上杜凯的大拖鞋，转身一看，桌子上已经摆好了三个菜，小厨房中，杜凯正反穿着一件旧的格子衬衫当围裙在炸排骨。

"小牧，你洗洗杯子，摆好餐具，一会儿就好。"

房小牧伸手捏了一块排骨就啃，嘴里含糊地说："杜凯，你做的排骨比我妈妈做得好，我妈妈就会清炖，里面的油都不知道要弄出来。"

"那你现在就嫁给我，我天天给你做。"

"去你的，玫瑰花呢，戒指呢，烛光晚餐呢，统统都没有就让我嫁给你呀？"房小牧笑着伸出油乎乎的手指头在杜凯的额头上轻轻地点了一下。

房小牧把灯关上，然后点燃了一对精致可爱的小苹果。晶莹剔透的琉璃盏，衬着橘黄色的灯光，让小小的房间氤氲着一种浪漫，一丝旖旎，甚至还有一点点的暧昧。

"哦，花了钱就是好，你看这个小苹果灯，浪漫，得花钱买呀！"吃得饱饱的房小牧躺在唯一的小沙发上眯着眼睛，像一只慵懒的波斯猫。

"小牧，闭上眼睛。"杜凯慢慢地说。

房小牧笑着点点头，闭上眼睛，仰着一张圆圆的苹果脸。

一阵醉人的甜香从鼻端传来，房小牧睁开眼睛，呀，一束硕大的红艳艳的玫瑰花，怒放在眼前。

突然，房小牧的眉头轻轻地蹙了一下，把玫瑰花放在了一边。

"杜凯，玫瑰花很贵的，一支12块钱，一束12支，就是144块，再加上两支满天星是10块，三朵百合是60块，这样下来就是214块钱，这一束花够你吃半拉月的呢。"房小牧掰着手指开始算账。

"你这丫头，这时候开始算账，只要你喜欢，我这个月就是吃清水煮面条也高兴。"杜凯不由得笑出声了，但是眸中却一阵阵地湿热起来。房小牧的现实与浪漫无关，只因为眼前是她喜欢的男人，她关心的是他这一束花会花掉多少钱，她关心的是杜凯买完花后是不是要用清水煮面条应付半个月的生活，这就是房小牧，一个真心爱他的房小牧，一个值得他去守护一辈子的纯纯的傻丫头。

两个人相对着，看着熟悉的面孔，杜凯慢慢地伸出手指，抚摸着房小牧红红的脸蛋儿。也许是红酒的作用，房小牧的眼睛里流转着粉红色的光晕,长长的睫毛忽闪忽闪的。

轻轻地,杜凯搂住房小牧柔软的身体,用唇碰触着房小牧娇嫩的玫瑰花瓣样的唇,一缕甜香,一种柔润侵袭着他的感官,仿佛婴儿般的娇嫩。杜凯开始用力吸吮着唇的香,汲取着房小牧小巧柔软的舌上的甜。房小牧的身体愈发柔软,双臂不由自主地纠缠上杜凯低垂的脖颈。

"扑哧——嘻嘻,哎,杜凯,你的手不要挠我痒痒好不好!"房小牧一把推开杜凯,涨红着脸笑得弯下了腰,蹲到了地上。

"房小牧!"杜凯咬着牙恶狠狠地说,一把把房小牧从地上捞起来,"到关键时刻你就笑场,说了多少次啦,你还这样。"

"好!好!你等我做好准备哦,重来,这次不准碰我的腰和肋骨这里,说好的。"房小牧好不容易止住笑,轻轻地偎进杜凯的怀里,轻轻闭上眼睛,但是尖尖的小虎牙咬着下唇,嘴角边依然是抑制不住的笑容。

从蜻蜓点水到唇齿缠绵,杜凯那低低的喘息声逐渐变得粗重起来,手中的柔腻肌肤让他血脉贲张,一股热流从小腹部缓缓地升起,他的手开始悄悄地从房小牧的腰上移,穿过衣服的下摆轻轻地抚上胸前的丰盈,隔着蕾丝的胸衣轻轻地揉捏着,虽然以前也亲一亲、抱一抱,但是房小牧绝不让杜凯的手穿过衣服这道防线。

"小牧,宝贝,我想你。"杜凯一边辗转在房小牧的唇上,一边呢喃着。

"杜凯,我好热,抱紧我。"房小牧面若桃花,双眼紧闭着,紧紧地搂着杜凯的脖子。

"小牧，让我亲一下这里，好不好。"杜凯的手轻轻地在房小牧的丰盈上徘徊，一点点地穿过那层薄薄的蕾丝花边，用指尖拂过那小小的蓓蕾，杜凯甚至能感觉到那小小的蓓蕾在指尖下缓缓地绽放。

"嗯，嗯，不要。"房小牧一把抓住杜凯的手，那种强烈的刺激，让房小牧的身体一阵阵地悸动，柔软的小身体紧紧地贴在杜凯的身上，仿佛要融化在他地怀里一般。

"小牧，我的宝贝，让我亲一下，我好难受，就一下。"杜凯艰难地把头埋在房小牧的肩膀上，喘着粗气。

"你，很难受吗？"房小牧睁开眼睛，看到杜凯额头上冒出的汗水。杜凯点点头，继续在房小牧的耳垂上脖颈间急促地探索着，汲取着。

他拉起房小牧的手悄悄下移，房小牧的小手一下子碰到他那早早就支起小帐篷的命根子……

小呀嘛小二郎，
背着那书包上学堂，
不怕太阳晒，
也不怕那风雨狂，
只怕先生骂我懒呀，
没有学问喽，
无颜见爸娘。

突然，一段奶声奶气的歌声不合时宜地响起来，房小牧一激灵，从杜凯的怀中挣脱出来。

"是我妈！"房小牧拿出手机。这个怪异的铃声是刘琴烟专门为房小牧设置，说这是房小牧小时候演唱的录音，那时候她可是一门心思想把房小牧培养成歌唱家的。

"小牧，怎么还没回来，都快九点了。"刘琴烟的声音温柔得让房小牧起了一身鸡皮疙瘩。

"哦，妈，我和同事在一起吃饭，马上就回去。"房小牧平息了一下激动的情绪。

"以后记得打个电话来，我和你爸一直等着你吃饭呢。"

"我吃过了，你们赶紧吃吧，我马上就回去。"放下电话，房小牧对杜凯无奈地耸耸肩。

"你妈可真会来电话。"杜凯有些懊恼地说，他依然搂着房小牧的肩膀。

"好啦，杜凯，我先回去啦。赶紧去送我。"房小牧一边整理衣服，一边踮起脚在杜凯的唇上啄了一下。

"呵呵，你怕我吃了你呀，那么着急。"杜凯一边收拾桌子，一边在房小牧的头顶上敲了个爆栗。

"嘻嘻，怕你非礼我。"

"要不，你非礼我吧！"杜凯摆出一副苦瓜脸可怜兮兮地看着小牧。

"去你的，非礼勿行，非礼勿视，非礼勿言。"房小牧笑着跑出去了，楼梯上留下一串清脆的笑声。

"唉，还非礼勿行，我直接想把你就地正法。"杜凯自言自语地说。

平静的水面下是暗流涌动，看似融洽的生活中也无时无处地充满着亲情、爱情之间的战争。房小牧满足于目前的状况，虽然刘琴烟对杜凯的到来依旧是不理不睬，但好歹能让进门了，这对热恋着的小鸳鸯来说已经感恩戴德了。房小牧家住四楼，买大米、搬白菜这些活儿杜凯全包了。回到那间小宿舍后，杜凯会夸张地"哎哟哎哟"地喊累死啦，这时房小牧赶紧过来给杜凯捶背。简单的小生活让两人过得风生水起，浪漫满屋。

"小牧，你快回来，你爸从楼梯上摔下来了，站不起来了……你赶紧回来吧。"刘琴烟声音中带着哭腔，房小牧差点儿把电话扔出去。

"妈，你别着急，赶紧打120，我马上就回去。"房小牧挂掉电话，接着去找主管请假，然后踩着高跟鞋歪歪扭扭地一边往外跑，一边给杜凯打电话。

"杜凯，我爸从楼梯上摔下来，我得赶紧回家。"房小牧哭着说。

"小牧，别着急，我马上下来，我们回去看看。"杜凯放下手头的设计图纸，赶紧往楼下跑，如果不是很严重，房小牧不会哭得上气不接下气的。

杜凯骑着摩托车就像飞一样，到门口的时候，沐斯年正在指挥着护士把房峥军用担架抬出来送上救护车。跟前是哭得鼻涕一把泪一把的刘琴烟，在絮絮叨叨地说着什么。

"爸爸……爸……"房小牧吓坏了，看着房峥军疼得煞白的脸，她差点瘫在地上，杜凯赶紧扶住房小牧的肩膀。

"斯年，叔叔没事吧？"杜凯揽着小牧，几步走到沐斯年跟前。

"别着急，目前还不敢说，看情况是骨折，去医院检查检查再做下一步的治疗方案。"沐斯年在房小牧的肩膀上轻轻拍了拍。

救护车到医院的时候，沐斯年早就安排好了，直接进了手术室，房小牧一干人被手术室冷冰冰的玻璃门严严实实挡在了外面。

房小牧和杜凯扶着哭得迷迷糊糊的刘琴烟坐下喘口气。

"妈，到底是怎么回事啊，爸爸怎么会从凳子上摔下来呢？"房小牧拿出纸巾，一边给刘琴烟擦着脸上的泪水，一边问道。

"今天早上走廊的灯坏了，你爸说小牧晚上回家的时候怕黑，得赶紧换上一个。吃完早饭就去楼下买灯泡，回来的时候就说头有点儿晕，还说是不是血压又上来了。他拿着小凳子去走廊上安灯泡，我找出血压计准备给他量血压。呜呜，小牧，你说我就离开了一小会儿，我在书房里刚找出血压计，就听到'扑通'一声，接着你爸爸'哎哟'一声，我赶紧出来一看，你爸爸在地上躺着呢，凳子都顺着楼梯滚下去了。我扶他，他却站不起来了。呜呜，唉，你说这叫什么事啊！然后我就给你打电话，给斯年打电话。"刘琴烟断断续续地说了大致的过程。

墙上时钟的嘀嗒声，在寂静的走廊中愈发清晰，房峥军已经被推进手术室一个小时了，还没出来，房小牧焦躁不安地在走廊上像无头苍蝇一样地乱转。杜凯拿来两杯热柠檬茶，递给小牧一杯。

"阿姨，别着急，斯年说叔叔不会有什么事的。"杜凯递给刘琴烟一杯柠檬茶。

"你又没见着，你怎么知道不会有事？呜呜，小牧，要是你爸有什么三长两短，我……呜呜……"刘琴烟接过茶喝了一口之后又开始哭，声音在空旷的走廊里回荡，房小牧感觉自己的脑袋都要炸开了。

"妈，杜凯也是安慰你，难道你盼着爸有事啊！你别再哭了好不好！"房小牧抱着脑袋蹲在刘琴烟身边。

"房小牧你个小没良心的，要不是斯年，你爸爸还躺在台阶上呢！你自己说说我还指望你什么？"刘琴烟突然转身，泪眼婆娑地看着房小牧。

"病人家属，安静，你以为这里是你家热炕头啊，有多大声就出多大声！再号出去号，这里要保持安静，这是医院！"手术室里突然出来个护士，操着一口东北味的普通话对着刘琴烟一顿训斥，接着又进去了。

刘琴烟眨巴着泪汪汪的一双眼，想发作却找不到对象，只是气得胸脯一起一伏地喘粗气。她知道，这不是在她那三流医院的一亩三分地，有火也得压着。

终于，手术室的门打开了，房峥军挂着吊瓶，被推出了手术室，后面是身穿隔离衣的沐斯年。

"斯年，我爸爸没事吧？"

"腓骨骨折，问题不大，主要是脑干上有点儿问题。这样吧，小牧你来一下。"沐斯年略一沉吟，让房小牧到办公室来一趟。

"斯年，我爸爸到底怎么了？"房小牧忐忑不安地跟着沐斯年到了办公室，看着沐斯年沉静却面无表情的样子，心不由得提了起来。

"呵呵，小牧，别担心！"沐斯年突然温和地笑了笑，伸出手抚摸着房小牧的头顶说，"其实腿倒是小问题，但是房叔的'三高'看来不是最近才有的问题，这次有轻微中风的迹象，估计脑干会有瘀血，明天做个CT看一下吧。我让你进来其实是不想让刘姨听见，刚才在走廊里她已经惹怒了我们医院里有名的炮筒子了。"

想起刚才的一幕，房小牧也不由得嘴角翘了翘，一丝笑意转瞬即逝，"那需要住院多久？需不需要陪床？不行我去单位请个长假吧。"

"房叔这个状况，跟前不能少了人，不过估计刘姨一个人就够了，这里有我，然后我再给安排一个护工，你下班了来照顾一下就行了。"沐斯年像兄长一样详细地安排每一件事，房小牧一边点头一边不住地说谢谢。

看着房小牧出门时的背影，沐斯年苦笑了一下：房小牧，什么时候我们之间只剩下"谢谢"这两个字了呢？

第二天，房小牧去医院，沐斯年举着房峥军的片子看了半天，终于放了下来。房小牧焦急地问："斯年，我爸爸没事吧？"

"比预想的要好，脑干局部瘀血，但是面积不大，应该可以自己吸收了。这应该得益于房叔平时的锻炼。顶多半个月，他就可以出院了。至于腿上的伤嘛，伤筋动骨一百天，回家休养就可以了。"

房小牧终于松了口气，这几天多亏了杜凯，楼上楼下地做检查拍片子，全靠杜凯忙活，每次累得气喘吁吁的时候，房小牧就心疼地给他擦汗，杜凯总是笑着在她的耳边说："没事，这可是难得的机会，咱努力一把，把你爸策反到咱的战线来。"

"去你的，你才策反呢！"房小牧咬着唇忍着笑在杜凯的胳膊上轻轻拧了一下。

应该说，杜凯的"曲线救国"政策还是初见成效的。这几天，刘琴烟看杜凯的眼神虽不是如春风般和煦，但也不再像数九寒天一样冷飕飕的了。

"爸，喝点鸡汤吧，这是杜凯一下班就回去熬的，你快趁热喝点儿。"房小牧和杜凯提着保温桶走进病房。杜凯麻利地从随手提着的兜里取出调羹和小碗，仔细地用热水冲洗一遍才盛上鸡汤，递给房小牧。老房看着杜凯做的一切，不住地点头，在心里说："小牧这个孩子没走了眼。"

"小牧，医生说你爸爸血脂高，不能吃太油的东西。"刘琴烟接过碗说道。

"阿姨，我知道。我上网查询过，炖鸡的时候把鸡油都滤了，汤中已经不含脂肪，这样叔叔喝了，既可以补身体，又不怕血脂升高。"杜凯笑着说。

"杜凯多细心啊！我都闻到香味了，饿了，快给我端过来吧！"老房听了笑着催促道。刘琴烟迟疑地递过去。房峥军接过去喝一口就咂巴着嘴说："真鲜！"一连喝了两碗才停下。

杜凯走出病房门，拉着房小牧的手一个劲地说："真得好好谢谢你爸。"

直到结婚后，房小牧每次说起来这事，就笑杜凯是用鸡汤策略，一桶鸡汤就把未来的老丈人给收买了，换了个媳妇。

半个月之后，房峥军出院了，虽是坐着轮椅回去的，但是脸色比以前好多了。周围的邻居们都说，老房住院住得白白胖胖的，倒像是去哪里躲着疗养了呢！房峥军笑呵呵地拉着杜凯的手说："多亏了小杜，我未来的姑爷。"

刘琴烟赶紧说："什么姑爷，八字还没一撇呢！"

房小牧和杜凯相视一笑。现在房峥军是坚决站在房小牧这边了，估计刘琴烟自己孤军作战也坚持不了太长时间，只能色厉内荏地摆摆架子了。

一切都在朝着胜利的方向前进，杜凯和房小牧甚至都能看到甜蜜的生活在前方向他们挥舞着小手呢。

"丁零零——"杜凯的手机响了。

"喂——什么，爸，你和妈到车站了？你们怎么不和我打个招呼啊？好好，我马上去接你们。"放下电话，杜凯的头一下就大了。

老远，杜凯就看到老爷子杜天明穿着灰色呢子大衣，背着手站在马路边上；瘦小的张素华脖子上系着一块鲜红的围巾，围巾的一角还在风里呼啦啦地飘，她左手提着一只捆着翅膀、绑着爪子的芦花老母鸡，右手提着一袋子金黄的小米，地上还放着两个大包裹。

"妈，你们怎么来了？"杜凯赶紧跑过去，接过不停地挣扎的老母鸡，顺手把张素华脖子上的红围巾摘了下来。

"你不是说小牧他爸爸住院了嘛，我寻思我们得来看看，好歹小牧也去过我们家了，算是我们的儿媳妇了，我们得来看看亲家，不能让人家挑出理来。"杜天明沉着脸，一边往杜凯身后寻摸着。

"都出院了，不是说不让你们来了嘛！"

"你就自己来的，小牧没来？你单位没给你派个车来？"

杜凯不由得苦笑了一声，在心里嘀咕："老爷子，你以为我是公司经理啊，还派车，我这还是请假出来的呢！小牧那边还不知道，也得赶紧安排一下，那么贸然地领着去他们家，估计门还没进去，就会给刘琴烟骂出来。"

杜天明坚决不打车，说不就是个把小时的路，在镇子上每天早上晨练走得比这个还多呢。杜天明倒背着手，踱着四方步优哉游哉地在前面走，不时点评着周边的建筑风格，仿佛领导视察工作一般。这可苦了后面提着背着大包小包的杜凯和张素华,娘俩一路走下来,大冬天的,汗水都湿透了内衣。

看着儿子住的十几平的宿舍,杜天明开始对生活、对社会充满了牢骚和不满:儿子好歹也是省内的名牌大学毕业,最起码得安排个三室两厅的宿舍吧,就这样被鸡窝一样的一间小屋打发了,这简直就是对文化与文明的亵渎!杜天明很满意自己用的"亵渎"俩字,跟现在的生活是多么契合啊!

"小牧,我父母来了,说想去看看你爸爸。"杜凯出来,在门口偷偷给房小牧打电话。

"啊!什么时候啊?你怎么不提前跟我打招呼啊?我现在正在接待两个VIP客户,根本走不开的。"房小牧抱着电话,脑子里瞬间空白,妈呀,可别出乱子,"要不,这样,杜凯,你先让叔叔阿姨在你宿舍等一下,我下班之后赶紧过去。我提前给我父母打电话,准备一下。"

放下电话,房小牧平静了没几天的小心脏又开始揪起来,生活咋就那么多波澜呢?她不由得想起小时候看的电视剧中的插曲:"生活就像一团麻,到处是解不开的小疙瘩。"唉,我这条绳上的疙瘩咋就那么多呢?

快下班了,打了半天腹稿的房小牧拿出最温柔的声音打电话。

"妈,我先跟你说个事。今儿下午,杜凯的父母从老家来了,晚上想来看望一下爸爸,你看是不是准备一下。"

"已经来了,在咱家客厅坐着呢。"刘琴烟平静的声音在房小牧听来不啻晴天霹雳,差点儿把小牧劈得找不着北了。

"啊?那我马上就回去。"房小牧急匆匆地挂断电话,赶紧给杜凯打电话。

"杜凯,你下班没?"

"马上下班。你给你妈妈打电话了吗?"

"还打什么电话,你爸妈早去了,都在我家客厅坐着啦。"

"我的天,我走的时候还在我宿舍待着呢,说累了休息一会儿。别急,我马上下楼。你去车边等我。"

当两个人胆战心惊地站在房小牧的家门口的时候,想象当中的电闪雷鸣却没有出现,趴在门上听,仿佛还听到里面传来有说有笑的声音。

两人不由面面相觑,这又是唱的哪一出呢?

不得不说杜天明揣摩人的心思简直太准了,从进门时遭遇刘琴烟的冷眼,到最后与老房相谈甚欢,也不过短短几个小时的时间。当老母鸡的香味从锅里飘散出来的时候,刘琴烟脸上的冰雪也早已成了春花烂漫,她拉着张素华的手笑得就像几十年没见的老姐妹。

"杜凯,原来我们做知青的时候还从你们老家那边走过呢!你爸说村口的大槐树现在还活着呢!"刘琴烟一脸的忆苦思甜,让房小牧在心里不知道偷偷笑了多少遍。

"哦,老槐树?"杜凯疑惑地看向笑呵呵的杜天明。

"是啊,有时间你们真该回去走走,那里可是一直都没有忘记你们呢。"杜天明捏着小酒杯,喝得吱吱响。

房小牧怎么看这都是个慈祥而和蔼的老干部,和在杜凯家的时候比简直就像换了个人一样。

倒是张素华在餐桌上的拘谨,让刘琴烟的殷勤大度找到了更能发挥的舞台。

"哎呀,老杜大哥,当年我们跳忠字舞、演样板戏的小戏台还有吗？"刘琴烟仿佛回到青春时代，甚至还捏着兰花指来了个亮相，"奶奶，你听我说，我家的表叔数不清，没有大事不登门……"

应该说这顿饭吃得非常融洽。房峥军同志与杜天明同志是相见恨晚，甚至还约好了下一次来的时候，老杜同志给老房同志带一整套黄杨木象棋，两人杀上几盘。同样是坐了几十年的办公室，刘琴烟的小心思不过是一个小女人的狭隘与见识，与杜天明比起来，那真是米粒之珠与日月争华了。当然，这是杜天明在回去的车上抽着房峥军给装上的云烟，笑着，优哉游哉地说的。

其实，当你的宝贝被别人当宝贝的时候，心里早已没了那种争夺的欲望，只有失落，就像看着自己的青春一点点地消失，伸出手去，却什么都没有。刘琴烟看着房小牧脸上的笑，看着杜凯能把自己养了二十多年的女儿当宝贝一样放在心里、捧在手里，争强好胜的欲望也就一点点地淡了，一点点地没了，最后剩下的就是在心里一遍一遍地回忆了。

最大障碍已经不是障碍，杜凯的厨艺短短几个月就完全收买了老房同志的胃。刘琴烟看杜凯在厨房里忙碌，眼神也日渐温柔，甚至有时候会对房小牧说："小牧，人就是个命，有杜凯这个孩子，让你不像妈一样烟熏火燎地在厨房里操劳一辈子，我也算是满足了。人哪，就是个命，有的吃一辈子，有的做一辈子，有的操心一辈子，有的清闲一辈子，几十年呼啦一下子就过去了。"

2. 一辈子无处安放的时光

幸福的日子总是如流水一般，哗啦啦的就流过去了，当转过头再去看的时候，早已找不到岸边曾经踩过的那块鹅卵石。

房小牧就如一匹被篱笆墙里挂着的葡萄诱惑得昏头昏脑的小狐狸，蒙着头使劲往婚姻的篱笆里钻，哪怕是钻得弄脏了皮毛、划破了嘴巴也要钻，全然不问那串葡萄是甜是酸。所以，当房小牧和杜凯拿着两本大红色的结婚证喜滋滋地坐在红房子里，闻着面前散发着浓浓香味的栗子糕的时候，两个人的心里都是坚贞不二的爱情，都是满满的非伊不娶、非君不嫁的海誓山盟。

如果说生活中没有爱情，那是假的。

如果说，爱情就是生活的全部，那也是假的。

爱情走到最后的完美结局，不管是在小说里还是在电视剧中，都是婚姻，但是婚姻的结局是什么呢，那就要听下回分解了。在实际生活中，要么是热情似火的爱情燃烧成灰烬之后归于平淡；要么是爱情没了、婚姻没了，你走你的阳关道，我走我的独木桥，你是陌路人，我为羁旅客罢了。

没有房子就没有家，在这点上刘琴烟和张素华的看法是一致的。张素华在电话里说的一句话差点儿让房小牧落泪："小牧，不给你和杜凯买上房子，我和你叔叔就是死了都不安心啊！你放心，我和你叔就是砸锅卖铁，在大街上搭个窝棚，也得帮你和杜凯买上房子。"

放下电话，房小牧感动得在杜凯的怀里哗哗地流眼泪，说："杜凯，我们买房后，把你爸妈接来住在一起，四个人一起，不分开。"

不否认，这一刻房小牧是真心真意的。但是生活不是只有真心真意就够了，或许下一刻就鸡飞狗跳，反目成仇。

接下来的日子就是看房子。在黄金地段溜达一圈，房小牧攥着一大把的宣传册说："杜凯，把咱俩拆吧拆吧卖了也买不来一个八平大的洗手间！"

五环之外就是郊区，上个班需要转车，没俩小时到不了公司，每月的工资还不够扣考勤的呢。

三环之外、五环之内刚开发的楼盘倒是如雨后春笋，但是看着一片拆迁得乱七八糟的棚户区，还不知道新房何年何月才能交付。

中午吃饭的间隙，房小牧拿着红色记号笔在报纸上看房，哪里开发楼盘，哪里有期房出售，都一点一点地圈出来。

杜凯说："房小牧，你是跟房子结婚，还是跟我结婚？"

房小牧头也不抬地说："跟你在房子里结婚。"

"杜凯，你看，三环东路流香水榭开盘，说现房出售，四千起价，下班咱去看看。虽然远点儿，但是位置还是不错的。"房小牧一边打材料，一边浏览网上的卖房信息，还偷偷和杜凯聊天。

到达售楼处的时候，房小牧发现自己迷路了，不是说三环吗，为什么周围是片破败的棚户区？售楼处就是一座用彩塑钢瓦盖起来的简易楼，门外挂着一红底白字的大牌子，上面写着"流香水榭售楼处"，里面有几个穿着小套装的姑娘在翻着手中的资料聊天。

"房小牧，你确定是这里？"杜凯看看四周破败不堪的拆迁房，疑惑地问。

再次仔仔细细地核对手中的纸条之后，房小牧肯定地点点头。

"难道是个售楼的分处？"来了就进去看看吧，杜凯拉着房小牧一走进去，就被几个小姑娘给围了上来。瞬间，房小牧感觉自己像是一块落入妖精窝里的唐僧肉。

"跑保险的腿，卖楼房的嘴。"这句话真不是白说的。房小牧听得直打瞌睡，但是人家售楼处的小妹妹们踩着高跟鞋带着看沙盘、看规划，介绍起房子来更是滔滔不绝，丝毫不带停顿的。

"大哥大姐，你们看我们这边是学区房，以后升值的空间在咱这一带是首屈一指的。你看这周边地区幼儿园、小学、初中、高中分校，都已经规划好了。园林建筑模式，天然氧吧，让你在居住的同时直接就养生。"售楼处的小妹妹指点着规划图上的空白地带，用纤纤玉指给房小牧和杜凯画了一个好大的饼，仿佛随着她神奇的手指这一刻画下宏伟蓝图，下一刻就会全部实现，这边呼啦一下子就是繁华中心大街，那边嗖的一声就是国贸超市。

"停停，可不可以问一下，你现在可以带我们去看看样板房吗？"房小牧打着哈欠寻了一个间隙，打断了售楼处小妹妹的介绍。

"大姐，这是我们刚刚开发的楼盘之一，现在正在开发中。"

"你们说是现房?"杜凯突然提高声音说道。

"我们的一期已经交房,这个是才开发的,所以起价是四千一平。你们算一下,等两年之后交房的时候估计要翻一番,你们就等于买了房子升值,买房的同时还赚钱,多合算,是不是?"

"合算?你们是合算了,空手套白狼,空手道也不带这样玩的,当你们家是银行啊,我们没见到房子,白白把钱给你们,然后等两年?"杜凯有些不怒反笑了,"两年,都耽误我儿子上幼儿园了。"他拉着房小牧的手扭头就往外走。

"哎,大哥大姐——"售楼处的小姑娘紧紧地跟在她俩后面,一个劲儿地叫。

"别,我叫你们大哥大姐。"杜凯头都不带回拽着房小牧出了售楼处。

几天下来,不是位置不好,就是价格不行,总之,房子这个问题很迫切需要解决,但就是解决不了。房小牧感觉自己的腿都跑粗了一大圈,累得躺在床上用手机和兮末聊天。

"兮末,没有房子的男人,你会不会嫁?"

"我不会,但是你会。"

"为什么?"房小牧从床上坐起来,盘着腿打开电脑,手机聊天的速度是龟速。

"因为你没有脑子。房小牧,你不要告诉我你要跟杜凯结婚。"

"很不幸,兮末,我要跟杜凯结婚了,我们现在在看房子。"

"谁买房?杜凯家?还是你陪着做房奴?"兮末的一针见

血让房小牧招架不住。

"当然是我们一起，他爸爸妈妈说尽量帮我们，有多大劲儿就使多大劲儿。我想，我爸爸妈妈应该有个二十万吧。"

"房小牧，你脑袋被驴踢了还是进水了？杜凯娶你，你们家出钱买房，你家这是招上门女婿啊？还没结婚呢，就开始帮外人算计自己爸妈，房子写谁的名字你想过没有，以后一旦出什么问题，房子归谁？"兮未一连串的问题让房小牧脑子发蒙，东北妞的彪悍与聪明让兮未隔着万水千山就能一针见血看到问题的实质。

"我想想，我想想……兮未，我觉得吧，没那么复杂，我和杜凯在一起就是一辈子。他父母对我也很好，他妈说结婚了我就是她家的闺女。"

"傻话，媳妇就是媳妇，永远成不了闺女。房小牧，以后有你受的。好了，我不陪你啦，我要跟拉斐尔去滑雪。拜拜！"兮未头像晃一晃就成灰色的了。

这个家伙，重色轻友！房小牧在心里嘀咕着，把自己裹在云朵样的被子里翻来覆去睡不着。

"媳妇儿，想你，吃了你！"杜凯的短信，让房小牧的心里痒痒的，酥酥的，想起杜凯的吻，房小牧的脸蛋红红的，窝在被子里傻傻地笑。

期房不能要，现房要全款，在这地段，五千六一平，不用太大，百十平的小房子加上车库、配套房，然后再加上装修，一整套下来没个七八十万，那简直就是不可能。所以最后商议的结果就是买个二手房，因为两个人目前还年轻，结婚之后不会立即要小孩，所以两室一厅七十平的小房子就足够了，如果不是最近几年建的二手房，年头再长一点儿的，估计还会便宜。

当两人奔着二手房看的时候才发现，好地段八成新的二手房的价格绝对不输给现房，看中的房子价格不合适，价格合适的房子不是太旧就是太远。大街小巷那么多房子，却没有一个能装下他们简单的小生活和小梦想的窝。

房小牧说："杜凯，要不你嫁给我吧，把你娶到我们家，也不用买房。"

杜凯说："那我还是住单身宿舍吧。"

房小牧说："你不怕我等老了呀？"

杜凯说："等你老了，我们新婚金婚一起过。"

房小牧一边笑一边用小拳头捶杜凯的胸膛，笑着笑着就软倒在杜凯的怀抱中。

"恋爱的时候有情饮水饱，结婚之后就会体会到贫贱夫妻百事哀。"这是结婚多年后一脸憔悴的房小牧抱着儿子到处借钱给杜凯还贷款的时候，脑子里突然蹦出的一句话。恋爱是什么，是谈出来，用嘴巴谈，而不是用锅碗瓢盆、吃喝拉撒。所谓的恋爱就是一种少女情节罢了，什么柔情蜜意，什么海誓山盟，什么卿卿我我，在捉襟见肘的生活中都是肥皂泡，甚至不用伸手去戳一下，只是简单地吹口气就会"啪"的一声破碎在苍白的空气里。

"房小牧，如果你再让我陪你看房，你给我青春损失费吧！我的天，竟然没电梯！"宋佳凝喘着粗气跟房小牧爬上七楼。

"杜凯好容易有这次培训的机会，说不定回来就会升职呢，到时候请你吃大餐哦！再说啦，你是我将来的儿子的干妈，我不找你找谁呢？"房小牧甜甜蜜蜜地搂着宋佳凝的胳膊做可怜状。

"房小牧,得得得,我不是杜凯,你可别酸啦!哎呀,我发现自从你跟了杜凯,简直就把你以前的那点梗着脖子的小骨气都给折腾没了。唉,简直就是给咱丢脸哦。"宋佳凝摇着头不住地哀叹。

老式的建筑七层以上才会装电梯,可惜这栋楼龄近二十年的老房子一共才七层。逼仄狭窄的水泥台阶上,灰白色的楼道里到处都是疏通下水道、开锁之类的小广告,旧的斑斑驳驳,新的翻边翘角,这一切都在向世人昭示着这里曾经的热闹与繁华。

"姑娘,十五年前咱这个市里装电梯的居民楼,掰着手指都能数得出来,要是有电梯,我这个八十平的小房就不是现在这个价格喽,最少得涨到这个数。"房东大叔是个开朗的老头儿,他笑着伸出五个手指在房小牧眼前晃悠。

"什么?五十万?大叔,抢钱呢!"宋佳凝一边用手扇着风一边吐了吐小舌头。

"大叔可不抢钱,大叔等着钱来抢我,这不你们就来了吗?"

"到了,小心上面的屋顶,这段时间老掉墙皮,得找个刮瓷的来收拾收拾了。"

房东大叔用钥匙打开薄的一脚就能踹开的防盗门,一股带着霉味的灰尘迎面扑来,房小牧和宋佳凝被呛得不停地咳嗽,拿手一个劲地扇。

"呵呵,时间长了没人收拾了,不过一收拾就是像模像样的非常不错的房子呢!户型也好,你看,虽然不大,但是布局多合理,不像现在的房子,风水不好,进门就是厕所,财运全都顺着马桶给冲走了。"房东大叔是个很健谈的中年人。

老式的花灰色水磨石地面,灰扑扑的就像是一张久经风霜的老脸,土里土气的草绿色墙裙会让你不由自主地回忆起小时候坐在教室里哇啦哇啦读课文的年代。纱窗由于年久失修都翘起来了,风一吹就像是蝴蝶残缺的小翅膀,忽悠忽悠的,但是除了厕所之外所有的房间都朝阳,这一点很招房小牧喜欢。房小牧冬天喜欢晒太阳,坐着摇椅织毛衣、看书、喝茶、睡午觉,多幸福啊!这就是房小牧最向往的生活,当然最喜欢的还是价格便宜点儿。

房小牧跟着宋佳凝一个房间一个房间地仔仔细细地看,边边角角,窗台墙角,一点儿都不放过。

宋佳凝突然指着乳白色的墙面上那褐色的斑斑点点,回头问道:"这里有发生过凶杀案?!"吓得房小牧的心突地一跳,猛然往后退了一步。

"你这个小丫,不买房没事,可不能乱说。我这可是好好的房子,那些是打蚊子留下的。我小孙子喜欢拿着拍子打蚊子,这楼后面以前是一条水沟,老招蚊子了,我们搬了没几年,就盖成农贸市场了。你看,你看,那边大柳树底下,台阶边的花坛,就是利用臭水沟的地形改造的呢。再说了,下去买个菜什么的多方便。"房东大叔一下子涨红了脸,腮边的胡子茬茬都竖起来了,叽里咕噜地说了一大串,还打开窗子一个劲儿让两个人看。

"哈哈,大叔,逗你玩的,但是下面这个市场离得太近,很影响休息的。小牧,你连早上睡个懒觉都别想了哦!"宋佳凝笑着揽着小牧的肩膀说。

"大叔,价格还能再便宜点儿吗?我们想要结婚,但是没有多少钱，过几天我男朋友回来，我们一起过来看房子，行吗？"房小牧想了想，认真地说。宋佳凝在后面一个劲儿地拿拳头杵房小牧的腰，但是房小牧像没感觉到一样，把那些所谓的砍价技巧都浓缩成了一句话。

"哦，这样，现在的房价你们也不是不知道，如果你们真是看中了房子，价格咱们再商量一下。我看你这个小丫头也是个实在人，大叔也不能和你要花腔，保证给你最实在的价格，不过你们得快点儿，一周时间。我这个房子现在可是抢手的很呢！"房小牧的直接让房东大叔有些措手不及，准备好的战略战术没用上。

留下电话，约好好周末和杜凯来看房。

宋佳凝在路上说："房小牧，你真是笨得可以，如果你装作没看中，咱还可以砍砍价之类的，说不定我干儿子一年的奶粉钱就给省出来了。"

"开门见山，直击要害。"房小牧认真地看着宋佳凝说。

"哼，就你还直击要害呢，整个一冲昏了头的兔子。"宋佳凝翘着嘴说，却看不出到底是嘲讽还是说笑。

房小牧是幸福的，坐在公交车上啃着早上买的干面包也是幸福的，想着杜凯温柔的笑，看着杜凯发来的一条条甜蜜蜜的短信，她会不停地笑。宋佳凝拿手指头戳着房小牧的额头说："房小牧你现在笑得就像一个没心没肺的花痴，整个就一被人家卖了都帮着点钱的主儿。"

"房小牧，你说是不是必须得有房子才能结婚？"宋佳凝突然认真地对吃着面包看传单的房小牧说。

"其实，只要与相爱的人相守，哪里都可以是家，只是我家刘琴烟同志不想我过颠沛流离的生活，说搬一次家穷三年。"

"如果你和杜凯买不到房子怎么办？"

"那就租房。"房小牧沉默了片刻，咬着薄薄的下唇说。

晚上，吃饭的时候，刘琴烟问房小牧和杜凯看到合适的房子没。

房小牧笑着抬起头问："妈，我和杜凯要是买不到合适的房子，是不是你就不同意我们结婚啊？"

"没有房子就是没有家，没有家，你和杜凯还结哪门子婚啊？结婚之后住哪里，总不能在马路上吧？"

房小牧低头猛往嘴里扒饭。房峥军说："别吃那么急，不小心就噎着了。什么事仔细琢磨琢磨再说，别脑袋瓜子一热，就莽莽撞撞地去做，不然会后悔。"

"爸，我脑袋凉快着呢！"房小牧笑着对老爸做了个鬼脸。

"爸，我们买房子，你和老妈准备赞助多少？"晚饭后，房小牧陪着房铮军喝茶。紫砂壶里的茶香袅袅升起，房峥军退休之后喜欢喝茶，他说急喝酒慢品茶，喝着茶，慢慢地，心就会静下来。

"来，小牧，喝茶！"房峥军给房小牧倒上一杯放到面前。

"咳咳……爸，你想烫死我啊！"房小牧端起杯子喝一口赶紧往外吐，滚烫的茶是没法入口的。

"小牧，茶喝急了会烫嘴的，以后什么事，还是等等，不要太着急。"房铮军笑着看着眼前的女儿。

"爸，你别岔开话题，说嘛，到底赞助我们多少啊？"房小牧撒娇地转到房峥军的背后，拿出去黄山旅游的时候买的美人锤给老爸捶背。

"呵呵,你这鬼丫头,我和你妈妈会尽最大努力帮你的,但是你得考虑一下杜凯的感受。"房峥军慈爱地拍着房小牧的手背。

"他呀,开心还来不及呢,你放心,爸!"房小牧笑着拿着美人锤溜达着出去接电话了。

晚上睡不着,房小牧给宋佳凝打电话:"宋佳凝,要是你喜欢的男人没有房子,你会不会跟他结婚?"

"房小牧,我怎么感觉你现在和分耒似的,真虚荣,张口闭口就是房子房子房子,为什么你们都会这样想?如果我是你,我会把买房的钱攒下来买辆好车,和我喜欢的人开着车周游世界,或许三年,或许五年,或许十年,等我们玩够了,还可以继续相爱,还会对眼前的人不离不弃,那样我们才会找一个喜欢的地方落地生根,开花结果。"宋佳凝突然轻轻地说,跟着电话线传来的声音带着一种缥缈的、不真实的忧伤。

"杜凯说,他会一辈子对我好。我想,我也会一辈子对他好,不管是三年还是五年还是一辈子。"房小牧沉思了半晌慢慢地说道。

"又是一辈子,一辈子。为什么现在的人都喜欢说一辈子?许那么长的诺言,让时光都无处安排了。"宋佳凝突然想起好像也有一个人曾经把自己搂在怀里说一辈子对你好,但是一年还未过完,那人却早已寻不见了。

最后敲定这套三十六万八千块的小二手房之后,杜凯拿着自己的银行卡交了五千块定金,说好一个月之后交全款,然后拿钥匙。

房小牧拉着杜凯的手走在大街上,心里突然涌上来一种特别的感动:从今往后,会有一个男人与你息息相关,他会陪着你到老,会陪你生儿育女,一起端着碗在一个锅里吃饭,会把他所有的喜怒哀乐告诉你,会把你当成宝贝一样地喜欢着、疼惜着。房小牧傻傻地笑,看着阳光下杜凯高大的背影笑。杜凯一直问傻妞笑什么,房小牧不说话,只是傻傻地看着杜凯笑。

下了班,房小牧拉着杜凯坐在宿舍里那张巴掌大的小桌子旁,拿着计算器噼里啪啦地摁着。

杜凯说:"房小牧,我看你现在咋就那么像一个小管家婆了呢!"

"去你的,我是算着能借到多少钱。"房小牧坐在杜凯的对面放下计算器,掰着手指说,"你看刘琴烟同志和房峥军同志的十五万是准了,我自己有三万,你家最少得和我妈妈差不多吧?你呢,这两年除去吃喝拉撒攒下多少钱?"

杜凯一愣,半晌没有说话。

"小牧,来,坐过来。"杜凯伸手把房小牧拉到怀里,把脸埋在房小牧的发间。房小牧的头发软软的,像婴儿的头发,散发着一种淡淡的花草的香味。但是杜凯此刻的心,却弥散着浓郁的苦涩,就像乡村里那些破败的老房子门口的苦艾,每年成熟的时候,半个村子都会弥漫着带着苦涩的清香味。

今天上午,杜天明来电话说,给他们打上了一笔钱,是给他们买房子用的。杜凯高兴得不得了,关键时刻到底是亲爸亲娘啊!他喜滋滋地去银行提款,不由愣住了,只有两万块钱,杜凯当时就对柜面的工作人员说是不是看错了。柜台里面的小姑娘笑着说:"大哥,我们天天转账提款的,两万块和二十万还是分得清的。"两万块钱离三十多万还差十万八千里呢!杜凯不想让房小牧因为房子去跟刘琴烟要钱,虽然房小牧一直说，刘琴烟说攒了一辈子钱就是为了房小牧有个好归宿，但是一个男人不能给自己的女人一个家，这算什么呢？

"杜凯，你怎么了，是不是……"房小牧抱着杜凯的胳膊，迟疑地问道。

"没事，小牧，如果，我是说如果我们这次买不上房子，你还会不会跟我结婚？"

"怎么会买不上呢？我们都交了定金啦！我一会儿回去就去看看我妈妈给我存的卡。我刚才算了一下，你的，我的，两家的，也差不很多。实在不行，我再去兮末和宋佳凝那里去化缘。"

"当然不会，今儿下午我给我父母打电话，看看能支援多少钱。"杜凯笑着拉起房小牧的手，轻轻地放在腮边摩挲着。

"虽然我们现在买的这个房子小一点儿，但是以后有机会，我们赚钱多了，换个大房子，也把你爸妈接来。"房小牧的手指轻轻地在杜凯的胸前画着圆圈。

"嗯，你管我爸妈叫什么？你现在是如假包换的杜家人喽！"杜凯威胁地捏着房小牧的鼻子说。

"什么啊！那你上午打电话的时候还管我爸妈叫叔叔阿姨呢！"房小牧跳起来反驳，娇俏柔软的小身体压在杜凯的身上。

"房小牧，你不要调戏我哦，我可是良家妇男。"杜凯坏笑着搂着房小牧趁机倒在床上，一个翻身就把房小牧压在了身下。

一丝暧昧的欲望悄然升起在杜凯的眸子中，他的呼吸逐渐变得急促起来，缓缓地低下头去，慢慢地贴近房小牧娇柔的唇瓣，轻轻地、辗转地吮吸着。

杜凯的唇缓缓地移动，到玫瑰色的腮边，到如珍珠一样小巧的耳珠。细细密密的吻让房小牧紧闭着双眼，小扇子样的眼睫毛轻轻地颤动着，如薄薄的蝶翼。

顺着白皙的脖颈，杜凯的手一点一点地下移。

突然感觉胸前一凉，房小牧猛然睁开眼睛。原来自己的胸前不知何时已是空门大开，淡紫色的蕾丝内衣已被杜凯解开，丰盈的胸上，红艳艳小巧的蓓蕾在冷冷的空气中微微地颤抖着，房小牧轻呼一声，两手就要抱在胸前。

"不要，小牧，不要，让我好好看看你。"杜凯急切地抓住房小牧的手，轻轻地说。房小牧缓缓睁开眼睛，偷偷看了杜凯一眼，接着又害羞地紧紧地闭上。杜凯缓缓俯下身子，用嘴唇轻触着细腻柔滑的肌肤。火热的唇，让身下的女孩儿一阵阵地战栗着。

"啊，不要！"杜凯突然一下子把那小小的蓓蕾含到了口中，用舌尖轻轻地挑逗着，房小牧低低地惊叫，小小的身体痉挛一般紧紧地贴在杜凯的身上。

"小牧，我想要你。"杜凯低低地在房小牧的耳边呢喃着，呼出的热气如浪一般紧紧地包裹着房小牧。杜凯的唇舌一点一点地点燃了房小牧心中的欲望，他知道，此时的房小牧如同他一样，渴望着对方的身体。

"杜凯，我好难受。"房小牧用红彤彤的脸颊轻轻地蹭着杜凯的胸，柔软的身体如水一般，流动在杜凯的手中。

"宝贝，你好吗，我想要进去了。"杜凯喘息着在房小牧的耳边急促地说道，身体覆在房小牧的腿间。随着一阵撕裂般的痛，房小牧感觉到自己的身体被刺穿了，被分成了两半。

看着房小牧紧蹙的眉头，杜凯瞬间停止了动作，紧紧地把她搂在怀里，突然听到房小牧在低低地嘀咕着什么。

"宝贝，怎么了？"

"这个宋佳凝骗我，她说不疼，是很幸福的一个过程。为什么会那么痛啊？回去找她算账！"房小牧泪水涟涟地咬着小牙说。

杜凯不由得笑了，他轻轻地吻着房小牧的嘴唇，一边让自己的身体寻找着最舒服的姿势……

房小牧软软地躺在杜凯的怀中，红红的脸蛋如同娇艳欲滴的桃花，让杜凯刚刚平息的激情又悄悄地被点燃。

房小牧的手突然一哆嗦，接着就在杜凯的胸上捶了一拳，涨红着脸说："讨厌，你起来，我要走了。回家。"

原来杜凯的宝贝又在蠢蠢欲动了，杜凯不怀好意地笑着拉房小牧的手，刚刚起身的房小牧又倒在了杜凯的怀中，"今晚不要回去了，陪我，好不好，老婆？"

"去你的，谁是你老婆？房子呢？戒指呢？玫瑰呢？"房小牧笑着在杜凯的胳膊上不轻不重地咬了一口。

"好了好了，服了你了，又来了。"杜凯一边笑着举起双手做投降状一边起身。

房小牧麻利地穿好衣服，回头一看，雪白的床单上盛开着点点艳红的桃花，她顺手把被子拿过来盖在上面。

从这一刻开始，房小牧的少女时代结束了，结束在杜凯的单身宿舍里。

"刘琴烟女士，你还是不是我亲妈呀？"房小牧面对刘琴烟递过来的纸笔，瞬间蒙了，脑子里一阵空白，然后就是一种莫大的委屈涌上心头，这句话不由脱口而出。

"小牧，杜凯，你们买房子，我和你爸爸给你十五万，但是是借给你们的。我和你爸爸商量了一下,你和杜凯给我们写张借条吧,时间就写五年。"刘琴烟慢条斯理地把纸笔摆在房小牧面前。

"爸爸,你看我妈呀,这是什么事吗?"房小牧朝着老好人房峥军同志撒娇般地喊着。

"小牧,听你妈的吧,你妈想得比你们都长远。"房峥军一边端着小水壶往鸟笼子里续水,一边慢悠悠地对房小牧和杜凯说。

"我不写!"房小牧赌气地说,一边把自己扔进沙发里,发狠般地抱着半个西瓜猛吃。

"妈,我写,我和小牧买房,本来就不该让你们再跟着操心,这都是你们养老的钱,能借给我们,我就很知足了,谢谢你们!真的!您能同意把小牧嫁给我,我就很感激了。您放心,我和小牧有钱就会赶紧还的。"杜凯拿过纸笔一笔一画地写好借条,然后工工整整地写上自己的名字,"小牧,你写上你的名字。"

"我才不写。"房小牧嘟着嘴说。

杜凯拉着房小牧的手,倔强地把笔塞进房小牧的手中。房小牧一边嘟囔着什么,一边狠狠地签上自己的名字。

一晚上,房小牧不开心。

"兮耒,刘琴烟同志只爱钱,不要我。"房小牧可怜地给兮耒发了个抓狂大哭的表情。

"怎么了,小媳妇?"兮耒嬉笑着问。

"什么小媳妇,去你的,难听死啦!"

"呵呵,都给快给人家暖被窝了,还跟我装纯情少女呀?房小牧,这可不是你的风格!"兮耒龇牙咧嘴地哈哈大笑。

"我们看好了房子,但是今儿晚上我妈竟然让我跟杜凯写借条。"房小牧气鼓鼓地说。

"难道你准备让你妈出钱买房子写上杜凯的名字,然后再把你嫁过去,人财两空?"

"兮未,你不要说得那么难听好不好。我是她亲闺女好不好?"

"亲闺女结婚也就成了人家的人了,你还准备让你父母的养老钱都贴给你啊!杜凯家呢,不会一分钱不花,娶个媳妇还外带陪嫁一套房子吧。"

"那,那也不能让我写借条呀,我又不是外人。"房小牧理解不了,钱就那么重要,比亲闺女还重要?

"房小牧,对你好的永远只有两个人,除了爸就是妈,阿姨让你写借条,以后你就会明白。房子怎么样了,真打算就那么把自己嫁了?"

"嗯,书上都说了,女人在二十五岁之前一定要把自己嫁出去,要不就老了。"

"书上说?是杜凯说的吧?杜凯给你洗脑洗得不错呀!但是房小牧,你记住,睡到一张床上之前,你一定要看好自己的钱包,系好自己的纽扣。"兮未突然发来一个坏笑的表情。

房小牧那小小的心脏突地一阵悸动,脸上莫名地热乎乎的,瞬间就飞上了两朵粉色的云朵儿。

"我结婚,你和宋佳凝给我做伴娘吧?"房小牧转移话题。

"我估计回不去,我要在梵高的故居举办我的第一次画展,前期的筹备工作已经整整准备了两个月,你明白的,小牧。"兮未迟疑了片刻说道。

"艺术就是你全部的生命,我就是你生命小角落里的一粒尘埃,风一吹,就连影子都找不到啦!"

"房小牧,你是不是找抽啊?你信不信,我明天就订机票回去抽你。"兮未发来一火冒三丈的表情。

"哈哈,我早就知道啦,逗你的。等你干儿子出生的时候你回来就行。"房小牧做个鬼脸笑着说,心里却也不由得弥散着一种小小的失落感,就像窗台上落下的一粒种子,不经意间就悄悄地探出头来,哪怕你想忽略,它也会让你的心里痒痒的。

"房小牧,妞,我会让你做最惊艳的新娘。你的婚纱,我设计,独一无二的绝版,让你这一辈子都记得我。"兮未笑着说。

"兮未,我就知道你最好。"房小牧的飞吻瞬间印满了冰冷的显示屏,仿佛隔着遥远的时空,地球那一端的兮未也能感受到这如火热情一般。

"杜凯,你那边钱怎么样了。"房小牧恨不能一天打三遍电话。

"马上就到位了,交钱还早呢,不是说好给咱一个月的时间筹钱吗?"杜凯的声音里带着一种轻微的不耐烦。

"杜凯,你和我说实话,是不是钱出现问题了。"房小牧不笨,不但不笨,而且比较敏感。

"没事没事,你呀,别多心,我忙过这几天,咱就去,顺带着找个装修公司。"杜凯笑着说。

杜凯放下电话,呆愣愣地看着窗外,二十万,两万,该如何向房小牧说呢?就说:"房小牧,我爸妈就给了两万,你看着办吧。"那是不可能的,房小牧会如何想,刘琴烟会如何想,天啊,杜凯感到自己的脑子都要爆炸了!

去贷款?不行,房贷得俩人签字,房小牧知道了,刘琴烟也就知道了,刘琴烟知道了,全世界也就知道了。

去借钱?几个大学同学没来找自己借钱就算是福星高照了。那哥几个都是月光族,还有一个下海差点儿把自己搭进去,能抽出钱来帮自己的估计没有。

去卖血?估计就是把自己的血都抽光了也买不了一洗手间。

去抢银行?有那心没那胆。

这是杜凯认识房小牧后第一次一个人毫无目的地在大街上溜达。新闻上播报有捡到钱包,包里有巨额现金的。但是杜凯看着大街上来来去去的,就是没有哪一个人像是抱着巨额现金走的。

钱!钱!钱!

此刻,这个大字就是横亘在幸福与痛苦之间的一道玻璃门,清清楚楚地看见幸福的影子,却触摸不到一丁点幸福的温度。

两小时后,杜凯依然是两手空空,站在单位的走廊上,看着远处鳞次栉比的楼房。整个城市都是拥挤的,路上的车辆连成一条看不见头尾的大虫,缓慢地蠕动着。人的心也是拥挤的。有多少看似光鲜的人,下班后蜗居在几平方米大的出租房里。这是大学毕业之前从未想过的残酷。

杜凯从兜里摸出一包烟,笨拙地撕开,抽出一根烟,点燃,吸了一口,呛得他直咳嗽,然后狠狠地扔在脚下,用脚尖碾得粉碎。

"杜凯,你出来!"办公室被推开一道缝,露出房小牧兴奋得通红的小脸。杜凯不由心中一动,因为房小牧很少上来找他。

"小牧,什么事,高兴成这样?"杜凯摸了摸房小牧的苹果脸,笑着问。

"咦,你抽烟了呀?你看着,你看看,。这是什么?"房小牧小心翼翼地从小包包里掏出一张金光灿灿的卡,在杜凯眼前晃着,突然把小鼻子贴在杜凯的衣服上嗅着,"加上我的工资,二十万哪!刘琴烟同志的钱到手了!你的呢?"

"没,同事抽的。"杜凯咽了下口水,艰难地说,"小牧,我有点儿事想跟你商量一下。"

"你说,是不是要提前给我个惊喜呀?我可是很坚定的,一般的小惊喜打动不了我的。"房小牧皱着小鼻子、歪着头、笑眯眯地看着杜凯。

"要不,咱先不买房吧?你看结婚需要钱,咱买房装修又是一大笔不少的钱,多累呀,你说是不是?要不咱先缓一缓?"杜凯把房小牧拉进自己的怀里,慢慢地说。

"杜凯,你别逗我好不好,什么叫先缓一缓,咱们定金也交了,要是不买,咱这五千块钱就拿不回来了。我一个月不吃不喝才能赚五千块钱啊!"房小牧差点儿跳起来,一把推开杜凯,瞪着大眼睛直愣愣地看着他。

"杜凯,你告诉我,是不是你那边出什么问题了?是不是你父母不同意我们买房子?"房小牧倒退了一步,盯着杜凯慢慢地问。

"没有,就是突然不想买了?"杜凯转头看着窗外。

"什么叫突然?前天你怎么不突然?跟我妈打借条的时候你怎么不突然?难道你——出轨?"房小牧突然指着杜凯的鼻

子大声说。

"什么啊？你小声点儿，我出什么轨啊？我下班后就跟你在一起，我哪有时间出轨啊我？"杜凯赶紧捂住房小牧的嘴巴往一边拉，旁边办公室的人已经开始从窗子里往外看了。

"小牧，宝贝，咱回再去说，好不好？现在是上班时间。晚上下班我回去告诉你。"杜凯一边把房小牧往电梯里推，一边解释。

"不行，杜凯，你现在就得给我说清楚，到底怎么回事，你是不是出轨了？要不我一会儿给你父母打电话。"房小牧在电梯关上的瞬间突然说。

"你敢！"杜凯一嗓子吼出来，把自己也吓了一跳，他赶紧一把把吓呆了的房小牧从电梯里拽出来，如果这丫头真打电话，杜天明真能跑到公司来，那时候就无法收场了。

"我为什么不敢？杜凯你为什么吼我？你为什么吼我？"房小牧被杜凯的那一嗓子吓蒙了，清醒过来后，她含着眼泪揪着杜凯的衣袖追问。

"对不起，对不起，小牧，我是着急，我不是有意的，我就是一时着急。"杜凯手忙脚乱地给房小牧擦眼泪。

"你着急，你不让我买房子，你让我缓一缓什么意思啊？我到处看房子，腿都跑得粗了好几圈了，你还吼我，还让我缓一缓，又不是我要着急结婚，我还没老到嫁不出去，是你这个大龄剩男逼着我结婚的。现在你又让我缓一缓，那就直接缓到我老了好了。"房小牧一边哭一边说，一边捞起杜凯的衣服的下摆开始擦眼泪。

"好了，宝贝，是我不对，我不好，我没出轨，也没犯错误，我就是这两天忙，有点儿脱不开身，等过两天我陪你去，行不行？"

"不用你陪，你给我卡就行。人家说了，超过两万块钱就可以打110找警察，我才不用你陪。我还有宋佳凝呢。咦，卡呢？卡呢？"房小牧一边抽抽噎噎地说，一边伸手在杜凯的口袋里乱摸。

"好了，小牧，我还能把一张好几万的卡随身装着呀，不怕小偷，我还怕掏钱丢了呢。晚上咱俩合计合计，好吧，你先下去上班，要不你们主管找不到你会发火的。"杜凯好容易把房小牧哄进电梯里，他长长地舒了一口气，但是晚上呢，明天呢，拿什么去交房钱呢？

"李哥，给我支烟。"杜凯坐在桌前发了一会儿呆，然后跟对面的同事要了支烟。

"怎么了，小两口闹矛盾了？刚才房小牧来找你了吧？你们小两口甜甜蜜蜜，却真真实实地刺伤我们这些单身汉脆弱的小心灵啊！"李哥笑着在杜凯的肩膀上用力捶了一拳。

杜凯笑了笑，摸出手机，看着那个熟悉的号码，迟疑了半天，最终还是没有拨出去。他知道，只要杜天明决定了的事情，再说也是徒劳，妈只能是伺候他一辈子，却是什么话都不敢说的。在杜凯的记忆中，杜天明就是家里的天，只要杜天明一发火，那就是天崩地裂。杜凯忘不了高二那年没考好，杜天明光着膀子，拿着火钩子撵了他大半夜，杜凯满大街地跑啊，最后也没逃脱那顿打，当妈的却只能在一边看着哀哀地哭，毫无办法。

杜凯恨杜天明，恨这个自私的男人，但是这个人给了他生命，让他恨也恨不起来，但是也是这个人，在关键时刻，让他自己在生活的泥潭中挣扎，却不愿意伸出一只手去把他拉上来。

杜凯可怜张素华，一辈子生活在杜天明的影子下，没有男人的疼爱，没有男人的怜惜，一辈子属于自己的只有那个菜摊子。杜凯知道，张素华无私地爱着自己，但是那种爱，让杜凯觉得可怜。每次看到杜凯回家，她都小心翼翼地赔着笑脸，哪怕是对自己的儿子，也是那种卑微的、讨好的笑容，让杜凯看得心疼。这不是一个母亲该有的笑容，这是一个低微的灵魂在讨好生活，讨好生活中的每一个人，她就是一个在无助的生活中挣扎的影子。

下班的时候，房小牧就像根电线杆子一般直愣愣地杵在杜凯的摩托车旁。

破天荒的，房小牧没有搂着杜凯的腰在后面大声地笑、大声地叫，而是默默地把脸贴在杜凯的脊背上.一种温热的气息，让杜凯的后背痒痒的，他知道，那是房小牧在对着他的后背哈气，甚至隔着厚厚的外套，他都能感受到房小牧的气息。

"杜凯，你跟我说实话，是不是你父母不借给我们钱了。"房小牧窝在杜凯的怀里轻轻地说。

"小牧，对不起。"

"杜凯，不要和我说对不起。你知道吗，你说对不起的时候，我的心会疼，我不想看到你着急难过。你放心，如果你父母不借给我们钱，我们自己去借。你看，我妈妈不是借给我们十五万吗，我们俩差不多有十来万，剩下的，我去找佳凝他们借一借。你以后不要说不买房这样的话，我听了会难过。"房小牧认真地看着杜凯的眼睛说。

"小牧，我不想让你嫁给我还得跟着我吃苦。我妈苦了一辈子，我看着就难受。我不想让你受一丁点儿的委屈，我想要的很多很多，我想给你的很多很多，但是现实让我很无奈，我不想因为房子让你到处借钱，跟着我受屈辱。"杜凯搂着房小牧柔软的小身体，低低地说，声音里弥散着一种淡淡的苦涩。

"杜凯，你真虚荣！"房小牧突然搂着杜凯的脖子在他的唇上轻轻地吻了一下，"我都要嫁给你了，还要分什么你的我的呢？我的钱就是你的钱，你的痛苦就是我的痛苦，这不是屈辱，是幸福，我们同舟共济的幸福。现在我们就是在一点点地建造属于我们自己的小家。傻瓜，你这个虚荣的傻瓜！"房小牧一边说着踮起脚在杜凯的腮边轻轻地吻着。

杜凯猛然一把抱住房小牧，急促地亲吻着。房小牧柔软的双臂紧紧地缠在杜凯的脖子上。一种暧昧的味道悄然升起在小小的房间里。

梆梆梆梆——梆梆——

突然，一阵急促的敲门声传来，房小牧赶紧从杜凯的怀里挣脱出来，羞红着脸指了指门，躲进了小小的洗手间。

"妈，你怎么了来了，谁和你来的？"打开门，杜凯呆住了，眼前是风尘仆仆的张素华，怀里紧紧地搂着一个黑色的破皮包，依然穿着那件不合时宜的运动服，脚上的鞋子满是灰尘，黑瘦的脸上写满了疲倦，干枯的嘴唇上起了一圈水泡。

"凯啊，给我倒杯水。"张素华进门之后一下子倒在小沙发上，黑色的破皮包掉落在地板上，发出"咚"的一声闷响。房小牧赶紧从洗手间出来，从饮水机中接了一杯水递给张素华。

"小牧也在啊。"张素华一口气把杯子里的水喝完，半晌才缓过来，她喘了口气把那黑皮包小心翼翼地从地上拿起来。

拉开拉链，里面是一层黑色塑料袋，就是家里平时装垃圾用的塑料袋。

房小牧和杜凯面面相觑。

里面是一层黄色的塑料袋。打开黄色的塑料袋，里面又是一层红色的塑料袋。最后打开红色的塑料袋的时候，房小牧和杜凯惊呆了，那是整整一包红艳艳的崭新的钞票。

张素华颤抖着手一摞一摞地把钞票取出来，仿佛每一摞都有千斤重一般，她慢慢地摆在面前的桌子上。

整整十摞，整整十万块。

张素华仿佛用尽了最后的力气，闭上眼睛躺在沙发上。

"妈，你哪来那么多钱？"杜凯小心地、做梦一般地问道。

"凯啊，这是你妈妈一辈子的私房钱，就是等着能给你应应急。这次你们买房，你爸，唉，我也没办法，只好这样了。今天早上我去银行提出来没回家，在店里找个方便兜包了一下，人家说越破的包越不引人注意，然后我就坐上车来了。我不敢打车，就抱着走了这一路，想着快给你送过来。再多我也没了，就是十万块钱。你们能看上个合适的房子不容易，我不在跟前，也帮不上忙，什么都得麻烦小牧她爸妈，妈就想着能帮多少就帮多少吧。小牧，你别怨凯。凯，你也别怨妈。唉，妈没本事啊！"张素华一边说，一边用衣袖擦着眼窝。

"妈——"杜凯叫了声妈，却再也说不出一句话，只能抱着妈妈那干瘦的肩膀，任眼泪哗哗地顺着脸颊滑落。杜凯已经记不得多少年没有与母亲有过这样亲密的接触了。从记事的时候起杜凯就不喜欢母亲抱着自己，杜天明老嫌张素华的身上有股烂菜叶子味儿，所以潜移默化中杜凯也排斥着这个给了他生命的女人的怀抱。从幼儿园到中学毕业，每次开家长会都是杜天明穿着锃亮的皮鞋去的。张素华在前一个晚上就会熨烫衣服、擦皮鞋，杜天明说这是给杜凯长脸。

"凯啊，别怨你爸，他也有自己的苦啊，一辈子苦怕了啊！"张素华一边给儿子擦眼泪一边喃喃地说。

房小牧看着眼前的母子俩，不由得鼻子一阵酸痛，眼泪跟着落了下来。她悄悄地起身，退到狭小的厨房里，打开煤气灶，煮了一包方便面，里面卧上了三个鸡蛋。

她知道，张素华已经一天没吃东西了，高度紧张的精神，早已让她忘记了饥饿，一旦松懈下来之后，饥饿、疲累、困乏都会相继而来。

"阿姨，吃点儿东西吧！你应该一天都没吃东西了吧？"房小牧把香喷喷的一大碗面端到张素华眼前的时候，一阵咕噜噜的声音传来，张素华略显尴尬地笑了笑，不客气地接过去，呼噜呼噜一阵，就把一大碗面连汤带水地吃得干干净净。

房小牧接过碗，不小心碰到了张素华那双缠着早已看不出颜色的医用胶布的手，房小牧的心不由得一颤，轻轻地捧起这双苍老枯瘦的手，在眼前仔仔细细地看着。这双手和刘琴烟纤细温润的手不同。刘琴烟的手是白皙、柔软的，不曾经过生活磨砺、养尊处优的手。眼前这是怎样的一双手啊！枯瘦，粗糙，由于常年劳作，十指的骨节都已经粗大、变形，手心里布满坚硬的老茧，手背上到处是皲裂的口子，甚至指甲缝里都是黑色的污垢。就是这样一双手，一天要搬动几十斤几百斤的蔬菜，要一点一点地择根去叶洗干净。也是这样一双手，每天把一摞摞沾满汗渍的零零碎碎的钞票理顺了交给家里那个大于天的男人，或者偷偷抽出一两张零碎的票子存入银行，给自己偷偷存下一个小得不能再小的希望。日复一日，年复一年，从孩子牙牙学语，到背着书包上学堂，到渐渐离开自己的目光，走到遥远的望不到的远方，一个女人的一辈子也就这样过去了，甚至从来不曾光鲜过。

房小牧不矫情，但是却在这一刻被这样一双手感动得无以复加，任一双沾满着人间烟火的苍老的手拨动着心底最柔软的那根弦。

此刻，房小牧同志绝对是在心里给自己表了几百次决心的，和拿着笔逼着她房小牧写借条的刘琴烟比，面前的这个女人更值得疼惜、尊重。以后她就是自己的婆婆、自己的妈，一定要比孝顺自己的亲妈还要孝顺她，让她的后半生在安宁、幸福中度过。

"杜凯，你以后要好好孝顺你妈妈，她不容易。"房小牧走到家门口的时候突然转身，认认真真地对着杜凯说。

"当然，那是我妈，在我妈的眼里，我可一直是最孝顺的。"杜凯亲昵地在房小牧的小鼻子上弹了一下，笑着说。任何一个男人看到自己喜欢的女孩子对自己的母亲好，都会有种说不出来的成就感。

3. 过，日子

房小牧气得嘟着嘴在前面走，一路走，一路把小石头踢得乱飞。

房小牧搞不明白，为什么买东西就必须先考虑实用价值，难道这是理科男的通病？不就是一套好看的茶具嘛，以后又不是不用？不就是稍微贵一点儿——600多块钱嘛，又不是上千上万的，至于吗？房小牧想不通，为什么自己喜欢的东西就是华而不实。

年轻的女孩子都喜欢的小玩意，二十四岁的房小牧也不例外。

但是杜凯说，过日子不是过家家，也不是端坐着摆好架势演电影给人看。

房小牧不能再去红房子喝咖啡，因为杜凯说咖啡是小资喝给别人看的。

房小牧不能喜欢玫瑰，因为杜凯说两朵玫瑰的钱就能买一斤里脊肉。

房小牧再也不能喜欢毛绒玩具，因为杜凯说那是哄小女孩儿的玩意，还不如给房小牧买件衣服来得实在。

房小牧更不能喜欢吃零食，因为杜凯说吃零食会影响正餐,而且还容易发胖。

因为杜凯,房小牧跟打了催熟剂一样,短短两年里就快速成长为一名独立、成熟、理智的女性,虽然目前房小牧还未到二十五岁。

但是房小牧不仅仅是个女人,还是个年轻的女孩子,在这样那样的不能、不可以面前,小脾气就会发作。

两人在紧张的工作中见缝插针地开始为自己的小窝添砖加瓦,为自己将来的小日子买锅碗瓢盆,买桌椅板凳。虽然刘琴烟大包大揽,说这一切都不用他们管,但是房小牧还是喜欢自己一点一点去买,去货比三家,去挑挑拣拣。她说这样家里的每样物品都会有两个人的影子在上面,将来都会想起如今两个人手牵着手逛街的好时光。

时光是大把大把有的是,至于好不好,那就不是房小牧说了算了,比如今天。

房小牧喜欢精致的茶具、餐具,这些都是必备的生活用品,所以房小牧一定要自己去买。杜凯说:"不就是几个杯子、几只碗嘛,谁买还不都一样啊!"

房小牧一本正经地说:"才不一样,这些都是与你最贴近的生活用品,要陪着你过大半辈子呢,可马虎不得。好的餐具可以增加食欲,好的茶具可以陶冶情操呢。"杜凯笑着说:"你们这些小姑娘,真矫情,买个喝水的杯子都能扯到陶冶情操上去。"

"什么叫矫情,这叫情趣,生活的情趣!"房小牧翘着小嘴瞥了杜凯一眼。

逛商场的时候,房小牧一眼就看中了这套青花瓷工夫茶具,小小的杯子,薄薄的胎,翠翠的青花,温润的色泽,甚至与之相配的淡紫色湘妃竹茶盘,都牢牢地黏住了房小牧的眼睛。

其实,房小牧很少喝茶,顶多是在老爸喝茶的时候,偶尔应应景,喝上一杯半杯的,但她喜欢这种淡雅的让人忍不住想要占为己有的茶具,特别是工夫茶具,较一般的茶具更精致,更有韵味,哪怕就是拿在手里把玩,也是一种享受。

"杜凯,你看,这叫青花缠枝牡丹,你看看,这瓷的质感,真美啊!"房小牧翘着兰花指小心翼翼地拈起一只杯子,在光线的照射下,胎底呈现出半透明的玉状,青花牡丹犹如流动在玉白的底色上,房小牧不由得看痴了。

"嗯,好看,但是太小了,一杯茶还不够一口的呢。"杜凯笑着说,粗大的手指只是轻轻地触摸了一下,仿佛吓着了一般,赶紧把手拿开。

"姐姐,一看你就是行家,这是今年的新款,青花牡丹,是配合着即将上市的春茶推出的一款茶具,刚刚上市就预定出去了好几套呢。价格也合适,打折之后六百八十八。"旁边的售货员是个很灵透的小姑娘,一看房小牧喜欢,就赶紧过来了。

"什么,六百八十八,就这样六个小杯子、一个小壶外带这个竹子的茶盘子就六百八十八?"杜凯听得一咋舌,赶紧伸手拽了拽房小牧的袖子。

"哥哥,我们这是景德镇的瓷器,瓷都的瓷器可是天下闻名的,这个姐姐也是行家,这个价格在工夫茶具中只能算是中等的。"小姑娘的嘴巴很甜。

"杜凯,你别老拽我衣服啊。咱买一套吧,我是真的喜欢。"房小牧翘着小下巴,可怜兮兮地看着杜凯,又转脸看着售货员,笑着说道,"妹妹,你便宜点儿,我就拿着。"

"小牧,你先放一放,咱先去看看其他的。不是还没买餐具吗?咱一会儿就过来。"杜凯不着痕迹地把房小牧手中的茶具小心地放进展示的柜台里,然后朝售货员笑一笑,拉着小牧的手就往门口走。

"什么啊,杜凯,我们就是来买餐具的,干吗往外拉我啊?"房小牧一边回头恋恋不舍地看着那抹惊艳的青花,一边着急地问杜凯。

连拉加拽,房小牧被杜凯拉到了马路边上。

"杜凯,你干吗啊?我不就是买套茶具吗,至于跟绑架似的弄到这里来啊。"房小牧有点儿生气了,气鼓鼓地转身又往里走。

"小牧,宝贝,咱是过日子,你看的那个一点儿都不实用。你想啊,你平时在家哪里会喝茶啊?就是家里来客人,咱让人家用那个杯子喝水,人家也会笑话你小气呢!再说摔坏了一个上百元,该多心疼啊!"

"杜凯,你什么意思啊?我不让别人用,我自己用行不行?我就是喜欢,我老爸自己在家都喝茶。"房小牧终于听明白了杜凯的意思,"杜凯,你是不是嫌贵?"房小牧咬着嘴唇说。

"怎么会呢?我只是觉得咱们以后是过日子,不是玩过家家,得有个过日子的样子。"杜凯揽着房小牧的肩膀笑着说。

"你是说我不会过日子?"房小牧瞪圆了眼睛。

"怎么可能呢?我怎么可能说咱房小牧不会过日子?我是说他们那点儿小茶具都是看的,不适合咱们居家过日子用,凡事吧,结实耐用是第一位的。"

"杜凯,我怎么不会过日子了?你不让我和宋佳凝去红房子，我不去。你不给我买玫瑰，我不要。你不给我买零食，我不吃。你还要我怎么样？难道你要我跟你妈妈一样一分钱掰成两半花？"不知道怎么回事，房小牧的声音一下子就提高了八度。

"我妈勤俭节约有什么不好？要不是我妈，我们的房子买不上，我们也得和别人一样贷上一屁股债，每月领了工资去跑银行。"杜凯的脸一下子涨得通红。

"杜凯，你吼我！是，你妈妈是攒了大半辈子，给我们十万块钱，但是我妈妈也给我们出了十五万啊，为什么我不能买点儿自己喜欢的东西？你难道要我和你妈妈一样，一件衣服穿一辈子，才五十多岁就满头白发，伸出手去让别人可怜？"房小牧含着眼泪冲着杜凯吼着，像一头发怒的小兽。

"房小牧，不准你说我妈，把你刚才的话收回去！"杜凯的额头上的血管一根一根地凸起，手哆嗦着，指着房小牧的鼻子。

房小牧从来没见过杜凯这样生气，瞬间吓呆了，但是接着一种莫大的委屈涌上心头，从小到大，房小牧从未被别人指着鼻子骂过。这个拿着自己当宝贝一般哄着爱着的男人，竟然因为一套杯子，咬牙切齿地指着自己鼻子骂。房小牧理解不了，在二十几年的生命里，她从未遇到过这样的事情，房峥军的温和，刘琴烟的理智，让乖乖房小牧的生活一直都是柔顺的、美好的、幸福的、外带点小资的矫情。

现在的杜凯不亚于洪水猛兽，房小牧不知道自己要做什么。房小牧要逃开，这不是那个熟悉的杜凯，她要逃。

正好面前的公交车正要起步，公交车的门仿佛就是房小牧逃离的通道，她连看也没看是到哪里的车，就直接跳了上去。

"房小牧,你去哪里——"杜凯看到公交车关上车门的瞬间房小牧那张泪流满面的脸。

"宋佳凝,你在哪里?我去红房子等你,我很难过!"房小牧抽抽噎噎地给宋佳凝打电话。

"小牧,我要结婚了!"宋佳凝突然在电话里一字一顿地说。

"什么,你跟谁结婚,怎么那么突然?"房小牧的满腹愤恨,满腔哀怨一下子就被这个惊天的消息给噎回去了,甚至都忘了自己脸上还挂着一行泪花花。

"这样吧,半个小时后,我们在红房子见,一切就都明白了。"宋佳凝的声音里透着一种说不来的疲倦。

一踏进红房子,就看到宋佳凝坐在那个熟悉的老位子上,一件黑色高领衫,乳白色西裤,脖子上随意搭了一条秋香色长丝巾,低着头轻轻地搅动着手里的咖啡。宋佳凝无论什么时候,都会让你感受到她的优雅明丽,与兮末野性而妩媚的娇艳是完全不同的两种风格。房小牧现在还会佩服自己当年能在两大美女的陪衬下活得毫无一丝自卑,这心理素质倍棒啊!

"老板,一杯咖啡,不加糖,多一把——"房小牧坐在宋佳凝的对面。

"多一把汤匙。"咖啡店的老板温和地笑着说。

房小牧喝一口咖啡,然后用汤匙从宋佳凝面前的栗子糕上小心地切下一个小角放进嘴里,栗子糕的甜香让房小牧暂时忘记了刚才的愤怒。

宋佳凝清瘦了,眉目之间多了一种说不出来的寂寥和忧伤,两个人坐在黄昏的日光里,就那么安静地坐着。房小牧不问,她知道,如果宋佳凝不说,问了也是白问;如果宋佳凝想说，不问也会说。那么多年的默契，一个动作，甚至一个眼神，都明了于心。

"房小牧，我结婚了，你看！"宋佳凝慢慢从包里掏出一本鲜红的结婚证摆在房小牧面前，苍白着脸，惨然一笑。

"他回来找你了？"房小牧愕然。

"小茉，抱歉，现在才告诉你，不过马上你就会看到我的丈夫。"宋佳凝突然用食指轻叩了两下桌子，示意房小牧看窗外。

房小牧仓皇转头往外看，隔着玻璃门，一辆酒红色帕萨特旁边站着一中年男人，一身笔挺的西装，腆着个不小的啤酒肚，正拿着把小木梳在对着后视镜梳理本已稀疏的头发，还不时翘着兰花指从梳子上拿下掉落的头发，对着阳光看，摇摇头，仿佛在叹息时光的不留情面，让人不由得想起古时候那些摇头晃脑念叨"今日之日如水流，弃我远去不可留"的老学究们。

"看那个老男人？他谁啊？"房小牧不由得扑哧笑出声来，那人正捏着根头发仰着头对着阳光看呢。

"错，他不是老男人，他是今年学院高薪引进的海归导师，我给他做助教，一个月之前向我求婚，今儿早上我答应了，半小时前刚领证，现在他就是我法律意义上的丈夫。"宋佳凝啜了一口黑咖啡，慢悠悠地说，好像说的是别人的事。

"啊？噗——"房小牧一口咖啡都喷在了眼前的桌子上。"切，你的笑话一点儿都不好笑，宋佳凝，我难过着呢，你别跟我开玩笑。"

"房小牧，你看我像开玩笑吗？"宋佳凝抬起头来，直直地看着房小牧，眸子如一口黝黑的深潭，看不到一丝波澜，"现在的我早已开不起玩笑了，所以我想找个合适的人结婚了。"

"可是这也太惊悚了吧,就是拍恐怖片也不至于这样吧!猥琐大叔拐卖萝莉妹子?头发都快掉光了还海归,海归最起码得是沐斯年那样的,多金年少,最主要的是英俊潇洒。我今天就回去把沐斯年介绍给你。"

"沐斯年给不了我出国深造的机会,沐斯年也不会让我在短时间内摆脱助教的尴尬。但是他可以。只要我跟他结婚,我可以在最短时间内出国,而且还是公费留学,回来我就是双料博士,我可以一步跨越国内十年的努力,你说是不是很合算?"宋佳凝搅动着咖啡,淡淡地说出这样一番话。

"但是,但是,关键是……你爱他吗,他爱你吗?你不觉得这样就草率地跟一个认识没俩月的男人结婚,简直就是不可思议吗?"房小牧咽下一口咖啡,艰难地说。

"呵呵,小茉,你相信爱情?对,你和杜凯那是爱情,至于我,早已在爱情里走过了一辈子,也死了一辈子,所以,爱情对我来说,就是最现实的生活。婚姻其实就是一种交易,在这个交易中,两人都寻找着最适合自己的利益,而且只要达到了所谓的对等交换,那就是均衡,也就是所谓的和谐,比如我的年轻貌美,他的地位和人脉。"宋佳凝的泪水一点点地落在眼前的杯子里,溅起点点的涟漪,而后归于平静。

"喂,亲爱的,你进来一下!"宋佳凝拿起手机拨了一个号码,然后温柔地说。

只见门外的中年男人,放下手机对着后视镜又重新梳理头发,然后弯下腰一点点地弹了弹裤子上的灰尘,虽然外面没有刮风也没有扬尘。房小牧看着他费力地弯下腰做着准备工作,不由得替他憋得慌,那样大的肚子都能弯下腰,不容易。

一切就绪之后,中年男人迈着四方步踏进了红房子,房小牧这才有清了宋佳凝嫁的高薪海归。一张还算端正的脸上,五官紧密地团结在一起,给人的感觉就像是一张好好的脸给什么人拿起来揉皱了后又展开的,虽然还是那张脸,但是五官却早已不在原来的位置,鼻梁上的无框眼镜倒是平添了几分文化人的味道,但是那头顶上真的是四周郁郁葱葱,中间光可照人,虽然不能算是秃瓢,也得算是聪明绝顶了。

"来,亲爱的,我给你们介绍一下,"宋佳凝站起来,亲热地挽住高薪海归的胳膊说,"周正,A大的博导,我老公。这是房小牧,我最好的朋友,前几天说过的。"

"你好,小牧!"高薪海归一脸甜蜜地注视着美丽的宋佳凝,半响才吝啬地分出一丝眼光看着房小牧,倨傲地伸出手来与房小牧的手轻轻地一握,从那高贵的嘴唇里吐出了一句简短得不能再简短的问候,接着又紧紧地抓着宋佳凝的纤纤玉手。

如果不是跟前有人,房小牧会直接拿出湿巾把自己的手心一点一点仔仔细细地消消毒,海归汗津津的手让房小牧产生了一种不洁的感觉,就像在菜市场摸那化了冻的烂带鱼。

"小牧,我和周正决定不举行婚礼了,他现在的研究课题结束之后,我们会去加拿大待一段时间,他说枫叶之国的景色和气候很适合我们去度蜜月。"宋佳凝微笑着看着周正的脸,转身对房小牧说。

房小牧目瞪口呆地看着一脸幸福的宋佳凝,真怀疑眼前人和刚才那个一脸忧伤的宋佳凝是否是一个人,难道一个人的情绪会转换得这样快?感觉眼前的宋佳凝是那样的陌生,陌生得让房小牧害怕。

不,这不是佳凝想要的,绝对不是。房小牧紧紧地盯着宋佳凝的脸，却感觉自己的视线永远无法与宋佳凝的目光有任何的交集，她那小小的心不由得逐渐纠结成了一团解不开的麻绳，无论牵牵哪一个线头，都会拽得心生疼生疼的。

"佳凝，你陪我坐一会儿吧，我心情不好。"房小牧慢慢地坐下来，低下头又切了一块提拉米苏放进嘴里。

"好，我送一下周正，你等我一下，"宋佳凝轻轻拍了拍房小牧的手。

看着窈窕的宋佳凝亲昵地挽着比她还要矮上几厘米的周正走出门去，看着宋佳凝伏在车窗边娇笑着和周正告别，然后那张油光光的大脸还伸出来在宋佳凝的腮边吻了一下，房小牧的胃里一阵抽搐，赶紧捂住嘴巴。

"怎么了，恶心是不是？"宋佳凝抽了一张纸巾递给房小牧，明丽的脸上又恢复了最初的清冷。

"宋佳凝，你觉得值得吗？为了出国，为了那张文凭，把自己一辈子跟这样一个男人捆绑在一起。"房小牧紧紧地盯着宋佳凝的眼睛。

"你不要这样看着我。我比你还恶心，每次看见他那张脸，我都不想吃饭。每次他吻我之后，我回家刷牙把牙肉都刷破了，但是只有他才会带给我我想要的一切！"

"你才25岁，爱情的滋味并不仅仅是你想的那样，国内平淡而幸福的生活，不一定就会比国外差，佳凝。"房小牧突然发现自己的说教是那样的苍白无力，自己都不会相信，比如自己今儿上午和杜凯的吵架。

"小牧，你难道不感觉和我说爱情是一种徒劳吗？当我自己一个人孤单地躺在手术台上的时候，当我看着我的孩子被当作垃圾处理掉的时候，我就知道这一辈子完了，我永远不会再去想爱情。爱情对我现在的生活来说，是奢侈品，是易耗品，我真的消费不起。我唯一能消费的，也就是这具臭皮囊罢了。"宋佳凝凄楚地一笑，眼角渗出点点亮晶晶的泪。

"那你想过阿姨的感受吗？她知道你这样，会多难受？"

"房小牧，你在跟我打亲情牌吗？呵呵，其实这样说吧，除了我，我的七大姑八大姨们都很满意，35岁，金牌海归，博导，高干家庭，无论哪一项都是能拿得出手的，所以没有人会不满意，这本身就是一个最真切最完美的结局了。"宋佳凝笑着说，笑得泪流满面。

房小牧抱着宋佳凝，如同抱着小时候那个孤单的洋娃娃，一种软弱无助的感觉紧紧地包裹着房小牧的身体，让她窒息，房小牧发现此刻自己想杜凯，自己从来没有像这一刻这样迫切地想见杜凯。

当夜幕笼罩着整个城市的时候，人总会有一些不被人所知的忧伤。

孤单和寂寞如此可怕，让人急切地去寻找温暖，如扑火的飞蛾，明明知道那或将是灾难，却不得不去，追寻那点儿可怜的不足以驱除寒冷与寂寞的暖。

4. 谁动了我的婚戒

"杜凯！"房小牧看着杜凯抱着双臂坐在门外的台阶上，拿着手机不停地打电话。

"小牧，宝贝，你可急死我了，我等了你三个小时了，打你手机也不接。"杜凯猛然站起来把房小牧紧紧地搂在怀里，不停地在房小牧额头上、脸上亲吻着，仿佛她是失而复得的宝贝。

杜凯的热情让房小牧忘却了白天的不快和争吵，她的双臂攀上杜凯的脖子，热烈地回应着杜凯的亲吻。唇的抵死缠绵，舌的互相吸吮，让两人都忘却了所有的不快，他们的心中只有爱情。房小牧从来没有像现在这样依恋杜凯，她哭着在杜凯的耳边不住地呢喃："杜凯，哦，杜凯，我们结婚吧，我们再也不要分开。"

恋人之间冰释前嫌的速度是惊人的。第二天杜凯来接房小牧的时候，房小牧又像从前一样开心了，她坐在摩托车上抱着杜凯的腰，在杜凯的脖子后面嘘嘘地吹着气。

房子的装修是刘琴烟一手操办的，虽然杜天明也打电话说来看着装修房子，但是想着要离开他那棋牌桌——那是万万不能，所以就在电话里虚虚实实地客套了几句，就等着当现成的老公公了。

房小牧终于在宋佳凝出国之前把自己给嫁出去了。

看着屋里屋外忙碌的人群，穿着纯白婚纱的房小牧和伴娘宋佳凝清闲地坐在床上。

兮耒设计的婚纱在婚礼前三天终于穿越万里之遥，落在了房小牧的怀中，一起来的还有一张CD，里面是兮耒录好的一段VCR。打开之后是兮耒那张妩媚的脸，她穿着及地长裙，带着宽沿的大草帽，坐在梵高的咖啡馆前。

"房小牧，还记得我上学的时候临摹的梵高的咖啡馆吗，我现在就坐在这里——盖尔波瓦咖啡馆，看着你走向婚礼的殿堂哦。我希望有一天，你，我，宋佳凝，能坐在一起喝咖啡，度过一个漫长的旧时光。我的画展，将和你的婚礼同时举行。"兮耒双手合十，异常庄重地说，"不管流年飞渡，不问世事如烟，愿，我们，一切如常，初心依旧！"画面定格在兮耒后面的咖啡馆。

房小牧和宋佳凝拥抱着，兮耒的笑脸逐渐消失，一切都沉寂了下来，只剩下两个人哽咽的声音。

穿着雪白婚纱的房小牧激动地在房间里走来走去。一会儿让宋佳凝去看看杜凯来了没，一会儿说妆容都花了，让跟妆的化妆师补妆。宋佳凝笑着说："房小牧，拜托你不要再转了好不好？你别紧张，你来来回回地转，我都头晕了。"

婚礼是一个女人最美的时刻，当房小牧从房里走出来的时候，杜凯惊呆了，抹胸的婚纱，超大的裙摆是由九百多枚丝缎玫瑰拼接而成，恰到好处展现小蛮腰，衬托得房小牧如梦幻中的天使一般。应该说，兮耒的设计就是为房小牧量身打造的，从裙摆右下角，一株银色的藤蔓蜿蜒而上，直达肩背，巧妙地用小篆嵌成房小牧的名字，不得不说，丝缎柔润的光泽，玫瑰的优雅与篆字颇具东方韵味的组合，非常适合房小牧恬静淡雅的气质。

宋佳凝说："房小牧，这一刻，你惊艳了整个世界。"

房小牧抿嘴笑着看着呆了一般的杜凯："我不要世界，只要惊艳一个人就够了。"

但就在接过杜凯手中的捧花的时候，房小牧的心，一下子从天堂落到了地狱，然后跌得粉碎。

杜凯竟然用一把假的花球来迎娶她房小牧。

虽然看上去娇艳的玫瑰、百合、满天星，一朵不少，一支不缺，但是是假的！房小牧的脑子里一个越来越大的声音在轰隆隆地呐喊："假的！假的！"

房小牧的脸刷的就变白了，转身往回走。宋佳凝知道不好，一把拉住房小牧的手，在她耳边低声道："你回去，杜凯怎么办？"一边半强制性地把房小牧推进杜凯的怀里。

美丽而惊艳的房小牧就这样煞白着一张小脸，捧着假花，跟着喜笑颜开的杜凯走进了花车。开车门的一刹那，房小牧突然很想摸一下车上的扎花，是不是也是假的——绢花，布花，塑料花？

"不准哭，房小牧，不就是一束花嘛，有什么大不了的。有杜凯，什么都不重要。"宋佳凝一边给房小牧在脸上上粉底、刷腮红，一边安慰道。

婚礼的酒店是房峥军和刘琴烟选的本市一家三星级酒店。房峥军说，太好的有些张扬，一般的又感觉对不住宝贝女儿，所以三星倒是真合适。当然，钱也是房小牧和杜凯掏的。杜凯跟刘琴烟说，这用的是我爸妈给的筹备婚礼的两万块钱。

此刻，杜天明同志作为主角登场了，一身笔挺的灰色西装,下巴的胡子茬都刮得干干净净,胸前端端正正别着鲜红的礼花。与他相比,跟前的张素华就黯淡得多了,一件暗红色盘扣唐装,一双半旧的黑皮鞋,站在器宇轩昂的杜天明跟前,越发显得瘦小,局促不安。

司仪是宋佳凝的朋友,很专业的小伙子。现场的气氛庄重而不乏浪漫,活泼而不失典雅,就连最挑剔的刘琴烟同志都不住地点头。一场沙画表演把大家的情绪带到了高潮,大家感动着房小牧与杜凯的相识、相恋、相许到今天的相伴。

没有人发现房小牧手中的花球是假的,没有人发现房小牧的心情坏透了,没有人看到房小牧精致的妆容下苍白的脸。婚礼上的幸福在蔓延,当房小牧拖着超大的裙摆走过红毯,当杜凯从房峥军手中接过房小牧略带颤抖的手的时候,不可否认,他是幸福的。

和短暂的幸福相伴的,是突如其来的更大的悲伤。

交换戒指,司仪深情的声音落下,大家期待着那个温馨而浪漫的时刻,但是杜凯却突然僵住了,神色古怪地看着房小牧。

司仪莫名其妙地看着面前的两人,杜凯突然转头看着台下最近处那张桌子边端坐着的杜天明,杜天明此刻却在端着茶杯慢悠悠地品茶。

刘琴烟发现不对劲儿,在房峥军的耳边疑惑地问:"好像有什么问题。"

房峥军轻轻地拍了拍刘琴烟的手,温和地说:"少安毋躁,少安毋躁!"

"各位,很抱歉,刚才发现,我不小心把装有戒指的包落在婚车上了,请新郎新娘先切蛋糕,让在座的各位嘉宾先陪着两位新人感受甜甜蜜蜜，幸福长久。"一旁的伴娘宋佳凝突然笑着走到台上。

司仪接着圆场，音乐声中，礼仪小姐推上一个三层的巨型蛋糕，热烈的掌声顿时响起，气氛顿时一扫刚才的尴尬，热闹了起来。

借杜凯分蛋糕的空档，宋佳凝搀扶着房小牧进新娘暂时的休息室，换上一套敬酒礼服。

宋佳凝把换下的婚纱挂在休息室的衣架上，裙摆的玫瑰静悄悄地绽放，柔滑的丝缎如流水一般倾泻下来，宋佳凝的心却莫名地涌起一种淡淡的忧伤。

门被推开了，进来的是器宇轩昂的杜天明，身后跟着拱肩缩背的张素华。

"爸，妈，你们怎么进来了？"房小牧急忙站起来。

杜天明看了看衣架上的婚纱，突然问道："这就是从法国用飞机运来、好几千块钱的？"

"是兮耒给小牧设计的。"旁边的宋佳凝笑着说，"兮耒在法国留学。"

"就那么点布，好几千，还不如给钱实惠呢！小牧，以后结婚了，就是我们杜家的人，大手大脚可不是过日子的样子。"那张在房小牧的记忆中慈祥的老干部脸阴沉得仿佛能滴下水来，"小牧啊，咱都是一家人了，这次收的红包呢？"

"我们这边的亲戚和朋友的红包在刘姨手里，至于杜凯的同事和朋友的应该是在杜凯的手里吧。"宋佳凝笑着站在房小牧身边接过话来，一边帮房小牧整理发髻上的散发。

"怎么能让外人帮着拿钱，这个孩子！"杜天明急急忙忙地转身往外走，随手丢下一个烟蒂，落在房小牧的脚下。

"我妈妈竟然成了外人!"关上门,房小牧脸色苍白地抓住宋佳凝的手,哆嗦着问,"宋佳凝,我是不是嫁错人了?你说,我是不是嫁错人了?"

"房小牧,杜凯是个好人。"宋佳凝苦涩的笑容里仿佛有说不尽的无奈。

房小牧的婚礼上,戒指没了。别人的婚礼上有没有发生过这种事已经不重要,房小牧只知道,在她的婚礼上,她的婚戒没了。

房小牧趴在宋佳凝的肩膀上哭得一塌糊涂,但是宋佳凝说:"房小牧,哭完了,这件事就结束了,你是杜凯的老婆,是杜家媳妇,这些你都得学着忘记。"

房小牧仰起一张沾满泪水的脸,却不知道说什么好。在这一刻,房小牧突然成熟了。

当婚姻作为一道菜被摆到人情的宴席上的时候,吃与不吃已经不重要,甚至这道菜就算是鲍鱼海参,在酒过三巡之后也只是残羹剩饭,酒足饭饱、醉眼惺忪的看客已经懒得再去看你一眼。

婚礼结束后,房小牧强迫自己忘记戒指,忘记杜天明那张可憎的脸,她告诉自己,杜凯是爱我的,我是幸福的房小牧。回门的时候,房小牧趴在刘琴烟的肩膀上好久好久没有抬头。大家说,才离开妈半天,就舍不得了,还真是孩子心性。

看着刘琴烟和房峥军的身影越来越远,房小牧的心被一种突如其来的莫名的恐惧紧紧地包围着,不由得用力抱着杜凯的胳膊。房小牧跟着杜凯和一干亲戚直接坐车回老家,这是提前说好的。因为杜天明说,从省城到家才三个小时的车程,家里的乡里乡亲还都等着看新娘子呢,再说也是在机关混了一辈子的人，要是结婚儿子都不回去，一辈子随出去的礼钱可怎么收回来呢？

下午又是摆席，又是敬酒，好几桌下来，房小牧和杜凯累得要死，倒是杜天明一天容光焕发，精神矍铄。

房小牧看着桌子上一摞红包，突然感觉自己和杜凯就像被拴着绳子的木偶，拉一拉，转一转，滑稽地做着各种动作取悦众人，而杜天明就是那个牵线的人。大家笑也笑了，乐也乐了，然后就留下或多或少的彩头散去了，数钱的人也自己乐得开心了。

住到杜凯家的第一天晚上基本没睡，杜凯的缠绵索取，房小牧的择床习惯，一直到了凌晨四点多，房小牧才迷迷糊糊地窝在杜凯的臂弯里睡着了。

"宝贝，小牧，小猪，起床喽，太阳晒屁股咯——"朦胧中，房小牧听到一个温柔的声音在轻轻唤着自己，接着一只手轻轻地在腮边抚摸着。

"唔，不要，还想睡。"房小牧翻个身，把那只温暖的手压在腮边，索性直接整个脸蛋儿都埋在那温暖的掌心里。

"起来，吃饭了。第一天早上就睡懒觉，外面还有人等着你呢？"杜凯把房小牧从床上拖起来，肩上的睡衣滑落下来，露出白皙的肌肤，杜凯的眼神一下子变得暧昧。

"啊，讨厌——"房小牧猛然一把推开杜凯，睁开眼睛坐了起来，原来杜凯那不安分的嘴唇吻上了峰顶那粒粉色的小珍珠。

"宝贝，小声点儿，外面有人。"杜凯把房小牧的小嘴巴捂住，小声说，"谁讨厌，啊，小东西，你说谁讨厌啊，我是你老公，你再说一句！"杜凯坏笑着用手指在房小牧的腰肋间挠着，房小牧笑着软倒在杜凯的怀里，笑着笑着两人的唇就黏在了一起。

腻歪了半响,房小牧终于从那张温暖的床上起来了,"你看我这个样子怎么出去吗?"房小牧期期艾艾地看着杜凯,小脸红彤彤的,杜凯忍不住又亲了几口。

"等着宝贝!"杜凯帮房小牧穿上拖鞋就出去了,一会儿就端进洗脸水,肩膀上搭着毛巾,大拇指还勾着一只装满水的杯子,伺候着房小牧梳洗打扮一番,手牵手地来到客厅里。

"这是你桃婶子,这个是楼下的芳姨,这位是刘大妈,都来看新娘子呢。"张素华指着沙发上坐着嗑瓜子的三名中年妇女说。

"桃婶子好!芳姨好!刘大妈好!"房小牧乖巧地说,一边用眼睛瞟着餐桌上用盘子盖着的三个碗。

"哎呀,杜凯家的长得真俊,就跟那画上下来的姑娘似的。"眉目灵活的桃婶子,一看就是生意人。

"还没吃饭呢,小牧啊,给你留着饭呢,快去,凯子陪着吃饭去。"张素华笑着把房小牧和杜凯往餐桌边让。

房小牧害羞地笑了笑,走到餐桌边,杜凯把扣着的碗打开的瞬间,饥肠辘辘的房小牧却一下子没了食欲。

黑乎乎的肥肉肘子,半拉红烧鲤鱼都看不出原来的颜色,最鲜亮的就是一小碗炒西兰花,但是那小碗也太小了,房小牧都怀疑那不是碗,而是喝茶的盖碗,里面的西兰花最多不会超过五块。

房小牧拿着筷子,却不知道往哪里伸。杜凯夹了一块带皮的肘子,给房小牧往碗里放,房小牧一下子就把碗挪开了。

"这鱼为什么是黑乎乎的,我妈做的红烧鲤鱼是红艳艳的,好吃又好看。"房小牧悄声问杜凯。

"小牧，这是我和你爸前天从酒店里打包回来的。那么多菜都剩下了，我琢磨着人家酒店也是扔了，多浪费，就打包带回来放冰箱里。你看，都是好肉，热热够咱们吃好几顿呢。"张素华突然在两个人的身后笑着说。

一回头，却发现客厅里的三个中年妇女都在餐厅边上，直愣愣地围观呢。

"桃婶子，芳姨，要不，你们过来坐。"杜凯笑着站起来让座。

"不了，不了，站站就行，站站就行。"三人嗑着瓜子，脚下却纹丝不动，杜凯尴尬地看着房小牧笑了笑。

"围观改变中国人？"房小牧脑子里突然就跳出这句话。

"我吃，你们看着？"房小牧突然放下碗，笑着冒出一句话。

"哦，哦，杜凯家的，你慢慢吃，咱家还有点儿绿豆没晒呢，我得拿出去到阳台上晒晒。"桃婶子仿佛一下子忙碌了起来，一边说着一便往门外走去。

"我也回去，一会儿小孙女回家吃饭呢，杜凯家的，有空去楼下玩。"芳姨和刘大妈也携着手紧跟着出门去了。张素华客套地招呼大家一会儿再来玩，回头就去洗手间里洗衣服去了。

"她们就是为了来看我吃饭？"房小牧歪着头问杜凯，"还有，我有名字，他们不知道我叫房小牧？我又不是小猫小狗，为什么叫我杜凯家的？难不成我结个婚，连个名字都结没了？杜凯，真有点儿莫名其妙。"

"什么小猫小狗，其实在我们这里都是这样叫，结了婚，就跟着男方叫了。"杜凯笑着拿筷子敲了一下房小牧的额头。

"去你的，男尊女卑，那你跟我回家之后，是不是我的朋友都得叫你房小牧家的。"房小牧噘着小嘴，看着杜凯。

"好啦，来，吃饭，快吃饭，吃完饭我们还得去我姥爷那边一门子的亲戚家串串。"杜凯又夹了一筷子鱼。

"我从来不吃剩菜，何况那么多人的筷子都碰过的，会沾上那么多人的口水啊，呕……"房小牧捂着嘴巴做呕吐状。

房小牧看着眼前黑乎乎的肘子、鱼，却再也没有胃口，不管杜凯如何劝诱，坚决不动筷子。她吃了半碗面条、几块西兰花就不吃了。房小牧看着张素华又把剩下的菜连盘子塞进了冰箱。难道晚上还得继续？哦，我的天！房小牧一想到晚上要继续与黑乎乎的肘子、鱼们会晤，不由得朝杜凯的背影翻了翻白眼，开始怀念家里的热乎乎、新鲜的饭菜。

在拜见了二十四门子的亲戚，笑了三天七十二个小时之后，房小牧和杜凯终于回到了自己的小家。进门，把包一扔，脚上的高跟鞋踢得远远的，房小牧直接躺在地毯上，舒舒服服地打了几个滚，伸了个懒腰。

"唉，金窝银窝，不如咱自家的狗窝。"房小牧看着忙忙碌碌收拾东西的杜凯幸福地说，"哎，对了，从今天起，你就是房小牧屋里的了。哼哼，好几天，我连个名字都没了，小狗小猫还有个名字呢，我倒成了杜凯家里的、杜凯屋里的。都是什么呀，还以为封建社会啊，出嫁从夫吗？哼哼——"

"呵呵，你呀，就那么点儿小心眼，还记仇啊，说吧，今晚去哪里吃？"杜凯在房小牧的身边了坐下来，逗着她。

"太晚了，不去妈那边了，咱俩凑合着吃点儿。我记得厨房里还有几包泡面，看还有没有鸡蛋火腿之类的，乱七八糟加上点儿。我累了，想睡觉。"房小牧把头枕在杜凯的大腿上，闭着眼睛喃喃地说。

"对，我记得妈给咱装上了一盒子择好的青菜，说煮面的时候放上点儿。"杜凯站起来在地上的几个包里翻着，还真翻出一盒子蔬菜，几根小黄瓜，一把小油菜，还有十来个小西红柿，都洗得干干净净的，整整齐齐地躺在保鲜盒里。

"唔，真好，一会儿打个电话谢谢妈。老公快去，我饿了。"房小牧伸手抓了一个小西红柿放在嘴里，一边用额头顶着杜凯的肚子摩挲着。

"怪不得我妈喜欢你，你这个小嘴巴就是好使。等着，一会儿就好！"杜凯"吧唧"在房小牧的腮上亲了一口，扎上小围裙就进厨房了。

不一会儿，浓郁的香味就从厨房里飘了出来。

"好香，泡面，还有火腿，真香！"闭着眼睛趴在地毯上的房小牧突然一骨碌从地上爬起来，抽搭着小鼻子往厨房里凑去。

"小心烫，慢点！"杜凯端出来两碗热腾腾的面，上面有鲜红的西红柿、金黄的鸡蛋、翠绿的小油菜，还撒了火腿切成的丁。房小牧接过来就着碗边吸溜了一口汤。

"老公，我爱死你了，能把泡面煮那么香。"房小牧拿着勺子像个树袋熊一样吊在杜凯脖子上来回晃着。

"那今晚就好好表现哦！"杜凯坏笑着在房小牧的耳朵上啄了一下，坏笑着说，然后看着房小牧从耳朵开始，接着是脸腮，到脖颈，甚至脖子下面露出的细白的肌肤都在一点一点变红，最后像个熟透的苹果，散发着醉人的芳香，"宝贝，你不知道你的脸红的时候有多可爱，你在诱惑我吗？"

"去你的，我吃饭了！"房小牧轻捷地从杜凯的怀里跳出来，然后抱着碗开始吸溜吸溜地吃面条。

洗漱完毕，杜凯做好善后工作之后，发现房小牧正翘着俩白嫩嫩的小脚丫子趴在床上写着什么，面前的枕头上摆着一溜三张银行卡。

"哎哟，还真有个小管家婆的样子呢！来，我看看咱有多大的家业。"杜凯钻进被窝，与房小牧一起并肩趴着，左手却不安分地爬上房小牧裸露在外面的肩膀。

"杜凯，你看，这是我们家里的全部财产，一个是你的工资卡，一个是我的工资卡，还有这个公用卡，里面是我们结婚剩下的三万块，我要把密码都记下来。"

"小傻瓜，现在还分你的我的，都是你的。"杜凯的手轻轻地挠着房小牧滑腻的肌肤。

"这可不行！"小牧呼啦一下坐了起来，盘着腿坐在杜凯的身前，"你看，你的卡还是你拿着，我的卡我自己拿着，每个月我们都往这个公用卡里存上自己工资的一半，这样就不会乱花，一年下来会攒下不少钱呢！再过几年我们生孩子之后就可以换大房子了。所以这张卡上的钱不到万不得已是不可以动的，谁要是想动，必须得经家庭会议协商之后才可以。"

"家庭会议？还协商？那我们先协商一下今儿晚上如何？"杜凯看着眼前一本正经的房小牧，唇边泛起了浓浓的笑意，一把把房小牧拽进了怀里，随手关上了床头的小灯。

在自己的小房子里，与自己心爱的人一起生火，一起择菜，一起用油盐酱醋烹炒一道道美味佳肴，这就是生活。杜凯是满足的，满足地看着房小牧的笑脸，满足于自己终于在这个陌生的城市里扎下了根，不再是一个漂泊的游子。其实杜凯害怕漂泊，那种没着没落的感觉曾经深深地困扰着他那颗年轻的心。

房小牧的手上一直是光秃秃的。单位办公室的女人都说："房小牧你还隐婚呢，结了婚都不戴戒指，跟我们混在一起冒充没结婚的纯情小MM吗？"房小牧跟着没心没肺地笑着，却感觉手指有些痉挛，便使劲地甩啊甩。

上班，一起甜甜蜜蜜地去；下班，如胶似漆地回。周一到周五自己开火做饭，周六、周日回刘琴烟同志那边联络感情，不能让人说嫁出去的姑娘泼出去的水，中间还得穿插着跟着杜凯左手一只鸡、右手一只鸭地回杜天明那边汇报工作。小日子是充实而幸福的，甚至房小牧都想好了，就这样安安稳稳地生个孩子，慢慢地孩子长大了，慢慢地一起变老了，就像那首歌曲里唱的："我能想到最浪漫的事，就是和你一起慢慢变老，直到我们老得哪儿也去不了，你还依然把我当成手心里的宝。"

房小牧很幸福，杜凯做饭，房小牧就扒着厨房门跟杜凯聊天。房小牧洗衣服，杜凯就搬个小凳子坐旁边，用沾满肥皂泡的手抓着房小牧的手呵呵地笑。

真的，和其他幸福的新婚夫妇一样，每一件事都是幸福，每一分钟都是满满的的甜蜜，至于这个甜蜜什么时候变质的，是慢慢地、一点一点地，还是一下子就冷了、淡了，房小牧自己也说不清。

"结婚真好！有人疼，也有人可以疼，真好！！"这一年，房小牧在QQ上的签名就没有改变过。

兮耒坐在梵高的咖啡馆前对屏幕这边的房小牧说："房小牧，你这小幸福晒得真矫情！"

房小牧傻呵呵地怼兮耒："你这个嫁给艺术的人是体会不到带着烟火味的幸福的，因为艺术不会进厨房做出一碗热腾腾的泡面，哈哈！"

房小牧结婚之后，宋佳凝就跟着"海归"出国度蜜月，顺便去读那双料博士了。走的时候，房小牧去送她，她说："朕要失踪一年，爱妃使劲想我吧。"

在那故作轻松的笑容下面，房小牧看到宋佳凝薄凉的眼神，空洞而冷漠，不像是去度蜜月，更像是去上刑场。

这一年，房小牧很幸福，幸福的日子的都是相似的，复制粘贴一般，所以会感觉日子如飞，还没来得及去思念，就走过了一个四季的轮回。

转眼之间，宋佳凝的归期就到了。

宋佳凝成功回国，衣锦还乡，功成名就，她说不让房小牧和杜凯去接她。房小牧知道，她不愿更多的人认识周正。

半月之后，宋佳凝打电话说，让房小牧陪她去房管局，她买下一套新崭崭的小房子，要办证。

房小牧从不知道办房产证需要大半夜来排队，她和宋佳凝一人叼着一个面包坐在房管局大厅里。两人早上六点半到，前面已经如蜿蜒长蛇，小马扎，各种包包，甚至还有婴儿的帽子、脏兮兮的运动鞋，都堂而皇之地陈列在队伍中，替主人排着队。

"对了，房小牧，你家房产证写谁的名字？"宋佳凝把高跟鞋脱下来盘腿坐在报纸上。

"杜凯呀！"房小牧嚼着面包口齿不清地说，心头却喜滋滋，"杜凯说这是婚内财产，写谁都一样，而他是个男人，就是户主，让我给他一个做男人的尊严。反正这一套我没管，都是杜凯办的，他说这种排队操心的事儿都交给他就行。我嫁给他是享福的，可不是操心的。"

"呵呵，你个笨蛋！"宋佳凝突然瞪大眼睛，蔑视地看着房小牧，"房小牧，别告诉我你从没见过你家房产证？！"

"都是杜凯收着，他心细。"房小牧笑眯眯地说。

"也就说自始至终你就没见过房产证，杜凯也没跟你说过到底写他自己还是他爸的名字？"

"当然是写他自己呀！不过写他和写我有什么区别呀，反正就是我俩的，都一样。"房小牧满足地灌下一大口牛奶，心里甜蜜蜜的。早上杜凯给她装在包里的，这家伙，真贴心，连她和宋佳凝不吃早饭都预先知道。

"你没脑子，房小牧，你就一小笨蛋啊，卖了你还帮人家数钱，以后有你哭的时候。"宋佳凝伸手在房小牧脑门上拍了一下。

"宋佳凝，你咋和刘琴烟同志一样，小心眼子真多。其实我倒是觉得，写谁的名字根本不重要，反正他的就是我的，我的就是他的。"房小牧甜蜜蜜地啜着牛奶，一边伸着脖子看前面还有多少人，突然感觉自己真幸福，杜凯把一切都安排得那么周到。

转战不同的柜面，交了不同的钱，刷了不少的卡，到了下午四点，宋佳凝终于拿到一张薄薄的纸条儿，说半个月之后来换房产证。

"这是我的房子，我自己的家。"宋佳凝长长地吁了一口气。

"宋佳凝，你哪来那么多钱？"

"这是我结婚交换来的第一笔财富，我把周正给我的五十万彩礼买了一套三居室，现房，写的我妈的名字。走，庆祝一下，我请你吃火锅。"宋佳凝一甩小挎包，昂首阔步地往外走去。

房小牧看着宋佳凝,心头一阵酸涩,婚姻,可能真的不需要爱情。

5. 杜凯失业了

2009年3月,工作两年的房小牧,终于不再做前台,用兮末的话说就是结束了靠一张脸吃饭的日子,女孩子过了二十五就不能再靠着脸蛋儿赚钱了。

房小牧开始跑业务,从开始被人拒绝就面红耳赤地没了下文,到可以淡定地与客户喝着茶聊天、谈时尚、讲茶道,聊美容、说菜谱……年底,当房小牧接过部门经理递过来的年终奖金的时候,这名不苟言笑的中年妇女露出了一丝难得的笑容:"祝贺你,房小牧,你经过了质的蜕变,成了一名合格的业务员。"这话,让房小牧胸中激情澎湃,面上却表现得云淡风轻。

短短半年,房小牧终于理解为什么叫跑保险、跑业务了。

楼上楼下且不说,赔着笑脸赔着时间,就差陪着人家去洗手间了,陪吃陪喝陪接送,就差陪着上床了。

一天下来房小牧累得回家就躺床上不想起来,甚至连杜凯关心的问候都成了负担。但是,房小牧升职了,从小前台到金牌业务员,短短半年,房小牧有了脱胎换骨的变化,这一切都因为俩字——缺钱。

因为在房小牧当上业务员的第八个月,婚龄十五个月零三天的时候，杜凯失业了。

那天下班后，看着桌子上的一纸箱子家当，房小牧确定，杜凯失业了。

"想好了，确定不回去了？"房小牧依偎着坐在沙发上发呆的杜凯说。

"嗯，公司整改，高总要去另一个子公司谋职，新来的总经理是老爷子的心腹，对我们业务部的业绩本来就鸡蛋里挑骨头，这下四个人，三个都走了，就剩下我一个，还被挂起来了。我要是再不主动辞职，恐怕几天后接到的就是遣散费了。"杜凯苦笑着说。

"没事，我养着你，我马上就能升职了，我一定会做金牌业务员。"房小牧把脸贴在杜凯的胸膛上，攥着小拳头说。

"好歹我是个男人，小牧，要是我指望你养着，我自己就先看不起我自己，我可不想让咱的孩子看不起我。"杜凯用下巴在房小牧柔软的头发上轻轻地摩挲着，半天说了这样一句话。

"老公，磨刀不误砍柴工，这段时间你可以充充电，不行报个培训班，同时我们也在网上发发简历。我就不信，堂堂IT精英会英雄无用武之地。"房小牧眨巴着大眼睛，突然换了一副可怜相说，"你看我这几天跑得腿都粗了，你也好好地伺候人家一下下嘛！"说着，就把脚翘到了杜凯的大腿上。

杜凯怜惜地揉捏着房小牧白皙的小腿，房小牧的脚踝上几个地方被高跟鞋都磨破了，贴着两个创可贴。

应该说杜凯是个居家好男人，房小牧回家的时候，热腾腾的饭菜已经摆在了桌子上；早上起床的时候，洗得干干净净、叠得整整齐齐的衣服摆在枕边了。房小牧喜欢踮着脚尖走进厨房，从后面紧紧地抱着杜凯的腰，呢喃着："杜凯，我真幸福。"

夜半，房小牧起来上厕所，摸到床头的床单竟然湿湿的，怎么回事？

"杜凯，开灯呀，好像是下雨了。"房小牧将睡眼惺忪的杜凯从被窝里拉出来，打开灯，她傻了。

床下已是一片汪洋，两只拖鞋如小船一般在水面上漂。阳台的窗子原来看着虽然有渗水的痕迹，但是比较完整，也就没有换。半夜下雨了，不想从窗缝里渗水，顺着窗台都流成一道一道的小瀑布了，半夜时分卧室便成了汪洋。

呆愣了片刻后，两个人赤着脚，一个人拿水桶，一个人拿墩布和小塑料簸箕，一桶水一桶水地往马桶倒，半夜未眠，到了早上七点，两人累得倒在床上，地上终于露出了地面的模样，那些藏在床底的小玩意儿也终于在洪水之后重见天日，里面竟然有好几个包装完好的套套。房小牧捏着杜凯的鼻子笑着说："你老说用得快用得快，看到没，都让你塞床底下去了呢。"

杜凯累得抱着房小牧说，"宝贝，咱请假不上班了吧，累死了，咱这等于奋战在抗洪救灾第一线啊！"

"我呀，要养家糊口咯，结婚老公失业，买房窗户漏雨，所以呀，我得努力赚钱，把你养得胖乎乎壮实实的，然后买个大房子过一份惊天动地的小日子。"房小牧攥着小拳头笑着擂在杜凯的胸口上。

"去你的，谁要你养，你这个小东西，等着吧，我过几天继续去应聘，保证三年后咱换个大房子，养个大胖小子。你呀，就乖乖在家给我相夫教子。"

"好啊，我保证与夫君你做到举案齐眉，相敬如宾，做个小家碧玉，做个贤妻良母。"房小牧嘻嘻地笑着倒在杜凯的怀里，但仅仅止于片刻温存，因为公司还有几个约好的客户等着填单呢。

简单的化妆之后，房小牧在杜凯的腮上留了个甜蜜蜜、热乎乎的吻，说："晚上要吃银耳梨子羹，老公记得哦！"便袅袅婷婷地下楼去了，留下杜凯在被窝里回味着、品味着，生活原来如此美好，虽然那句"结婚老公失业，买房窗户漏雨"让他的心里有瞬间的窒息。

如果日子这样过下去，也未尝不可。

如果幸福就是这样简单，那也未尝不可。

如果没有杜天明和张素华的到来打破这份短暂的平静，那就这样也未尝不可。

"杜凯，你赶紧去车站，爸妈来了。"房小牧一边准备资料一边给杜凯打电话。这个杜天明，总是不打任何招呼就突然袭击，房小牧正准备材料去拜访两个保单即将到期的客户，就接到了杜天明的电话，让房小牧去车站接驾。

"什么，谁爸妈来了，小牧你说清楚点儿？"

"当然是你爸妈了，我爸妈就离咱们几站地，还会用你去接吗？赶紧的，我听着爸说话的语气不太对头，你赶紧打车去啊！我先挂了，我的客户来了，晚上记得加几个菜。"房小牧一阵机关枪似的说完就挂断了，

杜凯接到电话后也懵了，但是一想到杜天明如果发现一直引以为豪的儿子失业在家，还不定折腾出什么花样来呢。杜凯放下电话，不由得用拳头在嗡嗡作响的脑袋上擂了几拳。

老远的，杜凯就看到张素华标志性的红围巾，小旗子一样在风里呼啦啦地飘，不管是春天还是秋天冬天，那条红围巾就仿佛是她身体的一部分，牢牢地占据着最显眼的位置。

杜天明灰色的干部服上一道道折出来的痕迹犹如一个铁丝编成的框,框子里装着一丝不苟、方方正正的杜天明。

在满大街穿着薄薄秋装的人群中,两个人的着装仿佛提前了一个季节,惹眼得很。

"爸,妈,你们怎么来了?"杜凯赶紧跑到还在东张西望的老两口面前。

"凯,怎么是你来了,小牧呢?"张素华看着杜凯咧开嘴笑了。

"你请假来的?我不是给小牧打电话了吗?她怎么不来,让你来?你老请假,领导会对你有看法的。男人要以事业为重,家长里短、婆婆妈妈像个什么样子?"杜天明有些不悦。

"小牧的客户来了,很忙的,我来也是一样的。"

"就是,我就说,凯子和小牧工作忙,咱又不是不认路,自己走着去就行了,还非得让他们来接。"张素华小声地抱怨着,把手里提着的一罐子酸豆角、一条裹在方便兜里的大鲤鱼递给杜凯,然后把地上条纹的塑料袋背起来,弓着身子跟在杜天明的背后。

"你懂个屁!"杜天明一瞪眼,背着手钻进了杜凯找来的出租车。

"爸,今天我上班忙,没去接您跟妈,您不会怪我吧?"房小牧进门之后,一边换鞋,一边讨好地对坐在沙发上看电视的杜天明说。

"小牧,我们知道你忙,但是最起码你得按点下班。你看现在都几点了,一家人等你吃饭。"杜天明还算和蔼地说,顺手一弹烟灰。房小牧的心一哆嗦,那可是和杜凯转了大半个城市才淘到的地毯啊。

"爸，最近公司一直加班，今下午拜访客户转了大半个城，这过节的时候啊就是我们最忙的时候，没办法，跑业务就这样。"房小牧笑着说，转头看到杜凯还在厨房里忙活，就咋呼道，"杜凯，我饿死了，饭好了没？"房小牧一边心疼着地毯，一边往厨房走。

进去，却感觉气氛有几分怪异，杜凯并没有像往常一样热情洋溢地迎上来，而是扎着小围裙在一边拖挚着双手站着，仅仅是冲着房小牧点点头，灶台前的张素华腰里扎着红围巾当围裙，正在捏着鱼尾巴炸鱼，看来是准备做糖醋鲤鱼。

"小牧，知道你爱吃糖醋鲤鱼，看咱爸妈特地从老家带来的大鲤鱼，镇子上水库的野生大鲤鱼，可新鲜了，在城里是花钱也吃不到的。"杜凯夸张地大声说，一边使劲给房小牧使眼色。

"嗯嗯，谢谢妈！这味儿可真香。好久没吃了，正想吃呢。"房小牧开心地抱了抱张素华的胳膊。

"小牧，你帮我把小汤碗子刷一下，调点糖醋汁，凯子爱吃糖醋味儿的红烧鲤鱼。"张素华笑着说，眼睛却悄悄往客厅里瞟去。

"哦，妈，我这个，那个……"房小牧一边偷着拽杜凯的衣服下摆，一边赔着笑脸磕磕巴巴地说。

"妈，小牧还不如我弄得顺溜呢，你们都出去吧，剩下的我来弄。"杜凯偷偷把房小牧的手攥住，用小手指在房小牧的手心里挠着。

"一个大男人家围着锅台转，还要咱女人做什么？你说是不是，小牧？"

房小牧不由一呆，没想过一向看着木讷的婆婆竟然也有如此旗帜鲜明的意识，这是在说自己没做一个合格的女人啊！心里一阵莫名的郁闷涌了上来，房小牧的手仿佛一条灵活的小鱼，想要从杜凯的手中挣脱出来。杜凯紧紧地攥着，说什么也不撒手。

"妈，小牧这段时间工作特忙，有时候饭都吃不上，一天围着城区得转好几圈呢。你看这段时间都瘦了好几斤了。"杜凯看着房小牧的脸色不太对。

"妈，我先出去一下，最近闻到油烟味就不舒服。"房小牧脸色苍白地挣脱杜凯的手，快步走出厨房，走进了洗手间。

突然，一阵喜色笼罩在张素华那张黑黄干枯的脸上。"凯，小牧是不是有了？"她悄声在儿子耳边问道。

"有什么？"杜凯有点儿莫名其妙。

"你这孩子，还能有什么？你说小牧的肚子里还能有什么？"张素华拿筷子在杜凯的额头上轻轻戳了一下。

"什么啊，妈，你想哪里去了，我们早就说好了，最近几年先不要孩子，趁着还年轻，多拼打几年。"

"这可由不得你，你们得体谅我们老人的心。"张素华把调好的糖醋汁淋在翘着尾巴的大鲤鱼上，撒上香菜末，杜凯赶紧端出去，招呼一家人吃饭。

房小牧在外面跑了一天，中午吃的面包早就消化得无影无踪，看到满桌子的菜早就忘记了刚才的不快，又笑嘻嘻地黏在杜凯的胳膊上。

桌子上摆了三副碗筷，杜天明已经大马金刀地坐下了，等着两人。

"杜凯，少了一套餐具，叫妈出来吃饭。"房小牧轻轻在杜凯的胳膊上捏了一把。

"妈等会儿,她让咱们先吃。"杜凯一把把房小牧摁在座位上,拿碗去盛米饭。

"你们吃,我收拾一下。"张素华从厨房里探出头来,怯怯地笑了,她手里拿着一块抹布擦着锅底。

"妈,咱一家就四口人,哪能吃饭还分两拨呢?"房小牧亲热地挽住张素华的胳膊把她从厨房里拉了出来。

张素华局促地坐在杜天明的身边,筷子只敢往面前那盘青菜里伸。

房小牧夹起一块排骨放在张素华的碗里,杜天明斜着眼冷哼了一声。张素华低着头夹起排骨放在了杜天明碗里,杜天明三口两口吃玩,"啪"的一声把骨头吐在桌子上,张素华几口扒完了饭,就一头钻进厨房里没再出来。

杜凯仔细地把鱼肉里的小细刺挑出来摆到房小牧跟前的小碟子里,房小牧啃完小排骨剩下的骨头,杜凯都拿起来一一重新回笼,有的小脆骨直接嚼碎了吃掉了,看得杜天明目瞪口呆。

"小牧,你自己不会吃鱼?"杜天明终于忍不住了。

"不是,爸,我眼神不好,老弄不干净,我嗓子眼细,自己卡着了好几次。"房小牧咽下嘴里的饭,急急地说。

"小牧,你是个女人,你得伺候自己的男人。男人在外面打拼了一天,回来你得热饭热汤地伺候着,这样男人在外面才能抬起头来。你看,你还得让杜凯伺候你,这样可不行。"杜天明手中的筷子此刻不亚于教鞭,房小牧感觉自己就是在课堂上被抓住的搞小动作的调皮学生。

"不是这样,爸,我不是这样的,这段时间杜凯不上班……"房小牧一着急有些语无伦次,却有种越描越黑的感觉，索性不说话了，闷着头扒饭，把面前的一大盘子排骨吃了一多半。

"爸，你慢慢吃，我吃好了，去做客户回访记录了。"房小牧吃完饭就逃往自己的小屋里，关上门才拍拍胸脯喘了口气，这饭吃的，比月末考核还紧张。

餐厅里，杜天明点上支烟，叹了口气。

张素华才从厨房里出来，一边收拾桌子，一边拿着腰上做围裙的红围巾开始一下又一下地抹眼睛。

"凯子，刚才小牧说你不上班，是咋回事？"沉默了片刻，杜天明突然问道。

"没事，我这几天休班，带薪休假，带薪休假。"杜凯一边收拾碗筷，一边笑着说。

"放下，女人干的活，你一个大男人伸的哪门子手。"杜天明突然朝着杜凯大吼一声。

书房里，房小牧面对着电脑，耳朵却一直捕捉着外面的任何动静，就像一只躲在柜子底下的猫，时时刻刻竖着耳朵。杜天明的狮子吼，让房小牧握着鼠标的手不由得一哆嗦，把桌子上的杯子给碰到了地上，哐啷一声脆响，门里门外突然安静了下来。

门外的杜天明阴沉着脸盯着杜凯，哆嗦着手指着房门说："杜凯，你看吧，你找了一个什么东西，知道摔东西使性子了。"

"什么东西"，尖锐的四个字刺得房小牧的耳膜一阵阵地生疼，房小牧看着一地的碎片，胸口一阵憋闷，眼泪滂沱。

深夜，房小牧窝在杜凯的怀里，抽抽搭搭的，一边哭一边问："杜凯，你说，我到底哪里不对？我一直笑着说话，我跟我爸妈、跟我领导、跟我客户说话都没那么小心。在自己家里，我跟个小偷一样。你说，为什么还骂我不是东西。"

"小牧，宝贝，乖啊，你是东西，你比谁都是东西，不怨你啊！"杜凯拍着房小牧的脊背，亲着房小牧的脸蛋儿，不住地说。

"去你的，你才是东西。我就是感觉你爸爸看我不顺眼。我真的感觉到了，不是错觉，就从第一次去你家就感觉到了。"房小牧抬起头，盯着杜凯的脸，认真地说。

"哪能呢？我爸妈喜欢着你呢，看你咋看咋顺眼。他就是岁数大了，脑筋不转弯，说话不经过大脑，你也不能跟个老脑筋一般见识，是不，宝贝？"杜凯的手轻轻梳理房小牧额前的头发。

"还有，你能不能明天跟你爸说说，别对你妈那样，一家人热热闹闹坐在桌子边吃饭多好啊！我看着可难受了，过了一辈子了，吃饭都不上桌子，妈委屈一辈子了，到了咱家咱不能让她再这样委委屈屈地。"

"我妈习惯了，在家里的时候也是这样。"

"那你以后是不是也要我这样？"房小牧捏着杜凯的鼻子瞪圆了眼，"这是在咱家，妈给咱做饭，咱就得让她坐下安安心心地吃饭，不管你爸咋样，咱俩得对妈好好的。"

"哎呀，我媳妇儿真孝顺！明天我就跟我妈说，安心地坐下吃饭，以后不吃完饭谁都不准离开餐桌。好了吧，媳妇，你说我咋就那么有福气，娶了个又贤惠又孝顺又能干又懂事的媳妇啊！"杜凯把房小牧搂在怀里揉搓着，那手也渐渐不老实了。

"哎呀，老公，我今天好累的。"房小牧抵挡着杜凯袭上胸口的禄山之爪，细声细气地说。

"宝贝，累了，那就让老公来伺候你，保证让你欲仙欲死，浑身通泰。"杜凯笑嘻嘻地在房小牧耳边吹着气，轻舔着那小巧的耳珠，上下其手，不一会儿房小牧抵挡的手就软绵绵地攀上了杜凯的脖颈，口中发出娇滴滴的呢喃。

"哎，套套。"房小牧喘息着，用双手撑住杜凯的胸，轻轻扭动着身体。

"乖，宝贝，不是危险期，舒服一回呗，嗯？"杜凯吻着房小牧的脖子，身下的人儿一阵喘息，手上的力度却坚决不收回。

"好吧好吧。"杜凯懊恼地伸手在床头柜里摸索着。

结束之后，房小牧抚摸着平坦柔软的小腹，"是不是大姨妈要来，我怎么觉得肚子不舒服呢？对了，老公，跟你爸说别往地毯上弹烟灰，烟灰缸我明明摆在茶几上的嘛，烟灰会粘在黑色的毛毛上的，好难清理的。"房小牧伏在杜凯的怀里低低地说，杜凯用手温柔地一下一下梳理着房小牧的头发，不一会儿房小牧就不再吱声，发出细细的鼾声。

杜凯轻轻把胳膊抽出来，给房小牧掖好被角，披衣起来，站在窗前，阵阵的秋风顺着窗户缝隙灌进来，有些往骨头杀的意思了，杜凯浓密的眉毛轻轻地皱在一起。

"天，晚了晚了，杜凯竟然也没叫我。"房小牧一觉醒来，已经是七点过五分，八点之前一定要赶到公司打卡，中间还要转一趟车。房小牧急急忙忙地跑进洗手间，刷牙洗脸，幸好不用化妆，出来却又找不到白衬衫，今天是季末总结，一定要穿正装的。

"杜凯，我的白衬衫呢？快，我要迟到了。"房小牧一边手忙脚乱地用发套把长发盘起来，一边喊着杜凯。

"来了，给。记住，在橱子的第二个抽屉，都是你的白衬衫。哎，早点，吃了再走。"杜凯扎着个小围裙从厨房里跑出来，一边帮房小牧换衣服、扣纽扣一边说。

"哎，不吃了，来不及了，我买个面包就行。爸，妈，我不陪你们吃早餐了，我急着赶班车，拜拜啊！"房小牧换上鞋子，对穿戴得整整齐齐端坐在餐桌前的老两口打个招呼，抓起包就往外跑。

"你说说，这叫什么事？不起来做饭吧，现成的都不吃，穿个衣服，还得有人伺候。凯子，你这不是找媳妇，你这是找了个少奶奶啊！"杜天明捏着半截油条，摇着头说。

"爸，小牧最近工作很忙，昨晚做报表做到半夜，早上就贪睡一些，再说，我也是最近有时间，多做点儿，没什么。"张素华接过杜凯递过来的油条，却没有一点儿胃口，看着自己捧在手心里长大的孩子去伺候别人，估计当妈的心里不会好受到哪里去，更何况是伺候了男人一辈子的张素华，心里更是比拿刀子戳还难受，酸痛酸痛的。

餐桌上的气氛压抑得让人难受，杜凯闷着头吃饭，然后收拾碗筷，走进厨房。

一回头，张素华站在身后，杜凯吓了一跳。

"妈，你这是干吗，没声没息的，很吓人的。"杜凯闷声说。

"凯，跟妈说实话，你跟小牧是不是有什么事？"张素华沉默了片刻，突然问道。

"没事啊，我们好着呢。妈，是不是爸和你说什么了？"杜凯有些诧异地看着张素华。

"是不是在家里小牧一直这样,什么都得指望你。"

"哪有啊!我们都是一起做,谁闲了谁就多做点儿,就像小牧不是很会做饭就收拾屋子洗衣服。妈,正好这段时间我有空,一会儿我陪着你跟爸去公园逛逛。"杜凯把碗控干净水,放进消毒柜。

"可是这样不是个长法,哪有女人让男人伺候的,会让人笑话的。"张素华低声地嘀咕着走出了厨房。

杜天明在客厅不停地抽烟,点点灰白色的烟灰掉在黑色丝绒地毯上,格外刺眼。

早上开完会后打开手机,房小牧突然发现上面四个未接来电都是刘琴烟的,不由得紧张,不是爸爸出什么事了吧?她赶紧给刘琴烟回过去。

"妈,我刚开会呢,上午是最忙的时候,你有什么事吗?"

"小牧,结了婚的了不能再像在妈跟前一样了,该做的家务也得做点儿,咱不能让人家说咱房家的孩子没家教。杜凯就是再勤快,也是个男人,女人该做的你还是得学着做。"接到刘琴烟打来的电话,房小牧一愣一愣的。

"妈,你说得乱七八糟的,什么啊?我忙着呢。"刘琴烟没头没脑的一番话让房小牧有点儿摸不着头脑。

"你看你在家吃个饭还得让杜凯伺候,还得让杜凯给你穿衣服,你这孩子,以后得长点儿记性,注意点儿,守着公婆,不会做也得去做。"

"妈,这都是哪跟哪啊?我下班晚,杜凯又不上班,做晚餐有什么大不了啊?这又不是什么上纲上线的事情。"房小牧从刘琴烟的话语里听出了几分不是味儿,"妈,这些你怎么知道的啊，杜凯给你打电话了？"

"什么杜凯，今天早上刚吃完早饭，你公公就给我打电话了，噼里啪啦说了一大通，说女人得有个女人样，得知道女人该做的事。你看，说得我这张老脸都有点儿挂不住了呢。小牧，不是妈说你，结婚了，再不会，装装样子也得会吧，更何况是守着杜凯的爸妈？你想啊，谁都愿意自己的孩子找个贤惠的媳妇伺候着……"

"天，妈，我上班呢，咱回去再说这些好不好？我挂了挂了。报表，客户回访我都快忙疯了。你打电话就是为了这些啊？好了，妈妈，我挂了啊！"房小牧放下手机，心里一阵烦躁，伸手就把桌边的窗子打开了。

"房小牧，你抽的哪门子风啊，大冷天的你开窗子。"旁边的同事不干了。

房小牧第一次不盼着下班，一想到回家看到杜天明阴沉的脸，心里就一阵一阵地发紧，最近胃口也不好，吃什么都没胃口。

但是下班的点到了，房小牧磨蹭到最后，直到楼里面安静了下来，保安大叔都上来瞧了好几遍了，房小牧才磨磨蹭蹭地收拾东西，磨磨蹭蹭地下楼来。看看手机好几个未接来电，不用看也知道是杜凯，房小牧的手机设定为震动模式的时候就知道会这样。杜凯啊，那个爱着自己，自己也爱着的男人，房小牧的心里不由得漾起小小的温暖。

"小牧，怎么才下来，也不接我电话。"杜凯迎上来，给房小牧拉起外套上的帽子。

"忙嘛！"房小牧垂着头懒懒地说。

"怎么了，不开心？"杜凯敏感地捕捉到了房小牧的不快。

"没有!"

"能说三个字不?"杜凯一边骑车,一边腾出左手握着房小牧搂在腰上的小手。

"干吗啊?"房小牧反手握住杜凯的手,那种温暖真好。

"好了,宝贝,笑一笑,今晚给你做好吃的。"杜凯紧紧地攥着房小牧的手说。

"捡钱包啦?"

"坐好了,反正是好消息,回去说。"杜凯呵呵地笑着。

6.怀孕是阴谋

进门的一刹那,房小牧竟然感到自己的心猛地一抽搐,腿脚仿佛也沉重了几分。

从厨房里传出一种带着酸味的香,杜凯看着厨房里还在忙碌着的张素华,"妈,饭好了吗?小牧回来了。"

"爸,看电视呢。"房小牧看着端坐在沙发上看电视的杜天明,挤出个笑容,转身去卧室换衣服。经过厨房门口的时候,房小牧感觉自己的胃里一阵翻腾,胃液差点涌了上来,赶紧用手捂住嘴,冲进洗手间趴在面盆上一阵干呕。

"怎么了。"杜凯端着漱口水看着面色苍白的房小牧,满脸的担心。

"没事,估计这几天胃不好,老恶心。"突然房小牧心猛地一跳,与杜凯对视了一眼。

"是不是坏事了?"房小牧迟疑地说,然后急匆匆去冲进卧室,翻着床头上的台历。房小牧的例假不准,所以杜凯每次都用记号笔在台历上做标记。

"超了都一个多星期了。"房小牧皱着眉头在床头柜里翻着,然后拿起一个小包冲进洗手间。

"啊——杜凯,你给我进来。"厕所里响起房小牧凄厉的惨叫声。

"怎么了,小牧?"杜凯冲进洗手间,房小牧直愣愣地盯着手上的验孕棒,上面有鲜红的两道杠杠。

"杜凯,你是不是得给我个说法?"房小牧苍白着脸盯着杜凯。

"看你这还要什么说法,咱俩又不是未婚先孕,有了,咱就要,咱可是合法夫妻,爸妈也盼着呢。"杜凯笑着搂着房小牧的肩膀一溜小跑进了卧室,关上门。

"杜凯,你每次不都带了吗?你说,到底怎么回事?"房小牧倏地站起身,盯着杜凯的眼睛,一字一顿地问。

"安全套也不是百分百的安全好不好?小牧,再说,既然有了,那就顺其自然。"杜凯笑着看着房小牧,眼光却飘忽不定。

"杜凯,不是说好的吗?房子过户写你的名字,给你一个男人的尊严,但是要孩子放在三年之后,给我一个自由的空间,这是结婚的时候说好的,你说话到底算不算数?再说,你看,我们现在没有一点儿积蓄,你还失业,我才接手业务,算是刚刚上道,你说这样的时候适合要孩子吗?我们得为以后想想。不行,明天去医院。"房小牧伸着脖子红着脸瞪着杜凯。

"小牧,别激动,咱先不说这个,出去吃饭,然后明天咱们去医院检查一下。"

"不行,你要敢杀了我孙子,我跟你们拼了!这是我们杜家的血脉,由不得你。"突然,杜天明推开门一步跨了进来,看来偷听了不是一会儿半会儿了。

"听人墙角,真卑鄙!"房小牧从床上蹦了起来,怒目圆睁地看着杜凯。

"爸，这都什么啊，你不明白的，你先出去。"杜凯往外推着杜天明。

"什么卑鄙？若不是我偷听，你还不定做出什么伤天害理的事情呢！别以为我听不见，房小牧，我都听得清清楚楚呢，你要是敢动我孙子，我跟你们家没完。"杜天明一把推开杜凯，手指差点儿戳到房小牧的鼻子上。

"爸，现在还什么都不知道，你这样合适吗？"杜凯死劲地把杜天明拖了出去，张素华也挓挲着双手从厨房里出来，一个劲儿说："这是咋啦？这是咋啦？"

"阴谋，都是阴谋！"房小牧的眼泪顺着脸颊哗哗地流，手哆嗦得差点儿拿不住自己的外套，风一样从卧室里冲出来，换上鞋子，就往外走。

"小牧，孩子，你回来，大晚上的你去哪里？"张素华紧紧地拉着房小牧手里的外套。

"还反了她了？还敢出门，你放开手，我看你敢出这个门！"杜天明咆哮着。

"爸，你别添乱了。小牧，你别冲动！"杜凯焦急地站在杜天明和房小牧之间。

"阴谋，你们都是阴谋家！"房小牧干脆把外套一扔，直接穿着羊毛衫趿着拖鞋就冲出了家门。

房小牧一边哭一边顺着楼梯跑下来，仿佛后面不是自己熟悉的家，而是一群猛兽在追赶着她。房小牧感觉胸口要爆炸一般，压抑，憋闷，所有的一切都化成了眼泪，顺着脸庞哗哗地流淌下来。

她伸手拦了一辆出租车就上去了，杜凯匆匆忙忙从小区门口跑出来。

"师傅，开车。"房小牧哑着嗓子跟司机说。司机师傅是位四十来岁的大姐，迟疑了一下还是开车了，杜凯追着车跑了好一段才被甩在后面。

"姑娘，小两口闹别扭了？我看那小伙子跟后面追了一大段了，这过日子啊，都得迁就着点儿。"司机大姐很爱说话，看着房小牧哭得红鼻子红眼的样子，顺手递过一盒子纸巾。

"嗯，谢谢！"房小牧一边哭，一边接过纸巾，突然发现自己竟然没有拿钱包，连手机都没带。

"大姐，你稍微等我一下，我让我妈妈给你把钱送下来。"房小牧哭得抽抽搭搭地，一边开车门一边说。

"姑娘，就这么几步路，算了。听大姐一句劝，别一吵架就往娘家跑，这内部矛盾啊还是得内部消化。"司机大姐顺手把刚才的纸巾塞在了房小牧的手里。

房小牧擦了一把脸，在门口的台阶上坐了下来。是啊，进去该如何说，就说自己和杜凯他爸爸吵架了，这根本不行。房小牧抱着双臂蜷缩在台阶上，深秋的风里早已带着几丝寒意，吹干了房小牧脸上的泪痕。她用纸巾随便擦了一下脸，用手拢了一下散乱的头发，稍稍平息了一下情绪，才摁门铃。

看着门内一脸严肃的刘琴烟，房小牧愣住了。

"小牧，你这孩子怎么那么不懂事啊，你怎么能这样和公婆闹腾啊？好了，什么也别说了。明天回去跟他们赔个不是，以后该怎么样还是怎么样。"刘琴烟的一席话，让房小牧直接懵了，这到底是怎么回事，这还是不是自己的亲妈。

"琴烟，你先让小牧进来，有什么话慢慢说。"房峥军扎着围裙从厨房里出来，拉住房小牧的手坐到餐桌旁，"这手怎么那么凉，这天气穿着个毛衣就出来了，你这孩子，身体可是自己的。"房峥军紧张地搓着房小牧冰凉的小手。

房小牧想象当中自己回家会扑在亲妈的怀里号啕大哭，或者是和刘琴烟一边哭诉一边骂着杜凯，但是这一切都已不成立，疲倦席卷了整个身心，什么都不想说了，什么也不愿意说了，一切都不是自己想象当中的样子，都不是。

"爸，我想睡觉。"房小牧蜷缩在椅子上，看着房峥军端上来的饭菜却毫无胃口。

"孩子，喝点儿汤。累了，就洗个澡睡觉吧，什么事明天起来咱再说，有爸在，没有什么大不了的。"房峥军用手轻轻地梳理着房小牧散乱的头发，看着满脸泪痕的闺女，心里不由得一阵难受，对刚才杜天明的电话产生了怀疑，甚至是反感。

半个小时之前接到杜天明的电话，电话里杜天明哽咽着嗓子说着自己多么盼孙子，多么喜欢小牧，但是小牧怀孕了，却想去把孩子做掉，竟然是因为年轻还不想要，总不能因为自己年轻还没玩够就不考虑老人的感受吧？或许自己说得重了，小牧从家里出来了，估计一会儿就会到家了。最后还长长地叹息一声说："亲家呀，你说咱当老家的哪一个不是盼着隔辈人啊？我在气头上说话重了或许得罪小牧了，还得请亲家多劝劝小牧，这孩子咱不能做掉啊，这是咱两家老辈人的骨血啊。"一席话说得刘琴烟泪汪汪的，如果房小牧在跟前恨不能立马给押回去向杜天明这个慈祥的亲家公赔礼道歉。

房峥军很了解自己养了二十多年的闺女。房小牧从小就是乖顺的孩子，只要不是很过分，她不会反抗。在刘琴烟的高压政策下，这个孩子早就学会了逆来顺受，如果不是很超出了她的底线，房小牧不会哭成泪人，更不会在大晚上只穿着毛衣就跑出来。

窝在自己的被窝里,房小牧感觉到结婚这半年多以来未有过的放松。

熟悉的房间,熟悉的床,熟悉的被褥,熟悉的味道,把头深深地埋在温暖的被子里,仿佛有阳光的味道,看来爸爸妈妈天天给自己晒被子,天天盼着自己来,而自己那么久了却从未在家里住过,每次吃完饭就急急忙忙地赶回自己的小爱巢,却从未想过这才是自己生活了二十多年的家,这里有着天天给自己晒被子、永远等着自己回来的人。虽然他们从来不问自己是不是要住下来,却坚持着每天为自己晒被子。他们不会关心自己肚子里的孩子是谁的孙子谁的骨血,他们关心的是自己是不是受了委屈,是不是吃得饱穿得暖,却从未要求自己什么,这就是养了自己二十多年的父母。就像小时候在大院里住的时候,梁上的那窝小燕子,养大了,就飞走了,剩下的就是大燕子守着巢,等着那远方的小燕子想起来就回来看看,想不起来就孤独地守着,然后一点一点变老,黑亮的羽毛慢慢地没有了光泽,清脆的叫声也逐渐地沉寂了下来。

这一夜真长啊,房小牧根本就睡不着,她靠在被子上,混乱的思绪逐渐平静了下来,慢慢理出了清晰的脉络,她越发地肯定这是个阴谋。每次都是杜凯去买安全套,每次也都是杜凯收拾在隐蔽的地方。杜凯对自己的生理期记得比自己还清楚,会详细地在台历上做好记录。还有这次,杜天明和张素华毫无预兆地突然袭击,就是来看看自己怀孕了没。阴谋,百分之百的阴谋!原来,所有的信任都是有个前提的,即便是夫妻之间,也永远不可能有百分之百的信任。房小牧感觉到自己的内心深处,有一个小小的声音在说:"房小牧,你真傻,记住,除了自己的生身父母,没有人可以给你百分之百的爱和信任。"

早上起来,房峥军看着眼睛红红的房小牧,皱了皱眉头,"小牧,今天请个假吧,你看脸色那么难看,怎么去单位?"

"嗯,我打电话了,一会儿我去趟医院。"房小牧懒懒地拿起面包片抹着果酱。

"要不要给杜凯打个电话。"刘琴烟端着热好的牛奶过来。

"妈,还是不要了吧,再说还不知道什么情况呢,打电话干吗啊?"房小牧放下手里的面包,有些不耐烦地说。

"小牧,结了婚的人了,不能和在父母跟前……"

"好了,妈,我知道了,你不要说了。"房小牧焦躁打断了刘琴烟的话,不用听也早已背下来了,也不知道这个杜天明给妈灌了什么迷魂汤。

她刚换好衣服,就传来了敲门声。

"哎呀,亲家呀,一大早你们怎么来了?快进来。"刘琴烟热情得高八度的嗓门直往房小牧的耳朵里钻。

"妈,这不是小牧要去医院嘛,我爸妈不放心,就跟着一块过来接小牧。"杜凯笑着进来,眼睛下面两抹青色痕迹,看来也没有睡好,房小牧的心泛起一点点酸酸的感觉。

"是呢,是得去医院检查检查,以后你们可得注意。"刘琴烟回头看了房小牧一眼。

"喜事啊,亲家,我要当爷爷啦!你呀,要做姥爷啦。"杜天明抢上一步,拉着房峥军的手使劲地摇晃着。

"亲家,慢点儿说,我脑子还没转过来。小牧这孩子回来也没怎么说明白,就是哭。"房峥军不着痕迹地挣脱杜天明热情的大手,回头看了一眼沉着脸不说话的房小牧。

"小牧，咱一会儿去做检查，完了之后咱再说别的，行吗？"杜凯上来拉住房小牧的手。

房小牧小小挣扎了一下，可见杜凯讨好地笑着，坚持抓住不放，便任由杜凯牢牢地握在掌心里。

杜天明慈祥的笑脸，张素华带着谦卑而讨好的微笑，都让房小牧的心一阵阵地翻腾着。第一次没有叫爸妈，房小牧冷冷地拿着包走出门去，杜凯紧紧地跟在房小牧的身后。

房小牧站在路边打车，回头一看，不知道什么时候身后站了一大群人，爸妈四位，外加杜凯，呵呵，这一下热闹了，一辆车都坐不下呢。

房峥军找了两辆出租，直奔医院。路上刘琴烟还给沐斯年打了个电话，让斯年在门诊外面接应一下。

一下车就看到穿着白大褂的沐斯年站在门诊楼前面的台阶上，房小牧迟疑了，她不想下去，不想让沐斯年看到自己憔悴而狼狈的样子。

"斯年，这里！"刘琴烟隔着老远就开始招手，很多人的目光对准了眼前这一浩浩荡荡的大队人马，房小牧皱了皱眉头，只要刘琴烟跟着，想不做焦点都是不可能的。

"杜凯，小牧怎么了？阿姨在电话里说她不舒服。"沐斯年跟杜凯打招呼，眼睛却早已落在房小牧的身上：苍白的脸色，眼睛里布满血丝，眼底下还带着一痕隐隐的青色，一看就是彻夜未眠。

沐斯年心里不由得一阵隐隐的痛，却只能使劲地克制住想去拉住房小牧的手的冲动。不过结婚一年多，那个笑嘻嘻的房小牧就不见了，那张可爱的苹果脸竟然有了尖尖的小下巴。

"房小牧，当我放手的时候我希望你是幸福的，但是，现在你是否真的幸福，我却已经没有资格过问。"

"凯子，这是谁啊？"身后的杜天明突然贴近杜凯悄悄地问。

"你们在外面等一下吧，斯年你陪我进去。"房小牧沉着脸说，伸手拉着沐斯年的衣袖就往里走。

"凯子，快跟上，我看着这个男人不地道，竟然敢拉咱小牧的手。"杜天明伸手推了还在愣着的杜凯一把。

旁边的房峥军看着杜天明不由得皱了皱眉头，却没有说话。

杜凯赶紧小跑几步，跟上，一把揽住房小牧的肩膀，把自己插进沐斯年和房小牧之间。

沐斯年笑了笑，落后了半步。

在产科门口，杜凯刚要跟着进去，护士就把他拦住了，房小牧横了他一眼，"怎么着，你还想跟着进去？"

杜凯哂笑了一下，松开手，目送房小牧和沐斯年走进诊室。

房小牧沉着小脸从妇科诊室出来，后面跟着沐斯年。在长椅上坐着的杜凯赶紧站起来，"怎么样，斯年？"

"很正常，孕期三周半，但是小牧的身体不太好，已经出现贫血症状。"沐斯年把检查结果递给杜凯。

"哈哈！真的，我要当爸爸了，小牧，回去我得好好给你补补。"杜凯笑着高高举着检查结果，仿佛看的不是一张纸，而是一张X光片，或者说一张有人像的照片。

"斯年，我不要这个孩子，我要手术。"房小牧看也不看杜凯。

"说什么呢？小牧，这里面可是我的儿子。"杜凯一脸不可思议地看着房小牧，就想用手去抚摸房小牧的腰腹。

"结婚的时候说好的，三年内不要孩子，我不想早早地就丢了好不容易才有起色的工作在家里养小孩。再说，你现在没工作了，用什么养孩子，大人孩子喝西北风呀！"房小牧眼圈开始发红。

"但是现在是有了，咱就不能说当初，你说是不是，斯年？"杜凯转身向沐斯年求援。

"你还讲不讲道理，杜凯？你们家人都不讲道理！"房小牧声音一下子尖锐起来，走廊上来来往往的病人医生都往这边看。

"小牧，你情绪不稳定。要不，杜凯，咱们先到我办公室坐坐。"沐斯年略一沉思。

"斯年，你帮我找医生，我决定了，这几天手术。"房小牧苍白着脸咬着薄薄的嘴唇往外走去。

"小牧，小牧，你听我说……斯年，谢了，我回去给你打电话。"杜凯匆忙向沐斯年道谢，追赶房小牧去了。

沐斯年看着房小牧单薄的背影消失在走廊的尽头，转身，在脚下是一张薄薄的检查单，他弯腰捡起来，上面房小牧的名字刺得他眼睛生疼，这个让他在国外一直牵挂着的女孩子，这个他想心疼一辈子却永远没有资格的女孩子，就这样错过了。看着无奈的她，自己却只能是一个旁观者，什么也不能说，什么也不能做。

或许，这就是生活，我爱你，却与你无关。我只能这样爱着你、看着你，却不能在你遇到困难的时候伸手挽着你，在你累的时候抱着你，在你哭的时候擦去你的泪水，什么都不能，只能是我爱你，与你无关。

第三章　百无一用是爱情

1. 手术台上的逃兵

　　看着杜凯喜滋滋地跟杜天明、张素华说着一切正常，看着刘琴烟也笑得满脸花开，房小牧突然感觉自己是那么孤单。深秋的风很冷很冷，冬天来了吗？房小牧抱着双臂静静地看着眼前一团喜气的家人。杜天明一张阴沉沉的老脸现在是红光满面，一个劲儿地挥舞着夹着烟的手，甚至有几次差点儿碰到刘琴烟新烫的头发，但是刘琴烟同志已无暇顾及，与张素华一起憧憬着抱着一个肉团团的小宝贝逛公园的幸福生活，满脸都是忍不住的笑容。

　　"闺女，有什么话咱们回家说。"房峥军过来给小牧披上一件厚外套。

　　"爸，我……"

　　"小牧，这里不是说话的地方，有什么话咱回家说。"房峥军轻轻拍了拍房小牧的肩膀，然后去医院门外叫车。

　　一行人浩浩荡荡打了两辆车直奔房小牧家。到了之后，车门一打开，杜天明头一个下车，迈着四方步上楼去了。杜凯转身扶着房小牧，房小牧一甩胳膊，自己走了，杜凯尴尬地笑了笑，拿着包跟在后面。

　　张素华小心翼翼地下车，拽着脖子上的红围巾，尴尬地笑笑，朝着杜天明的方向挪动着脚步追赶着。刘琴烟最后下车，拿出钱包，阴着脸付了车钱，跟在房峥军的后面，悄声说："这一家子啥人啊，小家子气得怕人！"

"这个孩子，我不能要！"不管大家怎么说，房小牧就扔下这样一句话，去卧室了。

"小牧，医生都说了，一切正常，头胎不要，以后不孕的可能性会占到一半以上呢。"杜凯小心翼翼地说，一边在口袋里摸索了半天，却什么也没有找到，"检查结果可能在小牧的包里，我去拿出来。"

客厅里的家庭会议逐渐从一团和气开始散发出几分火药味。

"亲家，你说这好好的孩子来了，不要，这可是造孽的。"一直沉默的张素华突然说道。

"杜凯妈，你这句话我咋听着那么不得劲儿啊，什么叫造孽啊？我们小牧是不孝敬公婆了，还是挑嘴好吃懒做糟蹋钱粮了啊？"刘琴烟付了来回的车费，心里不舒服，还没找到发泄口呢。

"不孝有三，无后为大，这结婚大半年了，一点儿动静都没有，亲戚朋友谁见了都问。这不，瞅着这机会来看看，不想会这样。老天爷可怜我杜天明，给送来了个孙子，我看你们谁敢说不要。"杜天明端坐在沙发上，拿烟的手哆嗦着，眼珠子里都冒火了。

"亲家，有事咱慢慢说，别着急，现在不是在商量吗？"房峥军轻轻地拉了一把刘琴烟的手，"你看，这孩子刚结婚没多久，小牧的工作刚刚起色，杜凯前段时间又失业了，经济也不是很宽裕，这个时候要孩子确实不是很合适。"

"啥？谁失业了？亲家，你再说一遍，谁失业了？"杜天明一下子直起身子，探出的脑门差点儿碰着房峥军的鼻子。

"杜凯没跟你们说吗？他们公司人事调整，杜凯辞职了。现在找个合适的工作也不是件容易的事情。小牧也刚刚做业务才半年多。"

"杜凯，你给我出来，这、这——到底怎么回事，你给我出来说清楚。"杜天明突然朝着卧室里吼道。

"爸，怎么了，你小声点儿，小牧躺着呢。"

"你个兔崽子，还瞒着我，你说，你是不是现在连个工作都没有，指望小牧养着？我说你一个男人咋在家洗衣做饭伺候女人，肩膀都不一样齐了，这日子还咋过下去？"杜天明哆嗦着手指指着卧室门。

"没事，爸，就是公司正常的人事调整……"

"兔崽子，你还瞒着我，你岳父什么都说了，你还瞒着我们。"杜天明突然把鞋子从脚上脱下来，朝着杜凯扔过来。

"凯子，到底咋回事，你跟你爸说清楚啊，这是咋回事？"张素华一边拦住杜天明，一边抹眼睛。

"好了，别闹了！"卧室门砰的一声打开了，门口站着脸色苍白的房小牧。

"杜凯，瞒着也不是办法，还是实话实说吧，你失业的事早晚都瞒不住，我现在刚做业务员，也不可能挺着个大肚子到处跟人家签单卖保险，公司更不可能养一个闲人。如果这时候要孩子，不要说养孩子，估计我们俩都会没饭吃了。"房小牧清清楚楚的一番话，让屋内安静了下来。

"是，我辞职了，我昨天晚上其实就是想告诉你。我的一个同学来咱这边，想开个小公司，邀我入股，我不用投入多少钱,只管软件的开发,年底分红,你看这事闹的,都忘了。"杜凯过去拉着房小牧的手坐在沙发上。

"小牧,既然孩子一切正常,我们不如就顺其自然。再说,我一个大男人真要指望你在外面挺着大肚子跑业务来养我,你说我能安心?我还是个男人?如果公司让你待下去呢,你就还在办公室做文员,不要再去做什么业务。如果公司不要你了,你就在家好好养着。"杜凯转脸看着房峥军夫妇,"你们放心,爸、妈,我杜凯养得起老婆孩子的。"

"杜凯,你替我想过没有?我上了四年大学,进公司也是一次次初试、面试、复试的层层考核,从一个小前台,做到业务员,我是怎么过来的,有没有想过?我终于能有一份自己喜欢的工作,能不再让别人笑话我是指望一张脸蛋儿来吃饭,我怎么可以轻易放弃?再说,我才二十五岁,我还没做好准备去要一个孩子,让自己成为一个养娃做饭洗尿布的家庭妇女,把所有的时间都搭进去,我不想让我的生活圈子就变成这个几十平的小房子。杜凯,趁着年轻,我们打拼几年,也是为了以后给孩子一个更好的成长环境。"说完这些,房小牧身体像被抽空了一般,疲惫地把身体靠在在沙发上,两只手紧张地扭在一起。

"闺女,我不懂你们说的这些,但是我总觉得一个女人,不管你在外面多么风光,终究还是一个女人,回到家里好好地养孩子、伺候男人才是正事,在外面打拼,咱还是得指望男人,这才是咱做女人的本分,好几百年了不都是这样过的?亲家,你说是不是这样一个理儿?"张素华走过来,拉着房小牧的手摩挲着。

"亲家,现在男人女人都一样,女儿也是十年寒窗苦读,大学毕业找工作,也不是在家指望男人养着,等着花男人的几个小钱。我们小牧也是我们从小捧在手心里的心头肉,我们也希望她长大了找个人疼着爱着,而不是给人做保姆老妈子。"刘琴烟看着眼前木讷得甚至有些荒谬的老女人,感到愤懑、悲伤,心口一阵阵地难受,就像一条离开水面的鱼,张着嘴用力地喘气,却依然憋闷得紧。

房小牧看着眼前这个黑瘦的女人,心里就像吃了一苍蝇样感觉恶心,真的不知道是该说她可怜、可恨还是可厌,她竟然想要她房小牧做个三从四德的好媳妇,还搬出中国几百年前的老理,房小牧下意识地把手从张素华的手里使劲地抽出来,在沙发的边上用力地擦着,一直擦得手背火辣辣地痛。

"什么老妈子,你问问你家闺女,她是给杜凯洗过衣服还是做过饭,就是吃鱼还得杜凯扒好了喂到嘴里,啊,有这样的女人吗?这是哪家做媳妇的样子?"杜天明的唾沫星子溅到房小牧的手背上,硫酸一般腐蚀着房小牧的肉、房小牧的骨、房小牧的血液,甚至房小牧心中的希望。

"爸爸,咱先不说这些行不行,扯得那么远有用吗?"杜凯制止了杜天明的继续控诉,"要不这样,明天你和妈先回去,让我和小牧自己解决。"

"你们解决? 你们解决什么? 赶我们走了,你们就把我孙子在医院里解决了? 我早看透你们了,杜凯,你要是敢动我孙子,你就不是我的儿子。"杜天明用脚狠狠地搓着脚下的烟头。

房小牧弄不明白,为什么结婚之前和结婚之后差别那么大。在这一刻,如果不要这个孩子,她房小牧就是十恶不赦的罪人。如果唇枪舌剑可以杀人,房小牧估计自己早已在杜天明的刀枪剑戟下尸骨无存、挫骨扬灰好几番了。

"这样，我们大家都冷静冷静。孩子在小牧肚子里，咱们谁说了也白说。还是让杜凯和小牧商量一下。小牧，爸爸相信，你会有自己的决定。这样，天也不早了，我和你妈妈先回去，有什么事给我们打电话。该吃饭吃饭该睡觉睡觉，没有解决不了的事儿。"房峥军站起身，伸出手在房小牧的肩背上轻轻拍了拍，拉着刘琴烟出门去了。

房小牧一个人躺在床上，看着天花板上香槟色的吊灯，那上面的玻璃珠的流苏还是她和杜凯一点一点穿起来，挂上去的。那时候的杜凯不会对着房小牧吼，他说："小牧，这一辈子我不会强迫你做任何你不喜欢的事情。"

床头上的小闹钟滴答滴答的声音，在提醒着房小牧，肚子里有一颗小种子正在生长，用不了多久就会长出小手小脚小鼻子小眼睛，再用不了多久就会活生生地出现在她的面前。房小牧仿佛看到自己蓬头垢面地抱着孩子换尿布，腰身臃肿，面黄唇白……她不由得打了个寒战。绝对不可以，自己才二十五，工作刚刚有起色，若是现在放弃去怀孕生孩子，起码三年啥也别想了，一孕傻三年，脱离社会三年，就等于要从头开始踏入社会。

绝对不行，不能让一个孩子消磨了自己的斗志，不能让一个来得不是时候的孩子把自己变成一个家庭妇女，不能让自己刚刚起色的工作从手边溜走，简直太恐怖了，房小牧猛地从床上坐起来，攥着小拳头，咬着牙告诉自己。

迷迷糊糊中，仿佛有人在轻抚着自己的脸，房小牧睁开干涩的眼睛，是杜凯那张熟悉的脸，曾经让房小牧看也看不够的那张脸，此刻，却有些说不出的疏离和陌生。

"醒了，吃饭吧，一天没吃东西了，饿坏了吧？"杜凯扶着房小牧的肩膀，温柔地把额头抵在房小牧的额头上，房小牧微微一缩头，半张脸都掩在被子里。

肚子里咕咕地叫着，房小牧才发现自己的胃里是空的，从昨天晚上一直到现在，根本就没吃过东西，但是一想到外面杜天明那张阴云密布的脸，心顿时沉了下来，"我不饿，你们吃去吧。"

"傻瓜，一天没吃东西了，怎么会不饿，不想动？等着。"

不一会儿，杜凯拿着热乎乎的湿毛巾进来，仔细地把房小牧的手擦干净。房小牧的手很小，在杜凯宽大的手掌中越发显得娇小玲珑，他慢慢地小心地擦拭着一根一根纤细娇嫩的手指。房小牧突然想起两人刚刚谈恋爱的时候，杜凯捧着她的小手说："小牧啊，你这小手小脚的，真舍不得让你干啥活儿。以后要是咱俩吵架，你对我扑棱扑棱小手，踢啦踢啦小脚丫子，我就啥火气都没了。"

日子真快，恐怕杜凯早就忘记曾经说过这样肉麻的话了吧，只是，猛然想起这个瞬间，房小牧的心里更多的却是浓郁的苦涩。

不一会儿，杜凯端进来一碗香喷喷的肉丝面。如果是三天前，房小牧会跳起来搂住杜凯的脖子，笑嘻嘻地叫老公，会吸溜吸溜地吃着面哼哼唧唧地说："老公你真厉害！"但是现在，却毫无胃口，甚至看到杜凯的笑都会感觉那是假的，就像婚礼上的花球，假的。

一想到这一切可能都是阴谋，一切都可能是他们三个算计好的，房小牧的心不由得一阵阵地抽动。三天，七十二个小时，竟然把曾经的柔情蜜意都撕得粉碎，化成了灰烬，剩下的只有猜忌。

还是那张熟悉的床，还是曾经的人，却不再是像往日那般亲密无间，房小牧一动不动地蜷缩着身子躺着，把自己的双臂紧紧地抱在怀里，她用冷冰冰的脊背无声地抵抗着，抗拒着。

"小牧，小牧！"杜凯轻轻地唤着房小牧的名字，圈起手臂把蜷缩成虾子样的房小牧抱在怀里，"如果你实在不想要，咱就不要，我不会逼你的。我也知道，现在你工作刚刚起色，一下子让你放弃不可能。是的，我很想要孩子，但是我更不愿意你难受。与孩子相比，我更在乎你的感受。"

房小牧沉默着。

"小牧，我知道我爸妈的态度可能伤害了你，他们是我的父母，我只能这样，我不能左右他们的思想。他们年纪大了，有些想法会和我们有些差距。你放心，小牧，你看你现在的身体，就是去做手术也不合适。沐斯年不是都说了嘛，你现在太虚弱，还是把身体养好咱们再说其他的。到时候若不想要，我陪你去医院。"杜凯的手一下一下地梳理着房小牧细软的发丝，温热的手指轻轻地抚摸着房小牧冰冷的脸庞，一片濡湿的泪痕让杜凯的心底泛起丝丝的痛，他用力把房小牧的身体翻转过来，紧紧地搂紧在自己的怀里，下巴在那柔软的头发上一下一下地摩挲着。

房小牧的坚强在瓦解，房小牧的冰冷在解冻，房小牧干涩的眼睛开始湿润，平息的情绪开始泛滥，她想坚强，身体却违背了自己的意志，她的手臂圈住杜凯的脖子，她想哭，她想号啕大哭，这本该是在刚回家的时候就发泄的情绪，终于找到了出口，但是却找不到那种发泄的感觉。房小牧把额头抵在杜凯宽厚的胸膛上，双肩耸动着，压抑的哭声，让深秋的夜晚多了几分柔弱和无奈。

"小牧，要不这样，这两天咱们先不说这个事情，让我爸妈能安心地回去，你再去做手术，几个月之后咱们找个合适的理由把这个事情掩饰过去，好不好？睡吧，明天都好了。"沉思了一会儿，杜凯轻轻地拍着房小牧的脊背说。

明天就会好，人都会在难以割舍的牵牵绊绊面前给自己一个虚伪的明天，仿佛明天一切都会回到从前，仿佛明天我们都会纯情如昨，呵呵，真的都会好吗？杜凯不知道，房小牧不知道，一切都不知道。

头疼欲裂，却不想动。

房小牧躺在床上，没有睁开眼睛，也不想睁开眼睛，仿佛睁开眼睛，那个虚构的明天就会破碎得找不到丝毫的影子。

七点，闹钟准时响起，虽然身心俱疲，但是日子要过，工作也要做。

房小牧看着镜子里的女人，用粉底和眼影粉饰出一派唇红齿白，用一张面具掩藏着昨日的悲伤。

门外的一家三口，看着幽灵般的房小牧从卧室里飘出来。杜天明从来不见晴天的脸，张素华卑微的笑，杜凯带着惶恐的关心，一切都不重要。既然不想说话，那就不说，既然不说，那一切可以省略，虚伪的热情此时也可以省略掉了，房小牧幽魂一般，抓起手包，飘乎乎地下楼了。

报表，填单，房小牧把一切都做得有条不紊，但是几次与客户电话沟通的时候却走神了，幸好都是熟悉的客户，有同事在一旁提醒，也没有造成大的影响。

走过楼梯口的镜子旁，房小牧不自觉地看着自己的腰身，很有几分胆战心惊的滋味，仿佛下一秒就会腹凸如鼓，转眼间就会蓬头垢面。

中午，房小牧跟同事一起去三环路快餐店吃饭。老板娘是个三十左右的女人，穿着很时尚，淘宝爆款天天换，基本不带重样儿。妆容很浓，白苍苍的一张脸配了烈焰红唇，却老是紧绷着，面无表情，你绝对不会在这张脸上找到任何一丝喜怒哀乐的情绪，说话简短得就像是输入程序的机器人，语调平平，冷冷淡淡，绝对没有抑扬顿挫，更不会有什么语调起伏："什么菜？请拿好！"六个字打发了所有人，多一个字都没说过。

私下里大家都说这就是张美容做过了的僵尸脸，不敢笑的，万一笑出褶子就是永久性的，拉皮都去不掉呢，老公估计都吓跑了。不过也真怪，好几年都没见过有男人来找他。有个促狭的男同事说："若是找个僵尸脸，还不如找门外的蛋饼西施呢，最起码天天见个笑模样。"

一份上汤娃娃菜，一份米饭，一份罗宋汤端上桌，前台的小李姑娘说："房小牧的老三样，看着就有点儿倒胃口，吃一个月都不带换一换的。"房小牧不说话，笑着用筷子挑动着盘子里的娃娃菜，也确实没什么胃口。

僵尸脸依然是绷着一张脸，继续在前面分装饭盒、打包，突然口袋里的手机响了，她便停手中的活儿，在围裙上擦把手，走到餐车旁边接电话。

瞬间，房小牧和小李都石化了，真的难以想象，平时机械生硬的嗓子可以发出如此柔和软糯的声音。

"乖乖，今天有听听奶奶讲故事了吗？啊，哦，奶奶不会唱儿歌呀？没事没事，妈妈回家教给乖乖唱小白兔，妈妈会唱呢，一会儿跟奶奶睡午觉啦，嗯，好，亲一个，哼——啊！"放下手机，她接着回过头来麻利地打包收钱，嘴角还未来得及隐藏那丝笑纹儿，让这张生冷的脸明媚生动了不少。

"你的孩子……"小李试探着说。一听到"孩子"俩字，僵尸脸的老板娘一下子就柔和了起来，声音里仿佛都能滴下水来，"我女儿，今年两岁半，刚从老家接来，准备上幼儿园呢。"那笑容从眉梢眼角溢出来。原来她也会笑，僵尸脸也不是天生的，在一个娇嫩的小娃娃的眼里，没准也是个慈祥的、友爱的、充满着童真童趣的好妈妈。

房小牧下午跑个单子，结束之后才三点半，她干脆不回单位，想回家去睡一会儿，晚上休息得不好，乏得很。

房小牧叹了口气，往家打电话，是房峥军接的，说刘琴烟去超市了，晚上正好在家吃饭。挂断电话，小牧心里一阵委屈、心酸，幸好还有这个家啊，没有一屋子的人，也没有吵到头昏脑涨的事儿。

房峥军在阳台上侍弄那十几盆茉莉花，马上立冬了，竟然还有一星半点儿的花骨朵儿。在房小牧的印象里，家中就没见过别的花，一年四季都是茉莉花，家里喝的茶也是房峥军自己晒的茉莉花蕾，他说自己晒的放心，没用硫黄熏，养人。

刘琴烟常常一边抱着杯子喝茶一打趣说，房峥军这一辈子就适合做个温暾的花匠，所以一辈子也没啥大出息。

房小牧从没觉得温和敦厚的爸爸没有大出息，相比刘琴烟，她有什么事更愿说给温暾的房峥军听。

小时候刘琴烟常常点着她的额头说："你这个慢吞吞的性子一点都不随我，全随了你那个胸无大志的爸。幸亏长得随我，不然长大了连个婆家都不好找。"

"爸爸，我回来睡会儿，我妈回来别叫我。"看见房小牧回来，房峥军没多问什么，点点头，自顾自地浇花、剪叶。

躺下没几分钟，胃里一阵翻腾，房小牧立马爬起来奔进洗手间，趴在洗漱盆上吐得嗷嗷的，眼泪都跟着呕出来了。漱漱口，看着镜子里吐得七荤八素的惨白色的脸，房小牧不由自主地伸出手去轻轻地摩挲着依旧平坦细致的小腹："孩子，对不起，你来得真不是时候。"

电话铃声响起，她拿起一看，是办公室的电话，心里不由得紧张起来。这半年单位很少查岗，而且自己是做业务，不用坐班，若不是有什么重要的事，一般很少用办公室电话，难倒这几天的签单有什么问题？

"房小牧，你干吗呢？你赶紧回来，刚才我好像看到是你家老公公来了，在咱部门经理办公室呢。"小李的一个电话，让房小牧直接从床上蹦了起来，差点带翻了床头柜上的水杯。

"不会吧，你再说一遍，杜凯他爸怎么会去找经理？"房小牧的脑筋没转过弯来，有点懵。

"怎么不会，我看得很清楚呢。你结婚的时候，我们不是都见过吗？那身笔挺的干部服，让人印象深刻。得，赶紧的，过来吧，我看着好像不大对头，我这可是偷着给你打的电话。"

此刻的房小牧也不吐了，也不晕了，穿上外套立马往公司赶，她不停地催促司机师傅快点儿，倒是遇上个好脾气的司机。

"我说姑娘，你再催，我这个小桑塔纳也成不了战斗机，你还是消停一下吧，我这耳朵还真有点受不了。"

"师傅，对不起啊，我真的有急事。"房小牧不好意思地说。

"明白明白，没急事谁打车，是吧？早去跟着公交车满马路晃悠去了,你说对吧?"

一路上赶上三个红灯,二十分钟后,房小牧站在公司的楼前,先定下心,喘口气,给杜凯打个电话。

"杜凯,你爸来了,估计在我们领导办公室呢。你赶紧过来。什么,你暂时过不来?我不管,你必须过来,要不然我就自己看着办。"房小牧挂断电话,深吸一口气,竟然有几分悲壮地上刑场的感觉。

一踏上公司那层楼,房小牧就感觉很多异样的眼光在看着自己,仿佛自己现在成了三只眼睛四张嘴的怪物。

"房小牧,你可来了,赶紧去看看吧。"一直在办公室外面伸着脖子等她的小李赶紧一把把她扯过去说。

"好,我去看看。"房小牧咬着牙,一字一顿地说。

隔着经理办公室还有三米远,就听见了里面的动静。

"主任哪,我也是当了多年国家干部的人,我理解,年轻人贪玩,不想有个孩子拖累,但是总得考虑我们老人的感受吧。你说这孩子都在肚子里成形了,这说不要就不要,这简直就是剥夺我儿子的生育权哪。主任,你说这样的员工是不是给你们这样一家大公司抹黑?"杜天明的声音雷的房小牧外焦里嫩,心一阵一阵地哆嗦。呵呵,这是在家做足了功课来的吧,生育权都出来了。

"这个,清官难断家务事,我们也不好做工作的,您说是不是,老杜同志?"部门经理温和但是冷淡的态度让房小牧略微安心。

"这样可不行,你的员工你得教育,否则对你们公司以后的发展也是大有影响呢,这千里之堤溃于蚁穴……"

"老杜同志,房小牧工作认真我们都是有目共睹的,再说要不要孩子是个人的问题,我们公司不便过问,你说是不是?"

"领导啊,你得体谅我们老人的心啊!你看,我们家杜凯是单传,我们就指望他了,你说房小牧这样就是让我们杜家断子绝孙啊!你们要是不管,我就告她,告她虐待老人。"杜天明突然一把扯住主任的胳膊,鼻涕一把泪一把的,吓得这个四十多岁的中年妇女脸色都变了,四平八稳的官腔不打了,直着嗓子咋呼:"你干什么啊?你放手!保安,保安,快叫保安!"她用力挣扎着往门外走。

刚进门的房小牧正好看到这一幕,莫大的羞辱感让房小牧感觉自己脸上的血管都要爆炸了。

"爸,你来干吗?这是单位,有什么事情咱们回家说。"房小牧上去一把拉开杜天明。

"房小牧,赶紧把你父亲带回去,家务事家中解决。"经理仿佛看到一根救命稻草一般,猛然甩开胳膊,走出了办公室。

"哎,领导,咱们还没说完,"杜天明回头阴着脸看着房小牧,"你来干什么?我找你领导解决问题,和你有什么关系,谁让你来的?"

"爸爸,这里是公司,不是你的镇政府,这里只谈工作,不做可以直接走人,不管你个人私事的,所以你不要在这里闹,我们回家说好不好?"

"回家说,和你有什么好说的,你既然想杀了我孙子,好,我就让你房小牧丢人现眼,我要让别人知道你房小牧是个杀人凶手,知道你房小牧的不忠不孝,大逆不道。"杜天明抱着胳膊、抬着下巴看着房小牧。

"爸，你说这些都没有用的，只是丢人，让人家看笑话。咱们回去说，杜凯也回来了，咱们都回去商量。"房小牧压制着心头的怒火，尽量让自己心平气和。

"爸，你来这里做什么？回家！"一声怒喝，让房小牧一哆嗦，但是随之心也就沉下了几分，杜凯来了。

"杜凯，爸只是想跟小牧的领导交流一下。"杜天明的声音突然就低了好几个八度，随着杜凯的进门，脸上竟然还挤出了一丝微笑的。

"爸，别说了，咱回去说。小牧，你也请假，咱都回去。"杜凯一边伸手把杜天明往门外带，一边朝着房小牧使眼色。

杜天明这次倒是很通情达理的，跟着杜凯踱着四方步走出了部门经理的办公室，还不忘和门口观望的人挥手打招呼，仿佛领导视察工作一般。

这都是什么事啊！房小牧感觉自己的一张脸一阵红一阵白，想从楼上跳下去的心都有了，自己一年多来辛辛苦苦地都白费了，在这一刻，所有悉心塑造的形象都毁于一旦，房小牧甚至都能想象得出自己再走进公司的大门的时候，背后的指指点点都能把她给戳死，茶余饭后的唾沫星子也能把她给淹死。

"杜凯，这件事交给你解决，我暂时不回去！"发完短信，房小牧给宋佳凝打了个电话就关机了。

当房小牧声泪俱下地和宋佳凝诉说这一切的时候，宋佳凝难得安静地听着，没有发表任何意见。

"宋佳凝，你听我说没，怎么没反应啊？"房小牧泪兮兮地看着安静地喝着咖啡，无比优雅的宋佳凝。

"好，我给你反应。房小牧，若是兮末在，得骂你活该！

这样的一家人，简直就是百年不遇的奇葩，都给你遇上了，我只能说，真不知道当初你是怎么看上的。纯粹一家子无赖，比八婆还八婆的无赖。很简单，要么和杜凯离婚，要么继续凑合着过。"

"离婚，不可能！"房小牧条件反射般地说。

"好，很简单，你继续凑合着吧，以后有什么事学会打落牙齿和血吞，自己一个人老老实实地消化了，别跟个祥林嫂似的到处显摆。真的，没人会可怜你，就算是你自己扒出一颗伤痕累累的心给人看，也只是增添一点他人茶余饭后的谈资而已。没有人会真正体会到你的痛，因为伤口在你自己的身上，疼不疼只有你自己知道，因为这些都是你自己选择的，那就担着吧。"宋佳凝幽幽地说，声音里带着说不出的苦涩。

回家的路上，房小牧有种说不出的疲倦，不仅仅是身体上的，更多的是来自内心的迷惑与疲累。自己的选择到底对不对呢？以后的路还有那么长，我们可以牵着手走到最后吗？房小牧在心里问自己，却不敢说出那个答案，因为漫长的路看不到尽头啊。

晚上，房小牧没有问杜凯是如何解决问题的，只是安静地卧在杜凯的怀里，听着杜凯一遍一遍地说着对不起。

对不起什么呢？房小牧不想问，也不想说，只是感觉自己好累，累得闭上眼睛不愿意睁开，这一切真的如做梦一般。想想，一年前自己还是在父母的身边转着撒娇的小丫头，今天却有种历尽沧桑的感觉，生活，是你原本如此，还是我错了呢？

"小牧，如果你不想要这个孩子，明天我陪你去医院。"这是房小牧睡着之前听到的最后一句话。

应该说走进医院之前，房小牧是很坚决的，她告诉自己，这不是一个孩子，这只是一次不该出现的小意外。

杜凯说不想麻烦沐斯年，房小牧也不想重现那尴尬的一幕。站在有点陌生的医院门口，杜凯迟疑地问房小牧："小牧，你想好了？咱真的不能要这个孩子？"

"杜凯，这不是孩子，这只是一个意外，一个不该来的意外！"

杜凯的笑容底下有着一丝不易察觉的凄凉，他看着院子里早已落光了树叶的毛白杨，虽然是冬天了，但是那枝干上饱满的小芽包，却仿佛在向大家呐喊，在呼喊着下一个季节的到来，呼唤着那个萌动着崭新希望的季节。

不去医院，不知道生病的人多；不去产科，不知道怀孕的人多。

妇产科的楼道上，到处溜达着做检查的孕妇，不管是大腹便便即将临产的，还是刚刚拿到检查结果喜笑颜开的，他们的脸上都是温暖的、和煦的、纯净的笑容。

和房小牧排在一块儿等待检查的是一个怀孕四五个月的女人，很喜庆的小圆脸上，一双灵活的大眼睛转来转去，看到房小牧就开心地打招呼。

"妹妹，你也是来做检查的？头一胎吧？"

"嗯，头胎。"房小牧僵硬地扯动了下嘴角，权当笑了一下。

"你真幸福，我这是第三次怀孕了，这次终于是老天有眼，一切正常，可是我老公还在船上执行任务呢，都没法回来陪我。"

"第三次？"房小牧诧异地问。

"前两次都是胚停，坐不住胎。我结婚五年才怀孕，第一个四个月就不行了,然后隔了一年多,第二个到了三个月的时候还是停止发育了,医生说是自然选择,既然这样那就是胎儿本身有问题。"女子端起身边的塑料杯子喝了一大口水,继续说,"我婆婆啊,盼孩子都快盼疯了,说我要是再不怀孕,就让我老公和我离婚呢。你看,这一吓呀,还真怀上了。从怀孕以来我婆婆就一直半步不离地跟着我,到现在六个多月了呢,说要是这个再不行,那就是观音娘娘怪罪了,所以天天在家给送子观音烧香。嘻嘻,有点儿迷信,但是我婆婆是真的担心呢。"

"哦!"房小牧的心有些乱,心不在焉地听着。

"哎哟,嘻嘻!"女子突然皱起眉头,接着又眯起好看的眼睛略带羞涩地笑了。

"怎么了?"房小牧有点儿紧张地问道。

"你摸摸!小调皮踢我呢!"女子幸福地笑着拉起房小牧的手放在鼓凸的肚腹上。真的,肚皮上凸起的一个小脚丫或者是小拳头,在房小牧的掌心里蠕动着,隔着柔滑的肚皮,隔着一层厚厚的毛衣,房小牧都能感觉到那个稚嫩的小脚丫上传来生命的律动,心里不由得泛起一种从未有过的新奇的感觉,就像小时候看着一只蜻蜓飞过春日的荷塘,轻轻一点,就漾起一个个小小的涟漪,那种感觉痒痒的、颤颤的,带着一丝微微的甜蜜和快感。甚至,她都不想挪开自己的手掌,想再次感受那种新奇的律动。

"哎,你看,我婆婆来了,刚才怕我排队饿着,给我买蛋糕去了。"女子朝着门边一个正在张望的老太太招手笑着时候,那种由衷的幸福刺得房小牧的心一阵阵地抽搐。老太太穿着朴素的灰色羽绒坎肩,花白的头发,略显清瘦的脸上洋溢着

掩盖不住的喜悦，提着一兜小蛋糕，手上还端着一杯奶茶，小心翼翼地穿过人群走过来。

"闺女，你也吃一块吧。"老太太和蔼地给房小牧一块蛋糕。房小牧摇了摇头，笑了笑，没有接，心里却一阵发怵，看上去这样和蔼的老人，竟然也可能因为儿媳妇不能生孩子让自己的儿子做出休妻再娶的事情，人性的自私真的是很可怕，人到底有几张脸呢？想起杜天明在自己单位瞬间的变脸，心里一阵一阵地冷飕飕的。

旁边的手术室一会儿就会出来一个脸色苍白的女孩或者女人，在家人的搀扶下或是自己慢慢地移动脚步。

"造孽呀！"老太太看着一个个做人流的女人，仿佛叹气般地念叨。

"妹子，到我啦，有时间咱们再来一起做检查呀，我先进去了。"女子亲热地拉了拉房小牧的手，就跟着婆婆进了诊室。

房小牧低头看着自己的手，仿佛还残留着那抹新奇、柔软、令人心神荡漾的感觉，那是一个崭新的小生命，会在肚子里伸着小手小脚活动呢。

站在手术室的门外，房小牧终于体会到宋佳凝曾经的恐惧了，手发冷，脸发白，甚至腿都在不由自主地哆嗦着。杜凯紧紧地搂着房小牧哆嗦得如风中树叶般的小身体，一个劲儿地说："小牧不怕，咱不怕啊！"

"十四号，家属签字。"小护士冷冰冰地递过一支笔，杜凯迟疑着，看着怀里的房小牧，杜凯握笔的手开始哆嗦。"姑娘，看检查结果孩子一切正常，各方面发育都很健康，你们要是头一胎，我建议还是多考虑考虑吧。"医生是位四十多岁的中年女子，很温婉的笑容，她轻轻地拿笔在房小牧的检查结果上一下一下地写着。

杜凯揽着怀里的房小牧，低声说："要不，我们再考虑一下？"房小牧咬着下唇摇了摇头，她怕自己会动摇，怕那一刻的温存动摇了自己的决心，一把摸过笔塞进杜凯的手里。

为了手术，房小牧没吃早饭，不知道是害怕。还是紧张，房小牧感觉自己的后背上的内衣已经被沁出的汗水湿透了，她的手紧紧地抓着杜凯的胳膊，杜凯隔着棉衣都能感觉到房小牧的手指甲掐进了自己的肉里。

不锈钢的器械在手术台旁泛着冷冷的光芒，穿着隔离衣的护士对还在僵直站着的房小牧说："脱裤子，上去，躺下。"

房小牧一呆，哆嗦的手解开了牛仔裤的腰带，缓缓地褪下来，把自己的身体暴露在冷冷的空气里，一粒粒小米暴起在白皙细腻的肌肤上，她赤裸着身体躺在手术台上，看着医生拿出细长的针管，不由得瑟缩了一下。

"没事，很快就好！"女医生温和地说，房小牧却打了个寒战。很快，很快，这个孩子就从肚子里消失了，成了医疗垃圾，给用垃圾袋装起来，然后从这个世界上消失。

手心里那种温暖的感觉依然存在，那种轻柔的蠕动，那种带着生命力的蠕动，让房小牧的心一阵撕裂般的痛。或许再过两个月，他也会动，会挥动着小手小脚在肚子里做运动，会提醒妈妈不要忽视他的存在，会用自己的方式和妈妈打招呼。再过几个月会呱呱坠地，会用花蕾般的小嘴吮吸着甜美的乳汁。房小牧，你在做什么？你在杀死一个生命，你在杀人，你在亲手杀了你的孩子！

"不——"房小牧突然坐起身，大声喊了一声。

"你怎么了!"小护士吓了一跳,赶紧扶住手术台上的房小牧。

"我不做了,我不做手术,我要回去!"房小牧把褪到脚踝的裤子一把提上,跳下了手术台,不再去管身边的医生说什么,直接冲出了手术室,泪流满面地扎进杜凯的怀里。

"杜凯,我不做了,我不做了,我们要这个孩子,我不做了。"房小牧浑身哆嗦着喃喃地说。

杜凯紧紧地抱着房小牧,冷汗顺着鬓角流了下来,差一点点,自己就失去了这个孩子。

2. 我的孩子叫杜悦

工作没了，房小牧的身份只有一个，那就是孕妇，而且在短短的时间内房小牧就很顺利地摆正了自己的位置。

第二个月，吐得肝肠寸断。

这边杜凯端着牛奶等着，那边房小牧抱着马桶吐得不亦乐乎。平时爱吃的小黄鱼，闻见味儿会吐。喜欢的红烧小排骨，塞到嘴里还没咬几下也会吐。就是看见别人吃饭，竟然也会吐。房小牧闭着眼、皱着眉、躺在床上抱着杜凯的腰说，"杜凯你得对我好，不然我就诅咒你下辈子下下辈子都当个孕妇。"

杜凯搂着房小牧笑呵呵地说："宝贝，下辈子下下辈子还有下下下下下辈子，我们都在一起，我当孕妇，替你生十个八个的娃，然后你替我吃鱼吃肉吃鸡，想吃啥就吃啥。"

杜天明偶尔会和张素华来一趟，大包小包的青菜水果都是挑新鲜的带，甚至杜天明还想在家里养一只羊，说孙子生下来就不用喝那些乱七八糟的奶粉，省得喝成"大头娃娃"。

"孙子，孙子，就知道孙子，我要是生个女孩儿咋办，难道你还能休了我不成？"房小牧一边哇哇地吐，一边狠狠地掐着杜凯的大腿，仿佛那个重男轻女的封建遗毒正在杜凯的身上复苏。

痛苦地熬过了头两个月的孕吐，房小牧的身体开始以一个前所未有的速度增长，变大的不仅仅是肚子，整个人也如同一只愈来愈大的气球，饱满，圆润。

房小牧从来不知道自己这样能吃，一天三顿饭一顿都不能少，中间的点心水果更是来者不拒。刘琴烟捏着房小牧肥嘟嘟的脸说："我怀你的时候吃什么吐什么，到生你的前一天还在医院做报表呢，穿上个军大衣都没人看出我是个孕妇。你看你才五个多月就跟快生的差不多了。"

看着镜子里日益圆润的脸蛋和身体，她哀哀地抱着杜凯的胳膊说："为什么我会吃那么多啊？"甚至会说："我下一顿少吃点儿啊，不要给我吃排骨，不要给我吃红烧鱼，不要给我吃西红柿炖牛腩。"但是一坐到饭桌前，房小牧就会觉得嗓子眼里像有一只小手拿着个小耙子，在拼命地把桌子上的美味佳肴死劲地往肚子里搂。

"房小牧，你得少吃点儿，到时候变成球，看你还怎么出门！"杜凯又剥了一只虾放进房小牧跟前的盘子里。

"不是我在吃，是你闺女在吃，吃在我肚里，长在孩儿身上。"房小牧鼓着腮说。

"嗯，我儿子的肉都长他妈妈身上了，到时候和你要啊。"杜凯伸手在房小牧的鼻子上刮了一下。

"去去去，老封建，你不懂了吧，现在胖就是我的责任，长肉就是我的工作。"穿着粉白色玫瑰花睡衣的房小牧躺在沙发上喝着西瓜汁，一只手摸着圆滚滚的肚子，拿着遥控器换台。从当初的决绝到现在的坦然，就是一个质的飞跃，所以说女人是一种很奇怪的动物。

"是是是，我不懂，我就知道咱家里有个小猪娃。"杜凯端过热乎乎的洗脚水给房小牧泡脚。

曾经纤细的小脚丫子已经出现了轻微的水肿,白嫩嫩的脚趾头上染的粉色指甲油已经褪得只剩下一点点花边,衬得圆润的小脚趾如花瓣儿一般。胖乎乎的脚丫子如同喧腾腾的刚出锅的白馒头,上面淡青色血管形成细细的纹路,杜凯轻轻地按揉着,偶尔还会放到嘴边亲一口,房小牧咯咯地笑着喊舒服。

杜凯靠过来,用手撩拨着房小牧柔软的头发。怀孕后的房小牧身上总是有着一种淡淡的若有若无的奶香,杜凯喜欢把脸埋在房小牧蓬松而干净的头发里,埋在房小牧柔软细嫩的肩窝里,他嗅着那熟悉的味道,心里一阵阵温暖而压抑的冲动。

"小牧,宝贝,五个月了吧。"杜凯的声音里带着一丝暧昧。

"嗯——杜凯,难不成你在勾引我?! 嗯——"房小牧坏笑着从杜凯的怀里抬起头来,用小鼻子蹭着杜凯的脸腮、脖子。

从怀孕之后,房小牧就不让杜凯碰了,虽然看着杜凯宽厚的胸膛,枕着他温暖的胳膊,房小牧的心里也会痒痒的,但是《育儿宝典》上写得明明白白,孕期前三个月,禁房事。所以房小牧面对杜凯哀怨的眼神,总是装作视而不见。四个月之后,杜凯便开始有意无意地撩拨着房小牧,拥着那个圆润的柔软的小身体,杜凯感觉自己几个月来的压抑简直要喷薄而出,甚至比刚结婚那阵来得还要猛烈。

"宝贝,小牧!"杜凯在房小牧的耳边轻轻地吹着气,用唇轻轻地碰触着房小牧薄薄的耳垂,吻着脖颈上细白的肌肤。不安分的手从睡衣的领口一点点伸进去,抚上有些肿胀的丰盈,用手指轻轻捻动着细嫩的蓓蕾。

"嗯，痒，拿开，拿开啦。"房小牧红着脸，扭动着圆滚滚的身体抗拒着，或许是这几个月的胃口大开，房小牧圆圆的苹果脸不但没有长丝毫的斑斑点点，反而更细嫩水灵，现在在杜凯的眼中就像一只水汪汪的大红苹果，恨不能将它揉在怀里，咬在嘴里，然后一口吞进肚子里。

"小牧宝贝，我发现你不但肚子见长，咪咪好像变大了呢。"杜凯坏笑着在房小牧的耳边说。

"啊——"房小牧突然一声惨叫，从杜凯的怀里手忙脚乱地爬起来，撅着小屁股在床头使劲地扒拉着，紧张地拿出那本《育儿宝典》，找出五月篇，用手指点着仔仔细细地阅读。

小牧放下书，解开睡衣的纽扣，仔仔细细地看着自己胸上的小蓓蕾，用手指轻轻碰了碰，自言自语地说道："书上说，五个月之后开始变大呢，色泽会变深，看来还真是的呢。天哪，不会变成紫黑色了吧？天哪，我不要啊！"房小牧把书一扔，跪着爬到杜凯的身边，瞪着圆溜溜的眼睛恨恨地在杜凯的肚子上拍打着，"这世道啊，什么时候让男人生孩子啊，我容易吗？一个月一次小痛苦，一辈子还得来一次大出血，我容易吗？你们男人长个大肚子干吗啊，天天除了吃就是喝啊。这世道啊，咋就那么没天理呀！"房小牧拍打杜凯的肚子叫嚣着，本来就半掩半露的睡衣直接中门大开，春光乍泄。

"房小牧，你这明摆着就是在色诱我，我吃了你。"杜凯被眼前的春光烂漫刺激得直接从床上蹦了起来，把圆滚滚的房小牧紧紧地搂在怀里。

"小心，肚子，我的肚子哎。"房小牧在杜凯的怀里小母鸡般护着鼓凸的肚腹。

"书上不是说了吗，五个月之后可以了呢，我都做了五个月的和尚了，我呀，今天也该开开斋了吧。"杜凯把房小牧抱在自己的怀里，火热的唇吻印在房小牧赤裸的肩膀上、脖子上，烫得小牧一阵阵地悸动着，心底那一丝隐隐的暧昧开始泛滥，开始泛起活泼的小水花，护着肚子的双臂抚上杜凯宽阔的肩膀，攀上他强壮的颈项，柔软的手臂也从抗拒逐渐变成了纠缠，再纠缠。

其实，日子久了之后，房小牧发现自己不但不再讨厌肚子里的孩子，甚至还有点儿喜欢和享受这个过程了。自己被当熊猫保护起来，刘琴烟的呵护，杜凯的宠溺，甚至杜天明也慈祥得让房小牧忘记了曾经的不快和痛苦。

如果生活的一只手承载的是幸福，那么另一只手上就有同等的痛苦，它来得让你幸福的微笑还不曾隐去，来得让你猝不及防。

如果杜凯的公司一切按部就班的话，如果这不是一个早就设好的局的话，如果杜凯不认识这个同学的话，那么房小牧的生活绝对不会有那么快的一个大转身。如果，如果，生活里没有如果，只有结果，所以当结果一个接一个用最真实的面容出现在房小牧面前的时候，就像生活给房小牧蒙起眼睛，开了一个不大不小的玩笑，当她以为触摸到了幸福的时候，拉下蒙着眼睛的黑布条才发现，原来抱错了人。

房小牧的肚子越来越大，杜凯回家的时间越来越少。

"小牧宝贝，我今晚应酬客户，你去妈那边吃吧。我回去晚一点儿，等我哦！嗯，想你，宝贝！来，嗯，亲一下！"

"小牧，公司最近的开发的一款网游出了点儿问题，我得加班，你自己早点儿睡吧！嗯，亲一下，宝贝！"

"小牧，我今晚不回家吃饭，自己照顾自己。"

"小牧,我有应酬,晚一点儿回去。"

"小牧,忙,不回去了!"

杜凯的短信一条比一条简短,就像他回家的时间,一天比一天晚。从早回到晚归,中间到底经过了多久,房小牧忘记了;从晚归到不归,中间走过了多少时光,房小牧记得清清楚楚,因为她怕黑。

房小牧怕黑,害怕一个人待在空空的房子里。杜凯晚归的第一个晚上,她开着所有的灯,抱着七个月的大肚子窝在沙发上,虽然困得眼睛都睁不开,却竖着小耳朵听着门外的动静。钥匙在锁孔里转动的声音,听在房小牧的耳朵里不啻天籁之音,在杜凯进门的瞬间,她以前所未有的敏捷把自己投入杜凯的怀里。

"杜凯,我害怕,你能不能早点儿回来陪我?"房小牧泪眼蒙眬地看着杜凯。

"小牧,公司刚刚起步,我们没有投入多少钱,只能投入我这个人了,为了我们的大房子,为了我们的宝贝,委屈你了。"一脸疲倦的杜凯抱着瑟瑟发抖的房小牧坐在沙发上,一天的劳累,让杜凯只想瘫在床上舒舒服服地睡一觉。

"可是我真的害怕,我害怕一个人在家,我怕黑,我不敢去厕所,我不敢去阳台,我不敢啊,我真的害怕黑啊!"房小牧一连串的害怕害怕让杜凯有些无奈。

"宝贝,在家乖乖陪着妈妈,爸爸在外面给宝贝和妈妈赚票票。好了,宝贝,咱上床上说话,我累坏了,肩膀疼,脖子痛,不行了。"杜凯抚摸着房小牧圆圆的肚子说道,疲倦地笑道。

"小牧,休息吧,你现在得多睡觉,我去洗澡。"片刻温存之后，杜凯起身往洗手间走去。

杜凯瘦了，房小牧有些心疼。

日子在继续，房小牧要习惯一个人的黑夜和白天。

房小牧要学会一个人度过漫长的黑暗，虽然夜依然很长，黑暗依然很恐怖，但是这一切都在慢慢地习惯。杜凯说，习惯成自然，得学着习惯那些不习惯。房小牧的胃口依然很好，而且养成了一个吃夜宵的习惯，仿佛只有吃得肚子饱饱的才不会害怕。不能上网，不能聊天，只能发短信，这是房小牧目前唯一的消遣方式。

宋佳凝偶尔的陪伴，让房小牧会略略缓解心中的恐惧，只是宋佳凝从国外镀金回来后就成了学院里最年轻的教授，年轻貌美，外事活动自然是格外繁忙，所以，房小牧也不可能随时随地地把宋佳凝召回来。她开始抱着手机给地球另一端的兮耒发短信，每一条短信都是编写到系统拒绝才罢休。宋佳凝说："在当今这个年代，还有你俩这样固执地通过文字交流得如此热络的，可以算是世间少有，好好攒着，说不定可以出一本当代两地书。"

兮耒说："房小牧，你这叫空虚饥渴症，心理学上所没有的，但是在现实生活中却大量存在的，我们越寂寞就会越饥渴，会不停地用食物来填充精神的空虚与寂寞。"

我空虚吗？我寂寞吗？房小牧问自己，看着窗外的黑暗，她想大声地问自己，但是她害怕，害怕声音还未出口就被黑夜吞没了。

杜凯的晚归，让房小牧学会了做夜宵，无一例外的都是鸡蛋。每天晚上过了十点，房小牧就开始饿，她用电热锅给自己煮鸡蛋，用电煎锅煎鸡蛋，用酱油泡鸡蛋，甚至，房小牧有时候梦见自己生出一个大大的鸡蛋，粉色的硬壳里传来一阵阵婴孩的哭声，然后她带着一身冷汗惊醒。

房小牧很累，八个多月的大肚子让她行动不便，腿上一摁一个小窝，脚丫子肿得只能穿着杜凯的大拖鞋，原来怀孕是这样辛苦。

"宝贝，你什么时候出来啊？妈妈很累了，你怎么那么沉啊，我都快带不动了。"白天，房小牧一个人坐车到父母家，吃饱了就坐在阳台上看着满满一阳台的茉莉花。刘琴烟说："别看了，看花生个女孩。"

"女孩有什么不好啊？妈妈，你后悔生我这个女孩啊？"房小牧看着坐在五月的阳光下、戴着老花镜做小衣服小裤子的母亲。

"是啊，养大了就去别人家里了，慢慢地就忘了我和你爸，闺女呀就是个小白眼狼。"刘琴烟叹息一声，笑着说。

"妈！"房小牧轻轻靠着母亲的肩膀，伸出手臂圈住刘琴烟的脖子，把脸贴在母亲的脸上轻轻地摩挲着，记忆中那张一直细腻柔润的脸庞松弛了，光洁如玉的额头上不知道何时竟然出现了时光雕刻的痕迹。这一刻，房小牧的心被一种温暖、一种酸涩、一种从未有过的情绪包围着、浸润着。从结婚之后，回家的次数少了，与杜凯的幸福冲淡了对这个家的依恋，但是每次回家之后，温暖的床，整洁如昔的衣柜，熟悉而亲切的味道，仿佛一切都没有改变，只是那两个把自己捧在手里、放在心尖儿上的人真的老了。乌黑的头发染上了岁月的痕迹，挺直的腰板弯了驼了，寂寞地守着一个空巢，等着自己回来。

"傻孩子，好好儿地哭什么呢？我和你爸盼的是什么，不就是盼着你长大了，找一个爱你、疼你的人。等我们没了，继续替我们疼你爱你护着你。杜凯这孩子不错,品性也好,除了穷点儿,都还行。"

"妈,以后我会多回来陪你跟爸的。"房小牧闭上眼睛,把脸庞埋进母亲那温暖的肩窝里。

晚上回家,一个人的家,除了等待就是寂寞,房小牧很寂寞,肚子饱了,寂寞还是会侵蚀着内心,让空间越来越小越来越窄,小得容不下一粒沙,窄得放不下一句话。

"杜凯,我害怕!"

"有宝宝陪着你,安心,乖啊,小牧。"杜凯的回答简洁明了,嘟嘟的忙音让房小牧的耳朵麻木了。

"杜凯,我想吃你做的排骨。"

"小牧,我很忙,你去楼下叫外卖或者打车去妈妈那边。"

"杜凯,我很累!"

"小牧,我也很累,我们一起坚持,坚持!"

房小牧抱着大肚子在屋里转来转去,听着自己的呼吸声,越来越重,到底是一个人,还是两个人呢,墙上的影子不会说话。

杜凯很累,创业初期的疲累,不管是身还是心,那种疲累,让杜凯无暇去顾及房小牧的感受。虽然工作间隙,会感觉有种歉疚从心底隐隐地生出来,但是他真的很累。杜凯疲惫的眼神,胡子拉碴的样子,让房小牧的埋怨都变成了沉默。

黑夜,她不害怕,房小牧开着灯,一圈一圈地走着。

寂寞,她不害怕,房小牧煮一大锅鸡蛋,一枚一枚地剥了皮,放在碗里,满了就放进冰箱里,饿了就吃一个,再吃一个。

吃得饱饱的，房小牧一个人在开着灯的房间里走着，走着走着就累了，累了就躺在床上，躺着躺着就睡着了。

醒了，身边躺着杜凯，睡梦中的杜凯也是眉间紧蹙，房小牧端详着这张年轻的脸，轻轻地伸出手指，却怎么也熨不平那紧蹙的眉心。

杜悦的到来很顺利，顺利得让房小牧很快就忘记了那些阵痛与撕裂般的瞬间。当然，那时候还不叫杜悦，只是一个刚刚从房小牧的肚子里钻出来的小东西，一个粉粉嫩嫩的小婴儿。

当杜凯拖着行李箱回来的时候，杜悦已经在妇产科病房床头的婴儿车里吃着手指睡着了，疲惫的房小牧带着止痛棒也在昏睡。

刘琴烟捧着装满鸡汤馄饨的保温桶坐在旁边的椅子上，眼睛一眨不眨地盯着粉嫩嫩的小婴儿。

"昨天晚上破了羊水，幸亏小牧给斯年打电话了，我和你爸赶紧跟着过来了，还好，顺产。"刘琴烟的语气中带着一丝埋怨，"对了，杜凯，我给你父母打过电话了，说今天赶过来。你回去收拾一下，睡一会儿，这里有我呢。你看胡子拉碴的，孩子睁开眼睛看见你都会吓哭了呢。"

"妈，那就辛苦你了。"杜凯苦笑着点点头，在房小牧憔悴的脸上轻轻抚摸了一下，看了一眼刚刚出生的儿子，拖着疲惫的身体走出了医院。

房小牧醒来的时候，刘琴烟不在跟前，止痛棒已经开始失效，她疼得咬着牙、闭着眼嘶嘶地吸冷气："真疼！杜凯，你在哪里？我真疼啊！"

沐斯年站在床前，看着憔悴的房小牧，心中一阵阵抽搐般的痛，他伸出手把她被汗水洇透了贴在额上的几缕散发拨开，

"杜凯——我疼!"房小牧失声道,反手紧紧地抓住那只温暖的手。

"小牧,是我。"

"斯年,谢谢你!"房小牧睁开眼睛看着面前的沐斯年,赶紧放手,强笑着说,被紫黑的血洇透了的干燥的唇又开始渗出点点血渍。

"来,喝水。"沐斯年端起桌子上的温开水,用汤匙盛了,放在房小牧的唇边。

"谢谢!放着吧,我妈妈一会儿就来。"房小牧苍白的腮边飞上几丝红晕,如果是杜凯在,多好。

"喝水。"沐斯年微笑,手上的汤匙却纹丝不动。

"谢谢!"房小牧乖乖地喝下两勺水,便摇了摇了头不喝了,然后转头看着床头的小婴儿。孩子刚刚睡醒,正吃着小手。

"斯年,你把孩子推过来让我好好看看,我还没仔细看看呢。"房小牧起身,想看看宝贝,但是剧烈的疼痛让她放弃了。

"亲家,亲家,我大孙子在哪一个病房呢?"伴着急促的脚步声杜天明闯了进来,后面紧紧跟着抱着一个红格子包袱的张素华,当然,还有那永远都陪伴着她的红围巾。

"小牧,你可是我们杜家的大功臣,杜凯回来得好好伺候你。"杜天明难得满脸笑容,看着床头婴儿车中的孩子,伸出粗大的手指抚摸着孩子幼嫩的小脸蛋。

"这孩子真像凯子小时候,你看这眼睛,这鼻子,这小嘴,简直就是和咱凯子从一个模子里刻出来的呢。"杜天明笑得合不拢嘴。

"哇——"婴儿床上的宝贝突然大哭起来，吓得杜天明赶紧收回了手。抱着包袱的张素华有些手足无措的样子，不知道是该放下包袱抱孩子，还是继续抱着包袱看孩子。

刚刚进门的刘琴烟赶紧放下手中的脸盆和毛巾，轻轻托起包裹着小包被的孩子，仿佛感受到这个怀抱的温暖，哇哇大哭的孩子逐渐停止了哭声，但是却左右摆着头，小嘴一噘一噘的。

"孩子饿了呢，小牧到现在还没有下奶水。"刘琴烟有些焦急地说。

"阿姨，八小时后，可以喝点汤，对孩子大人都有帮助。"沐斯年在一旁微蹙着眉头说。

"妈，我看看孩子。"房小牧就着刘琴烟的手看着这个哇哇大哭的小不点儿，浓密有点卷曲的头发，大大的眼睛，小巧的鼻子，红红的小嘴正一瘪一瘪的，仿佛受了委屈一般。"这是我的孩子。"陌生的但是浓烈的情绪在房小牧的心里一点一点地酝酿，发酵，成熟，泛滥。

"咦，凯子没来？亲家，这位是谁？"杜天明仿佛才发现床边的沐斯年，带着几分疑惑或者是其他意味的眼神，在房小牧和沐斯年之间逡巡着。

"上一次不是见过吗？斯年，这里的医生。"刘琴烟带着几分不快地说，"杜凯刚出差回来，我让他回去洗洗澡、换换衣服，这里有我守着。小牧羊水早破了，幸亏斯年带着医生去得及时。"

"这都是我们给孙子准备的。好几天了，我就做梦去河里捞鱼，捞起一条金鳞的大鲤鱼啊，咱家要出一条跃龙门的鲤鱼呢。我就琢磨给孩子起个又大气又好听的名字，我和他妈商量了一宿，就叫耀宗，大气响亮。"杜天明朝着张素华一努嘴，张素华赶紧把那个大包袱解开，是两床大红底色鲜绿麒麟图案的包被和两身小孩子的棉衣棉袄。

"耀宗，还耀祖呢！要多土气就多土气。"房小牧听着咧着嘴刚想笑，伤口剧烈的疼痛让还未浮起的笑容变成了咬着牙倒吸进去的冷气。

不知道为什么，房小牧闭上眼睛，不想再看见杜天明的脸，甚至不想听见他的声音。

"杜凯，我们的孩子不要叫耀宗耀祖的好不好？我只希望他能快乐健康，我想了好几个月了，就叫杜悦，愿他能在开心中健康地长大吧！"刚出院的房小牧抱着一点点大、软软嫩嫩的小娃娃，倚在杜凯的怀里。

"小牧，只要你喜欢，我就喜欢。这次真的是对不起了，老婆，以后我会好好补偿你。"杜凯搂着裹在被子里半坐着的房小牧，用小汤匙舀起一片煮好的苹果往她嘴里送，"公司的业务出了点儿问题，我实在是脱不开身，过几天我还得出差，让妈在这里照顾你吧。"

"傻瓜，说什么补偿不补偿的呢，我是你老婆。"房小牧笑着说，但是心却不由得一沉，她知道，这个妈不是自己的亲妈刘琴烟，而是自己相处了没几天的婆婆。虽然有几分不愿，但还是笑着点点头，她不想让杜凯担心，尽管办公室里那些孩子妈们一把鼻涕一把泪地讲述婆媳战斗史早就给房小牧洗脑外加提前教育了。

一个月子出来，房小牧很争气，奶水也足，再加上刘琴烟天天炖了鲫鱼汤、猪脚汤、乌鸡汤，端到床头上看着闺女一碗一碗喝下去，房小牧都感觉自己的身体就是一个小喷泉，杜悦的小嘴就是个开关，只要一接触奶水就喷薄而出。房小牧吃得珠圆玉润，杜悦也是白胖喜人，黑黝黝、水汪汪的大眼睛，一逗就乐。房小牧没事就坐在床上，搂着这个小娃娃，拿手指点着小鼻子小嘴巴的，叫着杜悦杜悦，逗着孩子玩。杜悦很听话，吃饱了就不吵不闹，吃着小手自己玩或者是闭着眼睛呼呼大睡。张素华洗尿布、洗衣服、打扫卫生，天天把一个小家弄得跟镜子一样，到处亮闪闪的，没事的时候就小心翼翼地坐在床头上看着孩子乐呵。

说实话，房小牧对这样的婆婆还是满意的，不多话，人也温和，每次在杜天明朝着她连吼带叫骂的时候，也只是一个人安静地拿着那条红围巾抹眼泪。房小牧可怜自己的婆婆，一个女人在这样的环境下过一辈子，不知道是该佩服她还是哀叹，房小牧有时候会想，如果自己是她，会怎么样。呵呵，绝不！如果杜凯敢对自己这样，那就毫无留恋地走，带着杜悦走得远远的，再也不要回来。

如果日子就这样继续下去，那么房小牧是幸福的，只是，杜天明的咆哮让短暂的幸福呼啦一下子就摔得粉碎。

大半个月，杜天明都是只闻其声未见其人，甚至当房峥军来看外孙和闺女的时候，杜天明都没进房小牧的卧室，说这个有讲究，公公不能进儿媳的房。

满月之后的第一天，严肃的杜天明同志衣冠整齐地推开了房小牧的房门。

"小牧啊，咱们得商量个事，你看杜凯出差不在家，我得和你商量商量。"杜天明提着椅子，庄重地坐在小牧的对面，后面跟着端着一盆尿布的张素华，她张了张嘴却什么也没说。

"爸，看您说的，有什么事您说就行。"房小牧逗弄着怀里的杜悦，笑着抬起头来。

"就是孩子的名字的事，这是件大事，不能你说叫什么就叫什么吧，我从你和杜凯结婚那天就一直琢磨，词典都翻坏了一大本了。"

"爸爸，有什么话您直接说就行，孩子的名字是我跟杜凯商量好了的。"房小牧心里有点儿不舒服，但是依然笑嘻嘻的。

"起名是咱们家的一件大事，怎么能你和杜凯商量了就算完了，你们总得征求一下我们这些老人的意见吧。光宗耀祖，耀宗，这俩字从你怀孕了我就开始琢磨，大半年才确定的，你们不能不问一下就自己做出决定。杜悦，一听就是个丫头片子的名字，孩子大了叫这个，他也抬不起头来。"

"爸，这叫什么话啊？名字就是一个代号、一个称呼，好听好记就行了，这跟抬起头来抬不起头来有什么关系呢？再说，爸，现在耀宗耀祖之类的名字太土了啊！"房小牧抓着孩子的小手摆弄着，脸上的笑容已经有几分勉强的意思了，"杜悦你说是不是呀？要是咱叫耀宗耀祖的，上了学老师都会笑咱们呢，你说是不是呀？杜悦，小悦悦宝贝呀，咱就是叫杜悦，好听好记好写呢。"

杜天明感觉自己已经拿出最慈祥、最和蔼、最语重心长的态度了，他能拉下脸来和蔼亲切地和她房小牧低声下气地商量，已经是给足了她面子了，要是张素华敢反嘴，早一嗓子嚎上、一巴掌扇上了。所以，很和蔼、很有涵养的杜天明同志看着房小牧不耐烦的态度，心里的怒火开始上升，开始膨胀，开始从星星之火到了燎原之势。这个房小牧太不识好歹了，要是在老家里，男人早一个大耳刮子扇过去了，简直就是惯得无法无天了；这要是在镇子上，早一顿拳头擂上了，还敢反嘴。杜天明强压着的怒火在一点点上升，语气不由得开始强硬强硬再强硬。

"房小牧，你不要不识好歹！在这个家里我杜天明说了算，杜凯都不敢不听，还反了你了，我就不信！我孙子的名字就叫定了，就叫耀宗，杜耀宗，我看谁敢说个不字。"杜天明站起来"咣当"一摔门，哐哐地走出门去了。"哇哇——"本来在房小牧怀里玩得好好的杜悦，被关门的声音震得一哆嗦，哇哇大哭起来。

"我就看看，你们房家的家教哪里去了，我得让房峥军看看他教出了一个什么样的闺女。我还就不信了，我还就不信了！"杜天明的漫骂，让房小牧感觉自己仿佛被一壶开水当头泼下，烫得她每一块肌肤每一个毛孔都疼。

房小牧抱着孩子，如一条受伤的小狼冲出卧室，满面通红，嘴唇哆嗦着说："爸，你可以骂我，我是你儿媳妇，我嫁给了杜凯，你骂我我认了，但是我爸妈没惹你没招你，我爸妈更不欠你的，你侮辱我可以，但是你不能侮辱我爸妈。我爸妈养了我二十多年不容易，你可以打我骂我，但是你不能骂我爸妈！有什么事，咱在家解决，你不要老打电话找我爸！"房小牧感觉自己的喉咙如火烧，疼得要撕裂一般，房小牧怀里的杜悦仿佛也感受到她的激愤，哭得越发厉害，小脸通红。

吼完了，房小牧旋风一般进了卧室，然后把门死死地关上，靠在门上。她感觉自己要虚脱了，浑身乏力得厉害，冷汗顺着额头脊背层层渗出来，不一会儿身上就被汗水浸透了。

"你是个什么玩意，啊？敢朝着我咋呼，还反了你呢！你这就是虐待老人，你什么玩意……"杜天明在门外咣咣地砸门，不堪入耳的谩骂如暴风骤雨般袭来。

"杜凯，你什么时候回来？"房小牧定定神，然后拿出手机拨了那个熟悉的号码。

"杜凯，你自己听听，我求你，让你爸走可不可以？"房小牧把手机调到免提上。

"小牧，你不要跟我爸妈吵，我这边很忙，过几天我就回去，听话。老人，你谦让一点儿，退一步……"

房小牧把手机挂断，放在桌子上，低头看着怀中的杜悦，泪水一滴一滴地落在那张柔嫩的小脸上。杜悦慢慢安静下来，睁着乌黑的眼珠看着房小牧，小嘴一咧，绽放出一个花儿般娇嫩的笑容。房小牧倚着门缓缓地坐下，让自己寻到一个依靠，哪怕只是一扇门，一扇没有温度的门，也是一个依靠。一个人用手指轻轻地擦干泪水。可恶，房小牧，你哭给谁看，没人心疼；你哭给谁看，没人管你，你哭给谁看？父母那边不能说，说了只能是心里更难受；杜凯远在千里之外；宋佳凝在外地讲学；兮耒在地球的另一端。这一刻，房小牧被一种从未有过的孤单和屈辱笼罩着，无助，无奈。不能哭，不能哭，不能哭……房小牧咬着自己的手背，十遍百遍千遍地告诫自己。

3. 幸福是什么

哭累了，擦把脸，日子还得过，张素华怯生生的神态，让房小牧艰难地笑了笑，能说什么呢？又该如何说呢？从结婚之前到结婚之后，再到生孩子的这段时间，房小牧真切地体会到这个女人的隐忍与无奈、懦弱与善良。一辈子生活在一个没有温情的男人身边，一辈子小心翼翼地奉承着一个男人的喜怒哀乐，呵呵，一辈子就这样过去了，就这样被淹没在一个人的影子里，找不到自己的一丝一毫，哪怕是一点点微弱的声音。

当一个女子做了母亲，心会柔软几分，也会坚硬几分，会多了几分母性的温柔，也会多了几分护犊的野性。杜悦的一个笑容，便会让房小牧忘记所有的不快，杜悦发出的一个小小声音，就是房小牧听到的最美的音符。

房小牧发现，自己竟然在不知不觉中疏离了对杜凯的依赖，好可怕，自己竟然也会忘记思念那个出差好多天的男人。原来，什么都是可以习惯的，比如依赖，比如寂寞，比如疏离。

杜凯很忙，忙着出差，忙着公司，忙着外事，忙着赚钱，他说要让房小牧娘俩过得幸福而舒坦。

镜子里臃肿的腰身，让房小牧不忍看，谁说一个女人怀孕忍忍就好了，谁说一个女人把孩子生出来就好了，这一切才是一个开始，窈窕没有了，时尚没有了，娇嫩的眉眼没有了，一切有关青春的影子仿佛呼啦一下子就都从生活中消失了。

安静闲适的小甜蜜没有了，尿布、奶瓶成了生活的主旋律，甚至一周一次的亲热都变得若有若无，房小牧不准杜凯开灯，甚至不敢当着杜凯换衣服。

"为什么让我出去，你换个衣服还背着我呀，我是你老公好不好！"杜凯揽着房小牧肉乎乎的小身子说。

"不为什么，你不要捏我，全是肉。"房小牧一边躲一边嘀咕着。

"房小牧，"杜凯突然一本正经盯着房小牧的脸，拖着长音坏笑着说，"我知道你为什么让我出去了。"

房小牧肉嘟嘟、白嫩嫩的脸蛋突然涨红了，"啊"地大叫一声，把自己埋在厚厚的棉被里。

"宝贝，其实，就算你穿着衣服，我也能看到你的肉，又不是说我不看肉就少了没了不在这里。不管我看与不看，肉肉都在这里，不增不减。"杜凯笑着把房小牧从被子里提溜出来抱进怀里，但是敏捷的房小牧顺手就把灯关上了。

"讨厌，别动我这里。"黑暗里传来房小牧的娇嗔，软软的小声音里带着一丝娇媚。

"不让我动，留着让谁动？你再说我讨厌，再说，呵呵！"杜凯呵呵地笑着。

房小牧发现，有了孩子之后日子过得飞快，不知不觉中，杜悦已经五个多月，会看着房小牧开心地笑，会摇着小手去抓那些小小的彩色气球，会咿咿呀呀地跟房小牧说着谁也听不懂的话。当然，名字风波也就这样过去了，杜悦依然是杜悦。

隔上十天半拉月的，杜天明就会带着张素华来住几天，看自己的大孙子。说不能让大孙子长大了之后光认识姥姥姥爷，忘了爷爷奶奶，那可是忘本呢。

对这些话，房小牧总是一笑置之，要不会怎么样呢，吵个天翻地覆，或者是打个不亦乐乎，会有什么用呢？又能有什么用呢？

"您好，请问，这是杜凯的家吗？"门外敲门的声音惊醒了午睡的杜悦。

"哦，是的，请问你们是？"房小牧抱着杜悦从卧室出来，与张素华同时疑惑地看着眼前两个穿着制服的中年人，不确定地问道。

"我们是法院的。请问杜凯在家吗？您是哪位？"戴眼镜的中年人看着房小牧怀中的孩子，说道。

"我是房小牧，我是杜凯的妻子，杜凯出差还未回来，有什么事你们可以告诉我。"

"这是传票，请您签下字。有人起诉杜凯的公司涉嫌诈骗，择日开庭，请您签下字。"中年人从包里取出一张纸递过来。

如晴天霹雳一般，房小牧的耳朵一阵嗡嗡地响，不由自主地倒退了一步，搂紧了怀中的杜悦。

"我儿子……犯法了？"张素华哆哆嗦嗦地问，颤抖的手接过那张若干斤重的薄薄一张纸。

"同志，不会搞错吧？我们都是国家工作人员，我儿子怎么会犯法呢？呵呵，不可能，肯定是搞错了。"刚刚听到动静的杜天明从屋内迈着四方步踱了出来。

"不会的，这是传票，你们可以仔细看一看，签下字，我们送达了,请到期出庭。"

"不可能,不可能,肯定是送错了,我的儿子我了解,我一辈子在政府机关,我太了解了。"杜天明一口咬定送错了,竟然把传票从张素华手里拿出来想塞回去。

"爸,别这样。好,我签字。谢谢你们!我们会按时出庭的。"房小牧一把抓过传票,哆嗦着签字,留下属于自己的一份。

房小牧把那张传票仔仔细细地一遍一遍地看,直到把上面的每一个字都记下来、背下来,甚至印到脑海里。房小牧不相信杜凯会诈骗。杜凯的秉性房小牧很清楚,他或许会墨守成规,但是绝对不会十恶不赦;他或许会编一些善意的小谎言逗房小牧开心,但绝对不会坑人害人。房小牧把杜天明的暴躁和埋怨关在卧室门外,一遍一遍拨打杜凯公司的电话。此刻,房小牧才发现自己竟然对杜凯的公司一无所知,除了杜凯办公室的电话之外,竟然找不到任何一点儿相关的蛛丝马迹。电话一直无人接听,房小牧的心一点一点地下沉,仿佛一个溺水的人,远远地看见那根漂浮的稻草,虽然知道不能救命,但也是一个可以欺骗自己的希望,当拼劲最后的力量去抓在手中的时候,却只能耗尽力量沉入水底。

一切都要等待杜凯归来后方可真相大白,未知与焦躁不安折磨着房小牧,也折磨着杜天明和张素华。

杜凯疲惫地归来了。向来整洁的杜凯,衬衣领子上一层污垢,腮边的胡茬硬得可以刺伤房小牧眼中的疑惑和迷茫。

第一次家庭会议以失败告终,面对杜天明的声声质疑,杜凯只是低头不语,看着手中的传票。其实也没人说话,除了杜天明的抱怨和暴跳如雷,除了杜凯的沉默,除了张素华的泪眼，一切都在一种压抑的沉默中结束，但是这仅仅是一个开始，一张牌在命运的大手中，悄然翻开。

"杜凯，我相信你，你绝对不会诈骗，里面有什么隐情，你说出来我们一起想办法。"房小牧把睡着了的杜悦交给婆婆，示意她抱着孩子离开。

房小牧在杜凯的身边坐下来，静静地看着这个男人。杜凯摘下眼镜，闭上眼睛躺在沙发的靠背上，消瘦的下巴尖尖的。房小牧的心一直疼一直疼。

对法院的传票，杜凯只是沉默，短短几天，他瘦了一圈。每次半夜房小牧起来，都会发现杜凯一个人在窗前站着，地上是一堆烟灰。

杜凯是公司的业务经理，且是法人之一，每一张订单上都有他的签字，一年多来公司不但没有资金盈利，而且涉嫌诈骗客户一百二十万货款定金，而公司真正的幕后老总早已不知所踪，电话打不通，家里说早已两年没有联系，一个大活人就这样凭空消失，比科幻小说还科幻小说，当然，一起消失的还有一百多万的账单定金。

还钱还是坐牢，面对这样的选择，房小牧以惊人的敏锐做出了决定，她盯着杜凯的眼睛说："我不能让杜悦会叫爸爸的时候找不到你，所以，我们还钱，必须得还钱，没有钱也要还。"

公司被查封了，里面的设备被拍卖了，强制执行。

抱着孩子，房小牧和杜凯一家一家去跟人家谈，有时候会被直接轰出大门，最后，90万的欠条在房小牧和杜凯哆嗦的手中一个字一个字地写出来，然后摁上鲜红的指印，仿佛这一个月的坚持在这瞬间有了一个交代、一个了结。

"小牧，咱们离婚吧。"夜里，杜凯倚着床头坐着，半响，他瞪着眼睛看着天花板上的水晶灯幽幽地说，"这样能给你和杜悦留下一处房子，还能有一个家。"

"杜凯，你说什么呢？你想也不要想。"房小牧把被子搭在杜凯裸露在外面的胳膊上，依偎在杜凯的怀里。

"真的，这几十万的债，够我还一辈子的了。我不能让你和杜悦跟着我受苦，到最后连个住的地方都没了。"

"杜凯，我嫁给你了，苦也好，甜也好，都不重要，只要咱们在一起，咱们仨在一起，就是一个完整的家。我不想杜悦说话的时候没有爸爸，我不想让杜悦上学的时候没有爸爸。这样的话你以后不要说。我们一起还债，我们还年轻，日子长着呢。杜悦大一点儿，我也可以出去上班。"

"小牧，对不起。"杜凯紧紧地搂着房小牧瘦削的肩膀，把额头抵在房小牧的头顶发间，嘶哑着声音说。

不眠之夜，这才是一个开始。

走出法院的大门，房小牧靠在杜凯的肩膀上，疲惫地闭上了眼。房小牧圆润的脸在短短的一个月内瘦消了下来，薄薄的如一张纸，让人怜惜。

房小牧从来没有想到自己能有这样运筹帷幄的能力，找中介，卖房子，找中介，租房子，这一切，都是在杜凯处理公司的一切善后工作的时候，她自己一个人抱着孩子去完成的。

也是在这一次，房小牧第一次见到了自己的房产证，确确实实只写了杜凯一人的名字。房小牧突然想起宋佳凝说过的一句话："杜凯铁定是写自己的名字。"这句话仿佛一根极其细的银针，扎在她心口上，看不见伤痕，却会隐隐地痛。只是这一切都不重要，重要的是房子已经成了唯一能用来抵押的不动产了。

房小牧以惊人的坚忍扛着这个家。面对刘琴烟的埋怨，房小牧认真地说："妈，既然我选择了杜凯，那他就是我孩子的父亲，不管以后会怎么样，我都会陪着他走下去，哪怕是我养着他，我也得养，我也必须养，这个没有选择。你们不用说，我不会和杜凯离婚，现在不会，以后也不会，因为他是杜悦的爸、我的丈夫，所以这样的话你们以后不要再说，想也不要再去想。"

娇娇怯怯的房小牧迅速地成熟，迅速地消瘦，也迅速地坚强。

一室一厅的三十平的房子，除去一个卧室和一个卫生间，能用的空间很有限了，杜悦的婴儿车、做饭的电磁炉、杜凯的电脑，都挤在这个小小的空间里。

房小牧学会了在菜市场讨价还价，学会了在厨房里挥舞着锅铲做出能入口的饭菜，虽然杜凯总说等他回来做就好，但是房小牧在用自己的努力维系着一个完整的家。

房峥军说："回家来吧，终归是家。"

房小牧笑着对自己的老爸摇摇头说："爸爸，我是嫁出去的女儿，我不能让杜凯没有自己的家。房子没有了，但是只要我们三个人在一起，就是一个家呀。"

老泪纵横的房峥军把房小牧的头按在自己的肩膀上说："孩子，你想哭就哭吧。"

小牧说，爸，我现在是杜悦的妈妈，我不能哭啊，我早已没有哭的资格了，我早已忘记如何哭了。

狂风骤雨可以在瞬间摧毁温室里的花朵，但是人却可以在风浪面前跌倒再爬起来，虽然伤痕累累、跟跟跄跄，但是终归是站起来了。

讲学回来的宋佳凝在出租房里抱着房小牧号啕大哭,说:"你为什么不告诉我?你个傻瓜,你为什么不给我和兮耒打电话?为什么什么都是你自己死扛着。"

"我不扛着谁扛着呢,我不能眼看着我孩子的父亲进监狱啊,宋佳凝,我不能啊,我真的不能啊!"房小牧挺着瘦弱的脊背,任宋佳凝的眼泪打湿了自己的肩膀,却只是微笑,泪水一点一点从眼眶里渗出来,然后顺着面颊滑落。

宋佳凝咬着牙说:"房小牧,杜凯是个好人,可是生活不是只要找个好人就够了,生活也不是只有感情和责任就够了,以后有你受的。但是不要忘了,你还有我和兮耒,不要一个人扛着,累的时候就趴在我的肩膀上哭吧。"

公司没有了,房子没有了,那个温文尔雅的杜凯也没有了,找工作,碰壁,碰壁,找工作,头破血流的面试,铩羽而归的面试,仿佛轮回一般的现实。

杜凯开始酗酒。

房小牧从父母家接杜悦回来的时候,一开门,看到杜凯一个人坐在一堆东倒西歪的酒瓶中,头枕着沙发呼呼大睡,身上是皱巴巴的西装,一看就是一晚上在沙发上喝酒,喝醉了直接倒头就睡。

看着提着大包小包进门的娘俩,睡眼惺忪的杜凯坐起身,艰难而尴尬地笑了笑,伸手想接过房小牧怀中的杜悦。

"别熏着孩子,你去换换衣服。"房小牧蹙着眉头,淡淡地说。

"工作怎么样了?"房小牧倒了一杯水放在杜凯的面前。

"能怎么样,我现在是臭名远扬,我能怎么样呢?现在谁不认识我？这个小城里做这一行的人一共能有多少，呵呵，我现在就是一个人人喊打的过街老鼠。"杜凯苦笑着说，眼底闪过一丝迷惘。

"不做这一行，我们可以做别的，别的公司多了，不一定非得在这一棵树上吊着吧。"房小牧轻轻地摩挲着杜悦的小脸说。

"说得容易，隔行如隔山。再说现在看中的都是资历，我去的几家公司一看我的简历，直接就说主管领导不在，闭门羹来得比翻书都快。"杜凯有几分不耐烦，伸手去摸茶几旁边的啤酒罐。

"那喝酒就能解决这些问题吗？喝醉了问题还是在，清醒了还是在，工作不会因为你喝酒就从天上掉下来啊！"房小牧伸手夺下了杜凯手中的啤酒。

"房小牧，你烦不烦？看不起我直接说。我累了，睡觉！"杜凯突然起身，把衣服往沙发上一扔，走进了卧室。

留下呆愣在一旁的房小牧。

房租到期，房小牧点着手里有数的几张钞票，这个家现在是入不敷出，三张嘴要吃饭，杜凯基本每天都在喝酒，一切开销都在有条不紊地进行，不会因为你失业而延缓分毫。

房东看着房小牧笑着说："姑娘，你的房租已经预交了一年的了，就是上一次陪你来的那个很漂亮的姑娘，个头跟你差不多，洋气得很，说以后交房租和她联系，不用找你。"

房小牧心头一热，却有种恓惶得找不到方向的感觉。

"宋佳凝，谢谢你！"小牧拿出手机拨打那个熟悉的号码。

"房小牧，不管什么时候，你都不是一个人，你身后有我，有亏欠，你难过我们都难过，你笑的时候我们都会开心。不为别的，就为了杜悦，你也得笑着往前走。"

挂断电话，房小牧站在大街上，却不知道自己往哪里走。那个曾经温暖的家，现在充斥着令人恶心的酒味；那个温柔的男人，现在早已找不到曾经的影子。大半个月了，杜凯基本天天在家喝酒，杜天明来过几次电话，爷俩在电话里吵得很凶。几次半夜里惊醒，房小牧都会看到杜凯站在阳台上，一个人呆呆地站着，一地烟头。

何去何从，我的婚姻要何去何从？房小牧抱着双臂蹲下来，就在大街上蹲了下来，把脸埋在自己的臂弯里。

房小牧在杜悦七个月之后，毅然给孩子断奶，送到了父母家。张素华说："小牧你这当妈的咋这样狠心，杜凯当年两岁了还叼着奶头不撒口。"

房小牧苦笑着不说话。是，孩子重要，家更重要。一个家要过下去，有爱不是唯一，还必须有钱，奶粉要钱，吃饭要钱，房租要钱，水电费要钱，一切，都在围着钱打转。活了二十多年，房小牧第一次感受到这个抽象的汉字之最现实的内涵。

房小牧开始奔波在求职路上。原公司，不想去，也不能去。想起自己当初是如何狠下心放下那份已经接近成功的工作，房小牧不后悔，但是会心疼，夜深人静的时候想起来，心里一阵一阵隐隐地疼，真的疼。

在宋佳凝的帮助下，房小牧进了一所职业院校的校办工厂做出纳，虽然和以前的工作不沾边，但是房小牧自信自己还是可以胜任的，因为需要生活，需要吃饭，需要养一个家。

一岁的孩子开始固执地依赖母亲了。早上房小牧走的时候,杜悦从姥姥的怀里用力地探出小身体,用两只小手死死地抓住房小牧的衣领,哭得死去活来。每天早上房小牧都要经过一场殊死搏斗才能离开家,酸涩的心里来不及体味离别的痛苦,就得投入到紧张的工作中。

　　一组组枯燥的数据,一张张烦琐的单据,让房小牧分不出心来去咂味离别和思念。只有中午吃饭的时候,房小牧才会有片刻的时间去想那个肉乎乎的小人儿是在哭还是在睡觉。一份盒饭,一杯茶,咽下去的瞬间,偶尔会想起,好像在上个世纪一样,一个男人端着做好的小黄鱼,剔去刺,对着自己说:"来,宝贝张嘴。"房小牧使劲摇摇头,想着一切都会过去,但是那些回忆呢,还能找回来吗?那个温柔的杜凯还能回来吗?那些个温润如水一般的日子还会回来吗?谁也不知道啊。

　　六点半,房小牧裹紧了大衣出门。天很冷,地上没化干净的残雪都结冰了,房小牧小心地绕过门外冻裂的水管流淌成的小河,去给杜悦送奶粉和奶瓶。天很冷,房小牧穿着靴子踩在薄薄的冰碴子上,脚下咯吱咯吱地响。昨晚杜凯没回来,在出租车公司上班半个多月的杜凯第一次没回来,说跑趟长途,一趟下来五百块钱,刨除公司的份子钱,自己能剩下三百块,顶白天跑两天车的呢。

　　杜悦一岁多了,会拽着房小牧的手,把脸蛋儿贴在她的脸上给她讲故事了,会奶声奶气地叮嘱房小牧说:"妈妈出门的时候看着车,小心点儿。"会被杜凯的胡子茬扎得摇摆着肉嘟嘟的小脸到处躲了。

　　当一切成为习惯,一切也会成为自然,小小的孩子也明白了,妈妈每天都会走,每天都会回来,他不再哭喊着、挣扎着往房小牧的怀里扑了,会安静地摇着小手说:"妈妈上班好辛苦，路上小心点儿。"

　　日子过得真快啊，房小牧逐渐忘记了那些日子，那些在自己的房子里的快乐。就是偶尔做了一个梦，醒了也就忘了。柴米油盐充斥着她的生活，单据账本替代了曾经的浪漫。她学会了用电磁炉烧水做饭，学会了精打细算每个月的生活费可以省下多少去还债。那颗柔润的心，在粗粝的时光里逐渐地被打磨得日渐粗粝，也日渐冷寂。只是偶尔在收拾橱柜的时候，看到那件缀满了玫瑰的婚纱，会有瞬间的恍惚，仿佛那个穿着婚纱的娇俏的房小牧正歪着头对着现在的自己说："我们一定要幸福哦。"

　　幸福是什么？如果现在有人问房小牧这个问题，房小牧会笑着告诉他说："抱歉，我得回家接孩子、做饭，这就是生活。"浪漫的情怀就是这样被日子消磨成了一层薄薄的影子，最后连影子都不会剩下，随着风都散了，没了。

　　"小牧，你什么时候下班？悦悦又开始发烧了，也不喝奶，不行你请假回来，咱去医院看看吧。"电话里传来张素华略显焦急的声音。

　　"妈，我现在走不开，厂里正进货核对账单呢。要不这样，再给他灌点退烧药，等我下班回去再说。"房小牧放下电话，这段时间真的很忙，刘琴烟腰疼又犯了，只好把张素华接来看孩子，硬生生地在逼仄的客厅里挤上了一张简易沙发床，白天折起来是沙发，晚上打开就是床。现在进门就是无立锥之地了，若是一下子家里人都回来，走路都得侧身。到了晚上就横七竖八地拉上两道布帘子，算是隔断眼目吧。不过杜凯这段时间也是忙，有时候大半夜才回来，倒也没什么隐私可言了。

　　应该说张素华是个好人，虽然照看孩子没有刘琴烟细心，但也绝对算得上是尽心尽力。她说白天房小牧上班累，晚上带着杜悦休息不好，她每天早上起来烧好饭，才来叫房小牧和杜悦起床。房小牧上班之后，她就开始打扫卫生，家里地面都跟镜子似的。

春天乍暖还寒的时候，小孩子很难适应，这几天有点淌清鼻涕，房小牧也没在意。刘琴烟说了好几次，不行就去医院打打吊瓶，好得快，可别熬成肺炎了。张素华总是笑着说："亲家，小孩子哪来那么娇气。杜凯小时候感冒发烧的从没去过医院，睡一觉，喝点儿水，一碗荷包蛋面条吃下去，什么毛病都没了。"

杜凯不说什么，房小牧看着杜悦精神也还好，就没放在心上，今儿早上走的时候看着杜悦的小脸有点儿发黄，唇角有点儿起皮，她嘱咐了张素华给孩子多喝水，就上班去了。

中午休息的间隙，终于还是不放心，小牧给刘琴烟打了个电话。

"妈，一会儿你过去看看，这两天杜悦又发烧，奶也不好好喝，我婆婆总说小孩子发烧不碍事，我还是放心不下，估计杜凯也没时间回去，麻烦你过去看看吧，有什么事情给我打电话。"不等刘琴烟唠叨，房小牧赶紧挂断了电话，这一年多来，一直是刘琴烟看着杜悦，简直就是挂在心尖尖上，甚至杜悦哭一声，她都能听出是高兴还是难过，是饿了还是尿了。房小牧有时候都会说："妈，估计我小时候你也没有那么上心吧？"房峥军笑呵呵地说："隔代亲，隔代亲，打断骨头连着筋。"

一下午心里慌慌的，往电脑里录数据的时候好几次差点儿出错，办公室的丁大姐细心地问道："小牧，是不是家里有什么事啊？看你今下午魂不守舍的。"

"孩子生病了，好几天了，今儿早上我走的时候又有点儿发热。"房小牧苦笑着说。

"那你还在这里？赶紧请假回去看看，可别耽误了。"丁大姐一把拿过房小牧手里的账本说，"发烧好几天了，你这当妈的还真沉得住气，赶紧回去看看，这点儿活儿我自己慢慢来。"

"没事，也不多了，还有俩小时就下班了。我妈过去了，应该没什么。"房小牧坐着没动，继续一丝不苟地往电脑里录数据。其实房小牧自己知道，请假一次，这个月的考勤奖就没了，虽然不多，只有150块钱，但是也足够这一个月的车费了。呵呵，想想，自己竟然会为了150块钱在这里纠结，悲哀，什么时候自己竟然成了一个市侩的家庭妇女，悲哀，真悲哀！

终于熬到了下班，房小牧一边往外走，一边打电话，千辛万苦生下来的孩子，说不心疼是假的。

"妈，杜悦怎么样了？"

"小牧啊，妈妈对不住你，呜呜呜呜——"电话里传来张素华呜呜咽咽的哭声。

房小牧的腿一软，差点坐在马路上，"妈，你别着急，慢慢说，到底怎么了？你们现在在哪里呢？我马上过去。"

"房小牧，你马上过来，在斯年的医院里。我就纳闷了，好好的孩子交到你们手里，能折腾成这样。"刘琴烟狮子吼般的大嗓门，让房小牧的脑袋嗡嗡的，不过也暂时安心了，因为只要刘琴烟还能吼，就说明问题还不是很严重。

"杜凯，杜悦生病了，在医院呢，你要是收车收得早，也过来吧，妈他们都在医院呢。"房小牧下公交车的时候，才想起给杜凯打了个电话。

　　房小牧深呼吸，然后走进了医院。从生完孩子之后，房小牧就没来过医院，更没见过沐斯年，或者说潜意识里，房小牧不想见到沐斯年。

　　"妈，杜悦怎么样了？"走进儿科病房楼层，就看到张素华可怜兮兮地坐在楼道口的长椅上，佝偻着身子，不停地用衣襟擦着眼窝。看到房小牧进来，她急忙站起来搓着手，开始流眼泪。

　　"妈，到底怎么回事？先别哭，说话好不好？"房小牧不由得有些焦躁，往病房里走去。

　　"房小牧，你们这是怎么带的孩子？杜悦跟着我一年多了也没事，到了你们手里，好吧，才半拉月就这样了。你看这小脸都凹下去了，孩子发烧都脱水了，还在家待着，是不是我不去，你们就打算这样耗着啊？感冒非得熬成肺炎，有你们这样当爸妈的吗？"刘琴烟坐在病床上，怀里揽着打着吊瓶的杜悦，拿手指点着房小牧的脑门，恨不能一指头戳出一个坑。

　　"妈，你小声点儿，杜悦的奶奶在外面呢。"房小牧一边伸手到杜悦的额头上试了试温度，一边往门外看，虽然张素华没进来，但是病房的门是虚掩着的，刘琴烟的大嗓门整个楼道都能听见。

　　"听见还能怎么样？我就纳闷了，又不是没养过孩子，孩子生病不知道带着去医院啊？我去的时候孩子都发烧烧迷糊了，幸亏斯年……"

　　"妈，杜悦好点了吗？"杜凯急急忙忙地跑了进来，脸上布满点点灰尘，牛仔裤膝盖上沾满了油渍。房小牧的心一沉，悄声问道："你怎么才来？"

"车坏了，回不来了，找同事拖回来的。"杜凯小声说。

"肺炎，医生说得住院。"刘琴烟垂下眼皮，看都不看杜凯一眼。

"妈，不是普通的感冒吗，怎么成了肺炎呢？怎么就成了肺炎呢？"杜凯取下眼镜在衣襟上擦了擦，转身问刚刚进门的张素华。

"小牧，杜凯，你们都来了啊。正好，这是杜悦的检查结果，你们看一下，感冒引起的肺炎。杜悦身体比较虚弱，刚才儿科的大夫说，暂时还是住院吧，你们跟我去办一下手续。"沐斯年拿着各种检查的报告单进来，笑着跟杜凯点点头，直接递给了房小牧。

"我去吧。杜凯，你先把妈送回去，妈到现在还没吃饭呢。今晚你就不用过来了，明天早上你还得出车，今晚我和妈在这里吧。"房小牧一边跟杜凯说，一边拿着单子跟沐斯年往外走。

杜凯叹了口气，想跟刘琴烟说点儿什么，张了张嘴，却一个字也没说出来。刘琴烟低着头，一遍一遍地抚摸着杜悦的胳膊小腿。

沉默了半晌，杜凯拖着疲倦的身体往门外走去。

"亲家，那你就受累了，我明天一早就过来替你。"张素华一边抹着眼眶，一边小声地说。

"亲家，什么也别说了，你也累了大半天了，早些回去休息吧，这里我和小牧就行。"刘琴烟对张素华淡淡地，虽有几分疏离，但仍算得上是客气。

"斯年，你和我说实话，杜悦的病到底严重不严重？"房小牧跟着沐斯年走出病房楼的时候，房小牧突然站住，轻声地问道。

"小牧，其实杜悦就是普通的肺炎，严重谈不上，但是我建议还是住院治疗，住院费我已经交过了。"沐斯年转过身，静静地看着房小牧。

"你——瘦了！"半响，沐斯年突然说道。

房小牧的眼睛里一阵温热，一丝温暖袭上心头，但是，不可以，房小牧的心中一个小小的但是冷静而坚决的声音突然说道。

"钱我会尽快还你，你看杜凯很忙，我也得上班，我妈身体也不好，杜悦这里就拜托你了，斯年。"房小牧抬起头，早已恢复如常的眸子里是一丝让沐斯年心疼的冷静，如一条细细的线，悄悄地把心敷得紧紧的。

"傻丫头，我是你大哥，杜悦就是我的外甥，说什么拜托不拜托的，倒是你，得注意一下自己的身体，脸色很不好。"沐斯年轻轻地在房小牧的肩膀上拍了拍，便把手收回去放在了衣袋里紧紧地攥成一个拳头，他害怕自己会控制不住，把这个瘦弱的房小牧拥进自己的怀里。

"呵呵，你看，从你回来，我们家就总是给你添麻烦。斯年，真的谢谢你！"房小牧轻轻叹了一口气，笑着说道，"那我回病房了。"

看着房小牧逐渐消失的消瘦的背影，沐斯年紧紧地抿着嘴唇，胸口一阵阵的压抑、抽搐。如果自己早回来一年，这一切都不会是现在这个样子。如果自己不去国外，一直在房小牧的跟前，根本不可能出现这个杜凯，也不会有现在的一切，房小牧也不会憔悴成这样。但是，一切都太迟了，自己终究是来迟了。

房小牧，我只希望你幸福。

"小牧，醒醒，和你妈快吃饭。"正在床边倚着被子迷糊的房小牧突然感觉有人在叫自己，她急忙睁开眼睛，是房峥军，他手里提着两个保温桶。

"爸，你怎么来了，你腿不利索，别来回跑了，我出去买点儿就行。"房小牧一边接过保温桶，一边小声说道。

"没事，杜悦喜欢吃姥爷做的小馄饨，我在家里做好了打车过来的，坨了就不好吃了。这才几天没见，怎么就瘦了呢？"房峥军看了看输完了液还在沉睡的杜悦，轻轻摸了摸那嫩嫩的小脸蛋儿。

"妈，把他放下吧，你也休息一会儿吃点饭。"房小牧想从刘琴烟的怀里把杜悦抱过来放在床上，但是一动，杜悦就醒了，乌溜溜的大眼睛看到几张熟悉的脸庞，瞬间就绽开了笑脸，伸着小胳膊让房小牧抱抱。

房小牧鼻子一酸，赶紧低下头，把杜悦紧紧地搂进怀里。杜悦像小猫一样在怀里蹭来蹭去的，房小牧那颗温柔的心便在顷刻间融化成了一汪水。

"悦悦，看，姥爷带来了小馄饨哦。来，闻闻，可香了！"房峥军端过碗，凑在杜悦的小鼻子跟前，小家伙就开心地笑了起来，连声地叫着姥爷，伸着小手往姥爷的怀里扑。

"小牧，吃饭，看你都瘦成什么样了。"刘琴烟把筷子塞进房小牧的手里，把另一个保温桶里炖得热乎乎的排骨夹进房小牧的碗里，"杜凯开出租，也不是个事啊，我看，还是得找份稳定的工作。房子也得早做打算，听你爸爸局里说咱这边要拆迁，我琢磨着，我跟你爸爸再添上点儿，咱们换俩小点儿的房子。"

"妈,不用,这两年我就够拖累你跟爸的了,哪里还能动你们养老的钱,我们现在租房子挺好。"房小牧吃着饭,头也不抬地说。

"挺好?你看你都瘦成一纸扎人了,还挺好?你不心疼自己我还心疼我外孙子呢!再过一年,杜悦也得上幼儿园,花销也大,咱们也得为以后打算。我跟你爸爸就你这一个孩子,不给你给谁啊?什么叫动我们养老的钱,有你还养不了我们的老啊,我们留着钱做什么?看着你现在这样,我和你爸爸怎么能安心?"

"妈,对不起!"房小牧低着头,半晌才低声说道。

杜凯和张素华在出租房里沉默地对坐着。

"妈,我出去买菜,你饿了吧,这段时间你受累了。"杜凯站起身开灯,张素华头顶的白头发在灯光下白得有些刺眼,杜凯使劲眨了一下眼。

"凯子,妈就是觉得咱对不住人家小牧。你看,现在房子也没了,什么都没了,这两年小牧都没正儿八经地见个笑脸。妈就是觉得咱对不住人家闺女,跟着咱家受苦了,瘦成这个样子,我看着都心疼。"张素华拽着衣襟擦眼泪,慢慢地说。

杜凯张了张嘴,却不知道说什么,他不是看不见房小牧的累、房小牧的疲惫、房小牧的消瘦,但是看见能怎么样呢?自己开着车在外面好几次差点儿撞着人,他不敢去想,也不能去想,因为现在这个家不能再出事了,也出不起任何事了,就像一条飘摇的船,船舱早已腐朽不堪,负重早已超荷,现在哪怕就是一根小小的稻草,也有可能让这艘船触礁或者沉没,杜凯不能想,也不敢想。

他站在门外的阴影里,却不知道自己要走到哪里,没有月亮，也没有星星，前面真黑啊，黑得看不见一点儿方向。

房小牧着急地在门外直跺脚，杜凯的手机一直打不通，房东去他们外地的女儿家了，根本回不来。

只穿了一件羊毛衫的房小牧发现自己的脊背上都是汗，却丝毫没办法。直接给了自己的头上一巴掌，现在的记性咋就那么差了呢。

杜悦还在屋里睡觉，房小牧在楼道里打开奶箱取牛奶，没想到门一下子带上了。一摸兜里，钥匙没带，幸好，还有手机，她赶紧拿出手机给杜凯打电话，却是暂时无法接听。房小牧不停地在门外的楼道里走来走去，一会儿就把耳朵贴在门上，听听杜悦醒了没。

"妈，咱家有我们的备用钥匙吗？"

"上一次杜凯丢了钥匙，不是从这里拿回去了吗？怎么了小牧，慌成这个样子，杜悦呢？"

"好了，妈。没事，我忙，先挂了。"看来妈那边是没希望了，房小牧挂了电话呆了片刻。

"宋佳凝，我进不去屋了，杜悦自己在家里呢，我怎么办？我把钥匙锁在家里了，我进不去了……"

"房小牧，你颠三倒四、乱七八糟地说的什么啊？你把钥匙锁家里了？什么，杜悦自己在家？杜凯呢？不接电话。好好，你等着，我一会儿就去。"宋佳凝挂断电话，第一件事就是拨打110，房小牧估计已经晕菜了。

看着警察顺着梯子从窗户翻进屋去，房小牧的心总算放到了肚子里，幸好窗子没关。她接过钥匙忙不迭地打开门冲进去，还好还好，杜悦还没醒，她那颗心算是放到了肚子里。

转身看着站在门口的宋佳凝，房小牧略带歉意地笑了笑。

"哎，房小牧，你不要用这种眼神看着我，我不担心你，还担心杜悦呢，这可是我干儿子。"宋佳凝暗地里叹了一口气，那个不谙世事的房小牧真的再也找不回来了，她的脸上，生活的痕迹已经越来越清晰可见，眉梢眼角的沧桑早已不再是隐隐约约，而是明明白白。女孩，女子，女人，三个类似的词，却有种令人痛心的悲凉，原来时光真的可以改变一切，生活也可以让不食人间烟火的天使坠落尘埃中。

"妈妈，妈妈……"杜悦醒了，转动着乌溜溜的大眼睛看着房小牧笑，他伸手抓着房小牧的一缕散发玩。

"走吧，带上杜悦，去红房子坐坐，我们很久没去了，再不去就忘了。"沉默了一会儿，宋佳凝突然过来抱着房小牧的肩膀说。

红房子没有改变，熟悉的卡座，熟悉的味道，甚至老板那熟悉的笑容，仿佛都没有一丝一毫的改变。

但是，心呢？

房小牧坐在那个熟悉的座位上，宋佳凝的提拉米苏依旧散发着浓郁的香味，房小牧却没有那种想吃的欲望了。倒是杜悦对这个味道好像很喜欢，红红的小嘴巴抿着口中的蛋糕，伸出稚嫩的小手去抓那银色的汤匙。

"杜凯呢？房小牧，这就是你想要的幸福生活，这就是他给你的幸福生活？房小牧，伸出你的手，你自己看看，这就是你要的爱情？"宋佳凝喝着不加糖的苦咖啡，歪着头看着窗外，淡淡地说道。

"生活本就是这样，这样倒也算是安宁吧，而且我还有个他。"房小牧淡淡地笑着，看着怀里小小的人儿，眉间依然紧紧地蹙着。

房小牧穿着婚纱的模样仿佛还在眼前,那个带着一脸娇羞的房小牧却早已不见了,一阵莫名的酸涩充斥在宋佳凝的心中。幸福,难道就真的这样艰难,真的就是这样可望而不可即吗?想想自己,何尝不是呢?那个中年男人,那个是自己丈夫的中年男人,看着恶心,却不得不去面对的男人,毫无生活的情趣。甚至回家宁愿自己一个人待在书房里,面对电脑上形形色色的男人,也不愿去看一眼那个是自己丈夫的男人。结婚半年开始分居,再过半年多,就可以离婚。

自己竟然在数着日子盼离婚,这算是什么呢?难道这就是自己想要的生活?不是,但是又能怎么样呢?生活就是这样吧,想要的得不到,得到的不想要,这就是婚姻,这就是生活,这就是人生。

"宋佳凝,你现在怎么样?还继续和'海归'分居?这样下去心都拖得越来越累、越来越凉。"房小牧端起咖啡抿了一口,那缕熟悉的苦涩,顺着喉管流下去,一直流到了心底。

"我比你强,我等着到时间离婚,我现在都能感觉自己看到了曙光,现在就是等时间而已。"宋佳凝切下一大块蛋糕塞进嘴里,使劲咽下去,然后淡淡地说,"再说,现在的我早已经没有心了,也就无所谓冷暖了。一个人,自己开心,自己难过,累了就抱着自己的影子坐下休息一会儿,有什么不好呢?你和杜凯呢,准备什么时候离婚?"

"我不离婚。"房小牧咬着下唇,低低地说。

"你还要抱着爱情走吗?你告诉我,你和杜凯多久没在一起了?"宋佳凝突然抬起头直视着房小牧的眼睛。

"我们一直……在一起。"房小牧的眼神有些飘忽,扭头看着窗外。

"你知道我问的是什么，房小牧，你看着我的眼睛说。"宋佳凝伸手把房小牧的下巴摆正。

"这个……这个很重要吗？"房小牧艰难地、磕磕巴巴地问道。

"当然，如果你们之间连性都没有了，你还说有爱？当爱连做的兴趣都没了，你们还相爱？谁会相信？反正我是不会信。"

"但是，他是杜悦的爸爸，我们之间还有亲情。"

"亲情不是借口。你和杜悦是亲情。和杜凯，亲情这个冠冕堂皇的词的背后是什么？是可怜的托词，为自己的心找到一点连自己都不相信的理由。房小牧，你认为杜凯会感激你？或许有一天，他会恨你，比任何人都恨你。"

"不会的，不会的，我们说过要不离不弃，说过要共患难、同甘苦，我们说过要牵着手走一辈子。"房小牧一遍一遍地撕着手里的纸巾低声说，不一会儿手心里就是一堆细细碎碎的纸屑。杜悦用两个小手指拈起一片小小的纸屑，笑着扔到了空中，然后嘻嘻地笑着，在地上追逐那雪片般的纸屑。孩子清脆的笑声，让房小牧的眼睛一阵酸涩，她紧紧地握着手中的杯子，与其说是说给宋佳凝听，不如说是说给自己听，仿佛只有这样，自己的婚姻才能更牢固，才能在以后的日子里走得更远。

4. 回家过年

从进腊月，房小牧的心就一直揪着，因为要过年——回老家过年。

去年孩子小，没回去，今年杜悦都会走路会说话了，再不回去，估计杜天明能直接跑到家里来把杜悦扛回去。

杜悦这个冬天基本没有消停，感冒咳嗽，呼吸道感染，淋巴结发炎，各种乱七八糟的小病大痛一样不落地落在杜悦的身上。看着小孩儿窝在怀里难受的样子，房小牧恨不能自己全代他受了。幸亏沐斯年在医院，可以省却很多麻烦，虽然张素华经常说："小孩子还能没个三灾八难的，别没事就往医院跑。"

不管房小牧如何纠结，回家过年还是被提到议事日程上来了。其实，连议都不用议，杜天明的一个电话，就已经替他们做好了决定。

腊月二十八，房小牧值班。腊月二十九上午，杜凯出完最后一天车就往家赶，后备厢里塞满了大包小包的年货，基本都是刘琴烟和房峥军老两口单位发的年货，说他们就俩人，能吃多少呢，放着也是放着，还不如带回去呢，最起码房小牧可以省下买年货的钱。

一席话说得房小牧眼泪汪汪的。养了快三十年的孩子说走就走了，最后还是老两口孤孤单单地过这个全国上下大团圆的春节。

"杜凯，要不我们把你爸妈接过来，咱们一起过，这样人多也热闹，我爸妈也不用两个人守着个电视孤孤单单的。"

"那不行，我爸妈肯定不会答应的。老家的亲戚都盼着呢，我爸说他们的压岁钱都准备了两年的了，再不回去，算什么？再说，嫁出去的闺女就是外姓人，哪有跟娘家人一起过年的。"杜凯一边检查车胎，一边头也没抬地说。

"那我爸妈呢，过年跟前连个人都没有。"

"好了，小牧，我们过完年就回来，你看杜悦一年下来都是跟着姥爷姥姥，跟着爷爷奶奶才几天啊。咱要是再不回去就会被人家笑话呢，会被人说不孝顺呢。"杜凯站起身，拥着房小牧的肩膀说。

杜凯干脆的拒绝让房小牧的心一阵一阵地冷，原来，这一切在他的眼里，竟然是正常得不能再正常的。

第一次出远门的杜悦很好奇，也很兴奋，一路上瞪着圆溜溜的大眼睛到处看，郊区的路上走过一只羊、一只狗都会让他兴奋半天。

杜凯的车还未停稳，杜天明穿着笔挺的呢大衣来开车门。

"大孙子，我的大孙子来了，爷爷可想你了。"直接一个熊抱就把杜悦从房小牧的手中接过去了。

但是小人儿却理解不了眼前的状况，在他眼里就是一个黑乎乎的陌生老头从妈妈温暖的怀里把他给劫持了，小嗓子亮开了嗷嗷地哭着喊妈妈，小脚丫子还连蹿带踢的。

"这孩子，你看这孩子，咋不认识爷爷呢？这可是亲爷爷。"张素华也挖挈着两手跑了出来。

"妈，爸，杜悦有点儿认生，咱进去熟悉一会儿就好了。"房小牧急忙从车里下来，伸手想接过杜悦。

"认生，还不知道在家里你们咋教的呢。自己亲爷爷奶奶都不认，跟个外姓人倒是亲热得不得了。"杜天明伸手挡开房小牧的手，抱着哭喊的杜悦就大步流星地上楼了，留下伸着手僵住了的房小牧。

房小牧咬着下唇，控制住自己脸上的神经，僵硬地笑着。

"小牧，愣着干什么呢？快点儿帮妈拿东西。"杜凯打开后备厢，开始往下卸鸡鸭鱼肉、大包小包。楼下不时有走过来瞅几眼的街坊邻居，或热情或酸溜溜地说："还是人家城里的媳妇好，知书达理的。"

张素华一边把房小牧往屋里让，一边跟杜凯往楼上收拾东西。

杜悦声嘶力竭的哭声让房小牧心慌。自从有了孩子之后，房小牧落下了毛病，听不得小孩儿哭，一听到就心慌。房小牧听到杜悦的哭声，什么都顾不上，急急忙忙就上楼去了。

杜凯阴着脸盯着房小牧的背影，在楼上的窗缝里不知道有多少双眼睛在盯着呢。房小牧不管不顾的，让自己丢面子，让人看笑话呢。

"妈妈——妈妈——"杜悦看着房小牧，哭得一把鼻涕一把泪的，伸着小手从沙发上溜下来，跟跟跄跄地就扑了过来。

"好了，宝贝，这是爷爷，爷爷想悦悦呢！不哭，不哭了，你看，爸爸妈妈都在这里呢。"房小牧安慰着怀里哭成泪人一般的小人儿，看着杜天明抱着一堆小零食，阴着一张永远都没有晴天的脸，心里不由一阵焦躁，这都叫什么事啊？

"悦悦，你看，爷爷这里有好吃的，乖乖地过来。"杜天明拆开一包小蛋糕，像逗引小狗一般在杜悦的眼前晃着。

或许是妈妈在身边了，也许是最初的陌生与惊恐过去了，杜悦从房小牧的怀里抬起头来，盯着杜天明看着，迟疑地伸出小手去抓。

窗外开始有零星的鞭炮声，杜凯说这就是年味儿，就冲着这一点，也比城里强。

经过几个小时的相处，杜悦终于认可了这个亲爷爷，咯咯地笑着跟着杜天明满屋子转。房小牧和杜凯在厨房里准备年夜饭。

不知道有多久没有这样一起做饭了，房小牧看着杜凯扎着围裙忙碌的身影，竟然有种久违的温暖。

不得不说房小牧是健忘的，刚才的不快短时间内她都忘记了。她也说自己从生了孩子之后，脑子很不好使，健忘，甚至有时候都怀疑自己痴呆了。

宋佳凝曾对房小牧嗤之以鼻，说："你呀，也就是自己骗骗自己罢了，骗不了的时候你就完了。"

一起择菜，一起看着锅子里咕嘟嘟地冒着热气，一起在这个小小的斗室里忙碌着，房小牧的嘴角不由得露出了一丝淡淡的微笑。

"杜凯，我们以后好好的，好不好？"房小牧轻轻地把头靠在杜凯的肩膀上，有多久没有这样亲热的举动了，房小牧自己都说不上来。

"小牧，我们不是一直都好好的吗？你不要胡思乱想了。"杜凯一边搅动着锅里的鲫鱼汤，一边反过手来拍了拍房小牧的手。

其实，一切都好，一切都如此就好。

"凯子，你出来一下，你爸有话跟你说。"房小牧还没有体味够这短暂的温馨，就被张素华怯生生的声音给打断了。

杜凯走出厨房，就剩下房小牧一个人，逼仄的厨房里突然一下子变大了，大得无边无际，房小牧有些着慌。装着各种调料的瓶瓶罐罐，大大小小的锅或者冒着热气，或者装满各种凉的热的荤素菜肴，有些杂乱地摆满了整个灶台，这一切都在变得无限大，充塞着整个空间。

该洗的洗了，该切的切了，该涮的涮了，该擦的擦了，一切都干完了，杜凯还是没有回来。

房小牧从厨房里探出头来，却看见一家三口其乐融融，在客厅里围着小桌子嗑瓜子、看电视，杜天明一脸慈祥的笑容，坐在沙发边的小椅子上逗着杜悦。父慈子孝，含饴弄孙，天伦之乐，所有华美的词用在此时都不为过，只是房小牧心里有些堵得慌。

电话响了，房小牧急忙在围裙上擦把手，掏出手机。

"妈，嗯，在老家呢，挺好的……杜悦也挺好的……嗯，一会儿就吃饭，都看电视呢。你跟我爸吃饭了吗，明天下午我们就回去。"是刘琴烟的电话，房小牧听着那熟悉的声音，心里一阵一阵地委屈，眼泪一下子就涌了上来，赶紧挂断了电话。

窗外传来阵阵的鞭炮声，年味越发浓烈，但是那一切都与她房小牧无关。

孤独，铺天盖地的孤独包围了房小牧。

第一次离开家，在一个陌生的地方过年，守着一个偌大的厨房和满满一灶台的菜。房小牧很委屈，杜凯呢？他为什么不过来看看自己？这是他的家，他可以完全随心所欲，可以不用看任何人的脸色，可以不顾及她房小牧的感觉。

"小牧，怎么了？大过年的哭什么啊？"不知道过了多久，杜凯进来了，看着房小牧莫名其妙地说。

"没什么！"房小牧转头看着窗外。

"没什么那你哭什么？"杜凯开始往外面的桌子上端菜。

"没哭什么，就是想哭。"

"小牧，你怎么那么多事啊？你不是小孩子了，大过年的，你泪兮兮的，你让我爸妈怎么看啊，好像给你多大委屈似的呢。"杜凯有几分不耐烦地说，转身出去了。

"是啊，我怎么那么多事啊，我也不知道啊！"房小牧擦擦眼角的泪水，叹了口气。

一顿还算圆满的年夜饭吃下来，已经到了大半夜，杜悦早已在房小牧的怀里睡着了。简单地给孩子洗漱完，房小牧伸展了一下有些僵硬的腰身，真想躺在床上。

"小牧，你跟我妈去收拾一下餐具。"杜凯一边忙着发短信，一边对房小牧说。

"我很累，你去吧。"

"小牧，这可是你表现的机会，大家可都看着呢。"

"我不想表现，也没大家，就你爸爸跟你妈，要表现你表现去吧，我很累了，我想睡觉。"房小牧很烦，为什么会这样，过个年就像是自己要过一个五一劳动节，要费心地去挣个大奖章。不好意思，我不想要。

杜凯一愣。

房小牧拉过被子就在杜悦的身边躺下了，背对背的两个人，一夜无话。

"快点起来，杜凯，小牧，赶紧把杜悦叫起来，一会儿要拜年。"房小牧被张素华猛烈的敲门声给叫醒了，看看手机，才五点半，窗外还黑漆漆的一片呢。

"这才几点啊，就拜年。"房小牧揉着眼睛迷迷糊糊地说。

"镇子上都是六点之前拜年，快点儿，咱得把杜悦弄起来。"杜凯一边穿衣服，一边伸手轻轻地摇晃着杜悦，"宝贝，起床了，挣压岁钱喽！"

还睡得正香的杜悦被强制性地从热乎乎的被窝里拖起来，扁着小嘴想哭。房小牧赶紧把奶瓶塞进那张委屈的小嘴巴里。

杜凯出去一会儿又进来，神色有些古怪地看着房小牧。

"小牧，一会儿不管有什么事情，咱能不能不恼？"杜凯走过来搂住房小牧的肩膀。

"为什么？会有什么事情？"房小牧一边给杜悦穿衣服一边问道。

"咱先说好了，不要恼，大过年的，再说一年就一次，过完年咱就走了。"

"好，你知道我会恼，那就不要勉强我。杜凯，如果你已经知道这件事情我会生气，那就不要让我去做了。"房小牧抬头认真地看着杜凯。

"小牧，杜悦，好了吗？咱出来拜年喽！"张素华笑呵呵地袖着手进来，杜凯赶紧迎上去，娘俩在一旁嘀嘀咕咕地说着什么。

"妈，不行，城里早就不兴了。"

"你爸说了，这是老一辈传下来的，到了咱这里就得入乡随俗，北京的姑娘嫁到咱这里也得跟着咱这边的来，没什么兴不兴的。"

"妈，小牧会生气的。"下面的话语杜凯的声音压得很低，断断续续地。

房小牧没听清，也不想去问。

不一会儿，杜凯进来，看着房小牧，张了张嘴，却没说话。

客厅正当中，铺着一张大红的毡子，前面端端正正地坐着穿着笔挺西装的杜天明。

小牧有些疑惑地看向杜凯，无声地问道："这是要做什么？"

"来，宝贝，给爷爷磕头，爷爷给红包。"张素华从房小牧怀里接过杜悦，放到了红毡子上。乖巧的小人儿在张素华的引导下，像模像样地三叩九拜，然后从杜天明手里接过一个红艳艳的大红包。

"小牧，你也来。"张素华抱起杜悦，笑着对房小牧招手。

"干什么，妈，我来什么？"房小牧疑惑地问道，同时转头看着杜凯。

"磕头啊，咱老家的规矩，你得给你爸磕头。"张素华看了杜天明一眼，小心地笑着说。

"为什么？我们家过年从来不磕头的，我从没给我爸爸妈妈、我爷爷奶奶磕过头的，都什么年代了，还要磕头？"

"什么年代也得守规矩！到哪里咱得守哪里的规矩，这叫入乡随俗。"杜天明端坐着一本正经地看着房小牧和杜凯。

"小牧！"杜凯伸手拽了拽房小牧的衣袖。

"干吗拽我？你自己磕，我不磕，我们家从来都不磕头。"房小牧甩开杜凯的手说。

"男儿膝下有黄金，杜凯就不用了。你是第一年来家里过年。这个头得磕，小牧，你看咱们墙上挂的这些都是咱的先人，到时候你得进入咱家族谱的，这个头得磕。"张素华一边逗着怀里的杜悦，一边背书似的跟房小牧说这个头非磕不可。

房小牧这才明白，合着磕完这个还不算完事，后面还有一长串祖宗在排着队等着她三叩九拜，然后才会大开方便之门，允许她房小牧死后进入另一个世界里的杜家，然后在这个大家族里占有小小的一方地盘。

呵呵，真可笑，房小牧突然不生气了，甚至有点儿想笑。

"妈，这个头我不磕。第一，我们家从小就没让我磕过头。第二，现在男女平等，女儿膝下也不是土块。再说，这些祖宗也不认识我是谁，到我死还有好几十年呢，进不进族谱对我来说也没什么重要的，所以，我不磕。杜凯喜欢磕头就替我磕，反正我是不磕的。"房小牧一口气说完，从被惊得目瞪口呆的张素华手上抱过孩子，就转身回卧室去了。

房小牧关上门，侧着耳朵听着外面的动静，好半天过去了，却没听到意想之中的暴跳如雷，地动山摇，甚至连一道小霹雳、小闪电都不曾出现。房小牧在门内站了半天，竟然没有人进来，心里不免有些奇怪、不安，甚至一点点的小失落，就像小时候做了坏事，等着大人劈头盖脸的训斥，却发现根本没人拿你当回事。

半个多小时过去了，客厅里开始有动静，年深日久的防盗门吱吱呀呀地频繁地开关。拜年的人开始络绎不绝，虽然窗外还黑乎乎的，什么都看不清楚，偶尔会有一阵阵噼里啪啦的鞭炮声响起来。

不一会儿，杜凯进来，黑着脸，看都不看房小牧，一把抱过杜悦，转身就走出去了。仿佛她房小牧就是一块沾满细菌的抹布，看一眼都能玷污了他那纯洁无邪、正气凛然的眼睛。

从人们的窃窃私语到外面的欢声笑语，从稀稀拉拉的鞭炮声到响声震天，这个年真长，长得让房小牧看不到头。房小牧觉得好像等待了一个世纪一样长，直到自己的肚子不争气地咕咕叫起来，一看手机，已经快八点了。

伸出头看看，大街小巷里到处是穿得簇新簇新的串门子拜年的人，确实是城里没有的热闹，但是跟她房小牧无关。此刻，最紧要的是竟然没有人来叫她吃饭，新年的第一顿饭竟然就这样悄无声息地过去了，她还未闻到饺子的香味，竟然就过完年了。

没人管，不代表肚子不会饿，房小牧听见外面渐渐地安静了下来，悄悄打开门，客厅里一个人都没有。桌子上干干净净，房间里干干净净，好像那么多热闹一下子就变魔术般的凭空消失了。

厨房里的剩菜剩饭应该还有，房小牧悄悄出来，到厨房翻腾。心气高不代表肚子配合，生理上的饥饿早已代替了那些赌气、那些丧气、那些伤心、那些烦躁，一个字，饿，要吃饭。

灶台上还有不少碗盘，都用小白瓷碗扣着，看来都吃完饭出去了，剩下自己，爱吃不吃的，没人管了呢。

没人管自己管，房小牧挽起衣袖，打开煤气灶，给自己煎了一盘金黄酥脆饺子，吃了几个，想起以往在家里的时候，刘琴烟早已盘子碗的摆上了，自己会发着短信跟老爸斗斗嘴，还没有三年，为什么一切都会变了模样呢？房小牧不由得兴味索然，放下筷子，走进卧室，把自己连头带脸地塞进被子里。

委屈，难以言说的委屈在心里发酵、酝酿着，然后膨胀成一朵又一朵委屈的气泡，砰砰地在房小牧的心里炸开，震得那颗本就不坚强的心又裂开了一道又一道细痕，然后，一点一点咔吧咔吧地顺着裂缝碎成一块又一块。

就这样闷死吧，闷死了就什么都不想了。房小牧在大年初一，恶狠狠地诅咒着自己。眼泪顺着眼角流下来，流进了耳朵里，然后流进了头发里，最后黏糊糊地在耳边粘成一团。

"外甥是小狗，吃饱赶紧走。爷爷奶奶亲，才是一条根……"房小牧还没有闷死，欢天喜地的一家人就拜年回来了，还没进门，就听到杜悦奶声奶气地念着歌谣，其中还掺杂着杜天明夸张的笑声。

杜凯没有进来，当然，杜悦也没有进来。这个家里和自己有关系的两个男人都没有进来，房小牧有些矫情，索性一直躺到了中午。有那么一刻，她感觉自己能哭死，但是一个小时之后，才发现自己根本没那么多眼泪，那些小说上说的哭个一天一夜纯粹是骗人的鬼话，哭了一个小时就眼睛针扎一般的疼，别提什么哭上一天一夜二十四个小时了，不一会儿，可怜巴巴、泪水涟涟的房小牧同学竟然睡着了。

梦里全是熟悉的陌生的脸，一张一张又一张，有的笑，有的哭，有的冷，有的暖，还有小时候的幼儿园，五岁的房小牧一个人站在沙坑里，拿着扒沙子用的小铲子，却寻不到宋佳凝。昏昏沉沉、半梦半醒的房小牧突然感觉到一只小手在拉扯自己的头发，睁开眼睛，映入眼帘的是杜悦那张胖乎乎的小嫩脸。

"妈妈吃饭！妈妈起床！"杜悦胖乎乎的小脸挨在房小牧的脸上，蹭来蹭去，像一只可爱的小动物，房小牧不由得笑了，那些委屈和眼前的孩子比，算得了什么呢？

"走,宝贝,妈妈和宝贝吃饭。"房小牧麻利地从床上爬起来,抱着杜悦走出了房间,甚至这一刻还带着一丝笑容的。

毫无悬念的,午饭还是年夜饭外加早饭的延伸版,各种剩菜剩饭重新回炉,凉透了的饺子也重新回锅热一遍,简直就是一连肉带菜的隔夜面片汤。房小牧看着杜天明和张素华稀里哗啦地往嘴里扒拉着面片汤,不由得一阵恶心,却忍住了。

"杜凯,杜悦吃什么?"房小牧拿胳膊肘轻轻捣了下杜凯,小声问道。

"杜悦的早就准备好了,马上就好。"杜凯笑着说,伸手在房小牧的手上拍了拍。婆婆张素华接着站起来往厨房走去。仿佛这一天没有发生任何不快一般,让房小牧不由得怀疑自己是不是太矫情了。

杜悦作为家里的新生代,优待升级,是一碗黄澄澄的虾仁蒸鸡蛋,上面淋了味达美和麻油,还撒了几点香菜叶,那香味勾引得房小牧一直斜着眼睛看。其实房小牧很少吃鸡蛋,但是今天这碗鸡蛋羹的诱惑力让房小牧的节操差点掉一地。

杜悦大约是吃多了零食,对鸡蛋羹的优待根本就不买账,小嘴巴一噘一噘地往外秃噜,碎鸡蛋末儿吹了一桌子,又撒了一身,杜天明却笑得乐开了花,还用手指拈了桌子上的鸡蛋末儿往嘴里送,杜悦也学着伸出小手去桌子上捏了那些鸡蛋末儿往嘴里送,房小牧有些看不过了,把杜悦揽在怀里。

"悦悦,脏不脏,不想吃可以不吃,不能这样玩。"房小牧顺手把鸡蛋羹推到了一边儿,然后拿出纸巾给杜悦擦嘴擦脸。

杜悦扁扁嘴,继续在房小牧怀里挣扎着往桌子上爬,房小牧不由得有些恼了。

"这孩子，怎么这样不听话了，妈妈生气了！"房小牧抬手在杜悦的小屁股上不轻不重地拍了一巴掌。

"你这是甩脸子给谁看？你这不是打孩子，你这是打我这张老脸！"杜天明突然"啪"的一摔筷子，阴着脸朝着房小牧吼道。

"爸，我不是……"

"什么不是？从你进这个家门就没见过笑脸，给祖宗磕头不磕，串门拜年不去，大年初一的就在家睡了一上午，你这样的媳妇要在我们这里，早两巴掌扇上了……"这才是杜天明咆哮的真正的导火索。后来房小牧才自己琢磨明白。

房小牧抱着杜悦的手哆嗦着，她希望自己昏厥过去，这样最起码自己不会感到孤立无援，但是她没有。

她侧着脸向杜凯看过去，她能感觉自己眼里都是带着绝望的，但是那个男人却用沉默来表明了自己的立场。

瞬间，杜悦开始号啕大哭，杜凯皱着眉头站起来，对张素华说："非要回来过年，回来了就这样闹腾，有意思吗？"

"什么叫有意思没意思？回家过年是老祖宗的规矩，天经地义的，你就是惯得你媳妇没个样。啊？杜凯，城里的媳妇娇贵，你给惯成这样。你娶的是个媳妇，不是个祖宗让你供着，让你爸娘哄着，你还是不是个男人，啊？"杜天明的矛头接着转向杜凯。

"爸，你说这些有什么意思？本来小牧回来就心里不舒服，你这样闹腾，有什么意思呢？"杜凯的话让房小牧的心猛的一顿，原来，这个男人都明白，只是装迷糊。

房小牧没有说话，把孩子塞给杜凯，转身走进了房间。

不一会儿，杜凯看着房小牧提着箱子走出来，径直走到杜凯面前。

"杜凯,你走不走?你不走我走!"房小牧从杜凯的怀里接过孩子,死劲盯着杜凯的眼睛。

"房小牧,你敢离开这个家半步,我就让杜凯休了你!"杜天明咆哮着。

"孩子,大过年咱不闹,让外人看笑话。你说,你要是这时候回去,爸妈看了也难受不是?!"张素华边撩起围巾抹着眼睛,边走过来想从房小牧手中接过箱子。

"你们谁都别碰我!"房小牧猛然退后一步,"杜凯,我问你,你走不走?你不走我走!我就是走,也要走回家。"房小牧一字一句地说出这句话,拿过大衣裹住杜悦,往门外走去,把杜天明的咆哮、张素华的泪眼、杜凯的沉默统统抛在了身后。

门内一声脆响,接着是一连串的怒骂和杜凯微弱的辩驳声,房小牧闭上眼睛,泪水汹涌而出。

大年初一的晚上,安静的街道上不时传来残留的鞭炮声,不知道是谁家的孩子在延续新年的快乐。房小牧顺着冰冷的街道走着,怀里的孩子不时轻轻地唤着妈妈。

"悦悦,咱回家,妈妈带你回家。"回家,那个温暖的家,那个能容下我的家,即便是走,也要回去的。

"小牧,上车!"随着一声急刹车,杜凯打开车门出来,一把抱住房小牧。

房小牧死命地挣扎,在这个男人的怀里激烈地挣扎着,原来,他什么都知道,他只是在装迷糊。"小牧,委屈你了!"杜凯用力把房小牧和杜悦圈进自己怀里,把房小牧的头按在自己的肩膀上,沙哑着嗓子费力地吐出这几个字。

委屈,你原来都知道,你知道我的委屈,原来你都知道的。

房小牧蓦地停止了挣扎,伏在杜凯的怀里号啕大哭。杜悦挣扎着从房小牧的怀里探出小脑袋来,却被哭得一塌糊涂的房小牧吓得也开始抽泣。

"小牧,委屈你了,真的委屈你了!"杜凯仰起脸看着满天的寒星,叹息般的呢喃着。

其实有时候,人需要的很简单,就是一句话,但是这一句话说出口的时候往往让人肝肠寸断。

第四章 日子，在琐碎中成长

1. 房小牧，你别走

"房小牧，你下来，你家杜凯喝醉了。"半睡半醒的房小牧突然被一阵咋呼声惊醒，她赶紧披上衣服，从窗子里探出头去，看到下面有车灯亮着。

下楼，房小牧的眉头不由得紧紧地皱在一起，令人作呕的酒味迎面扑来，房小牧一阵恶心。

"你是房小牧吧？杜凯喝多了，你把他弄上去吧，我们也得赶紧回去。"一个中年人对房小牧说，指指一边，房小牧这才看到杜凯坐在地上，嘴里还不清不楚地说着什么，已经喝迷糊了。

"哦，那你们……"

"我们是他同事。今晚收车后公司有点儿事，就一起喝了几杯，杜凯喝多了，你赶紧把他弄回家吧，好好歇歇就没事了。我们先走了。"中年男人不等房小牧反应过来就钻进车里开车了。

"杜凯，你还能站起来吗？"房小牧蹲下来把杜凯的胳膊架在自己的肩膀上，想把他扶起来，却没想到杜凯已经软作一团，如一摊烂泥，任房小牧折腾了一身汗，也没能站起身，房小牧只好蹲下身子，趴在杜凯的脸边问道。

"喝，都给我喝，谁不喝谁是孙子，都得喝！"杜凯的嘴里冒出一串含糊的话语，却不是回答房小牧的。

春天的夜里还是有些寒凉，房小牧不由得打了个寒战，没办法，咬咬牙，再一次把自己的肩膀塞到杜凯的怀里，一只手紧紧地把住杜凯的腰，另一只手抓住杜凯搭在自己肩膀上的胳膊，艰难地、一点一点地靠着墙壁，终于站起来了，然后顺着墙壁一点一点往楼梯口挪动。

终于上了一楼，房小牧感觉自己的后背都被汗水浸透了。她把杜凯靠在墙壁上，用肩膀顶住，喘口气。她不敢有一点儿松懈，她害怕杜凯再坐下，她没有把杜凯从地上再拉起来的力气。

到了二楼，房小牧感觉自己要虚脱了。她像一条离开水的鱼，张着嘴，大口地喘气，头发都被汗水溻成了一缕一缕的。原来，人喝醉了会这样沉，想起小时候姥姥说，人死了之后身体重量是平时的好几倍，所以说是死沉死沉的，现在看来人喝醉了也和死了没什么两样。

房小牧不知道自己是怎么上的三楼、四楼，只知道当自己看到五楼的门的时候，那颗心简直要从胸腔里跳出来，要炸开了。用身体顶着没有知觉的杜凯，她艰难地掏出钥匙打开防盗门，手哆嗦了好半天才插进钥匙孔，又是好半天，才进门。这时候房小牧突然感觉自己真明智啊，当初租房子的时候就是找的最小的，进门就是一张简易沙发床。房小牧把自己和杜凯扔到床上，大口地喘着粗气，甚至有一刹那，房小牧感觉自己要休克了。

杜凯继续沉睡。

半响，房小牧活动了一下酸痛的肩膀、胳膊，站起身来，去狭小的洗手间里打来一盆开水，拿毛巾给杜凯擦脸擦手。

那张白皙的脸，不知从什么时候开始粗糙了，甚至眼角竟有了浅浅的皱纹。房小牧的手，拂过杜凯满是胡茬的下巴，心里一阵酸涩。她一下一下擦拭着杜凯的手，发现他的手心里有了一颗一颗的老茧，这才多久啊，那个白皙温和的男子，竟然苍老成这样。温热的毛巾，擦拭着杜凯脸上的污垢，也一点一点熨烫着房小牧那颗小小的心中的抱怨。这个男人，他累啊！他的心里到底有多少负荷啊！在短短的两年之中，能憔悴成这样，自己有多久没有好好看看这个男人的脸了，看看这个让自己曾经那么坚定地要他相守一辈子的男人。

"小牧，你不要走。"沉睡的杜凯突然紧紧地抓住房小牧的手，喃喃地说，"不要走，你走了，我就一无所有了。"

"我不走，杜凯，我哪里都不去。你，我，杜悦，我们仨哪里都不去，我们在一起，我们不分开。"房小牧流着泪紧紧地把杜凯的脸抱在怀里，一遍一遍地用手摩挲着杜凯的脸腮，眼泪一滴一滴地落在那张熟悉又陌生的脸上。

这一夜，房小牧睡得很沉，不记得多久没有这样沉睡过了，甚至连梦都没有做，不管是开心的，还是伤心的，都没有。她紧紧地抱着杜凯，沉沉地睡着了，一片黑暗。

睁开眼，房小牧浑身都跟散了架般的疼痛，动一动都感觉自己的骨头像是被拆散了又搭了起来，酸痛。杜凯呢？身边的杜凯呢？房小牧挣扎着坐起身，枕头旁边的手机下压着一张纸条，上面是杜凯那熟悉的字迹："小牧，我出车了，早餐在桌上。我顺路把杜悦送到妈那里。"

早餐？房小牧不记得自己有多久没吃过早餐了。每天早上送完杜悦，然后就急急忙忙赶往学校。校办工厂从半年前开始扩大规模，房小牧的踏实肯干让老板很欣赏，两个月前她已经成了厂子里的总会计师。房小牧的会计证已经拿到手，虽说薪水翻了一番，但是工作量也成倍地增长。

坐在桌前，看着面前简单的早餐，油条豆浆，煎鸡蛋，房小牧的心里涌起一阵久违的感动。有多久了，是几个星期还是几个月，杜凯没为房小牧扎起围裙下厨房，不再笑着捏着房小牧的小鼻子说馋猫。多久了啊，久得房小牧都已经忘得干干净净，借债，还债，孩子，工作，早已把一切填得满满的，甚至一点点回忆的空隙都不曾留下。

原来，人需要的真的不多，一点点的温暖，一点点的感动，就够了；不用鲜花，不用浪漫，仅仅是一句话、一份早餐，就够了。心寂寞得久了，一点儿温暖就可以让心变得柔软，就可以滋生出很多感动。

日子过得很快，不经意间，夏天过完了，杜悦已经像个小大人一样，可以拿小手指着房小牧说："房小牧，沉鱼落雁闭月羞花。"每次房小牧都会笑着搂过这个小家伙，在那张粉嫩嫩的小脸蛋儿上亲好几下。但是杜悦会瞪着圆圆的大眼睛认真地说："房小牧，我是男人，你是女人，以后你不能随便亲我了。"

房小牧不由得哑然失笑，看着怀里的小人儿说："为什么女人不能随便亲你。"

"因为我从来没见你亲过爸爸。"杜悦认真地看着房小牧的脸说。

"是吗？"房小牧尴尬地回头去看杜凯，杜凯正在一边接电话，略显焦急的神态让房小牧一愣。

房小牧不记得有多久没和杜凯拥抱亲吻，即便是亲热的时候，那些温柔、那些旖旎也早已该省略的省略、该删除的删除，直奔主题，完事休息。那些曾让房小牧迷恋的热吻拥抱早已像隔世的花，开过了，凋谢了，被风吹散了，最后，自己也忘得一点痕迹也没有了。

不管房小牧愿意不愿意，房峥军和刘琴烟还是用现在住的那套一百四十平方米的房子换了两套八十平方米的小房子，又倒贴了三十万。这房子主体已经完工，开发商说是精装房，半年之后就能拿到钥匙，买家具后拎包入住。

刘琴烟带着杜悦去阳台看书，房小牧陪着父亲喝茶。

"爸，这次把你和妈的老本可都吃没了，你不怕我不养你了啊？"

房峥军把手里的茶杯一放，拍了拍房小牧的发顶说："丫头啊，我和你妈妈也就那么大本事了，这两年看着你们没个自己的家，我和你妈心里难受啊！杜悦马上就得上幼儿园了，我们早就看好了地段了，那边幼儿园和小学都不错，双语教学，而且你上班也近，我和你妈都能帮你照顾孩子。"

"爸，老让你和妈操心。这几年，杜悦，我，我们一天都没让你们省心。"

"丫头啊，什么也别说，我和你妈妈什么都不盼，就盼着你们好好的。"房峥军拍着房小牧的肩温和地说。这个做了一辈子老好人的男人，其实心里跟镜子似的，都明白，也都看透了。

房小牧不敢抬起头来去看自己的父亲，她怕自己忍不住会落泪。这一年来，心酸的时候她总是忍不住流泪，但是在父母面前总是强忍着，她知道，一哭，可能就再也收不住。

"杜凯，用不了多久我们就不用租房了，爸妈给我们换了个小三居。"房小牧下班之前给杜凯打电话。

"哦,是吗?"杜凯淡淡的语气让房小牧有种很特别的感觉,就像一根小刺刺进了手心里,不是很疼,但是不舒服。

"难道你不高兴吗?杜凯,我们不用租房子了,而且杜悦上幼儿园也方便。"房小牧用自己都别扭的撒娇的语气说。

"高兴,我怎么能不高兴呢?"杜凯淡淡的声音通过电话传过来,有种莫名的空洞感,像是在一间很大很空的房子里说话,那些回音让房小牧的耳朵瞬间失聪。

"写谁的名字呢?"半晌,杜凯仿佛不经意地问。

"是啊,我爸爸说本来想写杜悦的名字,但是不可以,必须年满十八岁才行。"

"好了,小牧,我有点儿忙,回头咱们再说。"

嘟嘟的忙音,让房小牧有瞬间的恍惚,难道杜凯不高兴?为什么?不用再去租房,有自己的房子了,终归还是好事吧。

房小牧的心被喜悦充盈着,没有时间去考虑杜凯的高兴不高兴,开始进行装修预算,是找个小装修公司还是找正规点的,家具要买什么价位的,父母的钱总要还的,这一切让房小牧的生活开始忙碌起来。

"杜凯,我们买套白色的沙发吧?"

"好的,你看着好就行。"

"杜凯,我们买床要仿古的还是欧式的呀?"

"小牧,你喜欢的我都喜欢。"

"杜凯,我们要不要买方太的抽油烟机啊?"

"你喜欢哪一款就买哪一款,我无所谓。"

闲暇时候,房小牧拽着宋佳凝逛,两个女人在宜家的大床上看床品被罩,在家电商场做电器的预算,甚至还去家具城,想给杜悦订一套儿童套房。抱着一大摞宣传材料，宋佳凝说："房小牧你直接把杜凯开除家籍算了，反正你已经把自己过成一个响当当的单身女人了，干脆咱俩带着娃过得了。"

无所谓，几年后，房小牧才明白，当一个男人对你说无所谓的时候，他的心也就远了，情感就是在这一点一点的无所谓里悄悄溜走的。就像一个女人开始对你保持沉默，不再对你说家长里短，不再对你说着买一件衣服便宜几块钱，不再对你说今晚的四季豆炒得有点儿老，当这一切逐渐被沉默所代替，那么牵着手走路的日子也该结束了，因为牵手久了人也会累。

宋佳凝说："你们得沟通。如果想继续下去，那就要沟通。当然，如果你离婚，我代表兮耒和我支持你，房小牧。"

要沟通，房小牧想那个笑嘻嘻的杜凯，想那个把自己抱在怀里的杜凯，所以，一定要沟通。

"杜凯，你为什么总是这样，咱们好好说不可以吗？"吃完晚饭，房小牧取出茶具泡了杯茶，斟上一杯，放在杜凯的面前。

"我一直不是都好好说了吗？我不习惯这样的小杯子，我还是用我的杯子好了。"杜凯转身取出自己的保温杯，从暖瓶里倒了一杯白开水，慢慢地看着眼前袅袅升起的白色雾气。

隔着淡淡的雾气，房小牧看不清杜凯的脸。

"杜凯，你是不是不高兴？有什么事情咱们可以好好说，我们那么艰难都走过来了，还有什么不能说的吗？"房小牧慢慢地伸出手去，轻轻地覆在杜凯握着杯子的手背上。

"小牧，我是个男人，我想保留一点儿男人的尊严，好吗？"杜凯低头慢慢地喝了一口水。

"杜凯，你可以说得详细一点儿吗？"房小牧呆愣了片刻,小心翼翼地说。

"这几年,你跟着我受苦了,我自己也知道,我对不住你,小牧。你妈你爸也有足够的理由看不起我,谁让我没有能力让你过上好日子呢?真的,小牧,有时候,我都会想,如果当年没有我,你嫁给沐斯年,会不会就不用吃那么多苦了。小牧,有时候夜里我睡不着,我会心疼,心疼你,心疼杜悦。"杜凯轻轻地握住房小牧的手,淡淡地说,却没有看一眼房小牧的眼睛。

"杜凯,你是在嫌弃我吗?"半晌,房小牧哆嗦着问道。

"不是,我怎么会嫌弃你呢?小牧,我怎么有资格嫌弃你?我只是感觉自己很窝囊,没有能力给自己的老婆孩子一个家,还得让你帮着我收拾这样一个烂摊子,我真的很窝囊。甚至,有时候我都会想,如果你没有嫁给我,会不会比现在要幸福快乐得多。"

"杜凯,这是你的真心话吗?最艰难的时候我们都熬过来了,现在日子一点一点好过了,你真的这样看我?"房小牧使劲握着自己的手,一个字一个字地说。

"小牧,我很累。有时候去你家,看到你妈妈的眼神,我都很累。是,我愧疚,我对不起你父母,我答应好好照顾你,但是有些事不是我能控制的。我真的很累,你抱怨我不喜欢去你妈妈那里,但是我真的很累,心累,你越优秀,我越累。我是个男人,却让自己的女人去赚钱养家,我算什么呢?"

房小牧看着眼前的杜凯,耳朵里的声音却越飘越远,逐渐听不清楚,只是看着杜凯的嘴巴一张一合,耳朵里只有那清晰的三个字:"我很累。"

"我很累",这三个简单的字,如炸雷一般,在房小牧的脑子里轰轰作响。原来,自己的一切的努力,都让杜凯很累。

房小牧很委屈,委屈得想大哭,委屈得想打开门跑到大街上,委屈得想拽住着杜凯的胳膊问:"你这样说是不是好没良心。"但是房小牧一动都没有动,没有号啕大哭,也没有痛不欲生,只是安静地站着,看着眼前的这个自己想与他相守一生的男子,原来,这一切都是自作多情,自己的一切劳累都是在自我陶醉,自己的一切关心在他的眼里都是一种难以承受的负担。

真好,原来这从头到尾不过是自己演了一场独角戏,那些演员都是自己虚构出来的,那些爱恨缠绵都是一个个虚拟的符号,这个舞台上始终是自己一个人在演,一个人哭,一个人笑,一个人难过,最终谢幕的时候,台下却一个观众都没有。

生活,你在和我开玩笑吗?但是一点都不好笑。

生活,你在让我做一个梦吗?醒了就一切都是新的。

生活,你在给我写一个剧本吗?但我不想演戏,我只想好好过日子。

2. 离婚了，庆祝一下

"房小牧，我离婚了，晚上出来庆祝一下，下了班我过去接你。"宋佳凝愉悦的声音从电话里传过来，给房小牧造成了一种很奇特的错觉，跟结婚相比，仿佛离婚才是一件值得庆祝的事情。

挂断电话，房小牧有瞬间的恍惚。

当年，宋佳凝和自己一前一后走进了属于自己的婚姻，那时候，自己是幸福的，甚至在看着宋佳凝被那个秃顶的海归牵走之后还懊恼地对杜凯说，宋佳凝是闭着眼睛跳火坑。

五年后，自己还在断断续续地演着一出独角戏，而宋佳凝却云淡风轻地挥一挥衣袖，就解脱了出来。该可怜的人，不是宋佳凝，而是自己。

"房小牧，你把自己收拾一下行不行，天天不是黑就是灰，整个人就跟柏油马路似的，大街上跳舞的老太太都比你鲜亮。"宋佳凝看着一袭黑色风衣的房小牧，扁了扁嘴巴说道。

"习惯了，又不是年轻女孩子，鲜亮了做什么呢？"房小牧坐在副驾驶座上，闭上眼睛，轻轻用手揉着太阳穴，这两天休息不好，眼眶下一抹淡淡的青黑色。

"房大姐，房阿姨，您今年高寿啊？"宋佳凝一边开车一边伸手在房小牧的胳膊上打了一巴掌,"别揉,小心长鱼尾纹。"

"呵呵,不揉也长,我不是你,青春年少,美貌多金,我现在是孩子妈,围着锅边转的一个家庭煮妇!"房小牧看着镜子里憔悴的样子,自己都忍不住想转过头去,但是转过头去恰好看到一身白色运动装的宋佳凝,真的是青春逼人,朝气蓬勃,看来这段婚姻没有带给她任何不良的后遗症。

"房小牧,离婚吧,真的,别折磨自己了。"停在小竹轩的门口,宋佳凝没有下车,却严肃地看着房小牧,慢慢地说道。

"不可能的,宋佳凝!"沉默片刻,房小牧轻轻地说。

"你看看你自己,现在成什么样子了?那个朝气蓬勃的房小牧呢?那个笑得没心没肺的房小牧呢?你现在就是一个怨妇。你自己看看,满脸戚戚,满心凄凄,你这样大家都不好受。你这样杜凯会好受吗?他一个大男人,养不了自己的老婆孩子,有什么用?房小牧,你现在还留恋什么,是他的身体还是他曾经的温柔?还是他现在的冷漠?"

"宋佳凝,你不会明白的。"

"我有什么不明白的?呵呵,房小牧,我也是有过婚姻的人,不管什么样的婚姻,其实都一样,爱得死去活来又能怎么样,无情无义的等价交换又能怎么样,结局又有什么区别?你不要笑我市侩,这是现实。你现在这样,杜凯怜惜你吗?以前我就说过,或许你的隐忍、你的一切都会成为他恨你的理由,很简单,你做了一个男人该做的事情,还做得不是很差,你让一个男人的脸面往哪里安放?在我这个旁观者看来,婚姻走到这一步,一点儿都不奇怪。"宋佳凝嘴角突然露出一丝怪异的微笑，"时间，会改变很多东西，包括你认为纯真的爱情。你们现在是在互相折磨，倒不如痛痛快快分开来得好。"

"宋佳凝，你说我是不是很失败？"房小牧沉默了片刻，迷惘地望着宋佳凝说道。

"不是你失败，只是被生活恍了一下眼。算了，我现在说什么都白搭，还得你自己想明白了才行。走，吃饭去。"

小竹轩的生意出奇地好，门外几竿翠绿的竹子很惹人爱，小巧别致的漏窗，青灰色的琉璃瓦，颇有些江南的韵致。宋佳凝喜欢这些小韵味，她说吃饭并不是吃饱了就行，人不能光靠吃米活着，适当的时候吃也是一种氛围一种情调。

半人高的竹篱笆隔出一个个的小单间，既可以遥遥相望，又有些隐隐约约、犹抱琵琶半遮面的感觉。竹子小几，竹子椅子，包括小几上的花瓶都和竹子有着千丝万缕的关系，无一不彰显着小竹轩不俗的品位，来的客人都会不由自主地琢磨，这个优雅的所在后面到底隐藏着一个怎样的文人雅士，一般人是很难做到这样的低调中的优雅与奢华的。

宋佳凝把玩着桌子上的天青色品茗杯说："这个杯子够咱们吃一个月的了。"

"啊！"吓得房小牧赶紧把手中的杯子放到桌子上，害怕自己一不小心就把一个月的工资给搭进去了。

"什么啊，房小牧，咱不带这样小家子气的好不好？小眉，一壶春深雨浓，看着来几样小菜就好。"宋佳凝朝着柜台边一穿月白色小旗袍的清秀女孩招招手。

"佳凝姐，昨天我们刚推出一款竹叶琉璃糕，老板一直让给你留着呢。我今天早上还想着要给你打电话，没想到你今儿个下午就来了，我一会儿先给你端上来你尝尝。"小眉是个细眉细眼的乖巧女孩,看样子跟宋佳凝很熟。

淡青色的酒里飘着几瓣暗红的玫瑰花瓣,颇有些诱惑,房小牧第一次觉得酒也可以这样魅惑。

斟到杯子里,一股淡淡的幽香便扑鼻而来,房小牧不由得被眼前的小杯子吸引住了。

"好香的味道,这是用玫瑰花酿的酒?"房小牧忍不住端起杯子闻了闻。

"老土,小声点儿,这是正宗韩国清酒,加上蜂蜜和玫瑰花瓣重新发酵,蒸煮,然后过滤出来的,既保留了清酒的醇香,又有玫瑰花的妩媚,这可是小竹轩的主打精品之一呢。"宋佳凝端起杯子轻轻抿了一小口。

不一会儿面前就上了四碟精致小菜,珍珠翡翠鱼圆子,琥珀醉虾,芙蓉玉兰茭白片,奶汤蒲菜,最后就是那碟滑腻清香的竹叶琉璃糕了,每一个小盘子都是淡绿色的,上面是一棵棵微雕出来的小竹子,精致得让人不忍下箸。

"来,喝一杯,庆祝我宋佳凝终于脱离苦海,修成正果。"宋佳凝一仰脖子就把杯子里的酒干了,婉约明媚的女子也有豪爽的一面。"难得,能把你约出来吃个饭,要是兮末在,咱仨还是当年的铁三角。这个家伙,在国外待得乐不思蜀了呢,前段时间说去普罗旺斯画薰衣草,然后办几期画展,再积累点儿名望声誉,就带着金光闪闪的艺术家的桂冠回国折腾。"

一杯酒下去,不胜酒力的房小牧看着眼前明艳动人的宋佳凝开始傻笑,"宋佳凝,你说,我是不是自作多情,为什么我赚钱多了,我那么努力地工作,杜凯还是不开心。"

"房小牧,你根本不了解男人。男人是什么,男人就是赚钱给女人花的，女人花男人的钱，男人才会开心。你们家那个杜凯，什么玩意，我从来就没看上过他，也就是你把他当个宝。当年兮末都想敲开你脑袋看看，到底是哪一根筋搭错了弦，非得看上他？"

"他，他对我好，当年，他对我多好啊，给我做饭，接我回家，会抱着我笑，可是为什么现在会那么冷啊，冷得我会害怕。你给我说说，宋佳凝，我真的想不明白，这到底是为什么。"房小牧又喝了一杯，迷离的笑容让黝黑的眸子仿佛浸润在一汪清水中，迷蒙湿润。

"因为你傻，你个傻妞。房小牧，我们都是傻妞，一个男人对你笑，给你说着甜言蜜语，给你做顿饭、买个花，你就乖乖地跟着走。等你受伤之后，转过头去看却什么都没有，只有自己抱着回忆过日子。房小牧你傻，我也傻，兮末说，咱们都是傻妞，我一闭上眼就看到我的孩子，我的孩子还没有长出小手小脚，还没有看看这个世界，就被我杀死了。你看，房小牧，我的手上沾过血。"宋佳凝伸出一双纤细的手，在房小牧面前摇晃着。

半响，宋佳凝突然把壶中的酒都倒进了自己的杯子里，一口都吞了下去，然后呛得一阵剧烈的咳嗽，随即趴在小几上。

当宋佳凝重新抬起头来的时候，那张明丽的脸上，全是泪水。

"原来，伤心的不是我一个，天下不是我一个人在伤心。"房小牧也端起杯子，一饮而尽。

两个喝醉了的女人，在小竹轩的清雅氛围中哭哭笑笑。

小竹轩的另一端，两名男子相对而坐，静默无言。

"沐斯年，你根本就不该回来，或者说你根本就不该留下。"

"呵呵,不要说我,程默,你又为什么回来?还不是一个虚无的等待。你走之后,她就结婚了。"

"回来,我可以这样看着她一辈子,这是我欠她的,我拿命都补偿不来的,所以我看着她就好,远远地,看着她幸福,还会苛求什么呢?"

远远地看着,看着她幸福。

若我不能伴你身边,那就远远地看着你幸福。

幸福,有时只是一种假象或者说一种幻想,只是我们看不到假象到底是什么,我们只能强迫自己去相信眼前的幸福。

头疼欲裂,房小牧只记得看到一张熟悉的脸,后面就是一片黑暗,直接自动删除了所有记忆。

"我这是在哪里?"房小牧睁开眼,狭小的空间和身上一件带着男人气息的衣服,让她的脑子暂时短路了。

"你在我的车里。"房小牧一激灵坐了起来,不是杜凯。

"斯年,我怎么会在这里?几点了?"房小牧猛然想起,宋佳凝呢,不是在小竹轩吗?宋佳凝呢,喝醉了,怎么开车走的?酒驾就完了。她不由得冒出了一身冷汗,赶紧拖过自己的包乱摸。

"差十分七点。找手机吧?宋佳凝应该也醒了,她比你强,进家门的时候还知道对我说谢谢,让我送你回去。"沐斯年笑着递过手机。

"哦,谢谢!不好意思,麻烦你了,斯年,谢谢你!我要回去了。"房小牧用手拢了拢脑后的散发,整理了一下衣服,打开车门准备下车。

"你要自己回去?小牧,我送你吧,顺路去你家那边的一个诊所看一个朋友。"

"这样不会麻烦你吧？如果你真的顺路的话。"房小牧略一迟疑，风一吹，一阵恶心，头又开始昏昏沉沉的。

"呵呵，真的顺路，好了，把车门关上吧。"

车内回荡着熟悉的老歌，房小牧在某一个瞬间，有些许的恍惚，好像很久之前，自己也是这样坐在车里，那时候的房小牧会没心没肺地笑呢。那时生活那么美好，那时候的杜凯是那么温柔，那时候是那么快乐，那时候……可是，那到底是什么时候呢？是几年前还是十年前，或者是一辈子之前，那么长，那么远。

没有说话，房小牧的手指无意识地在车窗上画着写着，画着一幕幕看不见的风景，画着一个又一个看不见的人。谁也不知道，她画下的是什么，写下的又是什么。

车停下了，房小牧抬头，一片灯火通明之中，她家的窗子里没有灯光，杜凯没有回来。

"我走了，谢谢你，斯年，耽误你时间了，你快去看你的朋友吧，别让人着急了。再见。"房小牧回过神来，推开车门下车。回身，嘴角牵出一丝勉强的笑，那张苍白的脸，让沐斯年的心中隐隐的痛。

"好，再见，小牧。"车子缓缓驶向前方。

房小牧转身，回家，没有人；不回家，去哪里？一样的冷清，一样的寂寞，一样的……原来都是一样的，不如就这样，坐在大街上，看来来去去的车，看来来去去的人。

秋天的风是冷的，为什么夏天一下子就过去了呢？为什么那些叶子还没绿透就都落了呢？秋天的风是冷的，房小牧抱着双臂坐在路边的长凳上，把下巴埋在臂弯里。

远远地，沐斯年坐在车里，看着坐在路边的房小牧，看着她的犹疑，也看着她的落寞。

点上一支烟，看着寂寞在这个有形无质的世界里，一点一点地冷落了季节，也冷了往事。

房小牧，你不会知道，你这样，我会比你更难受。看着自己心爱的女孩子在不幸福的生活中挣扎，我却没有资格去说出一个安慰的字眼，我却不能伸出手去给你一个温暖的怀抱，我什么都不能去做，我只能看着你难受，看着你挣扎，看着你一点一点地在寂寞里改变了曾经的模样。为什么呢？为什么会这样？

沐斯年颤抖着手掐灭了手中的烟，打开车门，走下去，他什么都不想，他只想给她一个温暖的怀抱，给她一个可以哭泣的肩膀。

"小牧！房小牧？！"

面前的女子仿佛睡着了一般，抱着双臂坐在长凳上，把整个脸庞埋在自己的臂弯里。

他伸出手，却停在半空。

半响，才落在那窄窄的肩头。

"房小牧？！"

"你还没回去，你的朋友呢？"半响，房小牧抬起头来，茫然地看着沐斯年，好久才说出这样一句话。

"小牧，如果你累了，我不介意借给你一个肩膀。"他蹲下身子，把外套脱下来披在房小牧的肩上。

"呵呵，斯年，我不累啊！我早就习惯了，累的时候，就抱着自己的肩膀蹲下来，对着自己的影子说：'谢谢你，陪着我！'你看，它一直都在陪着我呢。那么多寂寞的晚上，我害怕的时候，它都会陪着我，所以，我不累啊。"房小牧笑着说，茫然地看着地上的影子，笑着笑着，一滴一滴的泪水开始顺着面颊滑落。

"沐斯年，你可以走吗？我不想让你看见我哭，请你走开，行吗？"房小牧把面颊埋在臂弯里，把自己缩成一团，仿佛只有这样，才会让心变得更坚强。

沐斯年轻轻地把这个小小的身体拢在自己的怀里，却只能这样。我的肩膀上，留下你的泪水，却留不下你的牵挂。

"我要回家了，杜凯快回来了。谢谢你！我不累，我不哭，我不会累，我不能哭。"房小牧猛然受到惊吓一般，从沐斯年的肩膀上抬起头来，挣脱开去，跟跟跄跄地走向楼梯口。

摸索着拿出钥匙，打开门，开灯，刺眼的白炽灯让房小牧的眼睛有种骤然失明的感觉，拿手遮着眼睛片刻，睁开，却赫然发现，窗边站着一个人！

是杜凯，脚下一堆烟头。

"你什么时候回来的，怎么不开灯呢？"房小牧艰难地笑着，踉跄着走到桌前，倒了一杯水。

"在你喝酒的时候，我就回来了。你看一下你手机上，有多少个未接电话。"杜凯有些怪异地看着房小牧。

"哦，呵呵，我喝多了，宋佳凝说出去庆祝一下。对不起，对不起，杜凯，我也不知道自己会喝醉的。"头疼欲裂，房小牧想把自己扔进被子里好好睡一觉。

"庆祝什么？谁送你回来的，我好像没看到宋佳凝的车。"

"她，离婚了，说脱离苦海了，庆祝一下。她，我，都喝多了，是沐斯年送我们回来的。"房小牧感觉自己要睡着了，支离破碎的记忆，搅得脑子里生疼生疼的。

"你们？是你吧，老情人相会，在下面缠绵悱恻的。房小牧，你连说谎都懒得说了吧？你何苦用这种方式来摆脱我？你们，真让人恶心！"杜凯伸手把瘫在沙发上的房小牧揪了起来，像摇布娃娃一样地摇晃着。

"杜凯，我现在想睡觉，我们明天说好不好？你冷静冷静，我很难受，我想睡觉。"房小牧感觉自己的骨头都要散了，"什么老情人，什么缠绵，什么呀，这些都是什么呀？睡觉，我想睡觉，我好累，什么都不要管了。杜凯，明天，明天再说好不好？"

"明天？明天绿帽子都带我头上了！房小牧，你跟了我后悔了是不是？看我没出息是不是？是，我现在是失败了，没钱没房没车，孩子还得指望你养着，但我是个男人，你说，你说，我哪一点儿对不住你房小牧？我在外面辛辛苦苦，你在家跟老情人相会，你还有没有良心？你们房家买个房子怎么了？杜悦还是姓杜，你们房家还是断子绝孙。呵呵，你们的如意算盘都落空了。"杜凯一把把房小牧扔到了沙发上，碰到了茶几上的水杯，哐啷一声脆响，杯子摔在地上，粉碎。

房小牧被吓得一激灵，脑子顿时清醒了不少。

"杜凯，你说什么，谁戴绿帽子？你慢一点儿说，我哪里对不起你？你说，我上班辛辛苦苦是为了什么？我爸妈给我换个房子又是为了什么？还不是为了我们能好好过下去吗？你怎么可以这样说？你，你不要太伤人。"房小牧嘴唇哆嗦着，眼泪顺着脸颊哗哗落下，房小牧从没感觉过自己的心可以这样疼。

原来，杜凯一直是这样看待自己，看待自己的父母。

原来，在他的眼里，自己早已是个不贞洁的女人。

"别装了，对得起对不起你自己心里明白，你比谁都清楚，别装无辜的样子看着我，房小牧。我想想刚才的一幕，都恶心。在车里缠绵了还不够，还得在大庭广众之下搂搂抱抱，你们干脆直接开房去得了。"

"杜凯，把你刚才的话收回去，你收回去，人在做，天在看，你、你说话要凭良心。"房小牧手哆嗦着，感觉自己的嗓子撕裂般的痛。

"房小牧，你也配跟我说良心？我没良心？我没有背着自己的老公和旧情人搂搂抱抱！我没良心？我没有出去跟别的男人喝酒喝到不省人事！房小牧，我早就该看明白，你们家没一个好东西，你们家买房本身就是个阴谋。"杜凯冷冷地看着房小牧，拿起外套，往门外走去。

门内，房小牧泪流满面地坐在地上，摔碎的玻璃杯，在灯光下泛着冷冷的光。

3. 我不想死，只是不小心

世上最难看的是冷脸，谁都不会喜欢看，但是房小牧要看，要一直看，不知道看到那一天才算是结束。世上最受煎熬的是在居住在同一屋檐下的两个最熟悉的陌生人，真的不知道是谁创造出这样一个词，残酷却真实。

两个人，无话，甚至目光都不会有任何碰撞，却要在一张桌子上吃饭，在一张床上睡觉，房小牧感觉自己要疯了。

白天上班，忙碌的工作可以让房小牧什么都不想，身体的疲累在某些时候是会代替精神的倦怠的。三岁多的杜悦最近一直跟着刘琴烟，她说得让杜悦在那边的一个幼儿英语培训班熟悉一下，要不孩子从幼儿园开始就已经输在起跑线上了。

房小牧害怕下班，因为下班就要回家。

房小牧害怕回家，因为回家就会看到一张冷脸。

如果家里没有一盏开着的灯等着你，没有一个温暖的怀抱等着你，那不是家，那只是一所冰冷的房子，这样的房子会让人窒息。房小牧害怕，她害怕自己在这样的房子里守着黑夜等待天亮，她更害怕看到那样一张冷冷的脸。杜凯已经在杜悦的小床上睡了一个星期了，在他的眼里，房小牧看到了厌恶，仿佛她的身上早已肮脏不堪。

最近杜凯回来得都很晚，回来就去洗漱睡觉，在他的眼里，房小牧是透明的或者是不存在的，多看一眼都会玷污了他那纯洁无瑕的眼睛和心灵。

房小牧感觉自己要疯了，失眠，整夜整夜地睡不着，她想把杜凯从床上拖起来，想告诉他，她和沐斯年是清白的，但是有用吗？杜凯会相信吗？因为他确实看到了，他看到了房小牧从沐斯年的车上下来，他看到了沐斯年把房小牧抱在怀里，这些已经足够了。但是自己做什么了？什么也没做。房小牧觉得自己很委屈。

周末休班，杜凯早就走了，空荡荡的房子里剩下房小牧一个人，一室一厅的房子突然变得那么大，空旷得无边无际，伸手，都是湿冷的寂寞。

原来，一个人的房子不是家。

房小牧睁着眼睛躺着，一直躺到太阳照在被子上，被子上的粉色小格子晃得眼睛疼，房小牧躺不住了，便起身。

房小牧看着镜子里憔悴的女人，吓呆了，蓬头垢面，脸色苍白，眼睛下面一抹仿佛永远都褪不掉的青黑色。梳子上大把大把的头发，房小牧举起来在眼前看着，以前的头发是多么柔顺啊，记得杜凯说，房小牧的头发柔软得像丝绸一样呢，带着好闻的花香。

枯黄分叉的乱发纠结在梳子上，房小牧伸出手指一点一点地摘下来，然后团成一团，举起来，在青白色的灯光下仔仔细细地看着，为什么会这样呢？

房小牧问着镜子里的女人："为什么会这样？你说呀，为什么？我一直一直努力地想做一个合格的妻子，我努力工作，我努力生孩子，我努力学做饭，我那么努力，为什么你就是看不到呢？我到底该怎么样做才能让你们满意？你告诉我呀，我到底该怎么样做啊？我很累，我真的很累啊，为什么会这样呢？为什么会这样呢？"房小牧疯狂地拍打着镜子。

镜子不是魔镜，也没有住着会说话的精灵，有的只是一个蓬头垢面的女人在重复着和房小牧同样的话，流着同样的泪。

万念俱灰的感觉渐渐包裹住了房小牧的心，她的眼睛哭得疼，眼泪倒好像是少了，突然就想起大学的时候看《红楼梦》，里面说心里酸疼酸疼的，眼泪倒是少了呢。原来真的是心疼得到了一定程度之后，眼泪也会流干的。

将那把小巧的水果刀握在手心里的时候，房小牧不知道自己想做什么，只是坐在沙发上就随手拿起了水果刀。这还是跟杜凯去逛街的时候看到的，房小牧说喜欢刀把上雕刻的古拙的龙纹。杜凯说一把小刀子五十块钱，简直就是坑人，在房小牧的软磨硬泡下才不情愿地买了下来，一路上一直念叨买贵了买贵了。

房小牧想笑，想起那些日子，原来自己也曾经那样快乐，可是为什么幸福会一下子就没了呢？房小牧想不明白，就像她想不明白自己怎么会在不知不觉中就把刀刃放在了自己的胳膊上，看着点点的血渗出来，看着点点的血珠子连成了一条线，顺着手腕滴滴答答地落到地上，溅起点点的血花。

疼吗？好像不疼，只是看着那些血花越来越大、越来越多，房小牧恍惚，甚至有些害怕，自己到底在做什么呢？真想躺下来睡一觉，眼前的血迹，就像小时候院子里那几棵桃树上开满的绯色的桃花，风一吹它们就会纷纷扬扬落一地。

"门前大桥下，走过一群鸭，快点快点数一数……"突然，房间里想起杜悦奶声奶气的歌声，电话！房小牧一下子回过神来，被眼前大片大片的血渍惊呆了，自己在做什么，自己到底做了什么？如果自己死了，杜悦怎么办，那么小的孩子就没了妈？

"房小牧，你混蛋啊！"眼前已经开始模糊，房小牧伸手给了自己一巴掌，扯下沙发上的毛巾缠在手腕上，拿过手机。

"宋佳凝，我快死了，你赶紧过来！"

房小牧用手紧紧地掐住还在顺着毛巾往外滴血的胳膊，穿着拖鞋就往门外跑。这算什么，房小牧，你真可恶！这算什么，竟然会割腕，你真没出息，竟然会自杀。

房小牧不知道自己是怎么跑到马路上的，她不敢去拦车，一穿着睡衣拖鞋披头散发的女人，胳膊上还包着一块血淋淋的毛巾，不是遇到家暴就是抢劫，估计没几个司机敢停车。

宋佳凝到的时候，房小牧感觉自己已经要晕过去了，被她连拖带抱地弄进车里的时候，模模糊糊地听到了沐斯年的名字。

等房小牧彻底清醒的时候，眼前是一脸怒气的宋佳凝，房小牧怯怯地朝着宋佳凝笑了笑。

"房小牧，你有病啊！脑子进水了啊！你能想到自杀，我还真服了你了。要不是看你现在这样，我能扇你好几个大巴掌。有什么大不了的，过不下去就离。你折腾自己算什么？你死了，杜凯那王八蛋就会伤心啊？说不定你骨灰未寒，人家就另结新欢了。"宋佳凝劈头盖脸的一通骂让房小牧只能闭嘴，因为她知道，宋佳凝看她看的比谁都清楚。

"我只是不小心，只是不小心，以后不会了。"房小牧看着房门口，使劲朝着宋佳凝瞪眼，嘴里只是重复一句话。

宋佳凝一回头，看见沐斯年站在病房的门口。

"好了，好好躺着，我去给你拿药、缴费去。你呀，幸亏咱有熟人，先手术后交钱，好好躺着吧。"宋佳凝伸手给房小牧掖掖被角出去了。

"不好意思，斯年，我又给你添麻烦了。"房小牧笑着对沐斯年小声说。

"小牧，以后你小心点，要不房叔和阿姨会担心的。"沐斯年看着眼前的房小牧，缓缓地说。

"呵呵，斯年，你又不是不知道我，笨手笨脚的，本来想给杜悦做鸡翅呢，没想到会这样，给你添麻烦了，哎——嘶——"房小牧垂下眼帘，想把手放进被子里，不小心牵动了伤口，嘴里嘶嘶地吸着冷气。

"如果再深一点儿，静脉就断了。以后小心点儿，这样的活让杜凯干。"

"我只是不小心而已，以后不会了，我晕血呢。"房小牧故作轻松地对着沐斯年笑。

"小牧，你最好给杜凯打个电话，估计你得在医院待几天。"

"不要，还是不要了，杜凯这段时间很忙，我明天出院行不行？我周一要正常上班的。再就是，我妈那边，请你不要告诉他们。斯年，谢谢你！"

"房小牧，要让我给你打掩护到什么时候呢？有些事情是瞒不住的。"沐斯年眼底闪过一丝痛楚。

"我只是不想让他们担心。没事，只是不小心，一条小口子而已。"房小牧蹙着眉头笑着。

宋佳凝一边接电话一边走了进来，把手机递给了房小牧。

"房小牧，好好活着，我回去的时候要看到一个活蹦乱跳的房小牧。没什么大不了，对谁都可以不在乎，唯有对自己，不要委屈不要勉强，大不了离婚。记好了，我回去的时候要看到一个活蹦乱跳的房小牧！"隔着遥远的时空，房小牧都能感受到兮未话中的霸气和心疼。

原来，自己是有人心疼的，房小牧突然很想哭，一直以为，自己隐忍着所有，所有的一切都是应该的，杜凯的疼惜、杜凯的温柔就是生活的全部。一朵花，让她忘记了整个春天；一棵树，差点让她丢弃了整个森林。

"宋佳凝，我会好好的，我以后一定会好好的，为了我自己，我一定会好好的。"房小牧把脸埋在宋佳凝的怀里。

"是，我们一定会好好的，一定！"宋佳凝轻拍着房小牧的肩背。

三天后，房小牧出院了，生活继续，没有任何改变。

房小牧没有告诉杜凯，杜凯也主动忽视房小牧总是穿超长袖毛衫的怪异。偶尔会带回来几只橙子放在餐桌上。

房小牧结婚之前很喜欢吃橙子，只是现在橙子太贵了。

宋佳凝说，杜凯给她打过电话，那是她们俩从小竹轩醉酒之后的某一天。

正常上班，正常下班，正常吃饭，正常冷战，如所有的夫妻一样，开心了笑笑，不开心了就各行其是，或者是找一件让自己忙起来的事情去做，等着时间慢慢地淡化所有的大的小的各种各样的矛盾与琐碎。

那些甜言蜜语早就在最初的日子说完了，剩下的就是沉默了。半年之后，带杜悦去游泳的时候，杜凯突然发现房小牧胳膊上的疤痕，也仅仅是淡淡地说："以后小心点儿。"

除了那一道偶尔还会有些疼的伤疤外，一切都没有任何改变，但是仿佛又有些与以前不一样，房小牧说不出来，或许，这就是成熟。

有一次在家里跟刘琴烟包水饺的时候，房峥军盯着房小牧的胳膊半响，慢慢地说："丫头啊，你好好的，我和你妈也就好好的了。到了我们这个年龄也没什么盼头了，就是盼着你好好的。"一句话，让房小牧的眼泪哗啦地一下子就落了下来。

杜凯升职了。

一个月前，杜凯为悦达汽运设计了一款打车软件，试运营之后，短短一个月，营业额上升十三个百分点，他大受公司经理的青睐，这个月初就直接到了办公室运营部上班。

当杜凯又穿起西装、背起电脑包的时候，房小牧突然在杜凯的眼中看到了一丝陌生，那种感觉很奇怪。当杜凯出门看着房小牧笑的时候，她的心中竟然一凛，仿佛脊背上被一阵冷风刮过，有些刺骨的冷意。

第一个星期过后，杜凯回来，喝得有几分醉意，他歪着身子倚在卧室的门前看着半躺在床上哄着杜悦睡觉的房小牧，一直笑，一直笑到软软地倚着门坐在地上。

"杜凯，喝那么多酒做什么呢？"房小牧一边替他拿下电脑包，解领带，想替他把衣服换下来。

"房小牧，我爱你，我爱你，你知道吗？我爱你，房小牧！"杜凯突然一把把房小牧搂进怀里，在房小牧的脸上乱亲，浓重的酒气扑面而来，房小牧感觉自己想吐。

"好了，我知道。来，伸胳膊，换下衣服，我给你倒水，你洗漱一下上床睡觉。"房小牧一边从杜凯的怀里挣脱出来，想给他换衣服。

"你不知道，你什么都不知道，你不知道我这几年有多难受。房小牧，你恨我，我知道你恨我，你们全家都恨我。"杜凯突然伸手一把抓住房小牧的肩，直愣愣地盯着她的眼睛。

"好了，杜凯，不要闹了，我不恨你，谁都不恨你。来，睡觉，听话，明天咱都得上班。"房小牧忍着恶心，一点一点给杜凯换衣服、脱鞋子。

"房小牧你真虚伪啊！这几年你跟着我除了借债就是还债，你不后悔？你敢说你不后悔？我早就看透了，你，宋佳凝，你们所有的人，根本就看不起我。"杜凯伸手搬过房小牧的脸，捏着那尖削的下巴，断断续续地说。

"杜凯，你弄疼我了。"房小牧挣脱开来。

"你们看不起我，对不对？你不敢说，你不敢说，我就知道，你们真虚伪，你们这些所谓的城里人真虚伪。"

"好了，杜凯，没有人看不起你。咱睡觉，明天起来再说好不好？"

"不好，我没喝醉，我一点都没喝多，我清醒着呢。房小牧，以后你不准看不起我，我，我升职了，我会让你和杜悦过上好日子。但是，你不要再见沐斯年好不好？小牧。"杜凯突然抱住房小牧，把脸埋在房小牧的肩膀上，哽咽着说。

"杜凯，我跟斯年真的没有任何关系，就是从小一起长大的朋友。"房小牧轻轻地拍着杜凯的脊背，心里却是一阵阵悲凉，最终，他还是不相信我啊。

"房小牧，你还是舍不得他，对不对？你为什么不敢答应我不见他，你为什么舍不得他？"杜凯捧着房小牧的脸，大声地问。

"好了，杜凯，我为什么不见他，没有理由的，我们家那么多事要麻烦人家。杜凯你不要闹了，咱们不说了好不好？"

房小牧从杜凯的怀里挣脱出来,绞了一块毛巾,帮他擦拭着脸和手,顺手把换下的衣服扔在一边。

"房小牧,你不要对不起我!你不要对不起我啊!我会努力,我会让你和杜悦住上大房子,我会让你在宋佳凝面前抬起头来,我要让你幸福!"杜凯梦呓般地呢喃着,不一会儿发出了如雷的鼾声。

房小牧却再也睡不着。

杜凯说:"房小牧,你不要对不起我!"呵呵,原来杜凯一直都认为她房小牧会对不起他!一直都不相信她房小牧是一个干干净净的女人。生活,原来一直都在画着永远找不到出口的迷宫。要么你一直在迷宫里老老实实地待着,不要想着走出来,要么你就把这张画撕碎,然后重新画一张合心合意的路线图,一路走下去。但是生活无法重新开始,可以重新洗牌的游戏都不是生活,那是电影,那是小说,那是故事,唯独不是现实。

杜凯很忙,如出事之前那般的忙。在忙碌中,那些曾经丢失不见的自信也在一点一点地回归。

仿佛生活里开始有了如初的温暖,只是有些裂痕是不能修补的,如同房小牧胳膊上那条隐隐的疤痕,你看不见,不代表不存在,我的痛,如果不在你的心里,那你永远不会明白,就像我永远不会忘记。

二十九岁的房小牧,在某一个早上,突然发现自己眼角竟然有了一条细细的痕,老了,竟然就这样快地老了。岁月就是这样悄然无声地流走了女人最好的年华,男人风华正茂的时候,女人已经红颜渐老。

"宋佳凝,我老了!"

"房小牧，不要告诉我这些，我还没享受完我的青春呢，你就说老了。"宋佳凝隔着电话的声音带着一丝寂寥。

放下电话，发呆，愣神。

突然飘过来一阵焦煳味，小牧猛然想起厨房里炖着牛尾汤的锅，她冲进去，掀起锅盖，啊，已经熬干了！

深夜。

"妈妈，尿尿。"杜悦一边喃喃地说，一边扭动着小身体。

房小牧一激灵就醒过来，打开床头灯，顺手把床下的小尿盆拿上来，把光着小屁股的杜悦从被窝里拖出来。小家伙闭着眼睛，胖乎乎的小胳膊扶着房小牧的肩膀，站在床边哗啦啦地尿完，刺溜一下就钻回了热乎乎的被窝，还不忘在房小牧的腮边亲了一口。

房小牧打开走廊的灯，去洗手间倒尿盆，然后拧开水龙头洗手。深秋的水早已有些凉意，水花溅在脸上，房小牧不由得瑟缩了一下。

杜凯还没有回来，房小牧关上灯，一切都沉浸在黑暗之中。

杜悦那带着奶香味的呼吸声，细细嫩嫩的，让房小牧的心柔软而潮湿起来。

房小牧强迫自己闭上眼睛，却没有一点儿睡意，只好半倚着被子透过窗帘的缝隙看着外面的黑夜。秋天的风，在暗夜里放开了胆子，肆意地吹着。

唉，这孩子，就是嘴甜会哄人。房小牧知道，自己的嘴角是不由自主地翘起来的。杜悦虽然还不到四岁，但是却比一般孩子早熟得多。他跟着房小牧去农贸市场买菜，就知道用小手提着方便兜,他说:"你是女人,我是男人,男人得知道心疼女人。"

房小牧听着笑得弯了腰,但是笑着笑着却感到脸上一阵潮湿,房小牧的铠甲在杜悦的一句话中碎成一地齑粉。如果不是杜悦提醒,那么多年来她已经忘记自己是个女人了。女人的胆小,女人的娇嗔,女人的委屈,女人该有的小性子,早已离她而去了,那些曾经的纯真、娇俏,都被婚姻的大门牢牢地给锁在围城外面。

从杜凯一次次出差跑业务?好像不是。

从杜凯彻夜地陪客户应酬?好像也不是。

从杜凯的融资失败?好像是,又好像不是。

从杜凯一次次喝得酩酊大醉,房小牧拖着疲惫的身体连滚带爬地从一楼把他拖到五楼?好像是,又好像不是。

还是从杜凯一次次喝醉之后指着房小牧的鼻子说:"都是你,你对不起我,你看不起我,你们全家都看不起我。"

一次次,房小牧的心开始流血,又慢慢愈合,直到变成坚硬的老茧,心中的痛好像愈来愈轻,最后麻木。房小牧自己硬生生地从记忆中把那些不堪回首的日子血淋淋地挖出来,扔得远远的,因为只要看见,哪怕只是一丝的痕迹,也会再次痛彻心扉。那种刻骨铭心的痛,那种把心挖出来的痛,会在梦的深处跟着她一辈子,她害怕,真的害怕。

一个人,守着一座空空的房子,听着自己的喘息声被黑暗逐渐地放大放大,直到充斥了整个的空间,就像小时候孤单地迷失在自己的梦里,被怪兽追赶,被看不见的手抓住,被从高高的悬崖抛进无底的深渊,每一次都是那么痛,痛得找不到出口。

房小牧害怕孤单，害怕黑夜，害怕寂寞，害怕没有人的房子，但是杜凯不知道，他说很忙。男人很忙，可以彻夜不归，可以忘记这个叫家的房子和一个可以称为妻子的女人。

很长一段时间，房小牧怀疑自己是在做梦，醒来还是那个在妈妈怀里撒娇的孩子，还是那个可以摇着杜凯的胳膊说我想吃排骨的女孩子。但是这个梦真长啊，长得让房小牧迷失了方向。如果说婚姻是找一个相守、一个可以拥抱着取暖的人，那么此刻，那个可以拥抱的人走着走着就走丢了，回头一看，不知道什么时候这条路上只剩下自己一个人和回忆。房小牧疯狂地在黑夜里流浪，在一所空荡荡的房子里流浪，直到走得疲惫不堪，才会把自己放在那张冰冷的床上。

直到杜悦的出现，她孤单的心才逐渐寻到一丝温暖，那是来自身体内部的温暖。就像一个人在寒夜里行走，用自己口中呵出的一丝温暖安慰那颗恐惧寂寞的心。

窗子被风吹开了，房小牧起身关上窗子，楼下的路灯一直亮着，但是没有杜凯的影子。

她睡不着，索性拉开窗帘，在杜悦的身边躺下。月光很好，可以清楚地看到身边这个眉清目秀的小孩子的五官已经开始和杜凯有几分相似了，小男孩的帅气逐渐代替了女孩似的清秀。

日子真快，结婚已经六年了。

4. 宋佳凝说，他回来了

"房小牧，他回来了！"宋佳凝的声音里带着几分恍惚。

"谁回来了？"房小牧心头突地一跳，猛然一惊，是他！电话差点儿掉到地上。房小牧用肩膀夹着电话，快速地把这个月的出货单和订单分类装订好，等会儿给业务部送过去。

"他？！"稍作停顿，房小牧问道。

"是。下午我接你吧，面谈。"宋佳凝迟疑了片刻，说道。

宋佳凝已经挂断了电话。桌子上的订单瞬间又占据了房小牧的全部精力。下午，就知道一切了，宋佳凝一向是沉稳的。房小牧现在恨不能把自己分成八瓣儿来用。虽然薪水翻了一番，但是工作量是以前的几倍。挂了个财务部主任的名，但是下面却仅有一个员工，还是与自己共事多年的丁大姐，所以大部分工作基本就是房小牧自己全权负责了。

忙完手头的工作，才腾出时间给杜凯打了个电话，告诉他下班后不要去接杜悦了，让他在妈那边住下，明天直接上学。今晚自己有事，要晚一点儿回去。杜凯那边人声嘈杂，只听杜凯嗯嗯了几声就挂断了。

还有半小时才下班，闲下来的房小牧猛然感觉心里空得难受,像饥饿的感觉,又不像,只是空得难受,一阵酸涩的胃液涌了上来,她端起杯子喝了一口凉透了的水,感到好受了一点儿。窗外的天乌昏昏的,好像要下雨了。

下面有车喇叭响了,房小牧从窗子里看到是宋佳凝那辆红色马自达,赶紧收拾东西往楼下走。电话都不打了,说明这家伙的心情是坏透了。

"房小牧,他回来了!"宋佳凝苍白着脸,抓着方向盘的手由于用力,骨节成青白色。

"宋佳凝,你哭吧!"房小牧轻轻把宋佳凝揽在怀里。

"他早就回来了。"宋佳凝笑着推开房小牧,"只是,我太傻。"宋佳凝用力抓着方向盘上的手猛然松开,在房小牧的肩膀上拍了一把,笑着说,"房小牧,当一个男人开始告诉你他那无爱的婚姻如何不幸的时候,一张网就已经张开了,只是当年的我却把自己当成救世主,要去拯救一个陷在不幸的婚姻中的纯情男子……呵呵,我傻不傻?今天我就带你去看看被我拯救的人。"宋佳凝猛然发动了车子,红色马自达如同一团火焰,燃烧在这个阴霾的天气里。

"房小牧,当年你问我,我如何都不肯告诉你,我知道你心里一直埋怨我,而当年的我一直在为自己保存着一份纯真的感情而自豪,现在转过头去看看,自己只是被人家当作一件生活之外的调味品,而且是廉价的,只是隔了这样多的日子,我才明白。自己的所谓真情才是真的自以为是、自作多情,我没有拯救谁,只不过是一个不小心被别人当成一个傻瓜耍了而已。"宋佳凝轻轻地说,每一个字都很慢地很慢从唇齿间吐出来。

房小牧听得心里一阵一阵地绞痛,宋佳凝越难过的时候越会把话说得轻描淡写。

深秋的银杏树落了一地金黄。

宋佳凝把自己坐成了雕像，除了还有轻微的呼吸。她摇下一半车窗，嘴角含着一丝古怪的笑容。左岸咖啡就在对面的小广场上，雕花的门微微一动，打开，走出一个穿着浅灰色风衣的男子。

男子在门外张望，不时地抬起手腕看表，颀长消瘦的身材如同一竿修竹。

"是他？"房小牧沉默片刻。

天色渐暗，宋佳凝一动不动看着那个男子，下唇被上齿咬出了深深的痕，渗出点点的血渍。

"咦，怎么是沐斯年？"房小牧猛然惊呼起来，不知道什么时候，浅灰色风衣男子身畔停下一辆灰色奔驰，摇下的车窗里是一张熟悉的脸，跟那个男子说话，他们看上去好像很熟悉。

"咦，他们认识？"房小牧一把推开车门就冲了过去。

停车回来的沐斯年猛然看见走到面前的女子，不由得站住，程默一回来就要找宋佳凝，没想到竟然在这里就遇上了。沐斯年暗暗吸了一口气。

"小牧，你怎么在这里？"

"斯年，你们认识？"房小牧脸朝着沐斯年，眼睛却盯着风衣男子——确实有几分帅气，只是眉宇间有着一种极不相称的阴郁。

"小牧，他是我的大学同学程默。"

"你好！"程默笑着向房小牧伸出手来。

"你是程默？"房小牧没有伸手，而是倒退一步，与刚从车里出来的宋佳凝紧紧地站在一起。

"程默,这个世界真小。"宋佳凝平静地看着眼前的男子,浅浅地微笑。

房小牧知道,宋佳凝紧紧抓着自己手腕的手指在发抖,甚至,她的全身都在控制不住地轻微地颤抖。

"佳凝。"程默愕然地看着眼前的女子,美丽,全身散发着一种冷冽的美丽,少了几分当年的青涩与热情。

六年,隔了六年,再见,却是物是人非。

"我看,我们进去说吧,我和程默约好了在这里见面,进去聊。"沐斯年轻轻地拉了拉房小牧的衣袖打圆场,当年那场变故,他比谁都明白。

"啪!"一声脆响,房小牧突然扇了程默一耳光,愣了一愣。"佳凝,我们走!"房小牧伸手拽住宋佳凝——宋佳凝的手如寒冰一般冰冷。

沐斯年一把拉住房小牧,他没想到小时候连只蜻蜓都不敢动的房小牧会动手打人。

"该来的躲不过,何况,我们一直在找,对吗,程默?"宋佳凝拉住房小牧,把自己的胳膊搭在房小牧的肩膀上,她知道,自己是在寻一个依靠。

下午三点,整个咖啡馆没几个人,昏黄的灯光,怀旧的音乐,适合重逢。

多少次午夜梦回,宋佳凝以为,当这个男人再次出现在自己面前的时候,她会恨他、会骂她,甚至会扇他一耳光,会如同一个泼妇一样去打他,问他为何偷偷溜走,向他讨回当年他一走了之后欠下的债——欠她宋佳凝、欠那个未曾来到这个世上就消失的孩子的债,不然难解心头之恨。

然而当这个男人真的坐在自己的眼前，心头却只有隐隐的痛，毫无臆想中的肝肠寸断和悲愤，甚至连愤怒都算不上。一眼看去，那熟悉的眉眼，那说话的口吻，都把时光带回了昨日。

"程默，你去了哪里？"宋佳凝的声音里笼着一种说不出的清冽，这几个字落在地上，砸出一地看不见的伤痕。

"在国外待了一年半，然后回来在南京那边做事，刚调到这边，其实……"程默突然抬起手，覆在宋佳凝的手上，艰难地说，"我回来找你，他们说你结婚了。"

"找我？呵呵，现在，我单身！"宋佳凝猛地把手抽了回去，胳膊肘碰到了身后的米兰，几枚叶子簌簌地落下来。左岸的灯光是昏黄陈旧的，宋佳凝清瘦的侧脸隐在明灭晦暗里，长长的睫毛轻轻地颤动着，覆在那双黑沉沉的眼睛上。

"好！"半响，程默深深地吐出一个字，仿佛用尽了所有的力气。

"我以为我会恨你。真的，可是，当你坐在我面前，我发现，不恨，一切都跟做了一个梦一样。其实，程默，我真希望从没有认识你，从来不曾爱上你。"宋佳凝突然轻轻地笑了一下，如平静的水面泛起点点波澜，恰好，程默就是那个看水的人。

"我们可以重新开始！"程默抬起头，盯着宋佳凝，一字一顿地说。

"重新开始"，宋佳凝微微一笑。这四个何其重，那一段记忆都从这四个字中复活，鲜艳明媚的背后是血淋淋的痛。这四个字又何其轻，仿佛翻书一般，轻轻一捻，几年的时光都在这四个字里一笔勾销，翻过，可能吗？那一场场夜半的疼痛，那手术台上的恐惧，都可以简单地一笔带过吗？

所有的爱恨，可以重新来过吗？

咖啡的香气朦胧了眼前的人。时光真是一剂良药，那些撕心裂肺竟然都被抹平了，那些浓烈的恨也根本没有自己想的那样，两个人安静得仿佛一对老友重逢。

房小牧与沐斯年远远地看着两个人相对而坐。

"你和他认识？"

"大学同学。"

"房小牧，你竟然会动手打人，呵呵，刷新了我对你的认识。"沐斯年端过一杯奶茶放在桌子上。

"佳凝为他打掉了一个孩子！"

"孩子？"沐斯年一愣，当年程默走的时候，只说辜负了一个人，身不由己。

"嗯！如果不是他，佳凝不会跟那个秃头海归结婚。如果不是他不辞而别，佳凝也不会离婚。"房小牧垂下头抚摸着手腕上的疤痕。

"宋佳凝离婚了？"

"嗯，不久前。"

莫名的尴尬，两人沉默。

远远看去，并没有房小牧担心的大哭、愤怒，甚至，她还在宋佳凝的眉梢眼角看见一闪而过的笑意，如同春雪，稍纵即逝。

当程默把手覆在宋佳凝的手上的时候，房小牧不由自主地骂了一句。

看着沐斯年略带玩味的眼神，房小牧淡淡地笑了笑说："我现在就是一中年妇女，呵呵！"

"挺好！"沐斯年突然朝房小牧微微一笑。心里突然就踏实了，是的，这才是被生活打磨掉那些细致娇嫩的纹理之后的房小牧，虽然看似粗粝一些，却更坚忍，足以走好每一步了。

如果，如果一切可以重来，好像就没有这么多的后悔与无奈。

如果，就是一个冷笑话。

"房小牧，你不要笑我，我原来一直都没有忘记他，我爱他，超出我想象的爱，但是，我也恨他。"从左岸出来，宋佳凝突然趴在方向盘上，抽搐着，一阵一阵地干呕。房小牧把宋佳凝紧紧地搂抱在怀里，拍打着她的肩背。爱与恨可以并存吗？爱恨是共生还是相悖？我们都在自己看不清的纠葛中摸索吗？

房小牧深深地叹了一口气，果断、明白如宋佳凝，遇上一个情字，也难以挣脱。其实，自己何尝不是在挣扎？两个人的爱日渐粗粝，渐渐地在婚姻里变成了一种隐痛。爱，为何却无温暖；恨，为何却不敢转身？

5. 男人的爱靠不住

还没下班，房小牧就接到刘琴烟的电话，说下周要交钥匙了，抽空和杜凯去看看吧，装修公司也得找了；杜凯把杜悦接回去了，她就不用再跑一趟了。

电瓶车没多少电了，房小牧费劲地蹬着车，家中没有什么菜了，可以从门口的超市买西蓝花和排骨。杜悦长得快，总喊着腿疼，医生说有点儿缺钙。这小家伙嘴巴也刁，拒绝吃钙片，说幼儿园老师说了，吃排骨吃肉肉就行。

从菜市场出来，车把上挂着一兜子排骨和一条草鱼。卖鱼的张姐的孩子和杜悦一般大，年初查出得了白血病。上个月他开出租的老公又出了车祸，在家里躺着，家就靠她一个人撑着。张姐做生意实在，鱼也新鲜，每次她都会给顾客剖腹刮鳞，收拾干净。

家家有本难念的经。房小牧微微叹了一口气，骑上车子往家走。

电瓶车买了快三年了，上下班、送孩子都得用，风里来雨里去，中间还在路边被洒水车灌了两次水，电瓶也不大行了，就这几步路，也得天天充电。换车太贵，若是换电瓶也得好几百。又想到明天得去充天然气，杜悦的保险也得去交了，洗手间的花洒漏水，需要更换，工作最近也紧张得很，一件一件琐事就这样把日子塞得满满的。

到了半路，电瓶车没电了，彻底罢工。

这周末一定得去换电瓶了，不然早上迟到，一个月的考勤奖就没了。房小牧费力地蹬车，想起杜悦那张胖嘟嘟的小脸，甜蜜蜜地叫妈妈，不由得在嘴角挂了一丝笑意。

"妈妈，今天不是姥姥接，是爸爸接悦悦回来的。"刚打开门，坐在地上的杜悦就把手中的玩具一扔，柔软的小身子便如同小火车头般冲到了怀里，脸腮在房小牧的怀里蹭来蹭去，屋子里弥散着一股浓郁的香味儿，那是久违的糖醋小排的味儿。房小牧抱着杜悦坐在沙发上，竟然有一点点感动，这才是家的味道。

"妈妈，今天爸爸把我扛在肩膀上坐高高，好幸福！"杜悦半眯着小眼靠在房小牧的怀里。

"悦悦，你知道什么是幸福呀？和妈妈洗手去，一会儿咱们吃大餐。"杜凯从厨房里探出头来，笑眯眯地看着杜悦和房小牧。

房小牧换下衣服，靠在厨房门口。杜凯穿着一件灰色毛衫，扎着花围裙在切着莲生菜，锅里的糖醋小排在收汁，电饭煲焖着米饭。

这件灰色毛衫还是结婚的时候房小牧买给杜凯的，穿得日子久了，袖口已经有轻微的脱线，肩膀的位置也松懈了，有几个米粒儿大小的洞洞，胳膊肘上还有一块淡淡的污渍，背上磨损得厉害，还大面积地起了毛球。

杜凯瘦了，毛衫松垮垮地套在身上，衬衫的领子也软沓沓的，没什么型了。这几年，杜凯和她都没买过衣服，除了单位发的工装,基本没有在服装上支出,幸亏两个人多年来体重没有什么大的变化。

"杜凯!"

"嗯?"

"杜凯!"

"嗯?!"杜凯突然觉得腰上一紧,房小牧的胳膊环在了腰上,额头抵上杜凯的肩背。

"你瘦了!"房小牧感觉自己的心在一点一点地变软,如同浸泡在温水中的棉花糖,融化了。

"公司完成了一软件的测试,今天下班早。杜悦说好久没吃排骨了,我接他时顺路买菜回来了。"杜凯腾出手轻轻地抚摸着房小牧的手,那纤细的食指和中指之间已经有了硬硬的一层老茧。

"妈妈,还有我,我也要抱抱!"杜悦一溜小跑过来从后面抱住房小牧的大腿。

房小牧把排骨剔下来的肉放到杜悦的小碗里,小家伙夸张地大声咀嚼着,说爸爸做的排骨比幼儿园老师做得好吃多了,连平时在姥姥家不爱吃的青菜都吃了不少。这个敏感的孩子,在用自己的方式讨好着父母。房小牧突然有一点点的心酸,孩子其实什么都懂,甚至比大人还要敏感得多,一丝风吹草动都足以让孩子那颗小心脏端着十二分的小心。

"小牧,多吃点儿,杜悦够你累的。"杜凯夹了排骨放在小牧的碗里,还不忘记把上面的葱丝都挑出来吃掉。

"杜凯,我妈说房子下周交钥匙,我们去看看吧。"房小牧说得轻描淡写。

"好,下周我都有时间,咱带着杜悦一起去。"杜凯迅速地答应着。房小牧不由得一愣,很多次,都是房小牧与宋佳凝去看未完工的房子,杜凯总是忙。

"吃吧,愣什么呢?"杜凯突然笑着在房小牧的头上轻轻地敲了一记,杜悦在一旁嘻嘻地笑了。

一层薄薄的雾气迅速朦胧在眸子里,房小牧赶紧拿起碗去厨房添饭,偷偷回头,却看见杜凯正在笑着注视着自己。

房小牧陪着杜悦睡下之后,翻看着带回来的资料,门突然被推开一道缝,杜凯似笑非笑地看着她,招了招手。

"还不睡?"房小牧把门带上,薄棉的睡衣抵挡不出深秋的寒意,房小牧抱紧了双臂。

"嗯,小牧。"杜凯突然靠过来,把房小牧拥在怀里,把下巴搁在那柔软的发上摸索着。

"好了,不早了,睡吧。"房小牧轻轻地拍着杜凯的脊背,杜凯真瘦啊,肩胛骨都能硌得手疼。

杜凯的唇在房小牧的耳边游移,手也从睡衣下面悄悄爬上来,细嫩的肌肤让杜凯的呼吸变得急促起来。

房小牧在复活,那些压抑许久的爱在杜凯温柔的指尖下一点一点地温润、饱满,变得柔软,变得潮湿,开成了一朵鲜嫩的花儿。

杜凯的亲吻细腻,爱辗转在四片薄薄嫩嫩的唇上,原来亲吻的感觉这样好,这两年,竟然都忘记了。房小牧不由得发出猫儿样的娇嫩的叫声,杜凯抬头看了一眼杜悦的房间,房小牧羞红的脸蛋儿就埋在了他的怀里,轻轻地用小牙齿啃啮着他的胸口。

两人蜷缩在客厅的单人床上,杜凯把温柔的女人圈在怀里。房小牧细细的呼吸声在暗夜里格外绵长,借着窗帘透过的月光,他撑起身子看着沉睡的房小牧,她的嘴角还挂着一丝婴儿般的笑意。

杜凯轻轻地叹了一口气,下午接到杜天明的电话,说这几天要过来,没说什么原因。不过杜凯知道,没有事杜天明不会来,既然来,那就不可能没事。

早上的西红柿鸡蛋面,杜悦也吃得满口香甜,并且不像往日那样要房小牧一口一口去喂。吃完之后,早早地背着小书包在门口等着,开心地说:"爸爸妈妈送悦悦上幼儿园,我要坐爸爸的车。我要告诉丹丹,我爸爸是飞车侠。"

站在幼儿园门口,杜悦大声地跟值班的老师说:"今天我爸爸妈妈一起送我上幼儿园。"房小牧看着那个小人儿挥着小手背着书包走进了幼儿园,忍不住笑了。

杜凯给房小牧带上头盔,顺手把细碎的头发往耳后一顺,房小牧竟然在杜凯的注视下,脸微微发烫,那种初恋的感觉猛然袭来。

女人是一种感性的动物,这一刻,房小牧坐在杜凯的摩托车后面,紧紧地靠在杜凯的后背上,在心底里默默念着:"这个男人是爱自己的,自己也是爱他的,所有的艰难不是都一起走过来了吗?下周就可以拿到钥匙,看好的家具也可以一点一点地搬到自己的小家,简装房,装个马桶,买点家具就能直接入住,装修费又可以省下了,没甲醛,还环保,日子一天一天在朝着美好幸福前进。"

下车后,房小牧甚至想在杜凯的腮边轻吻一下。

自己的房子,虽然是爸妈用了一辈子的积蓄换来的,但总是自己的房子了。在握着钥匙打开门的瞬间,房小牧就不停地笑,杜悦在房间里跑来跑去,撒着欢儿地叫着笑着。

雪白的墙壁，雪白的地板，新的，一切都是崭新的，看这个一切都是新崭崭的家，房小牧的小心坎儿里都是轻盈得想要飞起来的喜悦。

第一次买的房是老房子，住了一年多就卖掉，确切说对它没有多深厚的感情。租来的房子更是无法与这个相比，那就是个能容身的窝。这才是真真正正属于自己的家，自己愿意怎么打扮就怎么打扮，房小牧喜滋滋地摸摸窗台是不是平整，敲敲防盗门是不是结实。宋佳凝笑着说："傻不傻，房小牧，又不是第一次买房，怎么还跟刘姥姥进大观园儿似的了。"

房小牧一本正经地说："以前那旧房子就跟二婚三婚似的，现在这个才是新媳妇呢，咋看咋顺眼，我一定得好好打扮打扮她，不风华绝代也得倾国倾城。"

宋佳凝笑得捂着肚子指着房小牧："真酸，还倾国倾城呢，一色素白的雪洞儿似的。对了，兮眛最近可能要回国了。"

"也该回来了，再不回来我都快忘了她长啥样了。"房小牧突然发现，兮眛从她的生活中消失已经五年了。五年会改变很多东西，比如爱情的模样，也会让很多东西根深蒂固，愈加深厚，比如友情。

遗憾的是杜凯又加班了，本来说好了，今天看了房子，下周就去把预先看好的家具确定下尺寸，谁知道昨晚又说要加班，新款打车软件升级，他现在可是公司离不开的专业人才，最关键是加班费又涨了一百多。房小牧早上眯着眼一个劲儿地说："去吧去吧，这加一天班儿一把餐椅就有了。"

"妞儿，我准备回来了，接驾吧！"兮眛的声音自带女王范儿。

"兮耒，我要有新房子了，你回来咱仨就能抵足而眠、秉烛夜谈了。"房小牧想起大学时，三个人挤在一张床上彻夜不眠地拉呱儿、看小说，想起兮耒的侧踢把体育系的男生征服的帅气，想起兮耒抱着奖杯站在台上傲娇地翘着薄薄的唇笑。

回来，真好，仿佛时光也是可以倒流的。

"妞儿，知道你要搬家了，所以呢，给你准备了一红包，一会儿去瞅瞅你的建行卡。"

"兮耒，不用，我的钱够的……"房小牧还未说完，就被兮耒打断了："别跟我推辞，房小牧，这不是给你的，我这是放长线钓大鱼，我回国后吃喝拉撒都得指望你呢，这就当我预付的生活费。跟你说小牧，这几年我可是不好养的哦，所以你得弄得舒坦点，OK，就这样。"

不一会儿手机提示，收到三万元转账汇款。房小牧盯着那一串数字，瞬间就被逼出了眼泪。

"亲爱的，这妞发了，别心疼她钱，她卖一幅画就够咱俩忙活半拉月的。下午咱去看沙发，说好的，咱买上次看好的，要跟我家那个一样一样的。"宋佳凝娇滴滴地靠在小牧的肩膀上，女人比男人可靠。

搬家，忙忙碌碌，最后把电视机搬到家里安放好之后，房小牧累瘫在沙发上，却止不住地傻笑。地上大包小包的包裹，虽然还未各就各位，但是也有一种充实而饱满的热情，一切都是热情洋溢的，在杂乱中开心着。

同事都说，小牧这张脸兜不住漏下的那点笑容都够前几年攒吧攒吧摞在一块的了。甚至每天下班蹬着快没电的电瓶车去接杜悦，她都能开心地哼唱着自己编的歌儿。杜悦说："妈妈变漂亮了，眼睛总是弯弯的，真好看！"

刘琴烟也抽时间来给小牧安置衣服被褥，房小牧抱着刘琴烟的肩膀撒娇地说："妈妈，你看，不搬家你都不知道你闺女有这样多的东西吧，这是我这几年攒下来的财富。"

"还财富，就这点子破锅烂瓢，你们这次搬家杜悦他爷爷奶奶帮你们多少？"刘琴烟分门别类地安排衣服，漫不经心地问。

"妈，你又来了！"

"你这孩子没脑子，以后我和你爸也帮不上多少了，你得自己长点儿心了。"刘琴烟叹了口气，"房产证上写你的名字，这是我和你爸爸赠予你的财产。小牧，别怨妈妈说话难听，这几年过来了，有些事啊也就明白了。"

"妈，我们以后会好好的，不吵架，不折腾，好好孝敬你跟我爸。"房小牧从后面搂住妈妈的腰身，把脸靠在妈的肩膀上，"妈，你得染头发了，后面有白头发了。"

"不染咯，老了，白得多了，就不染了。"这两年刘琴烟老得很快。以前保养得当，脸上没有一丝皱纹，头发也是半年做一次发型，绝对是中老年妇女典雅端庄的典范。可就是这两三年，确实老了，那种苍老是眼睛看得见的，一日一日，一月一月，就在琐碎的日子里迅速苍老，让人心疼。

她总想着给你最好的，给你铺好了路、架好桥，还要走过去试试能不能安稳，才会把手伸给你，把你牵过去，哪怕自己再累再苦也会咬着牙忍着痛给你一张笑脸，这就是亲妈。

新家新生活，房小牧以为一切过往都已经画上了句号，剩下的日子就是一片光明，却从没想过会在一片看似前途无限的光明中绝望透顶。

周日，杜悦不用上幼儿园，所以起床时间自动延迟，没想到他们却被一阵疾如暴雨的敲门声惊醒。

"这谁呀,大早上的?好容易睡个懒觉呢!"房小牧嘟囔着要起身,杜凯猛然坐起来带着一丝慌乱说:"我去。"

随后,就听着杜凯压低着嗓门说话。

房小牧穿上毛衣毛裤从卧室出来,整个人惊呆了。

杜天明腋下夹着黑皮包,一脸疲惫地坐在门口的地上,屁股底下是一摞不知道从哪里拽来的旧报纸。

"爸,你怎么来了,怎么不打个电话啊?"杜凯听见小牧的脚步声,提高了声音问。

"我来我儿子家,我来看孙子,还要提前写请示打报告?"

"爸,你不是说过几天吗?"杜凯吃惊地看着杜天明。

"这个家你说了算还是我说了算?我是你老子!"杜天明的手指差点儿戳到杜凯的鼻梁上。

"杜凯,先让爸先进来!"房小牧偷偷一扯杜凯的衣袖,"爸爸,这一大早的,你也没吃饭,你先去洗脸,我去买早点。"

房小牧端着豆浆锅在琢磨,杜天明的突然到来绝对不是没事闲得来看孙子,突然想起杜凯在门口刻意地压着嗓门说话,还有那仓皇的眼神,绝对有事,不行,得给宋佳凝打个电话。

用三言两语说清楚一大早杜天明的来访和自己的疑惑,房小牧等着宋佳凝的分析。片刻之后宋佳凝严肃地说:"房小牧,你听着,你家的房产证写的是你的名字,这是叔叔和阿姨搭上养老的钱给你换来的房。还有你家的存折,赶紧打包,先送阿姨那儿。你手里现金不要超过一百块钱,晚上回去买菜就跟杜凯要钱,杜凯若是问你,就是俩字,没钱!"

吃完早餐之后，杜天明在沙发上逗着杜悦，一会儿亲一会儿抱，逗得小孩子咯咯地笑。房小牧借口单位要开会，在卧室里悄悄拿了房产证和存折装一小包里，准备放到刘琴烟那儿。她牢牢地记住宋佳凝的话，这是她的全部家当，这是用老爸老妈的养老钱换来的，谁要是敢动，她房小牧就敢跟他拼命。

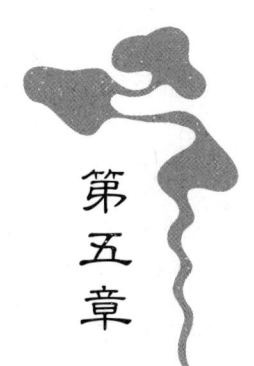

第五章　爱情可以做筹码，婚姻也可以交换

1. 我们都有抑郁症

杜天明是来躲债的。

当杜凯在卧室里吭哧了半天把杜天明到来的缘由说清楚的时候，房小牧都想笑，真的想隔着电话给宋佳凝竖个大拇指——真是神机妙算！

老天爷不喜欢看天下太平，所以几日的安稳之后，绝对要给你折腾出一朵花。房小牧咬着牙看着杜凯，原来那几天的温存就是为了给这档子事铺垫，先给个甜枣儿，再给一巴掌。

她想吐，想起那几日杜凯的笑脸，真膈应人。

房小牧冷静地看着杜凯，看他到底能说出什么传奇的神话。

杜天明退休之后，天天在大街上下棋，慢慢地结交了一帮棋友。其中有一个是什么小企业的厂长，走南闯北练就了三寸不烂之舌，硬生生把那就要倒闭、半年发不出工资的小厂子说成了即将上市的明星企业。他看着杜天明是豪爽的性情中人，就一口一个大哥地叫成了一奶同胞。去年秋天他跟杜天明说，周转不灵，货款不到位，看着大哥在镇子上是呼风唤雨的能人，能不能帮他一把，就十五万，用三个月，利息是银行的好几倍。几杯酒下去，杜天明就拍着胸脯子答应了，不但拿出了自己家底的五万块，还给他做保人从银行贷了十万块。

第一个月的利息顺利到位，拿着一摞崭新的钞票，杜天明着实气派了几天，喝茶都不用那个用了好几年的玻璃饮料瓶了，换成了从超市买的八块钱一个的大瓷杯；泡的也不是大街上二十块钱一大包的高末儿了，改成香喷喷的碧螺春了。

第二个月利息没到账，他说下个月一块儿给。到了下个月，没消息，杜天明等了一个星期，觉得心里发虚，赶紧去那明星企业，却发现只有铁将军把门，顺着门缝往里一看，瘸腿的桌子半拉的椅子，满地的废纸，墙角旮旯里蹲着一被砸破了一半儿的电脑显示器。

看门的老头儿说，老板早跑了，能抢的都给人抢走了，来要钱的天天好几拨儿呢。现在就剩他一看大门的老头儿了，欠了一年多工资了，银行里欠了贷款好几百万，这不水电都给断了，好歹卖点儿破烂维持着吃饭。

在电话里小老板说是自己遭同行排挤，被骗子诈骗，如今在外地追货款，所以大哥一定要放心，一旦自己周转过来就会连本带利地补偿，绝对不会让大哥吃亏的，要是连大哥都坑，那还是人不？那就不是人了，畜生都不如呢。听着小老板在电话里赌咒发誓，声泪俱下，杜天明再次做了仗义疏财的及时雨，还在梦想着几个月之后连本带利地收回来。

在杜天明无数次拨打小老板的电话被提示用户无法接通到最后提示是空号之前，他是不相信自己被骗的，但是事实胜过雄辩，银行的催款通知下达，粉碎了杜天明的梦境：他，被骗了！

杜天明干了一辈子，拿到手的退休金不过两千大几，抽点儿烟喝点儿小酒打两把牌，也剩不下多少，这次不但自己的五万块打了水漂,还背上来巨债,被银行一趟一趟地催款,大门上被贴了法院的传票,让他颜面尽失,天天在家对着张素华那一泡眼泪,终于受不了了,来这边躲几日再想办法。

"杜凯,你就编吧,我说这几天怎么会对我好,原来一切都是有条件的,你爸早就打过电话,杜凯,你敢说没有?"

"小牧,我对你好与这个没有关系,真的,只是我爸的事咱也得管。我爸他要面子一辈子,不是实在过不去不会来找我们想法子。"

"要面子就不该贪便宜,这世上就没有白吃的午餐,三岁的孩子都知道不能吃陌生人的糖,你爸在办公室待了一辈子连这都不知道?"

"小牧,咱手里还有多少钱?"

"没钱!"

"你不是上个月的奖金还没动?我可以从公司预支一部分。"

"呵呵,杜悦的幼儿园学费、保险都不需要钱?我们一日三餐不需要钱?刚刚搬家买的家具不是钱?哪一件不是从那点儿奖金里出?"

"他是我爸,我不能看着他熬成这样,在外面躲了三天,不敢回家,然后跑咱这儿来,我能不管?"

"你怎么管?你有钱可以给他还债,问题是你没钱,我也没钱。我们第一次买房子,我爸妈那边的十五万从来就没有提过,现在用养老的本钱给我们换套房子,我们不能装迷糊,更张不开那个嘴。"

"小牧,你小声点儿,小声点儿,家丑不可外扬,咱俩这不是商量吗?实在不行你去问问宋佳凝?当年我们也帮过她。"

"你还好意思提佳凝，我们前几年租房子的钱，我们搬家的家具的钱，哪里来的？宋佳凝的钱也不天上掉下来的。当年你签的字，就是书法家的，也早够那个好几倍的了。兮朱你不用想，前几天买家具的三万就是她给的，这都是我们欠下的，早晚也要还，感情归感情，钱不能不还！"

"房小牧，你什么时候变得这样俗不可耐，除了钱就是钱，你眼里只有钱。"

"呵呵，杜凯，这时候嫌我俗不可耐，买房子我父母拿出老本儿的时候你怎么不说？我只知道没有钱，我的儿子上不了幼儿园。你爸爸大老远跑来不也是为了钱，你现在不是还在跟我要钱？好啊，我眼里没钱，手里也没钱，你可以让你爸立刻回家，随便银行要杀要剐。"大学的中文底子加上这几年的生活磨砺让房小牧越发的伶牙俐齿，说得酣畅淋漓。

"房小牧，我要是再用你一分钱，我就不姓杜！"杜凯眼睛慢慢地充血，泛红。

"对，你就这样去对你爸爸说，我们没有钱，一分钱也没有，不仅没有还欠着一屁股债。好，这个问题到此为止，我要休息，明天我还得去上班，要去给我儿子赚奶粉钱。我希望明天下午回来，一切问题都解决了。"

"今晚杜悦跟我睡，你睡沙发。"房小牧把被套直接扔杜凯身上，今晚分床。

那个温柔听话、乖巧的房小牧自此成为历史。人，都会变。女人温柔，为母则刚，房小牧在自己的家庭保卫战中日益英勇。

下午回来之后，家里静悄悄的，灯火通明。

"杜凯，杜悦？"

"妈妈！"随着惊天动地的一声喊，杜悦从卧室里冲出来扑进房小牧的怀里。透过敞开的卧室门，房小牧看到一地花花绿绿的小食品。房小牧皱了皱眉头，杜悦眼珠儿一转，踮着脚尖站在沙发上搂住房小牧的脖子说："妈妈，今天爷爷去幼儿园接我，这些不是我要的，这都是爷爷买来的，说小孩儿都爱吃零食，我就吃了一点点。"

"爸爸和爷爷呢？"

"爸爸还没回来。爷爷说小区里也有下棋的，他把悦悦送回来就走了。悦悦是男子汉了，可以一个人在家。"杜悦用小指头缠绕着房小牧的头发，扭捏地低下头去，"可是我还是害怕，就把灯都打开了。"

"不怕，悦悦是男子汉。"房小牧在杜悦的小脑袋上轻轻地抚摸着，无名之火开始燃烧。

"小牧，今天怎么回来那么晚？"杜凯提着一兜子土豆、茄子、鸡鸭鱼肉进来。

"杜凯，你让爸去接孩子的？"

"爸说闲着也是闲着，熟悉一下认认路，以后他去接悦悦，这样咱妈也能休息。"

"什么意思，杜凯，你爸爸准备常驻？"

"小牧，爸说，银行那边拖一拖，筹钱也得需要时间，看能不能等到周老板要债回来，所以需要在咱们家暂住一段时间。"

"拖一拖？"房小牧吃惊地看着杜凯，"国家的钱没有拖下的，会起诉到法院的。那周老板要回来早回来了，也就是你爸爸脑子拎不清，给他糊弄了。"

"我爸说了，还不上拖几年就不用还了。"

"真天真，银行是你家开的啊，拖一拖就不用还？"

"得了，守法公民，咱们先做饭吃饭，唇枪舌剑留着吃完饭再说。"杜凯强压着一腔燃烧得越来越旺的怒火。

炒了俩青菜，做了条鱼，弄了个汤，上桌了，杜天明倒背着手踱着四方步回来，甚至面上还露出几分喜色，与早上判若两人。

一家人吃完饭，房小牧陪着杜悦看绘本，杜天明在客厅里看电视，声音震天响。杜悦的房间让给了杜天明，杜凯只能睡沙发。

房小牧家的生活规律被全盘打乱。杜天明天天晚上得看到晚间新闻结束，把国家大事、国际新闻点评一遍才去洗漱，杜凯还必须得当观众。三天下来杜凯熬得眼圈都黑了。房小牧每天下午回家都会发现杜悦手里拿着各种小零食，这在以前是绝对不允许吃的。房小牧收拾一兜出来，直接扔在餐桌下，杜天明的脸色瞬间晴转阴。

房小牧忍不住了，早上面盆中的痰渍、地毯、沙发上的烟灰，都让一切变了模样，房小牧说自己就是一气球，马上就要到爆炸的临界点了。

这天下午杜凯回来有些慌张，房小牧懒得去问，任其在客厅里来回转悠，倒是杜天明一直到天黑才回来。

"爸，搬来这些日子，我们都不知道小区里还有棋牌室呢。"房小牧笑眯眯地看着杜天明，完全不理会杜凯在下面不停地用脚尖轻轻踢着房小牧的腿。

"是啊，一群臭棋篓子，这几天我都升级成教练了。"杜天明面有得意色。

杜凯手机响了,陌生的号码,杜凯去阳台接,一会儿皱着眉回来。

"爸,宋婶儿来电话说,昨天妈的腿在楼梯上磕了一下,今天走路都费劲,最好回去看看。"

"这时候不能回去,谁知道是不是银行守株待兔,设的圈套。"杜天明沉吟。

"爸,妈的腿摔着了,你不回去我们也得回去。"房小牧鄙夷地看着这个老男人。

"摔一下有什么打紧的,还打电话,麻烦!看看吧,等追得不紧了我就回去。"杜天明慢悠悠地吸溜着杯子里的酒。

房小牧看不起杜天明,她对张素华也谈不上有多亲,只是怜悯。

当杜凯和房小牧赶到镇子上的时候,才知道并不是磕碰了一下那么简单。张素华已经两天没下床了,脸色枯黄,露在被子外面的整个膝盖都溃烂了,没有包扎,只是擦了紫红色的碘酊,看上去骇人。

"妈,你才给我们打电话?"杜凯进门愣了一愣。

"凯,你怎么回来了?"一直闭着眼躺着的张素华惊讶地挣扎着起身,朝着二人艰难地笑着。

"妈,咱还是去医院看看,这样不行,会感染的。"房小牧看着桌子上半包饼干,心里一阵酸涩,这个女人的一辈子就这样从年轻苦到现在,这也是婚姻。

"小牧也来了啊。"张素华朝着小牧的方向伸出手,"没事,不用去医院,就是碰破点皮。"

"我这就给你们做饭,赶了一路的车,肯定没顾得上吃饭。"张素华起身,把桌子上的杯子碰落在地上,伸出脚在地上划拉着穿鞋，低头去找，伸手摸索了好几次才穿上。

"妈，你的眼？"房小牧疑惑地看着，不敢肯定。

"小牧，凯啊，妈眼神不好了，好些日子看东西看不清了，这几天一到晚上就模模糊糊地看不见了。"张素华突然转身从身边的橱柜里拿出两个大包袱，放在床上，一点一点地摩挲着。

"妈，咱得先去医院。"房小牧拿过衣服给张素华披上，不顾张素华再三地推脱。

"等等，小牧呀，咱家穷，这两年凯摊上这些个事，我们也帮不上什么忙，你爸又惹麻烦，我心里也难受啊！前几天妈给悦悦做了几身棉衣，这都是我用买的棉绒棉布做的，比买的穿着暖和。以后看不见了，啥也帮不上了，想做也做不了了，你也别嫌。"张素华揭开包袱，一身一身的小孩子的棉衣棉裤，细密的针脚，绵软的手感，摸上去暖暖的很舒服，仿佛有阳光的味道。

"妈，我先给你弄点吃的，然后咱去医院。这衣服杜悦喜欢着呢，去年你做的小棉袄还穿着呢。"房小牧眼眶一阵潮湿，眼泪差点儿落下来。估计这两天张素华也没怎么吃东西，她转身去厨房，看能不能做碗面。

"杜凯，妈的眼睛怕是有问题了，咱一会儿去医院，我跟沐斯年联系一下吧。"

杜凯深深地看了房小牧一眼，点了点头，背着收拾好的行李下楼。

医院里，沐斯年与房小牧站在走廊上谈话。

他说确诊是糖尿病，而且已经是重度，腿上的伤口难以愈合，眼睛看不清，都是糖尿病引起的并发症，得住院，先把血糖降下来，其他症状会跟着好转。

张素华躺在病床上睡着了，杜凯看着手机里的短信发呆，银行里的催款通知，杜天明的法院传票，床上躺着病痛中的母亲，这一切都如同一座大山，压得他喘不过气来。

这几日，他不敢看房小牧的眼睛，怕看着那个热情温柔的房小牧逐渐变得冷漠，怕两人刚刚缓和的日子再次变得剑拔弩张、针锋相对。

房小牧上班，跑医院。

杜凯跑医院，上班。

杜天明照样在棋牌室执子黑白，叱咤江湖。

看似平静之下暗流涌动，只是每个人都压抑着所有的情绪，然后捏成实实在在的一团，埋在心底里，任它重若千斤。

兮耒来红房子了，一个电话让三个人再次重聚。

宋佳凝在加班，说一个小时之后到。

房小牧踏进红房子，远远地便看见兮耒，她以为自己会扑过去跟她抱在一起，哭哭笑笑，才对得起这几年的分离。

安静的，平静的，在对方的脸上寻找一丝一毫改变的痕迹。

幸好，还是那个你。

"还回去吗？"

"不回，这次就是奔着吃你的喝你的求包养来的。"兮耒伸出一管莹白的手指点在房小牧的唇上。

"养不起，你诱惑不了我的，咱定力十足，四大皆空了！"房小牧缓缓推开兮耒的手，咬着唇忍着笑。

"煞风景！房小牧，这几年你成功地从珍珠混到了鱼目。"兮耒给房小牧要了杯咖啡，正色道，"近期是不回去了,跟国内几个院校联系了一下,简历投过去了,他们都发了邀请函,现在是我选择他们,还得准备几个画展,算是学成归来吧,给自己一个交代。"

"不加糖。"房小牧转身对磨咖啡的小妹笑了一笑。

"其实,最重要的是年龄越大,我就越想你们了。"兮末用银色餐刀把提拉米苏切下形状好看的三角形,再把其中一块三角形切成菱形,她做得缓慢而专心,仿佛在雕琢着一件极其重要的艺术品。

"兮末,其实我现在挺羡慕你的,梦想实现,在日子里过得照样清简自如,真的,我羡慕嫉妒。"房小牧切下一块提拉米苏放进口中,却微微皱起眉头,"青春苦短,过着过着就没了"。

"小牧,其实。我不担心宋佳凝,我只是担心你。大学时候你是最听话的,毕业之后你是最快把自己嫁出去的,总感觉你还是个孩子,就懵懵懂懂地一头闯进了成人世界。"兮末侧着脸看着房小牧,落日余晖里映进了一丝暖意。

"我,其实,还好吧!你呢,这么多年,你一直不曾说过你在国外的生活。"房小牧疲惫地一笑。是啊,一切还好吧,最起码看上去还好吧。不好又能怎么样,这已经不是一个人可以说了算的了,关键还隔着一个杜悦。

"那年,我跟着艾维去了意大利,然后分手了,其实,他只是害怕孤单,并且爱中国女孩,并不仅仅是爱我,而我也只是需要出国,又恰好遇见了他。所以,我与艾维算是不错的朋友。我换公寓,他会帮忙找房子;我论文答辩,他会帮忙检查我论文中的缺漏,但没有爱情。不过,我跟你说,情投意合不一定能过一辈子。你想啊,人这一辈子遇上个你喜欢他、他也恰好喜欢你，你们又情投意合、默契无比的人多么不容易，若是再把他拉进婚姻里，在那些柴米油盐一地鸡毛中消磨感情，最后反目成仇，吵个架都知道最痛的弱点在哪里，每一次刀枪剑戟都知道往哪里戳才命中要害，那不就是在作践自己吗？想想都会害怕的。"兮耒三言两语便把五年的经历剖析得明明白白，她搅着杯子里的咖啡，形成一个一个细小的旋涡。

在兮耒的笑容后面，房小牧看见一颗生了皱纹的心，自己何尝不是？每个人的故事里都有着别人理解不了的痛，痛过之后，就成了故事，回味得多了也就淡化了那些曾经令自己肝肠寸断的疼痛。

一个小时之后，宋佳凝准时赶到，小高跟牛皮靴，裁剪精良的酒红色风衣里是米色长裙，棕色短发打理得干净利落，一副标准的白领丽人、高知女性的范儿。仔细看，会发现橙红色的唇彩带出了一丝小性感、小魅惑。

"瞧，这才是女王范儿呢！是不是回家化妆了？从实招来。"兮耒戏谑地看着宋佳凝。

"错，我是打车来的，为了能立马迎接你，我提前准备了一套特适合小爷口味的礼服，没回家，一下班直接过来，还专门在车上化了个妆，这叫女为悦己者容。"

当年，兮耒就是宋佳凝的护花使者，追宋佳凝的人先得过兮耒这关。一米七六的兮耒站在一米六五的宋佳凝面前，一个是玉树临风，一个是娇小可人。兮耒甚至不用说话，一个眼神就足以把艺术系一干男生都拍死在沙滩上。

"这几年趁我不在，又祸害了多少良家少年？"兮耒顺手在宋佳凝的脸上摸了一把，引得周围无数道目光若刀锋一般，带着几分鄙夷和不解，看向这边。

"岂敢？小女子可一直为你守身如玉，我对你可是其心昭昭，日月可表。"

当年兮耒在艺术系的外号就是兮爷，帅气，英气，傲气，灵气，杂糅却和谐地共存，老天爷绝对是有偏爱的，否则就不会给一个女孩儿这样的个性，让很多男生以践行酸葡萄理论的方式不停地自我安慰。

房小牧笑得捂住嘴，她们仿佛一下子回到了上学的时候，一点点小事，哪怕只是一句话，大家也能开心地笑个不停。

说过、笑过，宋佳凝突然长长地叹了一口气说："程默要和我重新开始，只是为什么回不到当初？我一直在说服自己还是要相信爱情，可是我却不敢相信爱情里的那个人，他像是一个影子，不真实。"

切得支离破碎的提拉米苏，房小牧提不起吃的欲望。吃到口中的提拉米苏，甜腻中竟然生出一种苦涩来，她用叉子来回摆着个各种造型。

隔壁的一对看上去学生样儿的小情侣在互相喂食，女孩儿羞涩地幸福着，男孩儿简单地快乐着。

没有被岁月打磨的快乐，真干净啊！

兮耒说，如果一个人连吃的欲望都提不起来，那就是得了抑郁症。

我们都有抑郁症，却只能把自己晾在阳光下，强迫自己去笑，被融化的肌肤生疼生疼的，却只能对着阳光笑，无处躲避，也无法躲避。

晚上，杜凯没有回来，说加班。

杜悦睡了。房小牧在浴室的镜子里，看着自己还算苗条紧致的身体，突然觉得是那样的寂寞，突然想起曾经看过的很多文字，一个人的孤单不可怕，两个人的寂寞才是真的绝望，那时候年轻啊，以为两个人相爱，就会一直爱得欢欢喜喜，一直爱得吵架都是撒娇的味道。

不知何时，一种难以说清的隔阂在房小牧和杜凯之间悄然生长，有时候她会觉得像做梦一般，那个温暖的男人在婚姻里走着走着就丢了，那个温柔的自己走着走着就成了一棵有着坚硬铠甲的树，自己艰难地生长枝叶，艰难地在风雨中深深地扎根。

镜子里的女人，眼角有了细细的皱纹，眉目里都是拼命压抑的暴躁，这还是自己吗？房小牧想哭，她捂着脸蹲在地上，半响，却发现一滴泪都没有，嗓子眼里一阵一阵撕裂般的痛，如同一条被晒在干涸沙滩上的鱼，半张着口在挣扎，水，在不可及的远方。

"妈妈，我要尿尿。"门外是杜悦迷迷糊糊的声音。

房小牧还魂一般，套上睡裙，开门。

那个小小的影子扑在自己怀里，软软的，还带着隐隐的奶香。

2. 醉翁之意不在酒

本市报纸、网络等各大新闻媒体，这几天一直都有兮耒的消息："新生代美女画家学成归来，不日将在本市最大画廊举行画展。"兮耒帅气又略带冷酷的一张脸，成功地在版面上取代了本市的各名模佳丽。

宋佳凝说，本市的人比较时尚，开始膜拜这种性冷淡的范儿了。

房小牧和宋佳凝隔几日就去兮耒的工作室视察，其实是去做钟点工兼厨子。

兮耒一天二十四小时都在画室里，如果她们二人不去，冰箱里估计会塞满了面包与牛奶。这人懒到连外卖都懒得叫，她说送外卖的去了会打断思路，惊飞了灵感，所以她去一趟超市后可以一周不用出门，可以不食人间烟火。

进门的时候，房小牧拎着一大堆青菜、肉、蛋，宋佳凝找出钥匙开门。自从兮耒找好工作室，就给房小牧和宋佳凝一人一把钥匙，用她的说法就是宋佳凝拿钥匙是来视察的，房小牧的钥匙是备用，一旦她和宋佳凝丢了钥匙，还能进门。

"我已经日夜兼程，一天二十四个小时，我二十三个小时都在画板上挂着啦，您就别催了。我知道，保证如期赶出作品。你们云溪是国内知名画廊，是本市行业翘楚，所以我们的合作是双赢啦。"兮耒一边讲电话，一边在围裙上使劲擦着手上的颜料。

沙发旁边的小桌子上是吃剩下的面包和一堆牛奶瓶。

"宝贝，你俩来了，特大好消息，一周之后，我在云溪的画展开幕，今天交出最后一批作品，送去装框就OK了！赶紧祝贺一下，左拥右抱，啵一个。"兮耒放下电话，叫嚣着冲过来。

估计又是几个晚上没睡，兮耒眼睛下面是一抹乌青，在白皙的脸上愈发青白分明，长发被一枝油画笔在头顶上盘成一个髻，雾霾蓝的长裙子溅满了点点滴滴的颜色。

"苍天呀，你就穿着Agnèsb画油画，好几千块钱的衣服就成工作服了？"宋佳凝拎着兮耒的裙摆啧啧有声。

"你下一季度的衣橱，小爷承包了！"兮耒翘着手指托起宋佳凝的下巴。

"得，你俩别恶心了。有几天没好好吃饭了？今天我休班，杜凯在家看孩子，我跟佳凝来视察视察。"房小牧一边笑一边在厨房里收拾东西。

"一张口就是一副家庭小主妇的口吻。吃面，房小牧，我迫切想吃你做的炸酱面。我继续，你俩随意。"兮耒窜进了工作室，"咣当"一声，门关上了，门里门外，两种生活。

肉丁被甜面酱一炒，味道浓郁，又在里面加了笋丁，吃在口中很是爽快，再配上翠生生的小黄瓜丝，格外爽口，买回来的手切面也筋道。房小牧从橱柜里找出三个盘子，一人一个，没有筷子，就用刀叉。

兮耒说，这才是生活，在国外吃顿拉面都得在唐人街排俩小时的队。去的第一年，牛排、意大利面、汉堡、沙拉，颠来倒去这几样，基本就涵盖了所有的早餐、午餐、晚餐、夜宵。学校外面的中餐馆贵得要命，鱼香肉丝盖浇饭都能卖到几十块，肉丝没几根儿，全是红油土豆丝，所以，那时候就抱定决心，一定得回来，不为别的，就是为了肚子，也不能在国外茹毛饮血，了却残生。

"其实，云溪和芷这两家画廊都给我发来邀请。云溪规模大，时间长，在国内算是小有名气。芷在业内口碑最好，门槛高，当然价格也高，我承担有点难度。"兮末吃完在围裙上把手一抹，拿张湿巾一擦嘴，就准备进入画室。

"我和程默在约会。"宋佳凝突然说。

"其实，有些东西只能留在回忆里，佳凝，若真爱就好好爱，若不爱就离开，容不得一点勉强，问问自己。"兮末在宋佳凝的心口轻轻点了一下。

"小牧，你婆婆要出院，你能不能来一趟？"房小牧接到沐斯年的电话赶过去的时候，张素华已经收拾好东西，站在沐斯年的办公室里。

"妈，咱先听听医生怎么说。"房小牧扶着瘦弱的张素华在椅子上坐下来。

"小牧，妈好了，你看，能走能说的，这几天眼睛也能看见了，咱回去吧，妈没啥大毛病。"张素华固执地不动。

"妈，我先送你回病房，我去咨询一下医生，然后和杜凯商量一下，咱们再说好不好？再说出院也需要手续，一时半会儿也办不完，你在这里也妨碍斯年办公。这个得您的主治医生说了算，您回病房等着，好吗？"

好容易把张素华送回病房，小牧转身出来，就看见沐斯年站在走廊里注视着她。

"斯年，给你添麻烦了。"房小牧抱歉地笑笑。

"又是这句话，你呀。"沐斯年在房小牧的头上轻轻拍了一下，"不过，刚才我跟给你婆婆诊治的刘医生交流了一下，你婆婆现在比较稳定了，若说回去也可以，在家里按时服药。这个病没有什么特效药，只能是用药物控制，一定要注意饮食，视力或许以后还会持续下降，你们最好能有心理准备。"

房小牧叹了口气，自从张素华住院以来，杜天明指望不上，在小区里下棋比上班还按时，接了杜悦几次都是把杜悦一个人锁在家里，然后继续去下棋。杜凯这几天也在焦头烂额，法院、银行的催款日日紧逼，若说不发愁都是假的。

张素华被接回家之后，只待了两天，把家里的被罩床单清洗了一遍，厨房里锅碗瓢盆仔仔细细地刷过之后，便执意要回老家，说家里空了这些日子，她不放心，一定要回去。杜凯从单位借了辆车去送张素华，杜天明在小区棋牌室没回来，只在电话里说了七个字："我不回，要回你回。"

"凯啊，小牧跟了咱不容易，咱得对人家好。"

"妈，我知道。我们挺好的。"其实杜凯这几天不敢面对小牧。银行已经起诉，杜天明的工资卡也已经被冻结，若是逾期不还，可以查封杜天明在老家的房子。杜天明昨晚对他说，近期不打算回去，吃喝拉撒都需要钱，回去还不够丢人的。

不可否认，在房小牧面前，杜凯有一种自卑。面对自己的父亲，他不能拒绝，只能让房小牧受委屈，但是房小牧的委屈会用另一种方式发泄在他的身上，而他只能承受。男人，有时候真的就是活得最难的那个人。

兮朱的画装裱完毕，人整个儿瘦了一圈。虽然在国外参加过多次画展,但是这次是回国之后第一次举办画展,若成功,便是一举成名天下知。现在是万事俱备。后天,这些画儿就都会出现在城里最大的画廊,电台的记者也已经打了好几次电话确定到场的嘉宾。

兮末满意地看着自己的作品,这里有近几年的心血,也有回国之后的新作,算是给自己一个交代吧。

手机响了,兮末赤着脚从沙发上跳起来,从那一堆油画布下面翻出手机,是云溪的电话。难不成是确定后天的嘉宾?真啰唆,都说了好几遍了。

"什么,停办?你们这是违约,我可以起诉你们。"兮末坐在中间的沙发上,一条大红披肩连头带尾地裹着,露出一张巴掌大小的脸。

"兮小姐,很抱歉,我们画廊可以给您补偿。这次真的是很急,魏老板接到一次六人巡展的订单,正好与兮小姐的画展时间冲突,而且这六人都是当前风头正劲的画家,请兮小姐见谅。"

"请让你们老板接电话!"兮末强压着怒气。

"抱歉,老板今天已经去接洽画展的有关事宜。若有什么需要,老板回来后我会替您转达,再见!"

手机里只剩嘟嘟的忙音。

房小牧陪着兮末直接到云溪,兮末看一眼房小牧紧绷着的小脸笑了笑,"别那么紧张,我们又不是来吵架的。"

云溪的老板魏强不在,二人被前台带到接待室,接待二人的周文渊是一温文尔雅的中年男子,若不是无框眼镜后面偶尔闪过的一丝慧黠,你绝对不会想到这人就是云溪的副总,在整个业界外号"画枭",眼毒,心思缜密,祖上几代人都是从事书画鉴定。周文渊自幼耳濡目染，后毕业于中国美术学院国画系，留校三年之后辞职，出来跟了魏强，可以算是云溪的元老，据说云溪的第一桶金就是周文渊在古画收藏上帮魏强赚回来的。

无论兮未如何质问，周文渊总是一副洗耳恭听的架势，却避实就虚，一口咬定兮未的画展真的是与六人巡回展出现了时间冲突，只能听从安排。

"这次错过与兮小姐的合作，是云溪的损失。兮小姐以后若是有用得着云溪的地方，请您说话。虽然魏总不在，但是我周文渊真的是钦佩兮小姐的才华，年轻有为，前途无量啊。只是，这次云溪实在是抱憾之至，至于违约金，兮小姐您提，只要在我们接受的范围之内，我们会给您一个满意的答复。"

"魏总，刚刚结束，您应该都看到了。"把二人送到云溪门外，周文渊打了个电话。

其实，借此机会云溪可以寻思打开市场，争取在最短的时间内把方潼的"芷"赶出去，对云溪来说，区区几万块的违约金算得了什么呢。

有时候，钱是好东西，不管是赚钱还是花钱，都能冠冕堂皇地去将某些暗地里的勾当，摆在桌面上谈得正大光明、理直气壮。

房小牧和兮未坐在马路边上，兮未看着自己抱着的一摞证书，一摞能证明自己的证书，将它们一本一本地摆在眼前台阶上，红色、紫色、金色、橙色，在阳光下真好看，映得两个人的脸颊都红彤彤、金灿灿。

"出师不捷，遇上个老油条，难不成我就吊死在这棵树上？"兮未仰起头，抱着双臂，据说以四十五度角仰望天空可以在最短时间内修复内心的失望。

"房小牧,你怎么在这里,有事?"一辆黑色别克停下来,缓缓落下来的车玻璃后面露出沐斯年那张熟悉的脸。

"斯年,我们没事!"

"小牧,是不是遇上什么麻烦了?"沐斯年跟司机说了句什么,打开车门下来,站在二人面前。

"你好,我是兮耒,小牧的好友。"兮耒笑嘻嘻地向沐斯年伸出手。

"美女画家,幸会。"沐斯年绅士地轻轻握了下兮耒的手,迅速放开。

"没事。"

"还没事,都在脸上写着呢,你们来云溪谈业务?"沐斯年轻轻在房小牧的头上拍了一下,"若是遇上问题,不妨说出来,咱们一起想想办法。"

"云溪违约,取消后天的画展,小牧陪我来兴师问罪,却连老板都没见到,无功而返。"兮耒简明扼要地说明了事情的经过。

"兮小姐,必须和云溪合作?"

"沐大哥,你叫我兮耒就行。我也不见外了,我跟小牧是好朋友,前期的准备工作一直是云溪在做,目前再去找其他画廊,场地、资金、展厅的布置都是问题。"

"你稍等,我打个电话。"沐斯年走到一边,悄声打电话。

"兮耒,若是有画廊可以在短时间内做好准备,但是名气规模或许不如云溪,你考虑吗?"

"沐大哥,太好了,我现在是箭在弦上,若有画廊可在后天开展，价格也合适，我这边完全可以。"

"好，方潼那边一会儿给你电话。对了，方潼就是'芷'的老板，给你半价。兮耒，小牧，我回医院了，有事随时给我电话。"沐斯年对着兮耒笑了笑，目光却落在房小牧的脸上。

"这人有意思，就是那金牌海归？"兮耒在房小牧肩上拍了一把，目光玩味地望着远去的沐斯年。

"兮耒，花痴啊，你还不回去准备一下。"房小牧在兮耒胳膊上轻轻扭了一下。

"这叫贵人相助，一句话就半价，房小牧你面子够大的。从实招来，你和沐斯年什么关系？"

"去你的，能有什么关系？我一已婚中年妇女。"

"此人未婚？"

"你琢磨什么呢？"房小牧一愣。

"追他啊，我一见钟情，你信不信？"兮耒咧着嘴开心地望着紧张的房小牧。

"兮耒，你别逗我，沐斯年不是你想的那种人。"

"哪种人？看你，就跟我要把他害了一样。行了行了，不逗你了，赶紧回去接杜悦啊，我回去准备画展了。"

兮耒的画展如期在"芷"举行。虽然与云溪的六人巡展同期，但是场面上完全没有输了气势。不得不说，"芷"的老板方潼很给沐斯年面子，展厅高雅时尚，来参加开幕式的人虽然不是权贵，却绝对是这个城里艺术圈内的名流。沐斯年和程默的出现，更是让画展有了点颇为微妙的庄重味儿。

而兮耒与沐斯年、程默等人的关系也都被方潼看在了眼里。

方潼是个漂亮女人，更是八面玲珑的商人，还是沐斯年的校友。

程默是陪着宋佳凝来的，他站在宋佳凝的身边，嘴角含笑，目光一直笼罩在她的身上，偶尔见到相识的来客去寒暄，也仅仅是点头而过。

兮耒说，这次画展，最成功的是认识了一黄金单身汉沐斯年，自己若不赶快下手，怕有人横刀夺爱。

五天的展览结束了，订单颇丰，在闭幕式之后，方潼代表"芷"请大家聚餐，沐斯年和程默赫然在名单上。

"这女人不简单，漂亮，还是单身，沐斯年危险。"兮耒两杯酒下肚之后，在洗手间傻傻地笑着对房小牧说，"我要准备先下手为强了。房小牧，你得帮我约沐斯年哦。"

程默和宋佳凝一路，顺路送房小牧。

兮耒说和沐斯年一路，可不可以搭顺风车，若自己开车回去就是标准醉驾。

房小牧看着略带几分酒意的兮耒笑着摇了摇头，兮耒竟然喜欢沐斯年这样的，爱恨一瞬间，估计也就是如此了。

宋佳凝说，这叫醉翁之意不在酒，就怕醉翁是装醉。程默从镜子里看着后座上宋佳凝与房小牧咬着耳朵说着悄悄话，想着若是自己不走，会是如何。

"嗨，小牧，早上好啊！"刚上班，房小牧就接到兮耒的电话。

"有话快说，我忙着呢。"

"难得我温柔贤淑一回，你就这样粗暴地对待我这颗易碎的小心脏，宝宝伤心了！"

"哈哈，宿酒未醒吧，赶紧继续睡去吧。"房小牧忍住牙根的酸痛。

"好，说正事，为了表示对沐斯年的感谢，我准备邀请他一起吃饭。"

"来真的？兮未，我觉得沐斯年不是你喜欢的那一类的。"

"错！房小牧，爱，就是这样突如其来，我还就一见钟情，若是错过那就不是我的风格。狼多肉少，关键这块肉已经被惦记上，周围虎视眈眈的大有人在，所以，小爷我准备迅速下手，没机会那就创造机会。"

挂断电话，房小牧突然觉得自己苍老了，心，已经在短短几年的婚姻之中被打磨得满是伤痕，早已不知情为何物。

3. 我们回不去了

天阴的厉害，天气预报说今天有小到中雪。

这座小城，已经有几年没下雪了。宋佳凝打开窗子，冷冽的风吹进来，冬天了。前几天还是浓浓的秋意，这才几日，就到处一片萧瑟，院子里的银杏树落光了叶子，只剩下伸向天空的枝丫。

银杏树是对季节最敏感的一种植物，入秋便开始一片两片地落叶，到了初冬大片大片的叶子就随风而下，其他的树还一片葱茏，银杏树就已经进入冬眠。

冬眠是植物的一种自我保护方式。大学的时候年过半百的教授说过这样一句话，当时宋佳凝觉得很神奇。教授年过半百，一直单身，常年吃素，一年四季穿旗袍。她说爱情是勉强不得的，遇不上那个人，那就自己好好地过，等到某一天遇见的时候，也能底气十足地说，生活就是一首诗，可以互相应和，也能孤芳自赏。

一个女人得有多大的底气才可以过得如此波澜不兴，如此云淡风轻？生活，悄然无声中就改变了初衷，我们拼命留住的，不过是支离破碎的回忆，甚至，用不了多久，这点回忆也就被琐碎的日子吞噬了。

"宋老师,下班了,还不走?"助理小琪羞怯怯地问。

宋佳凝一愣,随即明白了,这小丫头在忙着谈恋爱,二十来岁,正是有情饮水饱的年龄,估计大门口的小男友早就等急了。

"快去吧,到点下班,有事我会提前安排的。"宋佳凝微微一笑,"我整理一下明天的案例,也准备回家。"

"宋老师,天不好,早点回去哦。那我先走啦。"小琪一边快步出门,掏出手机打电话,"马上下来咯。今天是我们认识一百天纪念日,要吃大餐,吃牛排,么么哒!"

宋佳凝不由得笑了,一百天纪念日,青春真好啊,天天都有开心的理由,每一个日子都有着值得纪念的瞬间。

"下班了吗?"程默的QQ头像在跳动,宋佳凝点击打开。

"嗯!"

"要下雪了。"

"是的!"

"佳凝,我想你了。"

宋佳凝点鼠标的手一滞,程默从未说过想念,即便是当年两个人在一起的时候,说出这句话的人也是她宋佳凝,而他,只是宠溺地抱着她、拍着她、吻着她。

"我在你楼下。"

宋佳凝起身,俯瞰着楼下,硕大的银杏树旁,一抹深灰色的影子,隐在暮色中。

"我爱他吗?"宋佳凝听着自己的脚步声咯噔咯噔地回荡在空落落得走廊中,"是的,我爱他,不然为何在见到他的一瞬间会心疼、会伤心、会难过?"

站在黑暗的门厅往外看去,暖黄色的路灯,把人影剪成清瘦一抹。宋佳凝愣住了，还是那个人，甚至站立时斜插口袋、微微低头的姿势都没有一丝一毫的改变。

若时间可逆流，回到那年，宋佳凝二十四岁。

下班时间一到，她如蝴蝶儿般欢快地飞出去，一头扎在那个温暖的怀抱里，把手插在那人的腋下，嘻嘻地笑着说暖暖手，那人会涨红了脸往四周看，却绝不会推开她。

脸红的男孩子很善良，宋佳凝常常会对房小牧说："现在撒谎不带脸红的满大街都是，不撒谎都脸红的才是稀罕物儿。"兮妺说："咬人的狗都不叫。"

程默喜欢看宋佳凝一溜小跑地从台阶上跳下来，轻盈饱满，落到地上的脚步声都带着欢喜。冬天的时候程默喜欢敞开大衣把宋佳凝裹在怀里，亲密拥抱交换着两个人的体温与思念，每一个细胞都在无声地宣告："我想你！"程默不习惯用语言来表达情绪，宋佳凝常在他用力亲吻她的时候说："程默，你就是属于典型的闷骚型的，外表冷峻如铁，内心沸腾如火，还不知道多少小姑娘被你冷峻的外表给吓得倒退三尺呢。"程默有时候会身体猛然一僵，爆发出把她融化了的热情。

后来他逃了，宋佳凝的幸福突然停止，她手足无措地面对肚子里的孩子，还成了小三。

程默看着宋佳凝一步一步走出来，米色的大衣在夜色中分外惹眼，瘦削的肩背挺得笔直。

若没有遇见宋佳凝，程默准备在母亲安排的婚姻中就这样与那个无爱却有恩情的女孩过一生，仕途顺利，一辈子安稳。母亲说，若是离婚就是不孝，就是忤逆，就是忘恩负义，他们程家会背上不忠不义的骂名，若程默一定选择离婚，那今生她们就再无母子之情。

程默迅速出国，然后销声匿迹。

爱情，容不得半点勉强，互相折磨都疲惫不堪，而且那份爱压在心底，越是拼命压制忘却，它越是负隅顽抗，多年后，他知道，自己逃不脱这份债。

欠债还钱，情债同样欠不得，否则就会让人掏心挖肺地疼，在夜里折磨着他，吞噬旧的回忆，再生出新的绝望。

母亲去世后，他回来了，无爱的婚姻折磨的不仅仅是他一个人，所以离散没有想象的那么艰难。

他回来得义无反顾，回来得迫不及待，人这一辈子没有几个六年可以去等待，他不能，宋佳凝也不能。

吃饭的时候，程默熟练地给宋佳凝布菜，把宫保鸡丁中的辣椒一个一个都拣出来，芙蓉虾的虾壳都剥掉，再一只一只完完整整地摆在宋佳凝面前的盘子里，这一切程默做得是那么自然，如数年前一样。宋佳凝却有一种孤单地坐在电影院里看着老电影在回放的感觉，时光已泛黄，主角就是自己。在前台付款的时候，程默掏出钱夹的瞬间，宋佳凝注视着那个挺拔的身影，有瞬间的失神。皮夹不是什么名牌，边缘也早已经磨损得厉害，有些地方已经褪色，呈现出深浅不同的咖啡色，拿在穿着考究的程默手中极其不相称。

程默回头的瞬间，宋佳凝转身，轻轻把手遮在额头上。

坐在副驾驶座上，看着程默开车，怀旧的音乐，熟悉的面庞，却总有一股子物是人非的味儿。

宋佳凝沉浸在音乐中，有些恍惚。他们在一起的时候，程默喜欢放音乐，他说，音乐会让人的心灵不设防。突然，宋佳凝一愣，不知道何时，她的手被握进温暖的掌心，有些粗粝的手指紧紧地包裹着她握紧的拳头，缓缓地与她的手指纠缠，紧紧地扣在一起。

"程默！"

"嗯？！"程默薄薄的唇角绽出一抹浅浅的笑意，却没有说话，微微侧脸投过来的一丝目光都是温暖而深情的，仿佛他从未离开。

车，停在护城河边，璀璨的灯光闪闪烁烁，给冬天的夜晚添了许多热闹，这几年两岸盖起了很多居民楼，十八层、三十层的楼房密密麻麻，连成了一片又一片深深浅浅的灰色积木，把天空遮盖得愈发逼仄。

"佳凝！"程默低低地唤着宋佳凝的名字，幽暗的眸子里闪烁着星星点点的光晕，有些灼人，他粗大的手掌紧紧地包裹着宋佳凝纤细的手，"我知道，我对不起你，这几年我一直在想，若你幸福，我一辈子都不会出现，不会打扰你。回来之后，我曾经想过要去找你，但是我必须得先有资格。佳凝，这辈子我一定要给你幸福。"

"幸福？"这两个字在嘴里咀嚼片刻，是苦涩的。宋佳凝的手微凉，用力一点一点地抽出来，轻轻地摩挲着无名指上的痕迹，那里曾经有一枚戒指。那些年轻的誓言，想起来，微微地疼。

"佳凝，有时候我们身不由己，我们必须先在社会上站稳，然后才能提出自己的要求，否则就是奢望。我十岁的时候父亲去世，母亲自己抚养我，那种艰难不是你能想到的，所以有些时候，我们无法选择自己的生活。"程默点上一支烟，明明灭灭的火光，把黑暗连缀起来，"大学毕业后，也是有她父亲的关系，我才进了好的单位，但是他们的要求就是我必须与她结婚。我母亲说，如果没有他们，我恐怕只能跟着母亲回老家,我们不能忘恩负义。"

"忘恩负义?那就以身相许?呵呵,程默,你是在给我讲故事吗?一个现代版的无以回报,以身相许?"

"那几年我们一直是分居,从我出国,到去年我母亲去世,一直是她陪在我母亲身边。其实她已经明白,我们在一起,只能是互相折磨,婚姻走到这一步,也都疲惫不堪,没有孩子,自然也没有过多的牵绊。"程默打开车窗,把烟头弹出,风吹进来,刺骨的寒意。

程默突然探身从宋佳凝身边的储物箱中取出一物,郑重地放在宋佳凝的手中。

宋佳凝一愣,借着微弱的灯光,看出来那是一本离婚证。

烫手一般,宋佳凝一哆嗦。

片刻,打开它,宋佳凝的眼泪哗啦一下子就涌了出来。

在程默的照片下面,贴着一张泛黄的小照片,一头长发的宋佳凝握着一把红叶笑得一脸灿烂,歪着头靠在程默的肩头,程默垂着眼眸凝视着宋佳凝,即便隔了那么多年,也能明明白白地看出眸子里是一汪深情。

这是六年前,两人认识之后的第一次也是最后一次合照。爱情,嫣红的枫叶,遗失在那个秋天。

不知道何时,程默的手揽在宋佳凝的肩上,轻轻地抚摸着那一头软软的发。曾经,程默最喜欢手指穿过那柔软发间的感觉,那种温柔,让人的心都会变潮湿而温暖。两人依偎在程默的宿舍里,他给宋佳凝烧水洗头,然后用大毛巾擦干,拿着吹风机一边吹一边用梳子给她梳发。他说:"真想就这样一辈子。"宋佳凝曾经想过,若有这样的男子陪着,那就留一辈子的长发。从黑发如云的姑娘,一直到白发如银的小老太太。那时候，仿佛爱情就是天长地久，就是一辈子的不离不弃。

程默消失之后，宋佳凝再也不曾长发过肩。

"程默，你何必呢？"宋佳凝垂下眼帘，任自己的手被程默抓在手中，十指交叉，紧密地贴合在一起，甚至能感受到对方手中的每一丝纹理的细腻与粗粝。

手，远远要比其他器官的情感丰富得多，纠缠的十指的抵死缠绵甚至比其他的肌肤相亲更容易引起那些缱绻的回忆。程默的手轻轻地滑过宋佳凝光洁的额头，微微颤动的睫毛，高挺的鼻梁，落在唇边。

略显粗粝的手指，缓缓地在那细嫩的唇上摩挲着，宋佳凝看着程默的目光深邃如酒，她在一点一点地沉醉，她不由得在心底里叹了一口气，其实，自己从未忘记这个男子，那何必去做无谓的挣扎呢？

"佳凝。"程默呼出的气息灼热，吹在宋佳凝微微发烧的面庞上。

那深邃的眼眸，浓密的眉，甚至眉间浅浅的皱纹，一切都没有变，在宋佳凝的眼前逐渐地放大，成一硕大的旋涡，仿佛要把她吞噬，她缓缓地闭上了眼睛。

温热的唇，轻轻地碰触、辗转，男人的唇是焦渴的，唇上每一条纹路都带着无比的渴望，带着温柔，带着强烈的占有欲。

宋佳凝的唇是微凉的、柔嫩的，却倔强地紧紧地闭着，在程默的灼热中，逐渐变得丰盈、湿润。舌尖轻轻舔着唇角、唇瓣，描摹着丢失多年的回忆，一次一次试图攻进那思念许久的甜美，一直到宋佳凝微微喘息，唇瓣不由自主地张开，细滑的舌头猛然被程默吸在口中火热地纠缠，整个人瞬间沦陷。

吻，融化了六年来所有的爱恨、所有的思念。程默紧紧地把宋佳凝拥进怀里，仿佛要镶嵌进自己的骨肉中、血脉里，要把这六年的痛楚、孤单、寂寞、思念都统统化在这个拥抱里，化在这个亲吻当中。

宋佳凝猛然推开程默，双手覆脸埋在膝盖上，她浑身抽搐着，半响，她抬起头来，泪流满面，声音嘶哑，"程默，对不起！请给我时间，给我时间好好想想。"

回忆就是一把利刃，那些往事在蜂拥而至的瞬间被肢解得支离破碎，而你我就是凶手。

程默伸出手，迟疑片刻，终究是没有把眼前的女子再次拥进怀中，只是轻轻地拍着她的后背。

手机闪烁着，那熟悉的音乐让宋佳凝猛然清醒，是房小牧。

4. 其实，婚姻就是一场交易

房小牧没想到，杜凯竟然要去借高利贷，为了给杜天明还银行的贷款，他竟然要去借高利贷。

"杜凯，你知道不知道高利贷都是吃人的陷阱？何况是这种网上借贷，根本是不合法的。"房小牧看着杜凯手中的薄薄的名片，那都是民间借贷公司随处可见的小广告，他竟然相信，还准备去借贷。

"小牧，法院和银行已经多次打电话了，这个钱，必须得还。"杜凯几口抽完手中的烟，艰难地对房小牧说。

"还，可以卖掉老家的房子，虽然价格不贵，但是还债应该可以。"

"房小牧，你怎么可以这样说？老家的房子是我爸和妈住了一辈子的，卖了他们去哪里？他们这把年纪了，若是卖掉房子就连个家都没有了。"

"那我们呢？抵押若是到期还不上，我们也没有家，你想过我和杜悦没有？"房小牧怒极反笑。这是什么逻辑，他爸妈没家不可以，而她房小牧和儿子没有房子就可以？

"怎么会还不上？我的年终奖加上你的年终奖应该足够了，实在还不上我们可以还利息再续贷。"

"什么是高利贷,就是利滚利、驴打滚,续贷就是翻倍的上涨,你懂不懂?我们不可能去拿着自己的房子、自己的家去冒险的。杜凯,你也是当爸爸的人,你考虑过我和杜悦没有?"

"但是那是我爸,我不可能看着我爸被告上法庭。房子也是我们的共同财产。"杜凯红着眼睛看着房小牧。

"错!杜凯,房子不是我们的共同财产,而是我爸妈用他们的房子换的,房产证也是写的我的名字,是赠予。"房小牧咬牙切齿地说。幸亏当时宋佳凝和兮末一致劝自己,没有在房产证上写俩人的名字,今日这一切都在等着自己呢。

"房小牧,咱们能不能好好说话?你什么时候变得这样市侩?他是我亲爸,杜悦的亲爷爷。"房小牧的伶牙俐齿让杜凯应接不暇,甚至有些吃惊,以前的房小牧多听话呀,几句好话哄一哄就乖乖的,什么时候变得这样张牙舞爪,像一只龇着牙的野猫。

"若是考虑杜悦,他会为别人担保贷款,还是不熟悉的人?杜凯,我没有资格去评判爸的对错,但是不能损害我们现在的家。杜凯,我们能走到今天不容易,也算是一路坎坎坷坷地走过来,我真的很珍惜咱们的生活。"房小牧直视着杜凯,尽量把语气放平和。

"可是,爸说这是唯一的办法,不然银行和法院会强制执行,家里已经尽力把借的亲戚朋友的钱还了。"

"你们商量好了,来谋划我的房子,杜凯,你这是给我下通知吗?我跟你说最后一次,不可能!"房小牧猛然站起来,眼睛里盈满泪水。

"房小牧,怪不得我爸说你不懂事,不顾全大局,看来我们一点儿也没看错你。"杜凯站起身往外走,冷冷地丢下一句话。

你们是商量好了的,要用我房子去抵押贷款,你们还有没有把我当成这个家里的人。房小牧浑身哆嗦着,看着眼前的这个男人,自己一厢情愿地想和他白头到老,而他却在想着用房子去抵押借高利贷。原来自己只是一个摆设,一个拿来充门面的摆设,一旦遇上什么事情,自己没有任何的发言权,他们已经商量好了,自己还曾经那么可怜张素华,其实,在杜凯和杜天明的眼中,自己还不如张素华,市侩,不懂事,不听话,不顾全大局。

兮耒看着表,算计着医院的下班时间,准备再次顺路偶遇上沐斯年,却没有料到先路遇一场光天化日下的抢劫。

沐斯年这半个月已经与兮耒顺路遇见两次了,一次是下班的时候遇见兮耒的车抛锚在医院门口不远处的加油站,搭沐斯年的顺风车,顺便在路边一小餐厅吃了顿晚餐。这次是顺路去画廊交作品,给沐斯年带过来画廊老板送的画展的门票。

沐斯年在医院门口,远远地便看见兮耒玄色长裙搭了一件艳红色的羊毛披肩,宝蓝色、明黄色的绣花分外惹眼,一头长发编结成的松松的发辫垂在胸前,遮挡住半张脸,愈发显得肌肤白皙如玉,一米七多的身高站在人群中,如同鹤立鸡群。

兮耒透过墨镜细细地打量沐斯年,目测他有一米八五以上的身高,宽肩窄腰,肩背挺拔,深咖色的风衣看似随意,却与米色的拼接毛衣搭配得很出彩,干净、稳重却绝不老气,这男人有品位。

突然她身侧猛然被人一撞,肩上背的包带瞬间被人拽断,一瘦小的影子迅速从身边跑过。

"光天化日下抢劫抢到我身上了。"兮耒迈开大长腿开启旋风模式，没跑几步，感觉脚上五厘米的高跟鞋太累赘，干脆把鞋子一甩，赤脚就追上了上去。

前面的人猥琐得很，专门挑着小胡同钻，到第六条胡同的时候，兮耒一把抓住那人的胳膊，一个锁喉，就把他摁在墙上，左右开弓就是俩耳光，然后才看清眼前这个小强盗也就十五六岁，一身看不出颜色的脏兮兮的运动服，袖口领口都已经磨损得看不出模样，还不知道是从那个垃圾堆里扒拉出来的。这个小劫匪气喘吁吁的，胸口起伏如同拉风箱，乱发覆盖在脏兮兮的脸上，大冬天的头发上热腾腾的汗馊味能把人冲倰跟头，一双惊恐的眼睛却又黑又亮。

"姐，我还你，都还你，求你放了我。"男孩颤颤巍巍地把包递过来。

兮耒一松手去接包，却不料那孩子只是虚晃一下，抬起脚在兮耒赤脚上狠狠一跺，猫下腰迅速从兮耒腋下穿过，奔向胡同口。

一阵钻心的疼，兮耒眼泪差点儿就掉落下来，"敢诈我，我还就不信追不上你，今儿个我不废你了我就不是人！"兮耒忍着痛，一瘸一拐地冲出胡同口，却看见那小贼被一个人提溜着脖子拽回来，那人正是沐斯年。他肩上背着自己的包，空着的另一只手上还拎着自己的高跟鞋和披肩。

"要不要紧？一会儿警察就到。"

"没事，追回来了。"兮耒用手拢了拢散乱的发辫，伸手从小贼手里拽回自己的包，"小子，你今天算栽了，当年姐在大学里，十公里马拉松就从没输过。"

"你的脚没事吧？"

"没事,哎哟,不行,有事!"兮耒突然脸色苍白,蹲了下来,摸着自己的脚。刚才被那小贼狠狠地踩了一脚,现在已经肿得成了一馒头样,估计鞋子也穿不上了。

兮耒懊恼地看着沐斯年,自己如此狼狈,这个男人该如何看自己呢,这可是男神级别的。

与警察一起把小偷带回派出所,做完笔录,出来的时候,兮耒的脚已经彻底不敢走路,被沐斯年半扶半抱地扶进车里。

"你的脚看上去挺严重,要不要去医院检查一下?"

"不用不用,早习惯了,我家里有红花油、云南白药,问题不大,喷一下就好了。"兮耒坐在副驾驶座上一边吸气,一边用手轻轻地揉着脚。

"别揉。这也能习惯?你经常受伤?"沐斯年伸手拨开兮耒的手。

"初中高中我都上的寄宿制学校,假期在武馆打工,经常受伤,早就习惯了。"兮耒不经意地说,裹了裹披肩,顺手把有些散乱的头发盘在脑后。

"我记得小牧说,你是学油画的,怎么会在武馆打工?"

"嗯,我是学油画的,但是我从小学学跆拳道,黑带六段。"兮耒有些骄傲地说,但瞬间有些沮丧,"只是,出国这几年都荒废了。"

"你自己能不能上去?"沐斯年看着兮耒一蹦一跳地下车。

"没问题,谢谢你送我回来,回见。"兮耒单脚站在地上,提着高跟鞋,一瘸一拐地往小区里走。

"等等,你住几楼?"

"七楼。"

"有没有电梯?"

"这个,真没有。"兮耒靠在单元门上。

"若不介意,我送你上去。"沐斯年迟疑片刻。

"那,就谢谢你了!"兮耒心头一喜,差点儿欢呼出来,男神真是善解人意啊!

兮耒全身的重量基本都靠在沐斯年的肩膀上,踮着脚一跳一跳地上楼梯,这个时候她才感觉脚痛得已经超出自己的忍受范围。

"几楼了?"兮耒大汗淋漓的,能感觉到沐斯年扶在自己腰间的手在努力地撑着。

"二楼。这样太慢,你别介意。"沐斯年说完突然弯腰把兮耒抱起,疾步踏上楼梯。

黑暗中,兮耒感觉自己的脸一阵阵地灼热,在心里暗暗地骂自己,又不是情窦初开的小姑娘,害得哪门子羞呢?不过,幸好楼道里的灯光昏暗,看不清楚,自己不至于糗大了。

沐斯年的呼吸声略显粗重,兮耒突然懊恼自己这段时间没有节食,外卖叫得太多,又长了好几斤肉。

打开门,兮耒突然转身看着沐斯年笑了笑,脸色绯红,有些尴尬地说:"或许,会有些乱。"

沐斯年笑了笑,突然觉得眼前的女孩子有些可爱,直白却不乏温柔。

不过进门之后,他还是吃了一惊。

四十多平宽阔的客厅里除了一个摆放在灰色地毯上的棕色沙发之外,全是油画,已经画完的,画了一半儿的,刚刚绷起来的画框,一卷一卷的油画布,画箱,油画笔,散乱地堆在沙发上、地上,屋子里是淡淡的调色油味儿。透过半开的卧室门,看到一张小床,一个白色的衣橱,超出普通尺寸几倍的写字台,上面堆满了画稿和专业书。

兮耒把沙发上的油画布卷起来扔在一侧,笑着说:"我没空收拾,最近钟点工没有来,只好让你看到最真实的一面了。"

不是有些乱,而是很乱。沐斯年看着兮耒跳着脚去厨房,赶紧过去扶住她说:"别动。冰箱里有没有冰?"

"应该有。"兮耒蹦到沙发上坐下来,脱下被磨破的袜子扔进垃圾桶,发现整个脚面全成了黑紫色,"这小子下脚真狠,下次要是遇上我,不打得他满地找牙才怪。"兮耒轻轻用手摁了下脚踝,幸好没事。

沐斯年打开冰箱,不由得想笑,里面除了两个苍老成八十岁老太太面孔般的苹果,就是一包看上去不怎么新鲜的面包,翻翻下面,两包冻成冰坨子的牛奶,拿出来一看,过期一周多了。

"凑合一下吧!"沐斯年用块毛巾裹住牛奶,递给兮耒。

兮耒板着脚,轻轻地活动脚指头,能动,看来骨头没事。抬头,看见沐斯年蹲在沙发边上,望着自己。兮耒觉得脸在发烧,三十岁的人了,竟然如同小姑娘,幸好台灯比较暗:"不好意思,耽误你时间了。那么晚了,本来想请你吃饭呢,你瞧我这样,估计是不成了。"

"你准备怎么办,今晚辟谷?"

"我节食!"这句话冲口而出,兮耒的脸瞬间红到耳根。

沐斯年脱下外套,挽起袖子,在厨房里到处翻腾,看有没有什么存货。

"不食人间烟火,冰箱里一穷二白。"沐斯年终于在冰箱底层找出石头样的一块盒子火腿,从橱柜里翻出几盒泡面、半包紫菜。

兮耒看着沐斯年在厨房里忙碌着，米色的毛衣在浅橙的灯光下，氤氲着一层暖暖的光晕，高挺的鼻梁，圆润的额头，下巴略宽，但唇线分明，圆润的唇珠让这个男人带出了一点儿孩子气。

好色，看来并不只是男人的专利，这样的男人，百看不厌，若是不抓住，自己铁定会后悔。

"没有碗筷，只好用果盘，泡面盒子最好不用，凑合吃吧。我也沾光，省得回去再叫外卖。"沐斯年端过用果盘盛着的面，衬衫袖卷到臂弯。手指修长，手掌宽度适中，小臂肌肉线条流畅，这男人，真是上得厅堂，下得厨房，带出去到哪里都足够做焦点了，房小牧怎么就能为了个杜凯放弃了男神呢？

"刚回来没多久，所以不开火，这盘子还是小牧和佳凝带来的。"兮耒吞了一口面，不好意思地说，"一直在赶画展的作品。其实，我对吃一向要求不高，在国外的时候，天天吃汉堡都习惯了。不过，你做的面真不错，比我泡出来的好吃。之子于归，宜室宜家！"最会一句话说得含混不清。

"速食面最好还是煮，可以加几片青菜或者一颗鸡蛋。"

兮耒暗暗骂了自己一句，一再地脸红，装的哪门子纯情少女呢？

泡面加了火腿和紫菜，煮得火候很好，味道远比泡出来那种软趴趴的好吃。

沐斯年看着兮耒把最后一口汤喝完，顺手把碗筷收起来送到厨房洗刷干净，抬头却看到整整齐齐的一窗台的咖啡桶，他心里一动，在国外待过的人，都有这个习惯，用咖啡来倒时差。

"我看看你的脚。"沐斯年终于在兮耒的指挥下找到隐藏在一堆颜料之中的红花油。

"不用,我自己处理就行,没什么问题。"兮耒不好意思地缩缩脚,却疼得龇牙咧嘴。

"好,有什么事,打我电话。"沐斯年把烧好的水放在不远处的小桌子上,拿起大衣,出门的瞬间说,"少喝咖啡,最好尽力去调整自身的生物钟。"

兮耒猛然从沙发上跳起来,冲进洗手间,镜子里的女子颜面绯红,眼睛亮晶晶,眉梢眼角都是掩盖不住的激动,原来,爱情来的时候如此美好,让人猝不及防,让人为之心动。

"房小牧,我爱上他了!"兮耒拿起电话给房小牧打过去。

"兮耒,你大晚上犯花痴啊!别告诉我你爱上沐斯年了。"

"恭喜你,答对了,我确信是爱上沐斯年了,一见钟情,我准备开启对男神的追赶模式。"

"兮耒,别吓我,一见钟情那都是小说中的桥段,真的,你们不是一类人,沐斯年又闷又没趣,不是适合你的恋爱对象。"

"错!小牧,我早已经过了谈感情的年龄,其实我更需要婚姻。婚姻有时候其实就是一种交易,但是要看是否值得去投入全部身家。沐斯年,值得。人与人之间要讲究磁场,第一次见面,我就知道,这男人,若是错过,我会后悔。三十岁了,我知道自己要什么。婚姻的稳固很多时候需要的是一种旗鼓相当的情商与智商,然后加上后天培养的默契。相反,若是抱着恋爱的目的去接近婚姻,往往会让挑剔的眼光蒙蔽了自己真实的想法。当然，我不反对为了爱去做出改变，关键是那种改变必须是心甘情愿的，一点点的勉强都不成。"

"可是，若这样有明确的目的，两个人之间还有纯粹的爱吗？爱岂不成了一种可以交换的条件？"

"所以呀，爱是需要资本的，比如经济，比如家庭，比如两个人受教育的环境。其实，说白了，就是人们所说的门当户对。"兮未突然感觉小牧挣扎得有些可怜。

放下电话，房小牧有瞬间的恍惚。门当户对，记得当年刘琴烟好像说过类似的话，难道自己从开始就错了？不，不会的。开始的时候，杜凯对自己多好啊，温柔、细心、体贴，绝对不是现在这样的。

那，这个要把房子抵押出去、要去借高利贷的杜凯，还是不是当初那个把自己捧在掌心里的人？婚姻，让一切都变得狰狞，丢失了当初的模样。

若婚姻真的是如同兮未说的是交易，那么自己得到了什么？又付出了什么？是青春，还是痛楚？抑或是一个叫作杜悦的孩子，一个已经变得陌生了的男人，一个时时刻刻处在焦躁不安中的家？她想不明白。

不过眼前最关键的是那十五万的贷款该如何应对。抵押房子？那绝对不可能。

杜凯加班，杜天明还在客厅看电视，房小牧焦躁地在房间里走来走去。十五万，仿佛一座大山，压在心头，喘不过气来。父母那边，房小牧觉得自己是有愧的，自从杜悦出生，明里暗里，父亲母亲帮衬了自己太多，一辈子的心血都一点点地花在自己身上，却毫无怨言。杜天明可以毫无原则地来要钱，来躲债，理直气壮地要求杜凯去抵押房子，而她房小牧只能拿自己父母的钱来补贴到杜家，自己是杜家的媳妇，就要毫无怨言地承担这一切。房小牧突然替自己的父母委屈，恨自己是女儿。原来自古至今的重男轻女，其实就是女人对男人的潜意识上的依附。女人，永远都要依附于自己嫁的这个人，要无怨无悔地为这个家庭付出所有，甚至有时还要把自己的生身父母当成二十四小时待命的提款机。

5. 被绑架的爱情

"佳凝,杜凯要用我们的房子做抵押。"房小牧迟疑了一下午,终于决定给宋佳凝打电话。

"房小牧,你家房产证上写的谁的名?我记得是你的名字。"宋佳凝的声音里带着一种强力压抑着的愤怒。

"我的名字。"

"你准备怎么办?准备和他同甘共苦,让杜悦从小就背着一屁股债,给他爷爷当孝子贤孙?"

"不可能,我绝对不答应,那是我爸妈一辈子的老本,也不是给他的,是为了杜悦。"

"好,那就好办,咱这拳头大小的地方没几家高利贷,杜凯敢蹭门槛儿的更是一个巴掌就能数得过来,交给我。你看好了你手里的存款,银行卡、存折先放在叔叔阿姨那边,别让人吃干抹净算计了去。你等我电话。"

房小牧放下电话,心里如同压上了一块巨石,憋闷,压抑,却只能眼睁睁看着自己被压在下面。自己想与他过一辈子的,真真切切想过一辈子,可是才短短六年,自己竟然在动摇,那些坚定得无与伦比的信念,那些一起走过的困窘日子的记忆,都在动摇。

婚姻就像是一座城堡，门坏了可以修，窗子坏了可以修，家具坏了也可以修，若是根基坏了呢？若是这座城堡从最初就没有根基，就是在流沙上盖起的一个经不起任何风雨的玩具，自己一直手足无措地去保护，转身才发现，那个人从来就不曾想过要和你一起为城堡添砖加瓦，还不时地在后面拆一栋梁卸一扇窗。

杜凯这几天发愁，捏着法院送来的传票在街上徘徊，却不敢回家，那家是房小牧的。

杜天明说："她的就是你的，家都是你的，房子自然也是你的。要是女人说了算，还要男人做什么？"

他恨杜天明，可是又不能恨。杜凯上初中的时候，杜天明一个星期跑一次城里买鱼，回来炖了，一口都不吃，看着他吃。买回的排骨连汤都不舍得喝，全给他。每次他考第一，杜天明比自己升职、涨工资都高兴。他说这辈子从部队转业后就是吃了没文化的亏，一辈子也就是个小科员，以后就看杜凯的了。

每次去开家长会，自己成绩好了，杜天明就会穿上那身一年露不了几回面的西装，端坐在第一排，等着作为优秀学生家长上台去传授教育心得。若是考不好，那对他就是一顿狠揍，杜天明揍人都是关上门，扔给他一块毛巾叼在嘴里，用皮带抽他。学习不好没脸哭，就是有眼泪也得咽下去。

他就是杜天明的骄傲、杜天明的依靠，就是天塌下来，他也得使劲顶着，让杜天明在下面下棋、打牌、喝小酒。所以法院的传票也好，银行的催款单也好，都跟他杜天明关系不大，如今杜凯事业有成，早就到了成为杜家顶梁柱的时候了。

杜凯把杜天明的愁闷全接了，所以杜天明下棋下得更是废寝忘食，烦恼皆休，下午他把杜悦接回来往家里一放，就继续去棋牌室楚河汉界、黑棋白子地大战去了。

拿房子做抵押也是唯一的办法，不用舍了面皮去亲戚朋友处借。其实杜凯也明白，自己还真没有能一下子甩出十几万的朋友。起起落落这几年，他早看明白了人情冷暖、世态炎凉，吃吃喝喝没问题，若是借钱，那就恨不能相见不相识，擦肩而过，从此陌路。

岳父岳母那边，也已经车到山前无路可寻。虽说房峥军一直对自己不错，但是这几年，自己确实委屈了房小牧，何况为了给杜天明还贷款张口借钱，名不正言不顺，不要说房小牧看不起自己，就是自己都想抡圆了巴掌朝自己扇几下。

从朋友介绍的一家民间理财公司出来，杜凯只想快走开，离开这里，不然自己要窒息了，甚至不敢回忆刚才接待他的男人脸上那带着讥讽的笑容。

房产抵押，必须房产证持有人亲自来签字，虽然杜凯一再强调自己就是户主，却依然遭到客气的拒绝。杜凯一再强调朋友的名字，甚至摆出了自己和房小牧的身份证、结婚证和一切证明二人夫妻关系的证件。面对摆了一桌子的证件，那个笑眯眯的小个子男人拒绝得温和却毫不迟疑："房产抵押若是没有房产证持有人的签字，我们只能抱歉。"

门外，路灯一盏一盏地亮起来。

天黑了，无处可去，家里只有杜天明和电视相爱相杀，房小牧带着杜悦回娘家了，自己无家可归。

结婚六年却无家可归，杜凯苦笑着，地上影子在路灯下佝偻着，被黑夜揉皱成一团，路上的小情侣嘻嘻哈哈地从身边走过，女孩儿在男孩子的背上大声地笑着，笑声清脆得仿佛银铃一般,杜凯恍惚觉得,那就是当年的自己和房小牧。

　　远远地,霓虹灯亮起来,"深岸"这两个字明明灭灭,在暗夜里有种欲言还休的诱惑。杜凯自认为是居家好男人,进酒吧的男人要么事业有成、风流倜傥,要么就是无所事事的二世祖,而他跟两者都不搭,所以从未想过自己会进入酒吧买醉。

　　第一杯酒下去的时候,杜凯还不相信自己会坐在酒吧里。一杯酒下肚,他甚至都没有习惯性地算一算这一杯是不是能顶上外面一扎啤酒的价格。

　　"帅哥,要不要陪我喝一杯。"对面突然坐下一年轻的女孩儿,薄薄的毛衫下,年轻的身体饱满多汁,满满胶原蛋白的脸上姹紫嫣红,"我失恋了,老板,来一杯深蓝。"女孩突然咧嘴一笑,伸手在空中打了个响指。

　　"我结婚了。"

　　"哈哈,你们男人真有意思,比女人还自以为是,你以为你是周杰伦啊,人人都想勾引你?"

　　失恋的女孩儿笑得很开心。

　　"你很开心?"

　　"为什么不开心,你以为我得哭天喊地、痛不欲生?别逗了,和有情人做快乐事,不开心了、不喜欢了就一拍两散呗!"女孩喝酒的样子很妩媚,猛然把脸伸到杜凯面前,"你看我像是找不到男朋友的人吗?所以,我来酒吧是庆祝的,庆祝明天又开始黄金王老五的生活。"

　　"你要离婚,还是你老婆出轨?一脸苦相,没得玩儿。"女孩儿把毛衫脱下来在腰间打开了个结,无袖低领的针织衫露一截子雪白,"要诉苦?请我喝一杯,给你个机会。"

　　"我欠了巨债,我要抵押房子,我老婆跟我闹腾。"或许是不认识，才可以肆无忌惮，杜凯仿佛找到一出口，那些压抑的情绪汹涌而至。

"哼，看着你一派纯良的样子，竟然是一祸害，还算计自己老婆。"女孩儿一脸鄙夷的样子。

杜凯自顾自地、毫无顾忌地讲述从杜天明贷款到被骗，从房小牧的愤怒到自己的不理解，从当初结婚时的小二手房到今天要抵押的房子，说得自己都感动，纯良、孝顺、顾家的好男人，为什么房小牧就理解不了他作为一个儿子、一个男人的难处。

"贷款是你爸折腾的，对吧？"

"对，他也是对人太实在。"

"你现在的房子是你老婆买的，对吧？"

"是我岳父用房子换的。"

"你当年的巨债是你老婆与你一起还的，对吧？"

"对，当年小牧卖了房子，我们挤在租来的一套几十平的小房子里，那时候，真难啊！"

"我算是理明白了，你家纯粹就是想把你老婆坑了拉倒。你爸自己想占小便宜，被坑了一屁股债，你还想把你老婆和你老婆一家的全部家当坑蒙拐骗过来，给你爸填窟窿，你还嫌弃你老婆不痛快。你这一奇葩，我要是你老婆，早把你清理出户了。你一不是精英，二不是富二代，错，你就是一奇葩的坑二代，你竟然还在这里说得理直气壮的。"女孩伸出一根手指叩着桌面，说得是抑扬顿挫，字字铿锵。

"你怎么说得这样难听。什么叫坑蒙拐骗？我爱她，她也爱我，难道我们不是一家人，不应该共渡难关？"杜凯拿起杯子，不知什么时候已经空了，他晃了晃，又放下。

"不！一家人，你为什么不卖你爸的房子，却要抵押你自家的房子？你爸妈生你养你，受苦受难，你应该去做孝子贤孙，凭什么要你老婆一起受罪，你爸妈养你老婆一天没？"

"难道我错了？"

"你就不该结婚，你就该在你爸妈跟前老老实实过一辈子。我真羡慕你，就你们这样奇葩，你都能找到老婆，你老婆眼得多瞎呀！而且到今天你老婆还没跟你离婚，我真是难以理解，难不成你器大活好，还是隐形潜力股？咋看你都没那样啊！得，今天我失恋了心情好，给你掰扯这半天。"

"我该怎么办？"杜凯直愣愣地看着眼前这个比自己小半轮的女孩。回味着，仿佛女孩说的也是对的。

"凉拌！我发现你这种男人最没意思，根本就一活在现代社会的老古板，还认为自己无比善良、无比伟大、无比具有自我牺牲精神，其实，就一纯粹自私的小男人，根本就没脑子，也没心。还说什么爱情，你只不过是用你的自私去绑架了爱情这个词，错，是亵渎，亵渎了爱情。我真可怜你老婆。走了，没意思，买单！"女孩子一招手，把一张钞票压在杯子底下，游鱼一般滑入小小的舞池。

自私的小男人！没脑子！没心！

原来在一毫不相干的外人的眼里，自己是这样的。

那，房小牧会怎么看自己？

酒吧中间小小的舞台上，一穿着白T恤的清瘦男人在抱着吉他低吟浅唱，那些怀旧的曲子，唱得人心都是黄昏的月色，都是那些记忆里的老时光。周围的人们，或低声交谈，或者就着一杯酒，在消磨一段无处安放的时间。

推开一扇门
岁月是一盏灯
灯光下是你浅浅笑容
年少的脸看也看不清

燕子梁上住
往事也如风
池塘边飞过红蜻蜓
彼岸此岸花开两枝各不同

此去经年　别来无恙
繁花陌上　世事已经那么苍凉
一杯酒唱出离别的悲伤
归来的你呀眸子清亮可是少年模样

此去经年　别来无恙
轻描淡写再唱床前明月光
一杯酒是颠沛流离的遗忘
归来的少年眸子清亮低吟浅唱的旧模样

　　男人的声音清冷，尾音带着一丝略显沧桑的喑哑。杜凯躲在幽暗之中，躲在这带着忧伤的声音里。是的，此去经年，此去经年啊！人这一辈子有多少个此去经年呢？那时候的房小牧坐在自己摩托车的后座上，用大毛围巾捂着自己的耳朵，嘻嘻哈哈地笑着。夏天的时候两个人穿着一件雨衣，他把房小牧裹在雨衣里骑着车飞奔，水花溅到腿上，小牧就会惊呼着搂紧自己的腰。怀孕之后的房小牧挺着滚圆的肚皮坐在沙发上给自己削苹果。自己被骗之后，抱着孩子的房小牧陪着他一趟一趟地跑银行，一家一家地写下借款协议。那个娇滴滴的女孩子就这样陪着自己一路坎坎坷坷地走了过来。其实，自己是嫉妒沐斯年的，不管是人品、家世还是工作、能力，自己都不能比，房小牧却义无反顾地跟着自己。自己怀疑房小牧吗？不不，其实，这只是对自己无能为力的虚弱掩饰。自己在杜天明面前要面子，在张素华面前要面子，在老家的亲人面前要面子，独独没有去想过房小牧要的是什么，甚至自己还要去用这唯一的房子去抵押贷款，给自己的父亲抵债。凭什么呢？就凭房小牧与自己一起走过的风风雨雨，还是就凭自己对两个人婚姻的自信？杜凯，猛然心惊，继而心疼。

男人累了，压抑了，烦躁了，可以喝醉，可以毫无忌惮地与狐朋狗友嬉笑怒骂，醉倒街头。而女人，在嫁给男人、生了孩子之后，渐渐地疏离了曾经的圈子，逛街也是来去匆匆，吃饭也是食不知味，回趟娘家就像是受到大赦一般快活。女人在磕磕绊绊中日渐成熟，而成熟的标志不是眼角的皱纹，也不是日渐臃肿的腰身，而是不再流泪，不再抱着你絮絮叨叨地说着家长里短，一寸一寸的柔软被日子覆盖上了一层坚硬的铠甲，铠甲之中的那颗心，也就慢慢地冷成了冰。

是的，那个听话的、活泼的、温柔的房小牧在两千多个日日夜夜中变得沉默了、坚强了，却离自己越来越远了。

自己竟然让房小牧受了那么多的委屈。

爱情，被婚姻绑架，然后被杀死。

慢慢地，顺着肌肤沁出了一层细细的薄汗，湿透了内衣，贴在脊背上，透心凉。

第六章 我们还可以相爱吗?

1. 努力相爱吧

"妈,我怎么看着爸脸色不大好,最近别太累了。"房小牧把买来的馄饨皮切成方形,看着房峥军和杜悦在沙发上玩跳棋。

"前几天说胸闷、头晕,去医院查了查,说血压有点儿高,血脂也高,输了几天液通了通血管,现在好多了。你切大点儿,杜悦喜欢吃馅儿多的。"

"妈,你和爸爸没事就报个老年团出去走走,我爸不是早就想去华山吗?"

"小牧,你爸前天去接悦悦,看见你公公了。他来得日子不短了,是不是有什么事?"刘琴烟迟疑了一下,放低了声音问。

"没,嘶——"房小牧的手一抖,切到指甲上,血珠子接着就渗了出来,她赶紧把手指噙在嘴里。

"唉,你这孩子毛手毛脚的,孩子都好几岁了,还跟长不大似的。快出去找你爸,给你贴个创可贴。"刘琴烟一巴掌把房小牧的手打下来,顺手接过菜刀,"老房,拿个创可贴过来。"

"小牧,最近是不是工作不顺心。"房峥军给房小牧贴上创可贴，悄声问。

"没有，爸！"

"我听悦悦说他爷爷来了，挺好的吧？"

"挺好！"房小牧看了厨房一眼。

"其实啊，杜凯这孩子不错。有什么事啊，两个人得互相担待着点儿。孩子，有些事啊，得有底线。抽空叫着杜凯一块来吃顿饭吧。"

房峥军去倒茶，淋淋沥沥地撒了一桌子。

出门的时候，杜悦窝在房峥军的怀里，跟姥爷亲来亲去，小身子拧成了麻花，哼哼唧唧地说不想回去。

一直到房峥军答应周末接他过来吃大餐、去游乐场，他才乐滋滋地从房峥军怀里溜下来，牵着房小牧的手恋恋不舍地出门了。

公交车上人很少，杜悦一边哈气一边在窗玻璃上画着一个一个圆脑袋小身子的小人儿。他指着一个高高的小人说："这是姥爷，手里拉着的是悦悦。"房小牧笑了，这孩子从小跟姥爷亲，说姥姥可凶了，天天这个不准那个不准，姥爷就不会，和杜悦在被窝里看那个夜光表，还偷偷在门外吃巧克力冰棍。姥爷说小孩子都爱吃，吃完了刷刷牙就行，还说妈妈小时候也爱吃巧克力。

杜悦快五岁了，五官轮廓已经有些小男孩的硬朗，但是笑起来的时候眼睛是弯弯的，像极了房小牧。房峥军说，这孩子性子温和，跟小牧一样，不让人操心。

下车之后，房小牧拉着杜悦的小手往家走。杜悦的小手鱼儿般伸进她的衣袖里，软软嫩嫩的小手指轻轻抓挠着房小牧的掌心。

"妈妈，姥爷的手现在老哆嗦。是不是我太沉了，姥爷抱不动我啦？"杜悦仰着小脸看着房小牧，一跳一跳地踩着路灯下的影子。

"姥爷老了，悦悦以后不能让姥爷抱了，得心疼姥爷。"

"妈妈，爷爷为什么不陪我，是不是不喜欢我？他天天把我接回来就去下棋，我天天自己在家看漫画，可没意思了。以后不要让爷爷接我好不好？"

"每次都这样？"房小牧一惊，她以为只是偶尔。

"妈妈，爷爷说不能告诉妈妈，也不能告诉爸爸。"杜悦突然捂住小嘴巴，接着又小声说，"可是，我真不喜欢一个人在家，我也不喜欢爷爷。"

"爸爸知道吗？"

"爸爸说我是男子汉了，得学会自己照顾自己。"

房小牧一把抱起杜悦，紧紧地搂在怀里，风大了，房小牧吸了吸鼻子。

路边行道树伸着光秃秃的枝丫，树下残雪还未消融，冻成了一堆一堆灰色的硬疙瘩。

元旦即将到来，单位的审计工作忙得团团转。杜悦开始拒绝杜天明去接他，让自己一个人在家里等爸爸妈妈，坚决让姥爷接，说姥爷家里有热乎乎的小馄饨，还有阿巴拉拼图，比自己一个人在家看书写字有意思多了。

中午没吃饭，面对桌子上小山一样的材料，房小牧叹了口气，喝几口咖啡，打起精神与办公室的其他三人忙得团团转，大家说明天忙完一定得去吃大餐，好好补补这几天死掉的脑细胞。

"房小牧，主任找你！"丁姐抱着内线的座机大声咋呼。

"材料还得俩小时才能整理出来,我一会儿给他送下去,你跟主任说一声,丁姐。"

"主任说让你马上下去。"丁姐焦急地说。

房小牧一溜小跑下来,就看见公公杜天明正坐在主任办公室里喝茶,脑袋顿时嗡的一声——历史要重演?

她赶紧给杜凯发短信,拍了拍胸口,猛吸两口气,走进主任办公室:"爸,你有事吗?"

"这孩子话说的,这不快过年了吗,我就是来拜访一下领导。"杜天明拍拍身边的一盒包装得花里胡哨的茶,和蔼的笑容让房小牧毛骨悚然。

"爸,我们这年终正忙的时候,您也看到了,若是没什么事您就先回去吧。"

"小牧啊,最近杜凯说没见到你的工资卡,我寻思是不是你们单位最近财政出了什么问题,或许你不好意思,所以我就来和领导沟通一下。"杜天明的笑容越发和蔼可亲。

"谢谢老杜同志的关心,真不愧是老党员老干部,对待工作确实想得周到。这样,我还有个会,有什么需要沟通的呢,你和小房聊一聊。现在小房啊,可是我们单位的优秀员工。"主任玩味地盯着房小牧笑了一下,然后一边拨通电话一边走出办公室。

"爸,你有什么话咱回家说。这是我单位,上一次你这样闹过,这次又是一出,我不明白你到底是要做什么,现在我也不想明白。杜凯一会儿来接您,您请回吧。"房小牧收起笑容冷着一张脸。

"我就问房产证和家里的存折你到底放在哪里?"杜天明瞬间沉下一张脸。

"爸，这您没有必要过问。若是杜凯想问可以直接问我。若是您想知道，我觉得这是我们俩之间的事情，也没必要跟您说。杜凯马上到。"

"反了你，你是我杜家的媳妇，就得守我们家的规矩。杜凯是我儿子，他听我的，我问的就是他问的。"

"杜凯，五分钟之后你若不把你爸带回去，后果自负。我去工作，有什么话我下班之后再说。"房小牧对着手机说完，冷冷地盯了杜天明一眼，转身往外走去。

杜天明暴跳如雷，叫嚣着往门外走，忽然转身，又把那盒茶叶抱起来追了出去。

房小牧第一次这样审视自己的婚姻，其实矛盾从一开始就埋下了伏笔，若不反抗，只能是一步一步把自己陷入没顶的深渊，没有人能救得了自己，指望别人不如自救。

"房小牧，你怎么谢我吧？！"是宋佳凝的电话，带着几分喜不自胜。

"以身相许呗！啥情况了？"

"杜凯还真去借高利贷了，不过白搭，去的是我朋友的姐夫的公司，没有房产证、持证人本人的签字，直接否决。你赶紧把你家所有证件都收好。我还找了个妞儿去酒吧勾引这大孝子了呢，想不想听？"

"宋佳凝，你真恶心！"房小牧尖声叫着。

"拉倒吧，这有什么恶心的？不过，别担心，杜凯没有失足，只是那女孩儿的嘴巴太损，能不能骂醒杜凯我不敢说。她回来说给我听，我都自叹不如啊。不过，小牧，我倒是担心若是杜凯要替他爸还，你也得做好思想准备。若是日子可以继续过下去，那就得还。这是国家的钱，会强制执行的。若是不打算过了,那就做好不还的打算。说实话,你还爱杜凯吗?"

"我不知道。"房小牧迟疑了半响,"你和程默怎么样?"

"其实我也不清楚,他说他爱我,我可能还爱他,只是我需要时间,去屏蔽然后格式化那些记忆。"宋佳凝轻笑了一声,"有时候,真的感觉爱情就是个最不实用的奢侈品,而婚姻恰巧最讲究的就是实际,看上去不相容的两件事,却非得去容在一起,你说,我们是不是太贪心了?"

"新的一年,希望我们心想事成。"房小牧挂断电话。心想事成,这目标真浪漫,因为这世界上从来就没什么心想事成。

两天过去了,杜天明竟然风平浪静,连杜凯都没有说起这茬,仿佛一页纸,呼啦一声就掀过去了,至于写的是什么内容,没有人看。

要过年了,杜天明来了快一个月了,却没有要走的意思。他已经在周围几个小区的牌友中成了擂主,每天业务繁忙,吃饭的间隙还要通过电话给棋友指点迷津。其间房小牧和杜凯去看过两次张素华,虽然她自己在家摆摊子卖菜,但人的精神头看上去倒是好多了,还给杜悦打了年糕,说带回去慢慢吃。对张素华,房小牧谈不上有多亲近,只是可怜,一个女人守着一个无情的男人过了一辈子,行动被禁锢,思想也早已经形成了一个固定的模式,只要日子能过,就什么委屈都能吞咽下去,还会自我安慰:"哪个女人不是这样过呢?"

中间法院来过一次传票,但是杜凯没有说起什么抵押房子的事情。杜天明一催,杜凯就说正在想办法。加班的时间越来越长,爷俩照面的时间就少了。日子仿佛趋于平静,房小牧却总有一种说不出来的压抑与紧张，就如同走夜路，陌生的地方总会有许多未知的恐惧躲在暗处，或许下一刻就面目狰狞地跳出来。

她给兮耒打电话，兮耒说女人第六感是很奇妙的，所以轻易不要给自己心理暗示。

心照不宣的，两人都不说房子的事儿，家庭气氛仿佛稍微缓和了几分，但是房小牧一直把房产证、户口本、工资卡都放在刘琴烟那儿。

一张床上睡着的两个人，背对背，房小牧说还是一人一床被吧，夜里冷。杜凯看着床上分出的两个界垒分明的被筒，张了张嘴，却最终什么也没有说出来。

怀里空荡荡的，房小牧跟自己生分了。杜凯发现房小牧很少像以前那样腻在自己的身边了，很久很久之前，她就不再把冰凉的脚丫子搁在自己的怀里，也不再像树袋熊一般搂着自己的脖子了。

有时候杜凯半夜惊醒，会发现她睡得很安静，把自己蜷缩成小小的一团，手紧紧地抓着床边，中间与自己隔着一段很大的距离。一张床能有多大，而她在努力离开他。甚至有时候，她说陪杜悦，直接就不过来睡，与杜悦挤在那张一米二的小床上。

房小牧变了，她疏离而客气，让杜凯感到莫名的冷，即便家里有二十四度的恒温暖气也温暖不过来的冷。

身体不会说谎，当一个人的身体拒绝你的时候，心早已经在不知不觉中走远了。

元旦之后，宋佳凝一进办公室就惊呆了，一束硕大的白玫瑰盛开在桌子上，喷薄着馥郁的香。宋佳凝笑了，"新年第一天，还有这福利？"

"替你签收的呗，我们都抱着拍照拍了一轮了！"办公室里的小姑娘们在一个一个小格子间里羡慕得咋呼。

"谢谢！来，看看是谁暗恋着本小姐。"宋佳凝翻开上面的卡片，不由得一愣，是程默，以前从未给她买过花的程默竟然也会这样，宋佳凝的心里微微一凉，原来，人真的会变。

自此，每天早上都会有一束白玫瑰准时到达，学院里小姑娘们羡慕嫉妒得眼睛都红了：一英俊多金的高富帅正在追求他们的宋老师。

"宋老师，那高富帅在门口等你呢，手里好大一束白玫瑰。"还没下班，门口的小姑娘就开始咋呼，刹那间，隔壁的几个年轻的助教都趴在窗子上往下看。

宋佳凝也隔着窗子看楼下的程默，不得不承认，这人挺帅。而立之年的男子褪去了曾经的青涩，浑身都是睿智与沉稳，国外的经历，更让他通身由内而外地透出几分淡定与优雅。

若是六年前的自己遇见这样的程默，宋佳凝知道，自己定然会再次沦陷。其实六年前和六年后有什么区别，自己都与这个男人有着千丝万缕的瓜葛，到底是缘是劫，自己也很难看得清楚。

远远地，程默嘴角含笑，抱着一束玫瑰站在门外，看着宋佳凝一步一步走近。

"冷吗？"程默把宋佳凝羽绒服的帽子拉上来。

"程默，其实，我们没必要的。"

"不喜欢？"

"不是，程默，你不觉得我们之间需要的，其实是时间吗？"

"不喜欢？"洁白的玫瑰挡住了程默半张脸,他那黝黑的眸子越发深邃,盯得宋佳凝的心里一阵慌乱。

"喜欢。"

"喜欢,能不能对我笑一笑？"

宋佳凝微微眯了眼,看着眼前这个男子,什么时候,程默竟然变得如此会撩人,"你是不是也这样撩别的女人？"

"哈哈,佳凝,我们之间必须这样严肃吗？"程默突然笑着退后一步,孩子气地摸了摸头,"佳凝,现在你说话就一副公事公办的语气,我都怀疑你们院里是不是为老师们都配备了一副面具,带上之后,说话的语气都是没有感情色彩的。好了,今晚一起吃饭吧,新年之后的第一天,我想与你一起过。"

"你不回家？"问出这样一句话,宋佳凝自己都忍不住偷偷地笑。

"等你给我一个家！"程默牵住宋佳凝的手,轻轻在她的额头吻了一下,"走吧,我在小竹轩订了座位,别拒绝我,不然这一年我都会不顺利。"

宋佳凝略微一迟疑,便抱着玫瑰跟着程默往外走,脚步轻快,裙角带风。

2. 我们永远在一起

"妈妈,我们幼儿园要举行一次亲子游戏节,老师说这是今年最后一个节目,也是最隆重的一个节目,家长一定要去。"从幼儿园接出杜悦,小家伙的嘴巴就没停过,还煞有介事地从小书包里掏出一张通知单。

"宝贝,让姥姥陪着去,行不行?"

"不,每次家长会都是姥姥去,别的小朋友都是爸爸妈妈去,小朋友都笑话我啦。"

"妈妈要请假,请假会扣工资的。"

"妈妈,你一天赚多少钱?"

"两百元呀!"

"那我用攒的两百元零花钱买你一天,陪我去好不好?"杜悦站住,乌黑的眼睛紧紧地盯着房小牧,轻轻地晃着她的胳膊。

"宝贝,你是小土豪呀,比妈妈还有钱呢。"房小牧在杜悦那一本正经的小脸蛋儿上亲了一口。

"别转移话题,房小牧同志,我郑重地通知你,你必须去。"杜悦严肃地扳过房小牧的脸,抵着她的额头。

"哈哈,好好,杜悦同志,我一定按时去,完成这项政治任务。"房小牧一把抱起杜悦放在了电瓶车上。

踏进家门，这个点难得看到杜天明在家，而且满脸笑容地拉过杜悦，亲密密地坐到沙发上看电视。

房小牧换衣服洗手，去厨房，杜凯已经洗好了排骨要煲汤。他一边切胡萝卜、玉米，一边对房小牧说，这个月单位要发年终奖金了，估计可以超过五位数，这半年多的班儿没白加，可以给房小牧买一件她心仪已久的羊绒大衣，今年特别流行。

"杜凯，爸要在这儿过年吗？"房小牧尽量把声音放得随意而温和。

"还得过几天吧，不过我一直在想办法。"杜凯背对着房小牧，这话说得心虚，且没任何分量。

他知道，如果杜天明坚持一直住下去，他也没有任何办法。

"对了，杜悦下周三要举行亲子游园活动，要求家长都参加。"

"估计很难请假，到年终了，都挺忙，明年的软件预算都要出来了，实在不行，你带他去吧。"

"不行，你俩都得去。"不知道什么时候，杜悦叉着腰、挺着小肚子站在厨房门口，瞪着乌溜溜的大眼睛看着他俩。

"宝贝，爸爸要上班赚大钱，给你买玩具，买大房子呀。"

"我不要大房子，我要爸爸妈妈一起去参加活动。"杜悦摇摆着身子抱住杜凯的大腿，仰着头说，"爸爸，我们班里圆圆爸爸是老总，但是每周都会去接圆圆，还去吃肯德基，周一的时候圆圆带着一个漂亮的徽章，说他爸爸在肯德基做游戏得了第一名得到的奖牌。你不是老总，为什么比老总还忙啊？"

"悦悦，你知道什么是老总啊？"

"就是管着很多人，能赚很多钱的，电视上说，那叫总裁。圆圆说，他爸爸是超级总裁，都上过好几次电视啦。"

"那爸爸努力做总裁好不好？爸爸努力工作，争取做总裁。"杜凯在杜悦的小鼻子上轻轻弹了一计。

"不好。老师说，那是政治任务，爸爸妈妈必须去。"杜悦像小狗子一般在地上打转，大有你不答应，我就不出去的架势。

"悦悦，爸爸妈妈没空，爷爷去参加好不好？"杜天明不知道什么时候也凑过来，笑嘻嘻地看着杜悦。

房小牧突然一阵恶寒：是不是有什么企图？一定是！

因为杜天明来了这段日子，从没在家里笑得这样和蔼可亲过，更没有这样低声下气地跟任何人说过话。

"爸，不用，我跟杜悦说好了，到时候我请半天假就行。亲子活动，必须得是孩子的爸爸妈妈去参加，还有许多游戏环节，也不大适合您去。"房小牧把胡萝卜刨成细细的丝，没有抬头。

饭桌上，杜凯给房小牧夹了一块排骨，房小牧看了一眼，夹起来放在杜悦的碗里，然后盛了一碗汤，一边吹气一边喝。

"小牧，杜凯，我准备跟你们商量个事。"杜天明放下饭碗，拿起餐巾纸慢慢地擦着嘴巴，等着房小牧和杜凯都把碗放下，才咳嗽一声清清嗓子准备发言。

"是这样的，我来了这一个多月，发现咱们小区和附近小区的老人们都喜欢围棋、象棋、五子棋，喜欢扑克纸牌的也不在少数，但是呢，小区里一直没有像样的活动室。我和几个棋友商量了一下，准备开个老年活动室，办成会员制，按照会员的级别收费，经过审核可以升级成终身VIP会员。而且，在大家的一致推举下，我当选为会长。"说完慢慢地环视一周，等着期待中的掌声。

"爸，你们几个老头儿还真玩出名堂了啊。挺好。"杜凯淡淡地说。

"小牧，你怎么看？"杜天明有些失落地看着不作声的房小牧。

"我？没看法，挺好。"

"既然都觉得很好，那就准备实行。我已经看好了适合的场地，关键就是资金。目前我在经济上是困难时期，但是我算了一下，一个会员一季度收费一千块，三十个会员就是三万块，会员升级之后，享受的待遇可以提高，但是会费也会提高，这样除去房租和水电费，半年之后，盈利十万是没有问题的。"杜天明真想给自己的美好蓝图用力鼓掌，但是在座的其他人都没有任何反应。

"钱呢？"房小牧问。

"这不是在和你们商量吗。前期的资金，我在想，能不能抵押一下房子？"杜天明直视着杜凯。

"不可能！爸，这棋牌室很容易被定性为赌博场所，别说我现在没钱，就是有钱绝不会投资。至于抵押房子，您不用考虑，这房子是我爸妈给杜悦的，谁都不能打主意。"房小牧在心里暗笑，原来，还是在打房子的注意，什么棋牌室，不过就是换汤不换药，还是在想方设法地谋划这房子。哼，门儿都没有！

"又不是卖，只是抵押一下，我早去咨询过了，走下程序，回钱很快，到期还款，房子还是咱们的。"

"要是还不上呢？爸，我们不需要赚什么大钱，喝喝茶，打打牌，您就当个消遣就好。"

杜天明对房小牧的伶牙俐齿非常愤怒，这算哪门子媳妇，直接怼老公公，这两年长本事了，欠收拾！前几天在她单位就脸不是脸鼻子不是鼻子的，欠教训，他把严肃的目光转向在一边闷头扒饭的儿子，

"杜凯，你说！"杜天明涨红了脸。

"爸，小牧的意见就是我的意见，我也不建议你去弄什么棋牌室。前两年的账还没还完，你银行的贷款我们还没想出办法，最近我们都忙，你在家多陪下杜悦比什么都强。"杜凯放下饭碗，思量着说出来，偷偷瞄了房小牧一眼。

房小牧一愣，杜凯什么时候站在自己这边了，她站起来收拾碗筷去厨房。

只听外面砰的一声响，杜天明摔门出去了。

杜凯站在厨房门口，突然上来从后面搂住房小牧，把下巴抵在房小牧的肩膀上。房小牧僵硬地挺直了脊背，半响，伸出手拍了拍杜凯的胳膊。

躺在床上，杜凯的手悄悄从被子底下探进来搭在房小牧的腰上，轻轻地游走。

从杜天明来了，两人就再没有爱爱。疲累，冷战，仿佛他们早就忘却了人还有这个生理需求。房小牧突然有些害怕，还未到七年之痒，两人之间竟然已经形同枯木，若不是杜凯今晚异常地温柔，房小牧差点儿忘记了自己还是个女人。

"累了，睡吧。明天还得和杜悦去幼儿园。"房小牧轻轻抓住杜凯的手。

"小牧。"杜凯的声音黏腻地粘在房小牧的耳朵里,呼出的温热气息,让房小牧避之不及。

杜凯把房小牧强行搂在怀里,手不停地在房小牧的胸上揉捏,试探着去亲吻房小牧的嘴唇。房小牧暗暗叹了口气,手慢慢地插入到杜凯浓密的发间,一下一下地梳理着有些硬朗的头发。

杜天明在客厅的小床上,杜凯压抑着不敢如同往日一样尽兴,算是差强人意。房小牧从床头拿出一包湿巾打开,两人随意地擦拭了一下,却发现湿巾已干,日子长了,水分都蒸发了。

左手是爸爸,右手是妈妈,杜悦仿佛荡秋千一样,乐得一路上叽叽喳喳说个不停。

幼儿园的亲子活动在室内体育馆举行,孩子们都换上统一的黄色运动服,如同一群叽叽喳喳的小黄鸡,在绿色的室内排球场上滚来滚去。

"圆圆,圆圆!"隔着好几排家长、孩子,杜悦就开始咋呼,一个胖嘟嘟、圆滚滚的小姑娘龇着小白牙一溜小跑过来,小脑袋和杜悦凑在一起不知道嘀咕什么。

"给你,我没说谎吧,我爸爸最帅,我妈妈最漂亮。"杜悦小心地从兜里掏出一粒粉色包装的Q软糖,放在小女孩的手心里。房小牧不由得感叹,这娃才一丁点儿大就会"撩妹"了。

"妈妈,圆圆一直说我没有爸爸,我说我爸爸最帅了,然后打赌一包QQ糖。"杜悦一只手拽着杜凯一只手拽着房小牧,开心地单脚蹦来跳去。

杜凯满脸歉意地看着杜悦,确实,五年来,他很少陪杜悦，孩子上幼儿园大半年了，接送的次数一只手就能数得清。

青蛙跳，钻山洞，杜悦都一路领先，他小脸上都是得意的笑，不时地拿大眼珠子挑衅地看着其他落后的小朋友。最后的环节是亲子传球，父母要用身体夹住球将其运送到目的地，然后父亲把孩子扛在肩膀上，与母亲的腿绑在一起跑到终点。

在运球的过程中，已经有两对父母因为掉球被淘汰，这一组就剩下圆圆的父母和房小牧、杜凯这一对。杜凯他们用胸部夹住球，一起往站立在另一头的孩子那移动。杜悦紧张得一动不动，半张着小嘴，紧张得把手中的黄布条儿拧成了麻花。

杜凯扶着房小牧的肩膀，带着房小牧按照自己的节奏，顺利地走到了终点，他抓起杜悦扛在肩上，脚踝已经被教练用个黄布条儿和房小牧紧紧地绑在了一起。

杜悦一路喊着一二一，杜凯一手抓着杜悦，一手扶着房小牧的肩膀，步调出奇地一致。到终点后，杜悦从杜凯的肩膀上蹦下来，蹦到圆圆跟前，大声喊着："我们家是第一名，我爸爸是超人！"两个小孩子拉着手在塑胶地垫上开心地滚来滚去。

奖品是一套俄罗斯套娃，杜悦一路上抱着不撒手。晚饭之后，他在桌子上一遍一遍地摆弄着，三个套娃脸对着脸，笑嘻嘻地看着对方。他说最大的套娃是爸爸，第二大的是妈妈，最小的就是悦悦，他们三个要相亲相爱地在一起，永远！房小牧心中一痛，孩子才是一个家庭中最敏感的，虽然来到这个世界还不到五年，还不知道什么是永远，然而他却在用自己的方式表达着对家庭的维护，孩子对爱的敏感度远远超出了大人的预料。

房小牧看着杜悦，抬头正好迎上杜凯的目光，那目光中有久违的温情,还有若有若无的歉意。若是半年前,房小牧或许会感动得热泪盈眶,会有与这个男人继续白首到老的决心,现在她不知道,自己还能不能坚持到那个看不到尽头的将来。她缓缓垂下头,躲开了杜凯的目光。

3. 嗨，我爱上你了

"嗨，满血复活，庆祝一下，顺便感谢你，不要拒绝我，中午十二点我在你们医院门口等你下班。"兮耒的声音霸气却不乏温柔，沐斯年还未来得及说话，那边已经利索地挂断了电话。

兮耒坐在车里，拍了下胸口，故作霸道地约饭，其实也需要鼓足勇气的。

沐斯年，和别的男人不一样。

兮耒知道，接近自己的男人，其实都是有所图，当然，自己也不是生活在真空里的白莲花。从小，她就知道，自己想要的东西那就努力去争取，有时候错过去，只能眼睁睁地后悔，甚至连后悔的机会都不曾留下。

兮耒关掉车里的暖气，车停在医院门口不远处的小巷子里，这里安静，或者说，她需要在热闹之中寻找一方安静来安放那些无处不在的回忆和惊怖。

兮耒把高中之前的生活格式化成一片空白，摒弃那些复杂的叫作亲情的累赘，然后剩下自己在这个世上行走。她就像是石头缝里蹦出来的孙猴子，只有将来，没有过去。

"想要什么就去努力，否则就连想都不要想！"这是他留给她的最后的遗言。一直到死，她只叫他师傅。武馆被封，她考上大学之后，那个被冰雪覆盖的城市与她再无干系。

也好，斩断了，就是新生，洗去胳膊上鲜红的彼岸花，她还是那个干净的女孩。上大学，画油画，昂着头，在这个冷漠的世界里杀出一条血路。或许，有人会说她功利无情，她都不在乎，因为背后已经是万丈深渊，若不往前走，只能坠落深渊死无葬身之地，那才是辜负，辜负了自己，也辜负了那个该被自己叫一声爸爸却永远也没有机会听到的人。

兮耒擅长遗忘。不想，就没有过去，她就是一个普通的女孩。该上学就上学，该恋爱就恋爱，该结婚就结婚，顺利地把这一辈子过完才对得起他。

一辈子，他的死，就是她的生。

"睡着了？"沐斯年敲一敲车窗，含笑着望着她，打开车门坐进来。

"昨晚画了一夜，闭目养神。"兮耒目光蒙眬，带着一股子雾蒙蒙的湿润，冬天的阳光慵懒地覆在脸上，眼角的泪痕清晰可见。沐斯年的心蓦地一痛，仿佛被一根极细的银针捻进了心里，痛，却找不到伤口，太细小，仿佛幻觉。

"生活无规律，持续亚健康状态，会导致身体疲劳、嗜睡、注意力不集中。"

"沐医生，我不是就诊的患者好吗？"兮耒笑着揉揉脸，从口袋里掏出能遮挡半张脸的黑超带上，把手腕上的表伸到沐斯年面前一晃，"下班时间，吃饭重要。说吧，想吃什么，我请客。"

"还是我请吧，庆祝你大病初愈。"沐斯年笑得温和。兮耒边开车边在黑超的遮盖下肆无忌惮地打量着沐斯年，若按五官黄金分割比例来看,这人五官算不上精致,眼睛深邃,眉毛也算得英挺,但是鼻子不够高,嘴巴的唇线也过于柔和,却也恰好削弱了下巴过于硬朗的线条。这五官拆开来看还真算不上养眼,但是组合起来却温润得很,特别是眉眼间都是平和,一看就是在幸福家庭中长大的孩子,不缺吃不愁穿,还不缺爱。

不缺爱,这三个字若钟磬,在她头顶嗡嗡作响。

"专心开车,你准备闯红灯吗?"沐斯年突然在兮耒的胳膊上轻轻一拍。

兮耒面上一窘,自己偷着瞄他被看出来了,眼神倒是好使得很,那干脆把墨镜摘下来往后座一扔,大大方方地去看。

"呵呵,看得够仔细的,我这五官当模特估计不合格。"沐斯年轻轻靠在椅背上,舒适地把手枕在脑后。

"还成,若是鼻子挺一点,唇线硬朗一点,下巴尖削几分,你一小时可以一百六十元,现在勉强一小时九十元。"兮耒一本正经地说,"美元,不是人民币。"

"成,我下岗之后,你给介绍一画室整碗饭吃。"

"肥水不流外人田,给我当模特就行。"兮耒突然贼兮兮地瞄了一眼沐斯年的胸,宽肩窄腰,绝对是脱衣有肉、穿衣显瘦的主儿,不由得偷偷一笑,却发现正好从后视镜里对上沐斯年含笑的眼,不禁心头鹿撞,手底下差点儿挂错挡。

"想吃什么?包您满意。"兮耒问,却突然"扑哧"一声笑了出来,自己离开这几年,城市的变化早已超出了自己的辨识范围,就是沐斯年说出想吃什么,估计自己也找不到。

"这样吧,我来开车。今天下午我休班,带你去放松一下,庆祝你大病初愈,庆祝偷得浮生半日闲。"沐斯年沉思片刻。

"嗯？有好玩的？其实，我对吃要求不高，在国外茹毛饮血这几年，对吃的欲望都寡淡了。"兮耒换到副驾驶座上，把座椅稍微调整了，眯着眼舒舒服服地半躺着。

沐斯年含笑着看着兮耒。医院里不乏美丽妩媚的女孩子，但却都没有兮耒这个味儿，甚至与房小牧的温柔可爱相比，兮耒更显随意亲切，仿佛是勾肩搭背认识多年的朋友，相处起来毫无局促之感。

"到了，醒醒。"

"我竟然睡着了？"兮耒被沐斯年叫醒的时候，发现自己盖着他的大衣睡得正香，低头一看，衣领上濡湿了一块，妈呀，自己竟然流口水了，不由得大窘，赶紧偷偷擦一把。

"最近还在赶工？"

"接了几个小订单。没办法，画展没赚到多少钱，囊中羞涩，我得给自己在这个城里弄下个容身之地。"兮耒说得自然，沐斯年听得随意。

"呵，采菊东篱下，而无车马喧。"兮耒跳下车，映入眼帘的是掩映在苍苍翠竹中的院子，门上方，斜斜地挂了一暗红色酒旗，舒展之间隐约看得出是一阮字。门板是整块原木做成，上面挂一截略显陈旧的木匾，上面斑驳着俩字：隐庐。

门半掩，可以隐约看见曲曲折折的石径绵延开去。兮耒伸出手触摸门板，看来是有些年岁了，门板上竟然呈现出一层蜡质的包浆，门环被人的手触摸得光润异常，不过细细看去，地上石板路却又生了点点苍苔，应怜屐齿印苍苔，小扣柴扉久不开，能踏进隐庐的人估计也没有多少。

"进去看看？"沐斯年饶有兴趣地看着睡眼惺忪的兮耒。

"私人会所？那咱还是走吧，我请不起。"兮耒微微倾斜着身子从门缝里往里看。

"给咱打折,进去看看呗。"沐斯年仰身轻叩门环,兮耒竟然有种穿越的感觉,"公子人如玉"几个字差点冲口而出。

迈步进去,才发现看似简单的木门之内是别有洞天,几眼泉水汇流成溪,曲曲折折,假山掩映,游廊相接,一树一树的梅花正结满了花苞,并不见一个闲人,看上去沐斯年对这里很熟悉,悠闲地循着若有若无的音乐前行。

"你是隐形富二代?"兮耒突然在沐斯年的肩膀上轻拍了一掌。

"看着我像?"

"像!"兮耒眯着眼看着沐斯年肯定地点点头。

"哦?那么肯定?"

"看你不是第一次来,熟悉得很。你想啊,这种地方,虽然我没来过,在小说里总看过吧,不是霸道总裁的私家园林,就是退隐江湖的大佬的聚会场所,这种地方可不是仅仅是有钱就能来的吧?"突然抽了抽鼻子,"好香,奇怪,这季节怎么会有桂花香?"

"到了。"幽径的尽头是一溜雕花木格子窗的水榭,后面是一泓清澈的湖水,若是春夏,定然是清风徐来,不过这季节,水阁儿外罩了一层玻璃罩儿,成了一溜齐整整的暖房了,阵阵的桂花香就是从这里飘散开来的。

水阁的门打开,一穿白色毛衫、藏蓝色麻布裤子的男人注视着他们二人,浅浅地笑,微微一举手中的杯子,说道:"这桂花茶刚刚第二泡,来得早不如来得巧呢。"这人若说是中年人,眸子里却都是看透世事的睿智与淡泊,甚至还有几分孩童般的慧黠。若是说暮年,却是脸上清润,毫无一丝半点老年人的沧桑与颓废，只是头发花白，颇有几分鹤发童颜、仙风道骨的模样。

原来，这世上真有活在时间、琐事之外的人呢。

兮耒惊异地看着男人，仿佛在哪里见过，有几分熟悉。猛然一个名字从脑海里蹦了出来，她涨红了脸，差点儿喊出声来："啊，您是……"

"嘘……不可说，不可说！"男人中指抵在唇上，笑着说，略显沧桑的面庞上，竟然有着一双孩子般的眸子，清亮，顽皮。

"能来隐庐，就是良朋，你这小友可是有些日子没来了，是不是忘了我这糟老头子？"

"老师，怎么会呢，最近手术排得比较多。这不今日就带了朋友过来，想念您的桂花茶了。"沐斯年恭敬地站在男子面前。

"哈哈，想念我这老头子做什么呢，是不是想念我的那几套孤本医书了？哈哈！年轻人里难得有你这样能静下心来研究这些老古董的了。好了，一会儿冬娥会给你们做餐点，我去做今日的功课了，小友随意随心。"临出门，微微冲着兮耒点点头，嘴角一挑，冲着沐斯年说，"明月朗照，春涧流泉，不错不错，哈哈哈哈！"大笑着阔步而去。

"寂南方，医学界的传奇啊，神话一般的存在，销声匿迹好多年了，很多人说他一直在国外，偶尔会回来讲学，没想到他竟然隐居在这里，都快修成神仙了。"兮耒一直到那身影消失在一片寂静之中，才在口中喃喃地说。她慢慢地坐在毛茸茸的地毯上，靠在沐斯年扔过来的抱枕上，抹布的粗粝摩擦着细嫩的肌肤，是种很舒服的痒。

"没想到你也知道他,看来老爷子真是名声在外呢。"

"沐斯年,你隐藏得真深啊,你不但是富二代,还有一大靠山啊,羡慕嫉妒了,别打扰我,我得自己郁闷一会儿。"兮耒一手掩着额头伏在硕大的抱枕中,笑得双肩耸动。

"我每年从国外回来都会来这边。他是我爸的学长,其实也是带我的导师。十年前我毕业之后,他就从国外回来,一直都没有离开过,这里其实算得上国内顶尖的中医研究论坛的聚会地点,与他来往的、能在隐庐出入自由的也不过区区几个人。"沐斯年盘膝坐在兮耒对面,给她洗杯斟茶,桂花的香气越发浓郁。

门帘响动,一个穿了一身月白色裤褂的中年女人端着托盘进来,慈眉善目,笑嘻嘻地看着沐斯年,悄悄地放下两只青花瓷碗和一碟子炮制成胭脂色的嫩芽姜。

"冬娥姐,辛苦你了!"

"这是用今年腌制的桂花酱做的汤圆,糯米粉也是我自己磨的,尝尝。老爷子说,今晚留在这里吃饭吧。"女人笑着退出去,顺手在二人面前放下两块原白色的手帕,展开一看,上面竟然绣着一朵朵金色的桂花。

"沐斯年,我感觉自己穿越了一把,我现在就是一大小姐呀。"兮耒咬着唇眯着眼睛看着沐斯年。

"来,尝尝汤圆,我已经一年没有吃到了。"沐斯年把一碗推到她面前,桂花的甜香直接把她整个人儿都裹挟起来,让她感到暖煦煦的。

俩人在窄窄的矮几边对坐着,近得沐斯年一抬头就能看见兮耒吹弹得破的一张脸,还有那眼底下清晰可见的一抹淡青色。兮耒的眼角是细长的,微微上挑,眉色黑亮,褐色的瞳孔隐在浓密睫毛投下的阴影里，轻轻一瞥就带着一股子清冽傲气的神色。此刻，兮末的眼仁儿升起了一层润润的雾气，看得沐斯年心猛地一跳，转瞬又停止了片刻。

沐斯年坐在窗子边的湘妃竹椅上看书，落日余晖洒遍他全身，他身上仿佛有种融融的光晕，暗红色的长围巾随意地搭在浅灰色的毛衣上，整个人如同一张静谧的油画，很是动人。

兮末突然一笑说："今日，我算是知道什么是神仙过的日子了，无近忧、无远虑啊。"她翻个身，舒舒服服地把自己埋在一堆软软的靠垫中，偷看坐在一旁安静翻书的沐斯年，"这男人，看书都能看得这样诱惑人，真是秀色可餐。"

晚餐依然是两个人。

兮末疑惑地看着沐斯年，沐斯年笑着说："老师多年过午不食，这几天正是他辟谷的日子，偶尔会喝一点冬娥姐熬好的汤水。"

简单的三菜一汤，食材都是院子里自己生长的冬笋菌菇。一碟子腌制成酱红色的西施鸭是冬娥姐的拿手菜，柔嫩却丝毫不觉肥腻，鸭皮脆嫩，配上了雪白的薄饼，吃得兮末抚着肚子说："活了大半辈子了，能吃到做得精致如此的菜，也没什么遗憾了。"

隐庐的路灯都是隐在花树丛中，兮末穿着高跟鞋，走得小心翼翼，有几次还差点儿把鞋跟儿嵌在了鹅卵石的缝隙之中。

沐斯年在前面引路，突然朝着身后的兮末伸出一只宽大的手掌，兮末一愣，接着欢欢喜喜、毫不犹豫地把自己的手塞进那阔大温暖的掌心里。

出了隐庐，两人仿佛忘记了手还牵在一起，一直到上车才放开。兮末心满意足地靠在车座上，看着沐斯年。一路上两个人都不想说话，嘴角的笑却浓得如同那桂花的香味一般，化也化不开。

"到了！"

"嗯，到了！"

半响，幽暗的车中，两个人都不说话，闪亮的眸子却把月色都逼退了几分。兮末突然靠过来，在沐斯年的耳边轻笑一声说："嗨，我爱上你了，怎么办呢？"

柔滑的唇在腮边滑过，兮末的发丝掠着沐斯年的肌肤，他战栗了一下，听到自己的心跳如同擂鼓，一阵一阵地敲打着心房，震颤着每一根细小的神经，他想去抓住这句轻若浮云、响如春雷的话儿，还有眼前这个喜欢眯着眼看自己的女人。

爱情来敲门，不，是爱情已经穿门而进，悄悄把所有的空间都猛烈地侵蚀、迅猛地湮灭，让人激动而甜蜜。

4. 爸,你走吧

办公室里的人都去餐厅了,房小牧守着一份外卖在加班,难得能有片刻的清净。一边打着货单一边看着窗外,几只麻雀在外面的小阳台上叽叽喳喳,房小牧撒出一小把面包屑,看着这群小东西在大开盛宴。

座机突然响起,房小牧吓了一跳,欠身接电话。

"小牧,你手机打不通,你赶紧去医院,我和妈在去医院的路上。"杜凯紧张不安的声音从电话里传来。

"我手机没电了。杜凯,怎么回事?你妈妈来了?"

"不是,是咱爸,不,是你爸。赶紧来医院吧。"杜凯的语无伦次,让房小牧的心一下子揪了起来。爸爸最近血压挺高,几天前还说有时候会头晕,本来想过几天不忙了,就去陪他去检查一下,一忙就耽搁了。

不好,可别是有什么问题。

房小牧赶紧打电话请假,她把电瓶车从车棚里推出来,发现没电了。她恨恨地把它往墙角一扔,跑到门外,拦了辆出租车。

房小牧哆哆嗦嗦地拿出手机给刘琴烟打电话,没人接。

看着上面有好几个未接来电,她恨不能把手机从出窗户扔出去。这破手机,老自动锁屏静音,早就想换了,却因张素华住院,杜天明来之后的家用猛增,都给搁下了,想着凑合凑合吧,若没有这些个事,妈也不会打不通电话。

一进医院,就看见刘琴烟瘫坐在急救室外面的椅子上,杜凯和杜天明在走廊尽头站着,杜凯满脸愠色,杜天明蹲在地上闷着头吸烟,身前一地烟头。

"妈,我爸呢?"房小牧转身四顾,没有房峥军的影子,她的心蓦地一沉。

"小牧!"刘琴烟缓缓地抬起头来,眸子里是沉重的哀伤,"小牧,你爸,你爸就是被他害的,到现在还生死不明,他还要夺了咱家的房子。"刘琴烟哆嗦着伸出手指,直直地指向杜天明,若是手能做枪,估计刘琴烟已经把杜天明打成筛子了。

"亲家,咱不能这样说,我只是找大哥商量抵押的事儿,什么叫夺了你们家的房子?再说你们家的房子早晚还不都是我儿子、我孙子的……"杜天明把烟蒂扔在脚下搓成一片污渍。

"闭嘴!"房小牧如同裂帛,尖锐而决绝。

"爸,你少说几句。"杜凯发现房小牧脸色瞬间煞白煞白,赶紧一把拉住杜天明,把后面的话生生截住。

"你告诉我,到底是怎么回事,我爸到底怎么回事,谁要抵押我家的房子?杜凯,你都知道对不对?请你给我从头到尾说明白。"房小牧一步一步走过来,眼睛死死地盯着杜凯。

"小牧,这个咱回家再说,爸还在里面抢救。"杜凯上来伸出手臂想环抱住房小牧。

"杜凯,你不说,那我爸要是有个好歹,我绝对不会放过你们。"房小牧退后一步,用力搀扶着虚弱的刘琴烟,冷冷地盯着杜凯,一字一句地说。

"房小牧,你怎么说话呢?你还是不是我们杜家的媳妇?嫁出去的姑娘泼出去的水,你现在是我们杜家的人,你得考虑一下你说话的身份。"杜天明突然凑到前面,跟杜凯并排站立。

"我的身份?房子是我爸妈买的,你们杜家一分钱没出。孩子一直是我妈爸看着,你们做的便宜爷爷奶奶。你惹了祸跑我家来躲着,弄得我们家鸡犬不宁。现在你把我爸害得生死未卜,你还来问我的身份,你有什么资格来问我的身份?要不是你,我们一家人太太平平地过得好着呢!你就是一祸害,你还来有脸来问我的身份?"

"啪"的一声脆响,房小牧被打得一个趔趄,一缕血丝顺着嘴角缓缓淌下来。刘琴烟睁大双眼,浑身发抖,她指着杜凯,嘴唇煽动,却说不出一句话,只是紧紧地攥着房小牧的手。

周围一片寂静。

杜凯愣住了,有些不相信地看着自己那只还未放下的手。

他,竟然打了房小牧!

房小牧的每一句质问都如同惊雷,在耳边轰响,他在那雷声中血脉贲张。那质问如同烈焰,炙烤着那些隐藏在这段看似平和的日子背后的所有自卑与不甘,然后爆裂。

"小牧,妈,我,不是,不是这样的,对不起,小牧,你听我解释。"杜凯猛然惊醒,额头上渗出一层薄汗,他讷讷地说。

"解释个屁!"突然从电梯里旋风般冲出一人,一记手刀利索地劈在杜凯胸口,接着一脚准确地把杜凯踹到墙角,后者闷哼一声蜷缩成虾子。

"你敢打我儿子!"杜天明"嗷"的一声扑过去,抱住杜凯,"儿子,儿子,你没事吧?房小牧,别以为我不知道,你早就和那个沐斯年眉来眼去,不清不楚,我儿子要是有个三长两短,饶不了你!来人哪,青天白日,打死人了!"杜天明转身狰狞地看着房小牧,呼天抢地地咋呼,还不忘记骂,不堪入耳。

来人身量很高,即便是在杜凯面前也毫不逊色。她穿着一身黑色的运动服,长发随意地在脑后扎成马尾,她把房小牧拉到身后,心疼地伸手替她抹去嘴角的血渍。转过身,目光冷冽、一脸杀气地看着叫嚣的杜天明:"信不信,你再骂一句,我今天就让你儿子直接进太平间。"

杜天明的骂声戛然而止,他被兮耒的一脸杀气镇住了。因为他确信,眼前这女人绝对是说到做到。他双眼通红,眼珠因愤怒而鼓凸出来,眼光灼灼,仿佛要用怒火把房小牧焚尸灭迹。

"兮耒,别出人命!小牧,扶阿姨坐下,这儿交给我。"随后赶来的沐斯年一把拉住兮耒,伸手扶住摇摇欲坠的刘琴烟,看了一眼怒不可遏的杜天明和刚从地上爬起来的杜凯。

沐斯年和兮耒在外面吃饭,沐斯年一接到刘琴烟的电话就安排急救,两个人迅速往回赶。沐斯年没敢让兮耒开车,他一把抢过车钥匙坐在驾驶室,兮耒不停地拨打房小牧的电话,却无人接听。到了停车场车还未停稳,兮耒就飞一般跳下来冲进电梯。沐斯年停车上来,还是晚了一步,不过,兮耒做得恰好也是自己想做的,而且做得比自己还要漂亮几分。若不是在医院,他真想给兮耒鼓鼓掌啊。

"小牧,这是我们的家事,不用外人插手。"杜凯上忍着痛,苍白着脸愤愤地盯着房小牧和兮耒。

"我呸,家事,家暴还差不多。大庭广众之下,恼羞成怒暴打妻子,就这一条足够送你上法庭。在我这外人面前,你连人都不配算!人渣!"兮未说着猛地跨上前一步,手指差点儿戳到杜凯的鼻子上。

"法治国家,打人犯法,你再动我报警!"杜天明紧张地护在杜凯的前面,盯着兮未的一举一动。

"报警啊,好啊,来,我给你拨号,看警察来了是抓我还是先把你这个杀人犯抓起来。对,你不光杀人,还诽谤,我就是沐斯年的未婚妻,你竟然诬陷小牧和我的未婚夫,二罪并罚,让你把牢底坐穿。"兮未咄咄逼人,目光灼灼地盯着杜天明。

"血口喷人,打老婆一巴掌,就上法庭,你以为这是糊弄不懂法律的老百姓呢。亲家是自己心脏病复发,跟我无任何关系。"杜天明色厉内荏,他对兮未还是有些顾忌的,这女人一出现就把自己儿子打成这样,而且是和沐斯年一起的,看来关系不一般。

杜凯忍着腹痛,看着房小牧,本来他还对那一巴掌颇有歉意,此刻,却是满腹怒气,都说家丑不可外扬,房小牧竟然看着一个外人对自己大打出手。是的,是杜天明不对,到房家说要把房子抵押出去贷款,说他们家的房产早晚都是杜家的,说杜凯现在是事业有成,房小牧早就高攀不上,肩膀不一样高,就是离婚了杜凯也能再找黄花大姑娘,导致房峥军一时激动,突发脑溢血晕倒。这一切就算是杜天明做得不对,她房小牧也太咄咄逼人了,竟然说出这样绝情的话来。而一个外人竟然也敢对自己施以拳脚,欺人太甚,欺人太甚!

"这里是医院,要闹出去闹!病人家属,过来一下!咦,沐医生，你也在哦。"急救室的门打开，一个小护士出来大声呵斥，转眼看见沐斯年，口气顿时温和了不少。

"医生，我爸怎么样？"

"小牧，别紧张。"沐斯年轻轻按了一下房小牧的肩膀。

兮耒扶着刘琴烟在椅子上坐下，杜天明和杜凯紧张地站在一旁，目光死死地盯在护士脸上，他们知道，若是房峥军有什么事，杜凯和房小牧就彻底完了。

"还是未知，手术中，请保持安静！"小护士一脸严肃，目光一转从沐斯年脸上掠过，落在兮耒身上，深深地看了她一眼，转身走进了手术室。

这女人好高，也好帅气，跟沐医生在一起，还真般配。关门的那一刻，小护士再次拿大眼珠子狠狠地盯了兮耒一眼。被医院里那么多年轻貌美的医生护士垂涎多年的黄金单身汉就这样被一外来物种霸占了，心有不甘啊。

"小牧，没事，爸爸一定没事的……"兮耒紧紧地把房小牧抱在怀里，转身对着期期艾艾凑过来的杜凯冷笑一声，"滚，还想找打？"

"我要和小牧说句话。"杜凯看了一眼蹲在远处抽烟的杜天明，挺了挺胸膛。

"杜凯，在我爸从手术室出来之前，我不想听任何解释，请你带着你爸离开。"房小牧眼睛一眨不眨地盯着手术室紧闭的门。

房小牧转身走到刘琴烟的身边坐下来，伸出手来揽住刘琴烟的肩膀，用力地搂着，仿佛只有这样才能把力量传递到妈妈的身上，仿佛只有这样她们才能坚信，房峥军一定会没事的。

手术室的门终于打开了，房峥军被缓缓地推了出来，一张蜡黄的脸露在雪白的被单外面,他紧紧闭着双眼,随后出来的医生朝着沐斯年点了点头。

"医生,我爸爸怎么样?"房小牧赶紧迎上去。

"手术还算成功,但病人的情况不乐观,脑出血颅内瘀血,而且还有心梗的迹象,须注意观察,未来二十四小时是危险期。沐医生,你过来一下。"

"你们稍等,我过去一下,有什么情况等我回来说。"沐斯年在房小牧的肩膀上轻轻拍了拍,朝着兮耒点点头,往办公室走去。

房峥军安静地躺在病床上,身上插满了管子,刘琴烟紧紧地攥着他一只手,眼睛一眨不眨。只有心电图的电波发出有节奏的滴滴声。房小牧失神地靠在兮耒的怀里,不想也不愿意再看杜凯一眼。

兮耒发了个短信给宋佳凝,让她把杜悦接到她那儿,今晚糊弄过去,别让他知道姥爷病了,这孩子太敏感,会瞎琢磨。

杜凯和杜天明回到家里,没有开灯,爷俩对坐着。杜天明点上一支烟,红红的烟头明明灭灭,像极了杜凯此时的心境。杜凯从最开始的失望到恐慌,再到现在的莫大的悲伤,悲伤的源头就是房小牧,曾经那么相爱的房小牧啊,一下子就走失了,剩下自己一个人在恐慌中无助着。酒吧里失恋女孩说的话,在他耳朵里回荡:"你有什么资格用婚姻绑架爱情?你有什么资格让妻子心甘情愿地俯就自己的父母?"

往日,家里热热闹闹,杜悦的笑声,房小牧扎着围裙和他在厨房里忙碌着,家里到处都是热腾腾的香味,都是闹腾腾的欢乐。此刻这安静,这黑暗,仿佛养出了一张血盆大口,在吞噬着他们曾经的幸福与快乐。

"凯子,别怕,我就不信那房小牧敢去告你!她爸是自己脑溢血,跟我们有什么关系?法律也得讲证据,咱们也不是被吓大的。"杜天明又点上一支烟。

"爸,我求你了,别折腾了,你为什么就不能看到我过一天好日子?你为什么就非得看着我家破人亡才罢休?那几年,多么艰难啊,我都没伸手问您要一分钱,是小牧拼命地工作才能维持着,这个家才能走到今天。你知道不知道,这房子真的没有咱们家里一分钱,一块地板一颗钉子都没用咱一分钱,是我岳父岳母用自己大房子贴上攒了半辈子的钱换来的。爸,这几年,小牧真的很委屈,你知不知道,你怎么能想到要把我岳父的房子抵押去贷款呢?那根本就不是你该想的,你想过没有,若是如上一次那样被骗,你的儿子你的孙子都无家可归了,你把我置于何地啊,爸!若这个家是我自己的,别说卖房就是卖血卖肾卖器官,我也去给你还账,但是我不是一个人,我不仅仅是你儿子,我还是个父亲还是个丈夫啊。爸,我求你了,你回去吧,别折腾了,要不,这家就真的散了。"

"凯啊,你这是要把你爸赶回去啊!我回去,贷款怎么办?我的退休金已经被冻结了,你让我的脸面往哪里放啊!"

脸面,还是那个脸面,张素华没这个脸面重要,他作为儿子也没这个脸面重要,他能不能在这个城市里生活下去也不重要。这一切都没有他杜天明的脸面重要。

黑暗真好啊,杜凯任由那泪水顺着面颊肆无忌惮地横流。只有把自己隐在这样浓稠的黑暗中,他才敢把自己的脆弱袒露在空气中。也只有在这一片黑暗中,杜凯才敢说出这样一番话。黑暗,会给悲伤找出一个肆无忌惮的出口,也会让赤裸裸的绝望以泰山压顶的猛烈击溃那些白日里的坚强。

第七章 尘埃落定的围城里，我们好好爱

1. 我们离婚吧

房峥军度过了危险期,却一直没有醒来。

医生说,植物人的状态不知道会持续多久,或许几个月就能恢复意识,或许一直这样一年一年地熬下去。

房小牧搬出去了,她说爸需要照顾,妈一个人忙不过来。

十天里,杜凯没有接到过房小牧的一个电话,也没有打通过她的电话。无论什么时间,都是那句机械而冰冷的女声:"您拨叫的用户暂时无法接通,请稍后再拨。"

"妈,我来看看爸。"杜凯站在病房外,刘琴烟清瘦的面庞从门缝里露出来,神色淡淡的。

"小牧快下班了,你回去吧。"刘琴烟声音嘶哑,带出了浓郁的鼻音。

"妈,我知道您不想见我,我知道我说什么都替代不了爸现在的痛苦,我还是想跟您说声对不起,请您原谅。"杜凯突然朝着刘琴烟深深地鞠了一躬。

"原谅?原谅了,老房就能醒过来吗?"刘琴烟默默地看了他一眼,打开门,转身回到床边坐下来,紧紧地攥着房峥军的手。她头顶上花白的头发蓬成团,枯草一般,在落日余晖中特别刺眼。这个整洁雅净了一辈子的女人,她的世界坍塌,只剩下眼前这只毫无知觉的手。

而他们,就是罪魁祸首。

病房安静,除了他自己的呼吸声。

刘琴烟攥着那只手贴在自己枯瘦的脸上,一动不动,如同雕塑。

房峥军安静地躺在床上,眉间微微地蹙着,仿佛在忍受着某种说不出来的痛苦。杜凯心里一阵酸涩。是的,房峥军是个宽厚的老人,从他第一次踏进房家的门,就不曾对他有过任何愠色,哪怕是在前几年自己被骗破产的那些艰难的时刻,房峥军也不曾对他有丝毫的怨言,还会私下里劝他:"男人度量要比女人大一些。"可是如今,这个慈祥无争的老人躺在这儿,无知无觉,而导致这一切的罪魁祸首却是自己的父亲。

如果知道会以这样一个结局收场,他就是拼了命也会拦住杜天明去房家的。

这几日,杜凯一个人在幽暗的夜里,努力把记忆一点一点地从过去的时光里拉出来,却怎么也涂抹不成当初的色彩了,那个鲜活的房小牧,被这几年陈旧的底色湮没了。到底是谁变了?房小牧还是自己?他恨自己生在这样一个家庭。可是,这些又岂能是他自己能选择的?这所有的伤害又岂能是一句对不起就能抹杀的?

可是除了对不起,自己还能说什么呢?

原来,人与人之间,最可怕的不是不敢道歉,而是你的道歉苍白无力,你的道歉在发生的事情面前微不足道。

"妈,我明天休班,早上我过来,您回去休息,我在这儿陪着爸。"

"妈,我知道您难受,可是以后日子还长,我们……"

"嘘——老房在睡觉,别说话。"刘琴烟突然把食指放在唇边,憎恶地看着他,蹙着眉说。

杜凯沉默了片刻,起身走到门口,靠着墙壁,点上一支烟。

"病人家属,这里不准吸烟!掐掉!"护士站的小护士横了杜凯一眼,面寒如冰。她转身对跟前的另一小护士说,"看,就这人和他爸,骗人家房子骗人家钱,还把人家气得成了植物人,真不要脸,还猫哭耗子假慈悲呢。"

另一小护士甩了一记刀锋般犀利的眼神过来:"长得人模狗样的,渣男,白瞎了这张皮囊。以后找对象可得擦亮眼。对了,那天我的男神带着一女的过来了,你们都看见了?"

"还男神,都给人拐走了。我说那女的咋那么面熟,原来是那红火火办画展的归国女画家。不过,本人真漂亮,跟模特似的,素颜比化妆还好看,身手也好,嘿嘿,把这男的揍得躺地上半天爬不起来。"

"我不管,只要他们没领证,我就有机会。哎呀,到点了,替我盯着点儿,我的男神手术马上就要结束了,我要在第一时间偶遇他。"小护士颠儿颠儿地跑远了。

杜凯在小护士左一眼右一眼鄙夷的眼光里兀自痛苦着。

房峥军手术之后,房小牧就没再回过这个家,宋佳凝来替她取了几件换洗的衣服,杜悦每天下午被房小牧接回到刘琴烟那边。杜凯突然觉得自己被这个城市孤立了,所有人,所有事,在一夜之间与自己没有了联系,他时时感到孤立无援的恐惧,回家面对杜天明,心里更是充满了无奈和愤怒。

一天,杜凯下班回去之后,发现家里空无一人,杜天明的小行李包不见了。晚上,张素华来电话说杜天明回去了,不说话,光躺在床上唉声叹气。

房小牧从走廊另一端走过来,灰色的大衣裹着瘦削的身材,空荡荡的,齐肩的散发有些凌乱,她抬起手抚着前额,整个人看上去疲倦不堪。

"小牧,我……"杜凯迎着房小牧站直了身子,定定地望着房小牧。

不过十几日,杜凯脸腮上都是青虚虚的胡茬,布满血丝的双眼里是痛苦、愧疚和无奈。

房小牧垂下眼帘,侧身从杜凯身边直直地走过,仿佛他是一透明的空气。

"妈,我回来了,你回去歇一会儿,我守着就好。"

这一出之后,刘琴烟身体也垮了,整个人都瘦得脱了形,早上送杜悦上了幼儿园,剩下的时间就是呆坐在房峥军的身边攥着他的手,一刻也不肯离开。

"老房啊,我回去看着咱悦悦,小牧陪着你,明天我一大早就来。你可得听话,小牧上班也很累,咱不能给她添麻烦。"刘琴烟趴在房峥军的脸上絮絮叨叨地说完,默默地起身,提起桌子上的保温桶,佝偻着身子缓缓地往门外走。

"妈,我送你!"杜凯追出门外。

刘琴烟转身看了一眼,眸子里写满了无声的拒绝与厌恶。

杜凯停住脚步,不敢去追。

"小牧,明天我替妈来陪着爸,你也得多休息。"杜凯尴尬地走到房小牧的身边,想把手搭在那单薄的肩膀上。

房小牧一弯腰躲开,从床底下取出脸盆,出去接了一盆热水,开始给房峥军擦脸洗手。

"爸,医生说,你恢复得很好,不久咱就能回家了。悦悦吵着要来看你，我怕他吵着你，没让他来。你的棋盘他天天给你擦得干干净净，说姥爷回来就能继续跟悦悦下棋了。他还说想吃姥爷包的小馄饨。爸，伸开手指，对，慢慢地。"房小牧拿着温热的毛巾一根一根地擦拭着父亲的手指，这双手没有任何知觉，但是房小牧却努力让自己在这双没有知觉的手上寻找昔日的温暖与活力。

记忆中爸的手多宽厚啊，能把上幼儿园的房小牧整个儿托起来围着房子转好几圈，说给宝贝妞儿开飞机。年幼的房小牧头发稀薄，这双灵活的大手三两下就能给梳成一条好看的小辫子。爸大拇指上有一个小疤痕，说那是小牧一周岁的时候咬破的，他常常跟人炫耀说："我姑娘这是给我盖上个章，等我老了走丢了就能找回来。"高中的时候，他天天买回核桃，都剥出来，炒成核桃仁，说给她补脑子。那手剥核桃都被染成了黑黝黝的颜色，去接自己的时候怕自己的同学笑话，夏末秋初的季节就带着一副雪白的手套。可是现在这双手枯瘦了，如同一只失去了生命的鸟儿，一根一根的手指毫无生机地在自己的手中，呈现出一种无望的虚弱。

房小牧换了一块柔软的毛巾，给父亲擦脸。

杜凯急忙上去扶住房峥军的肩背，房小牧冷冷地看他一眼，把房峥军的头部整个儿揽在自己的臂弯里。

房峥军躺在房小牧的臂弯里，微闭着双眼，原本古铜色的肌肤呈现出淡淡的金色。房小牧的手指缓缓地滑过父亲的脸庞，那肌肉是柔软的，只是这种柔软是生命在渐渐流逝，那略显粗糙的肌肤，微微下垂的嘴角，都是安静的，安静得让房小牧的心缓缓地抽搐着，疼。

安静能杀人！

房小牧想，哪怕是呻吟一声也好啊，甚至，她怀疑，房铮军的灵魂是不是给封闭在了某个角落里，留在眼前的仅仅是一具躯壳。

那天，从医生办公室出来，沐斯年说："伯父应该半年前已经存在心脑血管的问题了，目前算是稳定了，但是恢复是一个长期的过程。"这么久了，自己怎么就没发现老爸身体不好了呢？以前杜悦说姥爷手哆嗦，父亲还逗他说这叫老年抖手操。这几年自己的婚姻一地鸡毛，鸡飞狗跳，累了就回家，父母的包容让自己产生了错觉，觉得他们还年轻，还是自己坚强的后盾。错了，自己错得太离谱，太自私，完全忽略了他们已经在对自己全力以赴的支持中衰老，随时会被突如其来的病痛与变故击倒。

她恨杜天明，若没有他的出现，自己的婚姻虽然步履蹒跚，却不会崩塌在眼前。若没有他一遍一遍的折腾，爸也不会成为现在这样。

她也恨杜凯，因为他是杜天明的儿子。

房小牧从没想过，有一天爸能用这种方式让她去反思自己的这段婚姻到底给自己带来了什么。她确信，他和杜凯是相爱的，或者说曾经相爱，可是婚姻并不仅仅是有爱情就够了，它是两个家庭的融合，是两个人从小的生长环境的磨合，更是两种观念的契合，而她和杜凯，恰恰是来自两个迥异的家庭，所以，融合就成了一场强行而战、不死不休的博弈，六年之后，都筋疲力尽，遍体鳞伤。

房小牧给房峥军仔细地擦脸，每一个皱纹每一寸肌肤都不放过。她轻轻地把房峥军的头放在枕上，手中的毛巾落在脸盆里，房小牧弯腰去端盆，杜凯急忙端起来。

两双手在着白色脸盆上拔河,盆成了一方坚守的领地,也成了另一方执着强占的城池。

"小牧!"杜凯声音嘶哑。

"放开!"房小牧猛然用力,杜凯一个踉跄,水溅了两人一脸。

两人沉默着,水龙头的水流声哗哗地回荡在洗衣房里,越来越大,形成一股子强大的气流,把杜凯所有的话都硬生生地堵在口中,憋得胸口鼓胀、生疼。他看着房小牧用力地搓洗着毛巾,双手因为用力,手背上的青色筋络凸起在被凉水激成红色的肌肤上,他却不敢迈上一步,这短短的距离已经让两个人之间生出了罅隙,熟悉又陌生。

"杜凯,我们离婚吧!"房小牧低头看着被自己用力摁到水中的毛巾,那些褶皱扭曲着,挣扎着,如同自己的心,在婚姻里变皱变老,她真的没有再继续走下去的勇气了。如果婚姻还会有继续伤害自己至亲之人的可能性,不要也罢!

"我们离婚吧!"

杜凯不知道房小牧什么时候走的,他眼前一片空白,他脑海雷鸣一般,轰隆隆地碾过,剩下的只有这句话,越来越清晰,仿佛这几日那把悬在头顶的达摩克利斯之剑终于落了下来,把他劈成了两半。

杜悦从幼儿园跑出来,远远地就看见靠着摩托车站立的杜凯,飞一般的就跑了过来。

"爸爸,爸爸,你怎么那么久不接我啊,我都在姥姥家住得不耐烦了。"杜悦使劲地圈着杜凯的脖子。

"爸爸最近很忙啊,我也想你了呢。"

"是不是你们都要在医院里照顾姥爷。妈妈不让我去,说姥爷病了,可是我想去看看,再不去,我害怕姥爷不认识我了呢。"

"不会的,姥爷病快好了,医生说不久姥爷就可以回家了,悦悦就能陪着姥爷了。"

"爸爸,我偷偷听佳凝阿姨打电话说,是爷爷把老爷气的生病的。"杜悦摸着杜凯的鼻子,紧紧地盯着他的眼睛。

"怎么可能呢?爷爷和姥爷都喜欢悦悦,爷爷和姥爷是好朋友。"杜凯皱皱眉,这孩子鬼灵精怪,还不知道会问出什么,赶紧转移话题,"爸爸今天请悦悦吃麦当劳吧。"

"好啊,我要吃麦旋风!"杜悦开心地在爸爸的额头上使劲地亲了一下。

"爸爸,你明天还来接我吗?每天妈妈都让我自己一个人在家等姥姥,我自己挺害怕的。"

不远的拐角处,房小牧静静地站着,心如刀绞。

是的,在她和杜凯之间,除了爱恨,除了婚姻,还有一个杜悦,这是永远无法忽略的。

2. 你的以后，我的未来

"沐医生，今晚咱们科室出去轻松一下，要不要一起去？"眉开眼笑的小护士从门外探进头来，热情地邀约。

"什么节目？"沐斯年微微一笑。

"情人节单身派对呀，单身不是错，得给自己鼓鼓劲儿，每年都有的。"小护士笑得露出标准八颗小白牙，却在心里懊恼，沐斯年这笑容真暖啊，简直就是三百六十度无死角的小太阳。唉，这外科男神怎么就被一外来物种轻而易举地俘获了呢？那女画家除了个儿比自己高点儿，眼睛比自己大点儿，哪比得上自己肤白貌美身材好，前凸后翘，胸是胸、腰是腰。小护士瞄着沐斯年，脑子里已经把自己与兮未来来回回对比了成百上千遍。"哼，只要没领证，我就有希望。"小护士努力给自己鼓劲儿。

"哦，不用了，我约了人。"沐斯年说着拿起手机晃了晃。

"好吧，那，别忘了看我朋友圈的照片哦，就当到现场了吧。"小护士干脆走进来，靠在桌边，"哦，对了，我好像没有你微信，加一下呗。"掏出手机打开二维码，时刻准备扫描。

加上好友，小护士心满意足地拿着手机走了，沐斯年笑着摇了摇头。情人节单身派对，呵呵，仿佛在提醒自己，青春马上就要溜走了。不过，情人节前夕，出去庆祝一下，听起来还是很不错的。

手机提示音响了，沐斯年打开，看到兮耒的朋友圈更新提示，一盒子打开盖子的泡面，一幅没有画完的油画，下面配了两个大字："拼命！"仔细一看，还有俩小字："赚钱！"

"要不要出来吃饭？我下班了！"沐斯年换下衣服，给兮耒打电话，嘴角不由自主地挂上一丝淡淡的笑意。

"算不算心有灵犀，我刚搜索出一桶泡面准备凑合一下呢。好啊，我去接你？"

"能不能让我主动一次？"

"没问题，我会盛装等你，话说，我快饿死了。"

"好，给你十五分钟梳洗打扮？"

"十分钟足够！"

挂掉电话，兮耒一扔画笔，跳到沙发上打了个滚儿。男神来约会，至于赚钱，可以明天再说。

放下盘起的长发，结了一条辫子斜斜地垂在胸前；换上一条到脚踝的黑色波西米亚大摆裙，阔大的裙摆全是细细密密的深咖色纹饰；披了垂着长长流苏的银红色大披肩，在手腕上绕几圈细细的银钏子；涂香槟色唇彩，顺带在眼角晕染一下，五分钟搞定。临出门，她跑到自己收藏架边翻出那瓶限量版迪奥，打开，在空气中喷了一下，赶紧在里面转个圈，一点儿也不能浪费，这一下就好几百大洋。这瓶绿毒还是自己出国后卖出第一幅画后买给自己的奖品，限量版，超级贵，当然，不贵就没意思了。女人，给自己买东西绝对不能将就。

沐斯年到来的时候，兮耒已经袅袅婷婷地站在楼下，清瘦的身材被夕阳剪成一痕浅浅的影儿，阔大的披肩在风中飞扬，颇有几分异域风情，若身后是大漠飞沙，便足以拍出一组极具风情的写真来。

"那么早下来，冷不冷？"

"验证一下！"兮末突然把手贴在沐斯年的脸上，眉眼低垂，唇边挂了一丝笑意。

沐斯年微微一笑，侧脸把兮末的手夹在肩上，一股子幽香悄然袭来。

"呀，不好意思！"兮末突然把手抽出来，使劲揉搓着手腕一侧，雪白的肌肤上几点油画颜色赫然在目，用力揉搓几下，肌肤红了一片，但是那几点颜色却丝毫没有被揉搓掉的迹象。

沐斯年含笑看着窘困的兮末，成熟妩媚的女子瞬间成了一个略带稚气的小女孩儿，因为着急而微微蹙起的眉，润润的唇半张着，让人忍不住想去吻一下。

沐斯年突然吓了一跳，原来，自己早已动心了！这一刻，毋庸置疑。心动的感觉，原来就是看着你笑，念着你爱，哪怕你的一举一动，都能看出不一样的风情万种。

"打开你前面的储物箱，有湿巾，擦一下。"他忍着笑意，看着眼前的女子。

"谢谢！我是工作模式和休息模式切换过快，有些忽略细节了。"兮末自我解嘲地笑笑，"不过，细节决定成败，你该知道，我没日没夜画画，绝对不是夸张了吧。"

"我相信，所以以后别那么累。"

"不行啊，生活在这个世界上钱不是万能的，但是没有钱是万万不能的，不赚钱谁养我呀？我最害怕的是等我老了，还一贫如洗。"兮末举起手细细地擦拭着手腕上的颜色，由于长年握画笔，在拇指和食指上都有一块硬硬的茧，在纤细的手掌上分外惹眼。

"我养你，可以考虑一下吗？"

"你？别逗了，好好开车。"兮耒半眯着双眼看着沐斯年，唇角一丝慧黠的笑容。

"我好像听见那天某人说是我的未婚妻呢？"

"嗯嗯，那不是当时情况所迫嘛，我一着急就口不择言了。见谅见谅！"兮耒差点儿被自己的口水噎着，合着人家在这里等着自己呢。

"可是我当真，我养你，我说的是真的，你可以考虑下。"

"这算表白吗？沐斯年，我发现我爱上你了。"兮耒突然扑哧一笑，顺手在沐斯年的肩膀上拍了一下，"笑话可以说得这样一本正经，我真服了你。为了你这句我养你，我决定，今晚你请我吃石斑鱼。"

"貌似一直都是你请客我出钱的哦。"

"所以今晚你请客，我出钱，让我也尝一下付款的幸福。"

片得极薄的石斑鱼莹润如玉，在白色的磁盘里绽放成一只只蝴蝶，然后又被兮耒流水样送进了沸腾的火锅里，稍微一涮便放进调料碗里，打一个滚儿就吃进口中。

面前的碟子一摞一摞，吃了鱼片吃虾滑，吃完虾滑吃鱼丸，兮耒吃得尽情尽兴，不亦乐乎，直接忽略了沐斯年的存在。沐斯年看着低头猛吃的兮耒，不由得满脸笑意，兮耒的吃相比一般的女孩子要爽朗得多，但是绝不粗俗。这几年看惯了医院的小护士们天天节食只吃水果的变态食谱，再看兮耒，才会觉得吃绝对是一种享受，而不是一种禁欲式的折磨。

"干吗不吃呢？你是不是被我吓到了？当年房小牧说我足以吃穷了整个美术系的男生，所以大学四年我一直没有男朋友。现在想想，整个文学院的妹子得多感激我呢。"兮耒看着沐斯年面前与自己形成鲜明对比，浅浅几碟子鱼片还未吃完，有些不好意思了。

"你是美术系，为什么文学院要感谢你？"沐斯年脑子没转过来。

"文学院女生浩荡，美术系光棍满屋，你说呢？"兮耒一本正经地看着沐斯年强忍笑意，越发说得认真，"哎，谢谢，这是我半个月来吃的第一顿正儿八经的饭。吃，还是在国内吃得舒服，真好！"兮耒把筷子整整齐齐地架在面前盘子上，用调羹小心地喝汤。

"我还好，我母亲一直陪我在国外，可以吃到中国菜。"

"其实，中国菜只有在中国才是原汁原味，离了故土，什么都不是那个味儿了。"兮耒略有几分伤感地说，"只有到咱中国来，国际友人们才会知道什么叫中国菜，那些国外中餐馆的水饺、炒饭和青椒炒肉丝的水准在国内都不能登堂入室。记得大学的时候我带着一留学生去吃北京烤鸭，一道烤鸭就把他降服了，他还傻傻地问我：'难道中国菜最好吃的不是扬州炒饭和青椒肉丝吗？'我说那是最寻常不过的了。他拉着我的手懊恼地说，以前吃的都不是地道的中国菜。"

"呵呵，我发现，和你在一起，很有意思。"沐斯年笑着伸手拿纸巾给兮耒擦去粘在嘴角的一根细小鱼刺。

兮耒一愣——男神在撩我啊，也太温柔了吧！

"谢谢！我说过，在我努力爱上你的时候，你也一定会爱上我。"兮耒白皙的手指在沐斯年的手上轻轻一弹。沐斯年的心猛然一抖,自己早已不是情窦初开的少年,身边也不乏漂亮优秀的女孩子,只是当年执念。当年,看着自己喜欢的房小牧嫁给杜凯,只是心疼,心疼自己来迟了一步,那个在回忆里喜欢了无数年的女孩子竟然与自己一点儿干系都没有了,心中更多的是一种不甘。现在想来,那不是爱,或者说自己爱的并不是房小牧这个人,而是那个生长在自己的记忆中,一点一点用自己的定向思维臆造出来的一个房小牧,自己看见她开心也欢喜,看见她痛苦就难过,更多的是对自己付出的多年的臆想的不甘心。直到此刻,他才知道,爱很简单,就是在最好的年纪遇上你,我爱上你的时候而你恰好也爱上我。

二十岁的爱情,是外貌协会成员占上风,你花容月貌,我玉树临风,有情饮水饱。

三十岁的爱情,就是久处不累、言语有味儿,好看的皮囊千千万,有趣的灵魂却可遇不可求。

沐斯年的爱情,名字叫兮耒!

车停在小区门口,兮耒斜斜地靠在椅背上,似笑非笑地看着沐斯年,亮晶晶的眸子一闪一闪,仿佛神话中的波西米亚女巫,没有人能抵挡她的魅惑。

"今晚别画画,回去早点儿休息。"沐斯年侧过身来给兮耒解安全带。

"沐斯年,难道你就不想吻我吗?"兮耒吐气如兰。沐斯年耳朵的边缘开始发烧,他不禁哑然,爱情其实是最实在的东西,就是肾上腺的分泌成倍上涨。

"呵呵。"

"好吧,我教你!"兮耒手臂突然圈上沐斯年的脖颈,柔软的唇贴在他的唇上，伸出小巧的舌轻轻一舔。

沐斯年只觉得脑海中一声轻响，仿佛一朵粉红的玫瑰在眼前绽放，一股醉人的甜香在唇边弥散，瞬间裹挟了他的全身、他的意识、他的所有。原来和爱的人接吻的感觉这样好，仅仅是一个碰触，就点燃了他沉睡的全部欲望。

把这个柔软的身体紧紧地锁在怀里，她的唇是那样的娇嫩、甜美，他用力地吸吮着、辗转着。沐斯年的吻是生涩的，也是猛烈的，甚至牙齿都碰到了她的细嫩的舌，他仿佛要把她吃进口中才罢休。

兮耒满意地放开圈在沐斯年脖颈上的胳膊，她面色嫣红，气喘吁吁。

"嗨，你的以后，都是我的未来。"兮耒笑着倒退着往小区走去，走到门口，突然朝着沐斯年挥挥手，转身跑进一片黑暗之中。

"宋佳凝，我顺利把男神扑到了。"兮耒给宋佳凝打电话，第一句就是理直气壮地宣告自己一战告捷。

"祝贺祝贺，初战告捷！望你再接再厉，早日抱得男神归来。对了，我想出国，你能帮我吗？"

"没问题。说说看，是留学还是度蜜月？"

"我过不去自己心中的坎儿。这么久，我依然跨不过去。"宋佳凝轻笑一声，叹了口气。

"佳凝，有些伤口，你得忘记。爱情容不得半年勉强，或者，我们只能试着把一切交给时间。你真想出去，我可以给你联系一工作室。"

黑夜，可以隐藏很多看不见往事，也能唤醒那些沉睡许久的回忆，所以，失眠的人越来越多。

3. 我们都要好好的

从2014年冬天到2015年的春天，是一段空白，或者说是一段被强制遗忘的日子。

刘琴烟在迅速衰老，仿佛一朵鲜亮饱满的晚香玉，一夜之间就枯萎了。一件咖色的棉衣，穿了整整一个冬天，房间里的家具上都有了一层薄薄的灰尘。

房小牧一直以为，妈是家里的顶梁柱，什么都是她说了算，爸只是一个和稀泥的老好人。刘琴烟常说，你爸爸一辈子胸无大志，小富即安，她刘琴烟指到哪里，他就打到哪里，烧个菜若没有刘琴烟的指点，他不是忘记放盐就是忘记倒酱油。在她的记忆中，房峥军一辈子就是笑呵呵地接她上幼儿园，给她买棒棒糖，陪着她蹲在小区外面的大树下吃完了才回去，因为怕刘琴烟吵着说房小牧嘴里的蛀牙又多了一颗。上中学的时候，每次考试成绩下降，遭遇刘琴烟的暴风骤雨之后，房峥军会带她去吃糯米圆子，然后拿着试卷给她分析错在哪里，还带着她整理出每一门课的错题集，并用红色记号笔标出重点和错误原因。大学毕业后参加工作，遇上了挫折，他会泡上一杯茶，跟她讲人走路从来都没有一马平川，越是迂回坎坷越是风景万千。刘琴烟说，这人一辈子就是一杯温水，没滋淡味儿的。

那天，房小牧从医院回来，杜悦悄悄趴在她耳边说："姥姥在阳台上守着枯死的茉莉花哭了好久。"

房峥军住院之后，阳台上的二十几盆茉莉花都枯死了。

晦暗天光中，刘琴烟抱着茶叶桶，一动不动地坐在阳台上，腰背佝偻着，凌乱的头发拢在脑后随意地绾起来，隔着客厅的玻璃看去，像是被岁月雕刻成了一道印在墙壁上的薄薄剪影，显得苍凉、无助。

"妈，怎么不开灯？"房小牧打开灯，才发现刘琴烟满脸的泪痕，手里抓着三五粒干瘪的茉莉花。

"小牧，茉莉花没有了，没法泡茶了。"

"妈，明天我去买。"房小牧想把茶叶桶从刘琴烟的怀里抽出来。

"买不到的，茉莉花都枯死了，她们也知道你爸爸醒不过来了。"刘琴烟抬起朦胧泪眼。

"妈，不会的。医生说爸爸恢复得很好，过几天就能出院了。回家之后，环境熟悉，醒来的可能性很大。"房小牧蹲下身子，轻轻地擦去刘琴烟腮边的泪。

"这花儿都枯了，你爸养了快三十年的茉莉花。刚认识他的时候，我爱喝茶，就喝茉莉花茶，他说外面的茉莉花都是用药熏的，不如自己给我种。这一种就是三十多年。你出生的时候啊，咱们住的老房子外面开了一溜的茉莉花，雪白雪白的，满巷子都是馥郁的花香。你爸说，你就是老天爷给我们送来的最好看的那朵花儿，所以名字就叫小茉。上幼儿园时你嫌不好听，非得闹着改成小牧。生了你之后啊，整整一个月你爸爸都没让我下床，他说我能给他生那么漂亮的女儿，是他们老房家的福气。"刘琴烟迷蒙的眼神里渐渐浮起淡淡的笑意,她轻轻地抚摸着房小牧的脸颊,仿佛眼前就是那个刚刚出生的小婴儿。

房小牧从不曾想过家里为什么一年四季都是茉莉花茶的清香,从来没有想过家里的阳台上为什么只有一盆一盆的茉莉花儿,从不曾想过房峥军带着老花镜在阳台上一粒一粒地挑拣茉莉花,晒干后装在茶叶桶里,只是为了年轻时候说过的话,要让他爱的女人喝一辈子自己种的茉莉花茶。

这个温暾的男人,用爱包容着自己的女人,任由她的颐指气使,任由她把家打造成她一个人的领地,任由她一辈子都是最初遇见的样子。

爱一个人,就是一辈子把她宠成初相见时的模样,而后看着她乐在其中。

爱,就是在漫长的日子里陪着你一起走到生命的尽头,任脚下步履蹒跚,任岁月更迭变换,在我眼里,你依然是最初的模样,没有被生活磨平了棱角,没有被岁月斑驳了笑容。

原来,那个温暾了一辈子的老好人,才是深谙生活之道的智者,才是这个家里真正的顶梁柱。

房小牧轻轻拢着刘琴烟枯干的头发,把她紧紧地抱在怀里。其实,那么多年了她一直是个脆弱的女孩子,需要别人保护,那就让自己来接替那个宽厚而温暾的男人吧。

房小牧只觉得昨天还是衰草寒天。今儿早上一推门,迎春花就开在了灰突突的马路牙子上,杜悦抽条儿般长高了一截子,他背着小书包开始上幼小衔接班了。早上房小牧送他的时候,他坐在电瓶车后座上说:"妈妈,你看我都能踩到你的脚蹬子了。是不是我上学了,姥爷就能起来跟我说话了?"

房峥军明天准备出院了。

医生说,可能回家之后,在熟悉的环境里更容易唤醒病人的意识。

住在医院两个月,错过了一个季节,窗外柳树上已经开始萌生了淡淡的绿意,打开窗子,甚至能听到芽苞在阳光下绽放的声音。

房峥军出院了,杜凯来了。

房小牧第一次从楼上俯视着杜凯,这是个奇怪的角度,看上去杜凯仿佛一个瘦小的孩子。他真瘦啊,那件黑色的皮夹克松垮垮地穿在身上,他一只手提着头盔,一只手提着保温桶。

杜凯每天下班都会过来,有时候会替房峥军洗脸,剪剪指甲,从医生说可以鼻饲进食之后,他就开始包揽了做流质食物的工作,不管房小牧如何冷淡,他都会准时将最新鲜的流食送过来,然后一点一点地用鼻饲管喂进去。

那天下午,杜凯给房峥军擦完身,做康复按摩后伏在床边睡着了。房小牧接了杜悦回来站在卧室门口,杜悦踮着脚悄悄走过去,把自己的小外套轻轻盖在了杜凯的身上,他笑着对房小牧做着无声的口形:"爸爸累了,让他休息。"

刘琴烟对房小牧说,她不在的时候,杜凯就过来给房峥军洗脚擦身,他说这些活儿房小牧做不方便。

"小牧,其实杜凯也不容易。"刘琴烟突然对房小牧说。

"妈,你帮我给爸翻一下身。"房小牧置若罔闻。

刘琴烟叹了口气,低下头去按摩着房峥军毫无知觉的胳膊和腿。医生说不能让肌肉萎缩,必须勤按摩,勤翻身,防止生了褥疮。

刘琴烟是心软的,她说:"其实,你爸爸的病跟杜凯关系不大，当时他也一直拦着你公公的。"

"天真的女孩子！"房小牧看着头发花白的刘琴烟，恨恨地在心底里念叨。

房小牧不知道，自己是否能如刘琴烟一样那么快地原谅杜凯，她已经不恨他了，只是心里总有一种说不出的疲累。"人活着有容易的吗？因为不容易就要原谅所有的过错？这个是可以互相抵消的吗？"她问宋佳凝。

宋佳凝说"这只是人对生活妥协的一个借口而已，其实，有谁是容易的呢？不会因为你不容易，生活就给你一条平坦大路，更不能因为你的不容易，你就可以去用道德绑架任何人的情感。"

"小牧，问问你自己，若你可以继续接受这个男人和他背后的家庭，那所有的过去都只是偶尔吹来的一阵风，是生活这条路上出现的一个岔路口，过去了，就得忘。若不能，那就是不要勉强自己去继续，生活的路很长，还有几十年的日子呢。"

房小牧在杜凯来的时候不再躲出去，看着这个男人忙碌。他清洗房峥军身下的隔尿垫，用牙刷一点一点清洗着上面的污渍。他说："小牧你让开，别让水溅到你的身上，凉。"房小牧看着他骨节粗大的手，竟然生了冻疮。

"妈妈，我们是跟爸爸离婚了吗？"杜悦一本正经地站在幼儿园的大门口，问蹲在地上正在给他系鞋带的房小牧。

"没有呀？"

"可是我们班里的赵玮丹说，只有离婚了爸爸妈妈才不会住在一起，才不会一起坐在桌子上吃饭。我们已经很久没回家了。"

"姥姥的家也是家呀。"

"那不是我们的家,我们的家就是你、我和爸爸三个人一起生活的家。"

"姥爷病了,妈妈要照顾他们呀。"

"可是爸爸从不在这里住,我想你们住在一起。"杜悦突然扁了扁嘴,眼圈儿红了,"你们大人都骗人,赵玮丹的爸爸就不要他和妈妈了,他说他爸爸和他们离婚了,就不是一家人了,他恨他爸爸。"

"悦悦,不准这样说话。"房小牧沉下脸来。

"你们大人都会变成骗子,在我们不知道的时候就会悄悄地溜走了,然后装作不认识我们。"泪水在杜悦的大眼睛里迅速地聚集,顺着他小小的脸颊落了下来。

"悦悦,妈妈保证,永远不会!"房小牧抱紧了杜悦,把额头抵在那小小的肩膀上,慢慢地说。

"那,拉钩盖章。"杜悦伸出圆圆的小拳头,翘着白嫩嫩的小拇指,庄重而严肃地看着房小牧。

"拉钩上吊一百年不变,盖章盖章我们要好到永远!"房小牧伸出手指和那嫩嫩的小指勾在一起摇了三下,再用大拇指对着大拇指,用力地盖上一个看不见却永远存在的誓言之章。

杜悦破涕为笑,跳起来亲了亲房小牧脸颊。

从一个五岁的孩子嘴里说出来的永远,很沉重,若无形的磐石,压在房小牧的胸口上。

房小牧以为眼睛花了,在小区门口竟然看到一块熟悉的红围巾,没错,是张素华那块不知道戴了多少年,也不知道还要继续再戴多少年的红围巾。

张素华坐在门口的台阶上,身边是一个硕大的小山样的大包袱,更显得她瘦弱不堪。腿脚边还有两只老母鸡正在挣扎着,想要挣脱紧紧地缚在翅膀脚爪上的绳子。

"妈,您怎么来了,也没打电话,我去接您。"房小牧费力地提起那个硕大的包袱,真不知道瘦弱的张素华是如何背着这样一座小山从汽车站来到这里的。她知道,张素华一定舍不得打车,这样大的行李也一定坐不了公交车,只有一个办法,那就是一步一步走过来。

房小牧心疼张素华,心疼这个胆小却坚强的女人。

刘琴烟看着张素华忙碌着,这个女人从进门就没有一刻闲下来,哪怕是面对刘琴烟冷冷的面孔,也仰着一张布满了微笑的脸。她在厨房烧水,杀鸡拔毛,然后斩成一块一块,留出今天用的肉,把剩余的装进一个个保鲜袋里,码进了冷冻室。她蹲在地上拿着抹布一点一点擦干净地上的污血。她做着一切,把房小牧和刘琴烟从厨房里推出来,她说在镇子上卖菜的时候天天帮人这样收拾,习惯了。

房小牧手足无措地看着张素华忙碌着,那个瘦小的身影,在自己的丈夫儿子面前总是卑微的、渺小的,她却在用自己的方式表达心中的歉意,有时候卑微也是一种武器,直抵人心。

"亲家,这是我为大哥做的棉褥子,贴身铺着舒服还不伤身体,棉花都是我去村子里买来的,看着一点点地弹成了棉絮。我知道,我们也做不了什么,就是想能让大哥少遭点儿罪,我心里也舒服点儿。我知道,这几年小牧跟着我们家杜凯,受委屈了,我给您赔个礼。"张素华打开那个硕大的包袱,房小牧惊呆了,一块一块方方正正的棉褥子,棉布都是浆洗过的,针脚密实,拿在手里软绵绵的,仿佛抱着一团阳光。

"妈,谢谢你!"房小牧哽咽了。

张素华的眼睛看不清楚，从上次住院之后只剩下微弱的视力，房小牧早就知道。

这一堆棉褥子怕是有上百块吧，下面还有几床跟床单一样大的棉褥子。

眼睛模糊不清的张素华，就是这样摸索着做出来上百块棉褥子。房小牧哆哆嗦嗦地捧起张素华的手，千疮百孔。

刘琴烟攥着张素华的手，摩挲着，泪眼婆娑。

下午，张素华执意要走，手里夹着包袱皮儿，佝偻着腰身，站在门口，她说得回去给杜天明做饭。

"妈，我送你去车站。"

"不用，小牧啊，我走去就行，不远。"张素华说，却站着没动，伸着手在内衣兜里掏出了半天，竟然是一个手绢包，层层打开，是薄薄的一摞钱。她满怀歉意地看着刘琴烟，"亲家，我知道，这点儿钱干不了什么，也算是我的一点儿心意。家里这一年不好过……唉，我没本事啊，帮不了孩子多少。"

"妈！"房小牧叫了一声妈，却再也不知道说什么好，只是一遍一遍地抚摸着张素华满是针孔的双手。

张素华坐上汽车走了，临走的时候，她拉着房小牧的手讷讷地说："小牧啊，我们家对不起你，妈知道，委屈你了。杜凯若有什么对不住你的地方啊，妈替他给你道歉。咱们都得好好的，好好的。"

4. 我走了，你保重

"房小牧，你好，我是程默。现在你有时间吗？"

"哦，你好！"房小牧很诧异，程默竟然会给自己打电话，虽然知道他与宋佳凝已经复合，但是自己对他成见太深，从无交集。

"有件事情，想请你帮忙，约个适合的地方见面说，可以吗？"程默的声音里带出几分焦灼。

"红房子，你知道吗？"房小牧的心猛地一跳，宋佳凝三个字差点冲口而出。

"去过，我在那边等你。你什么时候能来？"

"半小时之后。"

路上堵车，房小牧到达红房子已经是四十分钟之后，一进门，程默就从角落里起身打招呼。

一眼看去，房小牧愣住了，差点儿没有认出这个满腮胡茬、一脸疲惫的男人是程默。

"不好意思，小牧，我可以这样称呼你吧？"程默略有歉意地对着房小牧笑笑，眉间却紧紧地蹙成个川字，"很抱歉这样着急地把你叫出来，我实在是没有办法了。"

房小牧这时候才发现，程默大衣里露出的衬衫领子皱皱巴巴，已经有了些许的污渍，眼中布满血丝。面前的烟灰缸里，烟蒂像小森林一般林立着，看来，他给自己打电话之后就立即赶过来了。

"佳凝走了！"

"或许，她需要时间来静一静吧。"房小牧淡淡地说，她以为佳凝只是出去散散心，不几日就会回来。

"她失踪了！微信拉黑了，电话停机了，从单位辞职了！整个人从这个世界上消失了。"

"失踪了？！"房小牧吓了一跳，猛然从椅子上站了起来。

"是的，她给我留下这个，然后就从这个世界上消失了。三天，我找遍了所有跟她有关系的朋友、同事，她消失得彻彻底底。"程默递过来一封信，封面上是宋佳凝那清秀的字迹："程默亲启。"

接过信，房小牧倒是安心了。

宋佳凝没事。

宋佳凝够狠！

房小牧知道，宋佳凝心里那道伤疤根本没有愈合，她也没有给过自己愈合的机会。

房小牧淡淡地看着程默，这个男人眸子里写满了痛楚，却无法让她心生怜悯，因为当年的宋佳凝是那么无助，她的痛是他的成千上万倍。而房小牧，作为唯一的旁观者，却只能看着她痛到绝望而束手无策。从那一刻起，房小牧对从未谋面的程默的恨意绝对不比宋佳凝少。

打开薄薄的一张纸，房小牧仿佛看见宋佳凝那双薄凉的眼睛。

程默：

  当你看到这封信的时候，我已经走了。

  很抱歉，原谅我也做了一次逃兵。其实，这个结局，从我们重逢那天，我就一次一次演习了无数遍，我曾经想努力让自己忘记我们的分离，但是我做不到，因为我们都是杀人凶手。

  程默，我爱你！或者说我曾经爱过你，爱得癫狂。只是，我已经不是当年的宋佳凝，而你，也不是那个我可以为之生、为之死的程默，我们只是在与记忆中残存的影子互相折磨，纠结那些未了的心愿。

  离开，我就消失得干干净净、彻彻底底，因为在六年前我就曾想过，若有一天能重逢，我会把你给予我的痛苦原封不动地还给你，因为那本来就是你的。

  你的来，你的去，都是一把刀，切割的方式都是一样的，我的伤口从未愈合。

  当我看见你，我的伤疤依然新鲜、疼痛，一如当初。

  程默，或许我依然爱你，但是我也学会了爱我自己。若爱你是折磨，那么，我走了，你保重！

宋佳凝即日

"佳凝有过一个孩子！"房小牧把这封信折好，放在桌子上，一字一顿地说。

"你说什么？"程默手一抖，被烟头烧伤了一般。

"你走之后，佳凝怀孕了。"

"孩子，在哪里？"程默缓缓抬起头来。

"没了！我陪她去的医院。"

"我们都是杀人凶手，我们亲手杀了一个孩子。"房小牧看着程默高大的身影一下子塌下去了，他伏在灯光照射不到幽暗之中。

"我一定会找到佳凝！"这句话连同程默都被房小牧丢在红房子。

房小牧突然感觉自己很残忍，但并没有预料之中的快感。看来，时间淡漠的不光是爱情，还有恨，或者说，一切情感在漫长的时光面前都是微不足道的。

踏出红房子，有一条邮箱消息的提示。

打开，是宋佳凝！那是她和宋佳凝兮未三人一直共用了多年的一个邮箱。

"房小牧，程默会去找你，但是白搭。明天，收快递！"

"你在哪里？"

房小牧的手机在手中攥了一夜，没有收到回信。

第二天早上，一个包裹摆在房小牧的桌子上。

打开，是一把车钥匙和所有的手续，下面有一张纸条，是宋佳凝清秀妍丽的几个大字："浪迹天涯，后会有期。房小牧，我把车留给你咯，好好的！"

"兮未，宋佳凝去了哪里，你知道，对不对？"房小牧拿出手机给兮未打电话，那边隐隐传来海浪的声音。

"小牧，我听不清你说什么。我在海边，你听，那些海鸥的叫声，和我们小时候一样。"兮未微笑着把手机高高地举在空中，正是涨潮的时候，一波一波的海浪冲击着礁石，发出震耳欲聋的声音。她抬起手腕看了一下时间，还有二十分钟，宋佳凝就要下飞机了。

前天晚上，宋佳凝在机场的宾馆通过视频对她说，不要告诉房小牧，那妞儿没脑子心肠软，不是程默的对手。

"逃避只是一时，不能一世，佳凝你还是放不下。"

"呵呵，兮耒，我明白，但是明白不代表能接受，我和程默在一起这些日子，总是觉得我们只是在努力寻找当初的感觉，很累，如同两个成年人努力去温习儿时的游戏，你明白吗？努力去爱，很累。"

"若爱也要去努力，不如不要。"

"努力地爱，很伤人，我不想等待两败俱伤的那天到来。"宋佳凝一声轻笑，却带出了苦涩的味道。

"过去后，好好照顾自己。我给那边的几个学长都发过邮件了。"

房小牧从兮耒那里得不到任何有关宋佳凝的消息，问来问去只有俩字："很好。"

沐斯年说，很多东西是勉强不得的，爱和婚姻恰好都在这个范畴。

兮耒拍着沐斯年的肩膀说："所以你身在万花丛中片叶不沾身，就是为了等我。不过，你们医院的小护士对你虎视眈眈的不在少数，所以，我决定，以身相许，杜绝后患。"

"画画的手，要温柔。"沐斯年抓住兮耒的手。

兮耒半眯着眼笑着攥起拳头说："美人在骨不在皮，我的温柔都在骨子里。"

"你为什么总是眯着眼看我呢，从第一次见你，我就发现你很喜欢半眯着眼看人。"热情的激吻过后，沐斯年突然问。

"想知道吗？"

"想,非常想。"

"因为我的隐形眼镜找不到了,戴框架眼镜会影响眼部的妆容。"兮耒一本正经地说。

"你以后还是戴眼镜吧!"

"为什么?"

"因为我不想你用风情万种的眼神去看别的男人。"沐斯年淡淡地说,耳郭却渐渐变成艳艳的红色。

"吃醋了?"兮耒笑着在沐斯年的耳边轻轻吹气,媚眼如丝,心却安定了下来。

楼下,不知道是谁种了一溜儿茉莉花,这几日开得浓烈得很,一片一片开得雪花儿似的,杜悦天天在手心里攥着几朵花回来,说姥爷喜欢花儿,说不定闻见茉莉花儿就能醒了。

"小牧,杜悦的生日,我多做几个菜。"刘琴烟在厨房里忙碌着,房小牧正在给房峥军做按摩,"要不,让杜凯也过来?"

这些日子,杜凯时常过来,看家里有什么需要做的活儿,还带着房峥军坐在轮椅上出去散步,但是,从未留下来吃过饭,房小牧的视而不见,是压在杜凯心头上的一块巨石。

敲门声传来,杜悦抱着一小盆开放得极盛的茉莉花进来,杜凯跟在后面,提了盒蛋糕。

"妈说,今晚留下来吃饭。"房小牧站起来,半晌,走过来接过蛋糕。

杜凯一把抱起杜悦,大声说,"悦悦,我们把花儿给姥爷端过去,姥爷闻见花香,就开心了。"

杜悦抱着花儿小心地放在窗台上,爬上床,亲着姥爷的额头。

"姥爷,我过生日啦!我过完生日就会上小学了。去年你说,我过生日你就给我买一大盆茉莉花养着,我就能学着晒茉莉花茶给你喝了。姥爷,你闻闻,可香了,我买回来了,你要乖乖地醒来哦。"

一滴泪顺着房峥军的眼角缓缓地流了下来……